SANNE AVERBECK
Die Gästeliste

Über das Buch:

Wie bitte?

Sie beleidigt dich, droht dir und zieht dich öffentlich durch den Dreck. Aber du bittest um Nachsicht und bietest deine Hilfe an?

Sie macht eine schwere Zeit durch.

Sie klickte auf sein Profil, das absolut keine Inhalte anzeigte. Entweder, weil er nichts öffentlich teilte, oder weil es gerade neu angelegt worden war. Er befand sich nicht in ihrer Freundesliste, und das wollte sie auch nicht ändern.

Du bist umgeben von Undankbarkeit.

Ich komme damit klar. Ich muss jetzt auch weiterarbeiten. Hab einen schönen Tag!

Diese Masche zog bei ihr nicht. Wenn dieser Kerl glaubte, er könnte ein Gefühl der Verbundenheit oder Interesse erzeugen, indem er sich als einzig verständiger Freund anbot, lag er meilenweit daneben. Sie sah wieder auf das Profilbild. Kerle, die Frauenbilder benutzten, versteckten meist, dass sie erbärmliche Loser waren. Carola zweifelte nicht einen Moment daran, dass ein Mann dahintersteckte.

Und du erst, erschien seine Nachricht.

Sie wollte sich das Profilbild nun doch genauer anschauen, aber als sie es anklickte, war es verschwunden und durch ein neues ersetzt worden. Jetzt zeigte es eine alte Holztür mit der Aufschrift Herein. Sogar aus dem Fotoordner Profilbilder auf seiner Seite war das Foto mit der Schlafenden verschwunden.

»Spooky«, sagte sie und machte einen Screenshot – nur für alle Fälle.

Über die Autorin:

Sanne Averbeck ist ein Pseudonym der deutschen Autorin Sonja Rüther. Ihre Romane sind bei unterschiedlichen Publikumsverlagen erschienen, und sie betreibt erfolgreich den Verlag Briefgestöber. Neben phantastischer Literatur schreibt sie am liebsten Thriller. Ihre Romane zeichnen sich vor allem durch die besondere Originalität von Setting und Handlung aus. Sonja Rüther lebt mit ihrer Familie in der Nähe von Hamburg. Weitere Infos unter: www.briefgestoeber.de

Sanne Averbeck bei LYX:

Die Gästeliste

SANNE AVERBECK

Die Gästeliste

Gefällt mir · Kommentieren · 1. September 2015

Roman

LYX

LYX in der Bastei Lübbe AG
Dieser Titel ist auch als eBook erschienen.

MIX
Papier aus verantwortungsvollen Quellen
FSC
www.fsc.org
FSC® C083411

Originalausgabe

Textredaktion: Hanka Jobke, Lektographem
Umschlaggestaltung: Zero, München, unter Verwendung mehrerer
Motive von Trevillion Images/Stephen Carroll
Satz: Greiner & Reichel, Köln
Gesetzt aus der Adobe Caslon Pro
Druck und Verarbeitung: CPI books GmbH, Leck – Germany
Printed in Germany
ISBN 978-3-7363-0240-2

1 3 5 7 6 4 2

Sie finden uns im Internet unter www.luebbe.de
Bitte beachten Sie auch: www.lesejury.de

In einer Welt, die Virtualität und Realität verschmelzen lässt, gelten andere Gesetze – strengere Gesetze. Schein und Sein hängen von der Intelligenz oder Bauernschläue der Individuen ab, die sich die Möglichkeiten der sozialen Netzwerke zu eigen machen. Wer heute ein König ist, kann schon morgen mit faulen Worthülsen beworfen werden. Und Sicherheit ist nur ein Mouseclick vom Untergang entfernt.

Lydia Raymond
Sozialwissenschaftlerin
Philosophie der virtuellen Macht

»Bianca, du bist wie immer meine Rettung!« Carola zog ihre Freundin in die Wohnung und warf die Tür hinter ihr zu.

Bianca sah gehetzt aus, trug eine Schüssel Kartoffelsalat unterm Arm, und das grüne Kleid betonte die unvorteilhaften Stellen ihres Körpers. Carola hätte gern Biancas langweilige Frisur durcheinandergebracht und ihr etwas Leben in den Leib geschüttelt, aber dafür war einfach keine Zeit.

»Komm mit«, sagte sie knapp und ging zum Schlafzimmer. Sie musste sich beeilen, wenn sie ihre Gäste nicht im Bademantel empfangen wollte.

Bianca folgte ihr und stellte auf dem Weg den Kartoffelsalat auf dem Büfetttisch ab. Sie war die zuverlässigste Person, die Carola kannte. Und sie war herrlich unambitioniert. Auf den Partys saß sie meist still auf dem Sofa und nippte an einem Mineralwasser. Sie war ein Joker, den Carola einsetzen konnte, wann immer sie ihn brauchte. So wie jetzt.

»Guck dir das an.« Carola deutete auf das Kleid, das auf ihrem Bett lag. »Ich soll es heute Abend tragen und viele Fotos von mir ins Netz stellen. Es ist fast sechstausend Euro wert.«

»Es ist scheußlich«, sagte Bianca und berührte zögerlich den regenbogenfarbenen Stoff.

Sie brachte das Problem auf den Punkt. Das Kleid war ein mit Kristallen besetzter Albtraum. Selbst mit viel gutem Willen ließ sich aus dem Look nichts machen, was Carola nicht in eine Witzfigur verwandelt hätte.

»Wer hat dir das geschickt?«

»Ein Freund von Felix arbeitet bei *Boulgatonie*. Ich denke, Felix schustert mir solche Deals zu, weil er sehen möchte, wie verlässlich ich arbeite.«

Bianca setzte sich neben das Kleid auf das Bett und sah ihre Freundin an. »Aber hat es nicht auch etwas mit Verlässlichkeit zu tun, wenn man etwas ablehnt, weil es an einem selbst nicht gut aussieht?«

Für einen kurzen Moment überlegte Carola, ob Bianca in das Kleid passen würde, und musste grinsen. Bianca war so sehr das Gegenteil von ihr, dass man das Kleid anschließend nur noch im Zirkus verkaufen könnte.

»Du hast recht. Und genau deshalb bist du so wichtig für mich«, sagte sie leichthin und ging zum Schrank, um ein anderes Kleid auszuwählen. Bei all den Klamotten, die sie zugeschickt bekam, hätte sie zwei Monate lang jeden Tag etwas Neues tragen können. Wer ihren Blog gut kannte, schickte ihr etwas in Rot, am besten mit einem goldenen Gürtel. Genau das Richtige für eine schlanke Blondine, die mit ihren neunundzwanzig Jahren die Welt fest im Griff hatte.

»Was willst du überhaupt von Felix? Er kommt doch immer nur her, um Weiber klarzumachen.«

»Du weißt schon, dass er ein einflussreicher Mann ist, oder?«, fragte Carola und legte ungeniert den Bademantel ab. Ihre Freundin hatte sie schon oft in Dessous gesehen.

»Ach komm, seit seiner Scheidung und der öffentlichen Schlammschlacht ist er gar nicht mehr so beliebt.«

Carola lächelte. Ohne seine private Misere wäre sie niemals an Felix herangekommen. Die kurze Bodenhaftung, die er hatte erfahren müssen, hatte ihr den Zugang zu einem Mann geöffnet, der sonst ein äußerst egozentrisches Leben führte. Sie war zur rechten Zeit im richtigen Klub gewesen, hatte die Ahnungslose gespielt und seinen Kummer geerntet. Er schuldete ihr etwas, weil sie alle Bekenntnisse seines alkoholträchtigen Moments für sich behielt.

Bianca stand auf und ging zur Tür. »Ich nehme mal an, dass noch ein paar Vorbereitungen erledigt werden müssen?«

Mit einem bezaubernden Lächeln nahm Carola das implizite Angebot ihrer Freundin an. »Das ist so lieb von dir. Du weißt ja, wo alles steht.«

Sie holte ein kurzes, enges Kleid aus dem Schrank, das scharlachrot leuchtete. Auf ihren Partys war sie stets der Hingucker. Nahbar, freundschaftlich und Fäden spinnend.

Sie beeilte sich mit dem Anziehen und wählte den passenden Schmuck dazu. Golden und filigran, ihrem Äußeren schmeichelnd. Sie sah sich im Spiegel in die Augen. Ein offener Blick, wie ihn kein anderer Mensch je sehen würde. Das Leben war ein Spiel, und Carola konnte bluffen.

Es klingelte. Sie hörte Bianca Richtung Tür gehen. Bis die Gäste im fünften Stock ankamen, würde sie Bianca am Eingang ablösen. Jeder Gast sollte als Erstes und als Letztes an diesem Abend die Gastgeberin sehen und dadurch das Gefühl bekommen, ein wichtiger Freund zu sein. Es gehörte nicht viel Aufwand dazu, andere glauben zu lassen, sie würden zum inneren Kreis gehören. Ein Kompliment hier, überschwängliche Anteilnahme da – der Verstand wurde übertölpelt von unerwarteter Nähe, die keine war. Und wenn sie an die Gästeliste für diesen Abend dachte, war sie sehr stolz auf die Komposition der Möglichkeiten.

Die Show lief wie immer gut. Carola verstrickte ihre Gäste in Gespräche, in die sie eintauchen konnte, wann immer es ihr passte, ohne dass jemand sie zu lange in Beschlag nahm. Die Namen derjenigen, die ohne Entschuldigung nicht gekommen waren, markierte sie auf der Liste in der Küche mit einem kleinen roten Punkt. Die Zettel mit den siebzig Namen steckten zwischen den angesagten Kochbüchern, die eher aus Dekorationszwecken unter dem Tresen standen. Wer sich nicht abmeldete, wurde so schnell nicht wieder eingeladen, was auch für jene galt, die vor Mitternacht gingen und andere mitzogen. Niemand sollte glauben, diese Partys wären eine langweilige Selbstverständlichkeit. Hier zu sein, war ein Privileg.

»Na, machst du wieder deine Notizen?«

Carola schob die Zettel an ihren Platz zurück und drehte sich mit einem Lächeln um. »Amüsierst du dich, Dagmar?«

Die Frau mit den schwarzen, langen Haaren und einem schwarzen, eleganten Kleid stand Carola in puncto Attraktivität in nichts nach. Sie war die personifizierte Konkurrenz, ein finsterer Albtraum, und sie war ihr bei Felix ein Stückchen voraus. Er hatte sie mitgebracht, weswegen Carola sie begrüßt hatte wie ihre liebste Freundin, obwohl sie ihr lieber die Tür vor der Nase zugeschlagen hätte. Die Metamorphose von einem billigen Partygirl zu einer ernst zu nehmenden Geschäftsfrau hatte nur zwei Jahre gedauert, weil sie alles kopierte, was Carola vorlebte. Und mittlerweile drohte ihre finstere Zwillingsschwester, sie rechts zu überholen.

»Er wird mir die Kolumne geben«, sagte Dagmar ohne Umschweife. »Ich bin eben sein Typ. Das kannst du auch gleich in deinen Unterlagen notieren.«

Carola grinste. »Das freut mich für dich. Du wirst das sicher großartig machen. Ich wusste gar nicht, dass du so belesen bist.«

Im Hintergrund lachte eine Gruppe, die Stimmung unter den Gästen war gut. Die offene Küche war kein Ort für ebenso offene Worte. Es nervte Carola, dass diese Frau von den Aufzeichnungen wusste und es zu allem Überfluss jedem unter die Nase rieb, der mehr als drei Worte mit ihr wechselte. Carola übte sich darin, Dagmars Ausführungen subtil ins Lächerliche zu ziehen. Ein Scherz hier, eine Ersatzliste da, auf der sie nur Häkchen hinter die Namen gemacht hatte und die sie halb verdeckt in der Küche liegen ließ, würden reichen, um den Gerüchten das Gewicht zu nehmen.

Dagmar nahm sich einen Käsespieß vom Büfett und schwenkte ihn durch die Luft, als wäre er eine Zigarette. »Warum trägst du das Kleid nicht? Felix hat sich das auch schon gefragt. Wir waren uns einig, dass *Boulgatonie* dir dieses schicken sollte. Es passt zu deinen blauen Augen.«

Die Gelassenheit war Carolas Schutzwall, den jemand wie Dagmar nicht durchbrechen konnte. Mit einer eleganten Geste strich sie sich die Haare über die Schultern und trat etwas näher an Dagmar heran, damit sie leiser sprechen konnte. »Es braucht ein paar Jahre, bis man ein Auge für guten Stil entwickelt. Aber keine Sorge, da kommst du auch noch hin.«

Mit einem Zwinkern ließ sie ihre Konkurrentin stehen und wusste, mit wem sie jetzt reden musste, um die passende Retourkutsche auf diesen Angriff in Gang zu setzen. Sie lächelte Felix im Vorbeigehen unbedarft zu. Sie war sich sicher, dass Dagmar ihm irgendwas über körperliche Missstände auftischen würde als Begründung, warum Carola das Kleid nicht trug. Sie würde derlei nicht mit einer Rechtfertigung untermauern.

Elegant wirkte, wer niemals etwas Negatives über andere sagte, es sei denn, es demonstrierte Stärke und Entschlossenheit. Wie Carolas Distanzierung von Akif Pirinçci, als er bei seiner Pegida-Rede bedauerte, dass es keine Konzentrationslager mehr gebe. Carola wusste bis dahin nicht mal, wer der Kerl war, aber sie kaufte sich schnell einen seiner Katzenkrimis bei Amazon-Marketplace, schmiss diesen hochoffiziell in den Müll und kommentierte das Foto in ihrem Blog mit dem Statement, dass sie sich von diesem Menschen distanzierte. Der Link wurde vielfach geteilt, kommentiert und gelikt.

Dagmar tat ihr leider nicht den Gefallen, sich öffentlich derart zu äußern, dass sich Carola von ihr distanzieren konnte. Für sie bedurfte es einer anderen Art der sanften gesellschaftlichen Entfernung.

»Schön, dass du da bist«, sagte sie zu Jens, der gerade dem Gespräch von Sven und Beate zuhörte. Carola strich mit einer Hand über seinen Oberarm. Unter dem Stoff spürte sie die festen Muskeln und die Anspannung, die sie bei ihrem heimlichen Verehrer verursachte. »Mein Beetle schnurrt wie ein Kätzchen«, lenkte sie umgehend das Thema auf die gemeinsame Fahrt nach Wolfsburg, wo sie dank ihm Prozente beim Kauf des Autos erhalten hatte. Seitdem parkte der Wagen in der Tiefgarage und war nicht mehr bewegt worden. Sie wohnte mitten in Hamburg in direkter Nachbarschaft des Michels. Eigentlich brauchte sie kein Auto, aber falls doch, stand es für sie bereit.

Jens wurde rot und senkte etwas verlegen den Kopf. Für jemanden, der in Hamburg die teuersten Immobilien an den Mann brachte, wirkte er oft sehr jungenhaft und weich. Genau das machte ihn trotz seines durchtrainierten Körpers so unattraktiv für Carola.

Er hingegen war bis über beide Ohren in sie verliebt. Jeden seiner Offenbarungsversuche hatte sie bislang spielend leicht im Keim erstickt, aber sie fürchtete, dass es irgendwann einfach aus ihm herausplatzte.

Seine Verlegenheit war ihr Einstieg. Mit einem Seufzer sah sie sich um und wechselte zu einem tapferen Lächeln, als würde sie bereitwillig in die Diskussion über die Flüchtlingssituation einsteigen wollen, die Sven und Beate hitzig führten.

»Alles gut?«, flüsterte er ohne Umschweife.

»Ja, alles okay.« Mit ihren Zehn-Zentimeter-Absätzen war Carola beinahe auf Augenhöhe mit ihm.

»Ich seh doch, dass du was hast.«

Ihr langes Schweigen sicherte ihr, dass er ihre Worte ernst nehmen würde.

Sie wand sich, holte tief Luft und ließ den Eindruck entstehen, dass sie die folgenden Worte im Grunde gar nicht sagen wollte. »Mir hat gerade jemand gesteckt, dass Dagmar gewisse Dienste gezielt anbietet. Ich meine, nicht nur *besetzungscouchmäßig*, sondern wie eine Preisliste. Für Gefälligkeiten.«

Unauffällig sah Jens zu Dagmar hinüber. »Wer hat das gesagt?«

»Bianca, und du weißt, dass sie eigentlich keinen Scheiß über andere erzählt.« Bianca saß wie immer allein auf dem Sofa ihre Zeit ab. Die Gefahr, dass er zu ihr ging und das hinterfragte, war sehr gering. Und sollte er es doch genauer wissen wollen, würde Bianca als gute Freundin nicht gleich alles abstreiten.

»Meinst du echt, da ist was dran?«, fragte er nachdenklich.

»Selbst wenn, das geht doch niemanden etwas an«, erwiderte sie mit einem verletzlichen Unterton. »Ich meine, sie wird ihre Kunden ja wohl nicht hier anwerben, oder?«

Seine hübschen grauen Augen strahlten so viel Verbundenheit aus, dass sie ihm noch ganz andere Lügen hätte auftischen können.

Mit gesenktem Kopf ließ sie die Schultern kreisen. »Ich finde sie nett, das ist doch das Einzige, was zählt. Seit ich sie kenne, hat sie richtig was aus sich gemacht. Man sieht ihr gar nicht mehr an, dass sie früher ein Partyluder war. Und wenn sie dadurch meinen Job bekommt, dann liegt es wohl eher an Felix als an ihr, nicht wahr?«

Sie fühlte seine Hand auf ihrem Rücken und wie er sanft mit dem Daumen über ihre Haut strich. Das Kleid war rückwärtig bis zur Taille ausgeschnitten.

»Wenn das stimmt, solltest du sie nicht noch mal einladen.«

»Das habe ich nicht«, sagte sie schnell, als wäre es unbedacht aus ihr herausgeplatzt. »Ich meine, sie kommt immer als Gesellschaft von jemandem. Diesmal ist sie mit Felix aufgetaucht. Du weißt ja, dass ich meinen Gästen keine Vorschriften mache.«

Felix war passenderweise gerade dabei, Dagmar eine Hand auf den Po zu legen. Das war der gravierende Unterschied zwischen den beiden Frauen: Dagmar machte es tatsächlich nichts aus, sexuelle Gefälligkeiten zu erweisen, wenn es sie ans Ziel brachte. Da war der Gedankensprung von *gefälliger Frau* zu *Edelnutte* gar nicht mehr so groß – nur dass Letzteres anrüchig genug war, um nicht gesellschaftsfähig zu sein. Erfolgreiche Männer wollten erobern und nicht den Ruf erleiden, für Beischlaf zahlen zu müssen. Wenn dieses Gerücht ihre Party verließ, würden wahrscheinlich Werbepartner davon erfahren und kritischer hingucken. Moderne Unternehmen behielten die sozialen Netzwerke im Auge.

»Aber Felix hat das doch nicht nötig«, sagte Jens.

Carola sah ihrem Beschützer liebevoll in die Augen. »Als ob Felix sich über Geld oder andere Dinge Gedanken machte. Aber mal ehrlich, ich glaube das sowieso nicht. Die Moderation beim *Spirit Event* hat sie sich doch auch erarbeitet.«

Jens rutschte mit einem Finger unter den Saum ihres Kleides, sodass Carola das Gewicht verlagern musste, um dies zu korrigieren. Auch wenn er die Grenzen allgemein einhielt, musste sie manchmal kleinere Versuche direkt im Keim ersticken.

»Was man so über Wolfram hört, soll er nicht gerade der treuste Ehemann sein. Die *Spirit*-Sache veranstaltet er zwar für seine Frau, aber ich kann mir schon vorstellen, dass ihm ein kleiner Bonus gefallen hätte.«

»Scht«, machte Carola und legte ihm eine Hand auf den Mund. »Das ist doch nur ein Gerücht, sag das bitte nicht laut.«

Sie wusste, dass er auch diese Berührung genoss. »Lassen wir das Thema lieber ruhen.«

»Na, was ist denn hier los?« Monique und Dorothea gesellten sich dazu und sahen amüsiert auf Carolas Hand, die sie langsam von Jens' Mund nahm.

»Ihr wisst doch, Männer sind die reinsten Plaudertaschen«, sagte Carola scherzend und boxte ihm freundschaftlich gegen den Arm. Besser konnte es nicht laufen, nun standen genau die Personen zusammen, die ihr Vorhaben ermöglichten. »Ich hole euch noch etwas Sekt, die Gläser sind ja schon fast leer.«

Auf dem Weg zur Küche ging sie so dicht an Felix vorbei, dass er sie wahrnehmen musste. Und er kam ihr nach.

»Ah, es gibt Nachschub.« Erfreut hielt er ihr zwei Gläser entgegen, auf einem klebte Lippenstift. »Was war denn mit dem Kleid? Dagmar sagt, es war zu eng?« Er sah mit einem vielsagenden *Vergnügen* an ihr hinab.

»Ach Felix, wir wissen beide, dass dieses Kleid an mir nicht zur Geltung gekommen wäre. Ich wollte dir vorschlagen, dass ich das passende Model auswähle, das darin umwerfend aussieht.« Mit einer drehenden Bewegung ihrer Hand strich sie sich die langen, blonden Haare über die Schulter und bemerkte, dass sein Blick an ihrem freien Hals hängen blieb. Dann legte sie einen Finger an die Lippen, als würde sie nachdenken.

»Ich weiß« – mit einem Schulterzucken betonte sie die Besonderheit ihrer *spontanen* Idee –, »wer es tragen könnte, damit sich *Boulgatonie* vor Klicks kaum retten kann. Gib mir eine Woche, und du wirst in der Fischauktionshalle ein kleines Wunder erleben.«

Am liebsten hätte sie sich selbst auf die Schulter geklopft. Nicht nur, dass er jetzt zu ihrem Event kommen musste, obwohl er schon absagen wollte; sie wusste tatsächlich genau, wer seinem Typ entsprach und in diesem Kleid ein Hingucker wäre. Und wenn Elena Kudrow erfuhr, dass sie ein *Boulgatonie* tragen durfte, stünde auch ihrer Teilnahme nichts mehr im Weg. Das junge Model war bislang keiner von Carolas Einladungen gefolgt, das würde sich nun ändern.

Begeistert funkelte sie Felix an und schenkte nach. »Und wenn der Trubel vorbei ist, können wir ja mal über unsere Zusammenarbeit sprechen, denn ich bin für jede Schandtat zu haben.«

Er trank einen großzügigen Schluck und ließ sich erneut nachfüllen. Sie fand, dass er wie Kevin Spacey aussah. Dieses leicht Verschmitzte, das Feuer in seinem Blick und die starken Hände – ihr war klar, warum Frauen so bereitwillig schwach wurden, wenn er ihnen Interesse suggerierte. Und gerade weil es so offensichtlich war, sprach es sie nicht an.

»Für jede?«, ließ er sich den Scherz nicht nehmen, und sein Blick wanderte zu ihrem Dekolleté.

Mit einem fröhlichen Lachen schüttelte sie den Kopf. »Nimm erst mal dein aktuelles Eisen aus dem Feuer, sie sieht so aus, als würde sie es glatt mit dir in der Garderobe treiben.«

Wie erwartet grinste er. Die Vorstellung schien ihm gut zu gefallen. »Dann sollte ich die Holde nicht warten lassen.«

Es wäre nicht das erste Mal, dass er mit dem Beischlaf nicht bis zum Verlassen der Party wartete. Seit seiner Scheidung lebte er sein Playboy-Leben in vollen Zügen aus. Was zuvor heimliche Affären waren, fand nun recht öffentlich statt. Und genau deshalb würde Carola gegen Dagmar gewinnen.

Jemand wie er respektiert nur Frauen, die er nicht haben kann.

Als sie Dagmars Blick begegnete, setzte sie die Maske unterdrückter Wut auf, als wäre ihr eigener Charme bei diesem Mann abgeblitzt. *Soll sie sich doch ins Zeug legen, um ihn ganz für sich zu gewinnen.*

Sie kehrte mit der Sektflasche zu Jens, Monique und Dorothea zurück, goss nach und nippte an ihrem eigenen Glas. Die Flasche war ein guter Grund, schnell wieder zu verschwinden.

Es dauerte nicht lange, bis sie das hörte, was sie hören wollte.

»Ist das wahr?«, fragte Dorothea geradeheraus. »Dagmar ist eine Nutte?«

»Verdammt, nein, das hat so niemand gesagt«, erwiderte Carola. »Und ich glaube nicht, dass an den Gerüchten irgendwas dran ist. Das kommt bestimmt von irgendwelchen Neidern. Und mal ehrlich, Felix ist ja nun echt kein Maßstab für den Charakter einer Frau. Der kriegt fast jede ins Bett.«

»Dich nicht«, stellte Monique fest.

Mit einem Kopfschütteln genoss Carola diese Worte. »Nein, ich kann ohne Liebe einfach keinen Sex haben.«

Wäre dem tatsächlich so, hätte sie überhaupt keinen Sex. Liebe war ein Gefühlskonzept, das in ihrem Leben nicht existierte. Die Macht, die mit Sex verbunden war, erschloss sich ihr schon eher.

Und während sich Jens erneut Hoffnungen machte und seine eigene Meinung vollkommen bestätigt sah, arbeitete es in den Köpfen der Frauen.

»Sie kam wie aus dem Nichts und ist jetzt genauso erfolgreich wie du«, fasste Dorothea ihre Gedanken zusammen. »Und ich finde, sie sieht schon irgendwie aus wie eine Professionelle.«

»Guckt euch an, wie die sich anfassen lässt. Was nimmt sie wohl für so einen Abend?« Monique hatte endlich diesen Tonfall, der aus einem Gerücht eine Wahrheit machte.

Felix schien die Vorstellung von Sex in der Garderobe so gut zu gefallen, dass er nun sogar anfing, Dagmars Hals zu küssen und ihr Dinge ins Ohr zu flüstern. Dagmar lachte. Sie sah triumphierend zu Carola rüber, weil sie sich als Siegerin wähnte.

Und Carola mimte mit wenigen Regungen auf dem Gesicht die Eifersüchtige.

»Ich bringe mal die Flasche weg«, sagte sie leise und ließ die kleine Gruppe stehen.

Monique und Dorothea behielten Dagmar und Felix fest im Blick, die nun durch den Flur in den kleinen Nebenraum gingen, der als Garderobe ausgebaut war.

»Sie werden doch nicht …«, hörte Carola Dorothea sagen.

Sie grinste.

Screenshot von Dorothea Buthes Facebook-Seite

[Foto von Dagmar und Felix, die aus Carolas Garderobe treten. Dagmar entsetzt, Felix breit grinsend.]

Gefällt mir · Kommentieren · Teilen

Peter Pringler, Jo Aubach und 105 weitere Personen

Monique Müller Peinlicher geht's nicht. Haben Prostituierte nicht normalerweise ein Zimmer im Puff oder einen Wohnwagen?

Gefällt mir · Antworten · 5 · 18 Min.

Sybille Klaasen Du bist ja krass drauf.

Gefällt mir · Antworten · 18 Min.

Monique Müller Die liebe Dagmar ist eine Professionelle, das weiß doch inzwischen jeder.

Gefällt mir · Antworten · 2 · 17 Min.

Franziska Wolff Das ist eine Lüge. Carola verbreitet den Scheiß, weil meine Schwester ihr den Rang abläuft!

Gefällt mir · Antworten · 16 Min.

Monique Müller Im Gegenteil, sie hat deine Schwester noch in Schutz genommen.

Gefällt mir · Antworten · 16 Min.

Jo Aubach Halt Carola da raus, Franziska, deine Schwester hat sich ganz allein so aufgeführt!

Gefällt mir · Antworten · 6 · 15 Min.

Monique Müller Ich habe Franzi blockiert, ich konnte sie eh nie leiden.

Gefällt mir · Antworten · 10 · 13 Min.

Franziska zitterten die Finger, als sie die Diffamierung ihrer Schwester online mitverfolgte. Bekannte und unbekannte Personen besuchten Dagmars Profil, um Beleidigungen oder Häme zu hinterlassen. Es war schlimmer als in der Schule, wo sie ihre Schwester auch ständig verteidigen musste, denn diese Kommentare waren distanzlos und abgrundtief böse. Fremde Menschen bezeichneten Dagmar als Schlampe, Hure oder Nutte, stellten Vermutungen über ihre sexuellen Qualitäten an und bewerteten das Foto, das von ihr und diesem High-Society-Schwein gemacht worden war. All ihre hart erarbeiteten Erfolge gerieten in Vergessenheit, weil die Leute etwas hatten, woran sie sich aufgeilen konnten.

Carola Martins war an allem schuld. Sie war eine Schlange, windig, listig und giftig. Als Franziska noch dazugehört hatte, sah sie viele Talente hoffnungsvoll kommen und vernichtet wieder gehen, aber die große Carola wusch jedes Mal ihre Hände in Unschuld.

Jemand musste es ihr endlich heimzahlen. Für all ihre Intrigen musste sie endlich die Quittung bekommen! Franziska hatte ihre Schwester gewarnt, immer wieder, weil sie wusste, dass Carola gefährlich war. Und sie fühlte sich schuldig, da Dagmar ihre Warnungen als Herausforderung verstanden hatte.

Das Internet vergisst nichts, lautete die kurze Nachricht von Dagmar, als sie Franziska den Link zu dem Facebook-Post geschickt hatte. Sie würde recht behalten. Dagmar sah auf dem

Foto nach einer durchgevögelten, angetrunkenen Frau aus, die jegliche Kontrolle verloren hatte. Und die feine Carola schwieg, genoss die Show und freute sich wahrscheinlich über den Fall der einzigen Konkurrentin, die ihr in den gemeinsamen Kreisen tatsächlich das Wasser hatte reichen können.

Sie musste es tun – sie musste Carola einen Denkzettel verpassen, den sie ihr Leben lang nicht mehr vergessen würde. Etwas, das so vernichtend wäre, dass die Trend-Prinzessin aus dem Internet gejagt werden würde und nur ein pechbesudeltes Häufchen Elend zurückbliebe.

Der Zeitpunkt war günstig. Carolas kleine Partygesellschaft traf sich am kommenden Samstag in der Fischauktionshalle zu einem Event, bei dem sie nicht penibel auswählte, wer kommen durfte, sondern alle wichtigen Personen von ihrer illustren Liste eingeladen waren. Für diese Veranstaltung wurde Carola bezahlt, weil sie den Abend moderierte. Irgendwer hatte verstanden, dass diese Frau sich selbst zum Mittelpunkt einer gewinnbringenden Gesellschaft gemacht hatte, und was von ihr präsentiert wurde, erweckte die Aufmerksamkeit solventer Personen. Verpackt in ein Unterhaltungsprogramm würden die Gäste wohlwollend zuhören, was die Sponsoren zu sagen haben.

So weit wird es nicht kommen.

Das Chatfenster öffnete sich mit einer neuen Nachricht von Dagmar.

Felix geht nicht mal ans Telefon. Er wird die Sache nicht richtigstellen, weil er mich gar nicht wiedersehen will. Ich habe es so richtig verbockt!

Franziska rieb sich über die Augen, bevor sie eine Antwort tippte. Dieses Schwein wäre als Nächstes dran.

Vergiss den Arsch!

Drei kleine, sich wellenförmig bewegende Punkte erschienen als Zeichen, dass Dagmar etwas schrieb. Ungeduldig wartete Franziska. Die Wut auf diese Riege der Selbstgefälligen, die auf ihren hohen Rössern saßen und auf ihre kleine Schwester hinabblickten, brannte in ihr. Am liebsten wäre sie sofort aus dem Haus gestürmt, um Carolas hübsche Nase nach innen zu dreschen.

Endlich erklang das Signal, und die Nachricht erschien. Ich musste meinen Blog deaktivieren, weil die Kommentare auf meiner Site so gemein und verletzend sind. Was habe ich diesen Leuten getan?

Nichts, tippte Franziska. Absolut nichts, Carola ist an allem schuld. Ich kenne dieses Miststück. Aber die wird noch ihr blaues Wunder erleben. Das verspreche ich dir!

Als Franziska die beiden Frauen einander vorgestellt hatte, war Dagmar Angestellte bei H&M gewesen. Seitdem hatte ihre Schwester eine Veränderung durchgemacht, dass sogar Carola sie zunächst nicht wiedererkannt hatte. Falsche Wimpern, geglättete Haare, aufwendiges Make-up; mit viel Sport hatte sie ihre Figur geformt und mit viel Geld ihren Stil geändert. Sie blühte auf, hatte plötzlich eine Perspektive und gab sich nicht mehr mit den Jungs von der Tanke zufrieden. Sie orientierte sich an Carola und eröffnete einen Lifestyle-Blog, gewann eigene Kontakte und wurde richtig gut darin, sich immer neu zu präsentieren und auf positive Weise im Gespräch zu bleiben. Dass sie es schaffen würde, zu einer ernst zu nehmenden Konkurrentin für Carola zu werden, war trotzdem nicht absehbar gewesen.

Nun war sie in der Hölle gelandet. Dank dieses Miststücks.

Alle vielversprechenden Karrierechancen verpufften mit dem Samenerguss eines Arschlochs. Der große Mann ließ sich weiterhin feiern, während seine kleine »Nutte« durch den Dreck gezogen wurde.

Was mache ich denn jetzt nur?, erschien die nächste Nachricht.

Egal was sie machte, ihr Image blieb dauerhaft beschädigt. Dasselbe Schicksal sollte auch Carola treffen, dann wären sie wieder ebenbürtig. Das war Franziska ihrer Schwester schuldig.

Lass etwas Zeit ins Land gehen, dann erzählst du den Ersten im Vertrauen, dass du einen Tumor hast und du das Leben genießen willst für den Fall, dass die OP nicht gut verlaufen sollte.

Die Reaktion erschien umgehend.

WAS???

Franziska schüttelte den Kopf. Ihre Schwester war gut, aber manchmal fehlte ihr das letzte Quäntchen Verständnis für dieses Spiel. Willst du dabeibleiben oder aufgeben?

Die drei Punkte erschienen erneut.

Dranbleiben.

Gut, dann tu, was ich sage. Franziska dachte einen Moment nach. Der Plan war gewagt, aber er konnte funktionieren.

Erst ziehst du dich aus allem zurück, dann erzählst du, dass die Kopfschmerzen unerträglich sind und du dich gerade nicht mit dem Geschehen in den Netzwerken und auf deiner Page auseinandersetzen kannst.

Eine Pause, dann:

Okay?

Franziska grinste, weil ihr die Idee zunehmend besser gefiel. Verzichte von Tag zu Tag mehr auf Make-up, damit die Leute langsam sehen, dass es dir schlecht geht. Aber sag, dass du nicht willst, dass es öffentlich wird. Die stille Post soll so richtig gute Dienste leisten, bevor du dich zu deiner Erkrankung bekennst.

Sie griff nach ihren Zigaretten und zündete sich eine an. Genussvoll ließ sie den Rauch zwischen ihren Lippen entweichen. Er passte zu der aufgeheizten Atmosphäre und dem Pläneschmieden. Zum Glück war ihr neuer Freund ebenfalls Raucher. Sie fragte sich, ob er mitspielen würde, wenn sie ihn einweihte, aber für derlei Erwägungen war die Beziehung noch zu frisch.

Irgendwann wird jemandem auffallen, dass ich nicht krank bin, gab Dagmar zu bedenken.

Das wird der Moment sein, in dem ich ein Foto von dir ohne Haare in einem Krankenhausbett poste. Ich werde dir viel Glück für die Chemo wünschen. Niemand wird sich mehr an dieses beschissene Foto von der Party erinnern. Sie werden nur sehen, was für eine Kämpferin du bist. Und schwups überwindest du den Tumor und bist geheilt und rehabilitiert.

Eine Weile regte sich nichts außer den Statusmeldungen, die im Hintergrund aktualisiert wurden. Facebook-Freunde, die Bilder ihrer Katzen zeigten, sich über Pegida aufregten, Spendenaufrufe teilten oder Werbung für irgendetwas machten. Ein Becken voller Selbstdarsteller. Die Challenge *Zeige eine Woche lang jeden Tag ein Foto, das mindestens zwanzig Jahre alt ist* animierte sie dazu, peinliche Fotos in Badehosen oder Windeln zu posten. Das, was sie sonst ihren Kindern antaten, taten sie nun auch postadult sich selbst an. Vermeintlich lustig und doch schrecklich erbärmlich in Franziskas Augen. Zumindest erklärten viele Fotos, warum die Selbstdarsteller heute solche Arschlöcher waren, die verzweifelt um Aufmerksamkeit buhlten. Manche von ihnen waren sicher die gesamte Schulzeit über gemobbt worden, und bei einigen Bildern musste Franzi sich zurückhalten, um keine Hänseleien in die Kommentarfelder zu schreiben.

Endlich tippte Dagmar wieder etwas.

Okay, ich bin dabei, aber müssen die Haare wirklich ab?

Mit einem zufriedenen Grinsen zog Franziska an ihrer Zigarette. »Oh ja«, sagte sie leise. »Und wenn du erst siehst, wie es funktioniert, wirst du eine brillante Kranke sein.«

Sie nahm die Zigarette zwischen die Lippen, damit sie besser tippen konnte. Schau dir den Film »Heute bin ich blond« an. Ich freue mich aufs Perücken-Shoppen. Carola wird blass neben dir aussehen, versprochen!

Die verhasste Carola konnte keinen Tumor aus dem Hut zaubern, wenn Dagmar bereits vorgelegt hatte. Jetzt musste sie nur noch von ihrem goldenen Thron geschubst werden und unten liegen bleiben. Viel Zeit zum Planen hatte Franziska nicht. Sie musste irgendwie in die Fischauktionshalle kommen und sich etwas ausdenken, womit sie Carola mehr schadete als ihr selbst.

»Ich werde ihr was in den dämlichen Drink schütten«, ging sie dem nächsten Gedanken nach. »Nein, das wird nachgewiesen, und am Ende schlägt sie noch Kapital draus.«

Wieder ertönte das Chat-Signal. Ein zweites Fenster öffnete sich mit dem Profilbild ihrer Schwester. Der Name daneben lautete jedoch *Freund Amié*.

Hallo Schönheit.

Wer bist du, und warum hast du Dagmars Foto als Profilbild?

Ich bin ein Freund.

Welcher Freund?

Dein Freund.

Franziska war das zu blöd. Wer auch immer sich einen Scherz erlaubte, war nicht besonders lustig. Sie klickte auf das Profil und sah sich die Chronik an. Nur ein einziges Posting war zu sehen, der Account war neu. Und das Posting war das geteilte Foto von Dagmar und Felix mit der Überschrift: *So sieht es aus, wenn Carola Martins am Werk war.*

Wie ist dein Posting gemeint? Bist du für oder gegen Carola?

Gegen.

Und was willst du ausgerechnet von mir?

Das ist doch deine Schwester?

Ja, und?

Das kannst du doch nicht so stehen lassen, oder?

Komm zum Punkt!

Was du auch vorhast, ich will dir helfen.

Hilfe konnte sie gut gebrauchen. Beiläufig drückte sie die Zigarette im Aschenbecher aus und holte sich ein Bier aus der Küche. Sie wollte nichts überstürzen. Franziska wusste, dass eine Menge Leute Carola nicht mochten, doch die Angst, sich selbst aus wichtigen Kreisen zu katapultieren, ließ jeden schweigen. Carola wurde mehr Macht zugesprochen, als sie tatsächlich besaß.

Wer bist du?

Das kann ich dir hier nicht sagen, aber ich weiß, wie wir ihr schaden können.

Wie?

Ich werde dir eine Einladung zu ihrer Feier in den Briefkasten werfen. Als Bonus lege ich etwas hinzu, das dir wie ein Weihnachtsgeschenk vorkommen wird.

Nun, ich bin gespannt.

Wahrscheinlich war es heiße Luft, aber was schadete es, wenn sie es sich ansah? Die Frage, wie sie Zugang zur Veranstaltung bekäme, wäre damit zumindest behoben.

Sie nannte ihre Adresse und lehnte sich zufrieden zurück. *Ich habe nichts zu verlieren, also zeig mal, was du hast.*

Dagmar war offline gegangen. Das kleine Handysymbol zeigte, dass sie nur theoretisch ansprechbar war. Franziska hoffte, dass ihre Schwester die Nerven behielt und alle Nachrichten, Kommentare und Mails von anderen ignorierte. Sie mussten sensibel an die Verbreitung ihrer fiktiven Erkrankung gehen. Dagmar durfte nichts überstürzen oder gar ihren Gesichtsverlust mit Statements verschlimmern.

Es war besser, ihr von dem anderen Vorhaben nichts zu erzählen, denn sollte es schiefgehen, musste ihre Unschuld glaubhaft sein. Noch wusste Franziska nicht, was der oder die Fremde ihr zuspielen würde, und wenn es unbrauchbar war, fing sie bei null an.

Nachdenklich kaute sie an einem Hautfetzen ihres Nagelbetts.

Ihre Hände sahen ständig ramponiert aus, weil gerade Hochsaison für Gärtner war. Die Kunden wollten winterfeste Gärten, und Franziska verdiente sich schwarz ein Taschengeld zum Unterhalt ihres Exmannes. Sie war nicht die beste Gärtnerin, aber eine gute Angestellte war sie noch weniger. Lasse zahlte zwar ohne Murren, verwehrte ihr jedoch Extraleistungen. Er wäre auch ein passender Gast für Carolas dämliche Partys gewesen. Ein Bauunternehmer, der in Hamburgs Stadtplanung saß wie die Made im Speck und seiner Exfrau läppische 3000 Euro monatlich überwies. Carola bekam allein 3000 Euro, wenn sie in ihrem Blog übers Wetter schwadronierte.

Wenn Franziska ihre beste Entscheidung benennen sollte, dann war es die, dass sie ihren damaligen Mann nie mit auf eine von diesen beschissenen Partys genommen hatte. Auch wenn sie es ungern zugab, war sie selbst auch nur dort gewesen, weil Carola auf ihre patente Art zurückgreifen wollte. Franziska war kein Püppchen, sie war jemand, der Schränke zusammenbaute und bei Umzügen half, und genau das hatte sie als Freundschaftsdienst auch für Carola erledigt. Nur deshalb durfte sie eine Zeit lang zur illustren Runde gehören. Sie erinnerte sich an Carolas überschwängliche Freude, als Franziska ihre Hilfe anbot, an all das Getue und das Beteure, dass sie damit nicht gerechnet habe und überglücklich sei. Carola zu helfen hatte sich gut angefühlt. Es hatte sich angefühlt, als sei Franziska wichtig und wertvoll gewesen.

Ihr Handy fiepte einen Alarm. In einer halben Stunde sollte sie bei irgend so einem faulen Sack sein, der sich in Hamburg einen Garten leistete, aber keinen Bock auf die Arbeit darin hatte.

Sie zog sich Schuhe an, warf sich die Arbeitsjacke über und tippte im Gehen die Adresse in ihr Smartphone. Sie brauchte nichts mitnehmen, denn dafür, dass sie nur fünfzehn Euro die Stunde nahm, mussten ihre Auftraggeber alle Gerätschaften stellen und für die Entsorgung entsprechende Säcke kaufen und den Müll selbst wegbringen.

Schon als sie auf den Button für die Navigation mit öffentlichen Verkehrsmitteln tippte, wusste Franziska, dass sie gnadenlos zu spät dran war. Sie fuhr mit dem Fahrstuhl ins Erdgeschoss und fasste ihre langen rotblonden Locken zum Zopf zusammen. Dagmar wollte ihr ständig zeigen, wie hübsch sie mit Make-up wäre – vielleicht würde sich Franziska für das Event in der Fischauktionshalle von ihr schminken lassen. Im Fahrstuhlspiegel sah sie alles andere als glamourös aus, nämlich so, wie sie es mochte: ein Kumpel, jemand, auf den man sich verlassen konnte, keine Tussi.

Unten angekommen sah sie im Briefkasten nach, ob der mysteriöse Verbündete schon etwas hineingeworfen hatte. Das Fach war leer.

Die Sonne blendete sie, als sie ins Freie trat. Der goldene Herbst schaffte eine angenehme Arbeitsatmosphäre. Sie sah auf das Handy hinab und ging los. Zehn Minuten bis zur U1, behauptete die App, doch so schnell, wie sie ging, würde sie nur sieben benötigen.

Die Distanzlosigkeit im Internet manifestiert sich auf unterschiedliche Weise. Ganz gleich, ob die User sich als verletzliche, ständig enttäuschte Opfer outen oder Beleidigungen, Volkshetze und Drohungen unter dem Klarnamen geäußert werden – offensichtlich ist das Internet noch immer ein abstrakter Raum, in dem sich die Menschen anonym fühlen. Und das trotz trügerischer Nähe, fiktiver Freundeskreise und realer Hassgefühle.

Lydia Raymond
Sozialwissenschaftlerin
Philosophie der virtuellen Macht

»Bist du nervös?« Bianca betrachtete Carola von der Seite. Es war beneidenswert, dass sie ohne viel Schminke perfekt aussah.

»Ich gehöre zu den Glücklichen, die niemals Lampenfieber haben«, sagte Carola und drehte sich einmal um die eigene Achse. Das schwarze Kleid fächerte auseinander, und rote Seide flammte in den raffinierten Falten auf. Der Schnitt erinnerte ein wenig an die Mode der Sechziger, weil es oben gerade geschlossen und eng anliegend war und ab der schmalen Taille ausgestellt bis zu den Knien fiel. Ein Petticoat darunter wäre denkbar gewesen, aber Carola hatte diesen Vorschlag kategorisch abgelehnt und gesagt, dass sie nicht wie eine Ballerina rumlaufen wollte. Ihre blonden Haare trug sie hochgesteckt, kleine Nadeln mit Strasssteinen glitzerten dazwischen. Dies war ihr Abend, und das strahlte sie aus – und Bianca wusste, dass sie jeden verzaubern würde, der die Fischauktionshalle heute betreten würde.

Noch war alles leer. Sie standen vor der Bühne, und Carola machte einen sehr zufriedenen Eindruck. Alles lief wie geplant.

Tatsächlich fehlte ihr jedes Anzeichen von Nervosität. Bianca war sich sicher, dass Carola jede Bewegung, jedes Wort und jeden Blick im Griff hatte. Ihr selbst wäre so ein Leben zu anstrengend, allerdings mochte Bianca das Leben, das sie gerade führte, auch nicht sonderlich.

Ihre Mutter hatte in den letzten zehn Minuten dreimal angerufen, um ihr fünf unterschiedliche Arbeitsaufträge zu erteilen. Einer dringender als der andere, der Weltuntergang war demnach vorprogrammiert. Es lief immer auf die gleiche Art und Weise ab: Bianca erzählte ihrer Mutter von einem besonderen Abend, und ihre Mutter machte daraus eine kleine Egoshow.

»Wenn du das Handy nicht selbst ausschaltest und für den gesamten Abend verschwinden lässt, übernehme ich das«, sagte Carola.

Es wäre nicht das erste Mal, dass sie diese Drohung in die Tat umsetzen würde, also schaltete Bianca das Smartphone aus und steckte es in die Handtasche. »Meine Mutter glaubt mir nicht, dass ich ihre Schlaftabletten schon aus der Apotheke geholt habe. Sie hat noch welche daheim, aber sie schiebt Panik, dass der Nachschub ausbleibt. Manchmal würde ich ihr gerne alle auf einmal in den Mund stopfen.«

»Meinen Segen hast du.« Carola sichtete ihre Karten und ging langsam auf die Bühne zu.

In der Halle standen fünf lange Tischreihen mit den Kopfenden zur Bühne, und bis auf die jeweils zehn ersten Plätze gab es keine Reservierungen. Fünfzig Privilegierte. Für den Rest galt: Wer zuerst kommt, mahlt zuerst. Eine Absicherung dafür, dass jene, die gesehen werden wollten, pünktlich kamen. Bianca zweifelte nicht daran, dass sich die Reihen bis auf den letzten Platz füllen würden.

Da sie ihrer Freundin als Fahrerin dienlich sein durfte, hatte sie vor allen anderen die freie Platzwahl gehabt. Ihre Strickjacke in ähnlicher Farbe wie ihr fliederfarbenes Kleid ruhte auf dem Stuhl ganz links, direkt hinter einem reservierten Platz. Sie hoffte, dass sie ihren Sitznachbarn mögen würde. Dass hier niemand gelangweilt aufstehen konnte, um den Platz zu wechseln, mochte ausnahmsweise ein Vorteil sein.

Bianca hatte nie viel zu sagen. Ihre Arbeit als Sozialversicherungskauffrau interessierte keine Sau, und alles, was Carola und die gemeinsame Freundschaft – die immerhin schon seit der fünften Klasse bestand – betraf, würde sie als Geheimnisträgerin mit ins Grab nehmen. Was auf den Partys passierte, blieb auf den Partys. Die beste Möglichkeit, ein längeres Gespräch zu führen, war, Interesse an den Themen der anderen zu zeigen. Deshalb hoffte Bianca, neben ihr nähme jemand Platz, den sie leiden könnte.

Sie sah auf ihre Armbanduhr. Es dauerte noch dreißig Minuten, bis die Türen geöffnet wurden. Jeder war beschäftigt. Die Servicekräfte stellten die Tabletts für die Sektgläser bereit. Die Techniker überprüften den Ton. Carola ging ihre Eröffnungsrede durch. Bianca stand wie Falschgeld vor der Bühne und lächelte über ihre Gedanken hinweg. Es war immer gut, als Erste vor Ort zu sein, weil die Neuankömmlinge dann sie begrüßen mussten.

Carola liebte es, bei solchen Gelegenheiten als Letzte reinzuplatzen, sich durch die Gäste zu arbeiten und jedem die Hand zu schütteln. Für Bianca war schon der Gedanke ein Albtraum. Ihr war bewusst, dass Menschen, die viel zu früh irgendwo erschienen, ebenso unhöflich waren wie Menschen, die zu spät kamen, aber ihre Überpünktlichkeit hatte etwas Zwanghaftes. Jeder Versuch, mit Absicht zu spät zu kommen, endete mit einer Punktlandung.

Ich bin eben verlässlich, kommentierte sie ihren Gedankengang. *Das ist meine Superkraft.*

Carola winkte von der Bühne herab, was Bianca mit einem Nicken erwiderte. Diese Frau las in Menschen wie in Büchern. Bianca hatte irgendwann beschlossen, diese Fähigkeit schlicht zu bewundern, statt sich darüber zu ärgern, gläsern zu wirken. Körpersprache, Kleidung, Tonfall und Auftreten verrieten Carola immer und jederzeit, mit wem sie es zu tun hatte und wie sie diese Person handhaben konnte. Bianca kompensierte die Langeweile auf den Partys meist mit dem Studium von Carolas Umgang mit anderen. Manchmal versank sie in ihren Beobachtungen, als würde sie fernsehen. Die unglaubliche Welt der Carola Martins.

Warum auch immer diese Freundschaft fortbestand, Bianca stellte sie nicht mehr infrage. Vielleicht brauchte jede hübsche Frau eine hässliche Begleitung – oder zumindest eine nichtssagende.

Bianca ging an ihren Platz und setzte sich auf den Stuhl. Die Langeweile siegte, sie schaltete das Handy wieder ein. Sie wollte bei Facebook nach den neuesten Statusmeldungen gucken, vielleicht *Candy Crush* spielen, bis alle Gratisleben verbraucht waren, oder im Internet nachschauen, was zu später Stunde noch im Fernsehen lief.

Mit der PIN-Eingabe entsperrte sie die SIM-Karte, und die Nachrichten ihrer Mutter erschienen auf dem Display. Sie drückte eine nach der anderen weg. In einer Stunde würde ihre Mutter sie dank Schlaftablette nicht mehr terrorisieren.

Bei Facebook schrieben manche, dass sie nun zur Fischauktionshalle fahren würden, garniert mit Fotos von den schicken Gästen in spe. Jemand, den sie kaum kannte, spottete über das Playboy-Magazin, das zukünftig seine Bunnys bekleidet ablichten wolle. Und gerade als Bianca die App wieder schließen wollte, erschien ein neues Posting zum heutigen Event. Von Dagmar, die wahrscheinlich die schlimmste Woche ihres Lebens hinter sich hatte. Bianca wusste, dass Carola daran nicht so unschuldig war, wie sie tat. Sie hatte das Geschehen auf der Party beobachtet und gesehen, wie Carola ihre Fäden gesponnen und daran gezogen hatte. Auch wenn sich Biancas Mitleid für Dagmar in Grenzen hielt, fand sie, dass Carola zu weit gegangen war. Dies war Bianca an jenem Abend auch bei Jens rausgerutscht, als er begriff, was er angerichtet hatte.

Sie ließ sich das Posting anzeigen.

Das ist der schlimmste Tag meines Lebens. Ich musste meine Schwester gerade im Leichenschauhaus identifizieren. Franziska wurde bei einem Überfall ermordet!

Darunter häuften sich die Beileidsbekundungen. Alle von Gästen geschrieben, die jeden Moment durch die Türen kommen sollten.

Bianca sah von dem Smartphone zu Carola, die zufrieden auf der Bühne stand. *Sie muss es wissen, bevor jemand anderes es ihr sagt.* Jeder würde während dieses Abends über Franziska sprechen. Selbst wenn kaum einer sie kannte, kannte doch jeder Dagmar.

»Es ist alles bereit, ich denke, wir können die Gäste jetzt empfangen«, verkündete Carola.

»Warte«, rief Bianca lauter als gewollt. Sie lief mit dem Handy zur Bühne.

Carola kam ihr mit ernster Miene entgegen. »Was ist?«

»Hier, lies selbst.«

Carola las – und Wut durchbrach die Gelassenheit. Nicht viele Nachrichten schafften dieses Kunststück. Sie hielt das Telefon so fest, dass ihre Fingerknöchel weiß hervortraten. »Das darf doch nicht wahr sein!«

Deutlich arbeitete es in ihrem Kopf, dann gab sie Bianca das Handy zurück und überprüfte den Sitz ihrer Haare.

»Die Gäste sollen eintreten«, wies sie die Angestellten an.

Und mit leiser Stimme sagte sie zu Bianca: »Diese Nachricht wird mir meinen Abend nicht ruinieren, dafür steht zu viel auf dem Spiel.« Sie drückte die Schultern durch.

»Selbst wenn nur ein paar Leute das gelesen haben, wird es sich wie ein Lauffeuer hier verbreiten«, sagte Bianca.

Ein leiser Fluch kam über Carolas Lippen. »Okay, das bedeutet, dass ich das Programm etwas ändern muss. Mir fällt schon was ein.« Entschlossen wandte sie sich um und visierte eine Servicekraft mit Sektgläsern an.

Bianca sah auf das schwarz gewordene Display ihres Smartphones. So oder so würde dies ein denkwürdiger Abend werden. Und sie würde all ihren Besitz darauf verwetten, dass Carola selbst den Tod in Gold verwandelte.

Bald füllte sich die Halle zügig mit Männern und Frauen, die so herausgeputzt waren, dass Bianca sich in ihrem fliederfarbenen Kleid lächerlich fühlte. Ein paar Blicke bestätigten sie in diesem Eindruck. Zu allem Überfluss setzten sich Felix, Tatjana und David an Biancas Tisch, und keiner von ihnen würde das Wort an sie richten. Bianca war Luft. Vereinzelt hörte sie Gesprächsfetzen über Dagmar und den Tod ihrer Schwester; sensationsschwangeres Getuschel, ab und an ein Hauch schlechten Gewissens oder gesellschaftstauglicher Anteilnahme. Die Verlogenheit war die Triebfeder dieser Gesellschaft, bei der ausgeprägter Egoismus mit so vielen Plattitüden verschleiert wurde, dass Bianca sich wie eine Aussätzige fühlte. Ihr ehrliches Interesse an Menschen war wie ein Leiden, das ihrer Persönlichkeit die Farben entzog und ein fliederfarbenes Häufchen Elend zurückließ.

Sie beobachtete die Besucher.

Jens saß nicht mit Monique und Dorothea zusammen; anscheinend hing ihm die Sache mit Dagmar noch nach. Er saß weiter hinten bei den weniger privilegierten Gästen und unterhielt sich mit Bernadette. Nicht grade eine bessere Wahl.

Felix sah sich um, wahrscheinlich sondierte er, welche Holde an diesem Abend seine Gesellschaft genießen durfte. Er entdeckte Bernd Gerhardt, seinen größten Widersacher, am Nachbartisch, ebenfalls auf einem der Ehrenplätze, was Felix mit geballten Fäusten kommentierte. Die Sache mit Dagmar schien wenig Raum in seinem Denken einzunehmen. Von allen anwesenden Männern war er der Zielstrebigste. Genussmensch, Opportunist und harter Geschäftsmann. Wenn Bianca es genau bedachte, war Bernd sein Kryptonit – niemand sonst brachte ihn so leicht aus der Fassung. Wenn die Männer einem Streit nicht aus dem Weg gehen konnten, schwang etwas in den Wortgefechten mit, das Bianca nicht einzuordnen vermochte. *Irgendwas ist da zwischen den beiden.*

Einige Meter weiter fiel ihr Peter Kampe auf. Der Polizeipräsident zählte zu Carolas Lieblingen. Bianca war sich sicher, dass es dafür eine romantische Basis gab, die Carola niemals zugeben würde. In Carolas Welt bedeuteten Informationen Macht, was manchmal sogar Bianca von einer Mitwisserschaft ausschloss. Über Peter Kampe machte Bianca gern Witze und Andeutungen, um ihrer Freundin einen Funken Wahrheit zu entlocken. Aber Carola zog jeden Versuch ins Lächerliche.

Ein Raunen ging durch den Saal. Die Blitzlichter der Fotografen kündigten sie an, bevor Bianca sie sah: Elena Kudrow, das Meisterstück von Carolas Inszenierung, war angekommen. Sie betrat die Festhalle mit Grazie, während sich das regenbogenfarbene Kleid im Scheinwerferlicht funkelnd an die perfekten Kurven ihres jungen Körpers schmiegte. Der dunkle Teint und die asiatischen Gesichtszüge waren als Kombination schon besonders, aber ihre großen, grünen Augen ließen sie wahrhaft außergewöhnlich erscheinen. Die schwarzen Haare trug sie in leichten Wellen offen, und ihr feuriger Blick brachte Würze in die festliche Atmosphäre. Jeder musste Elena Kudrow anschauen, ob er wollte oder nicht.

Bianca sah zu Felix.

Es fehlte nicht viel, und ihm wären wie in einem alten Cartoon die Augen aus dem Gesicht gesprungen, und er hätte lustvoll geheult wie ein Wolf. Nun verstand Bianca, warum der Platz ihm gegenüber noch frei war.

Carola nahm Elena Kudrow vor aller Augen in Empfang und geleitete sie zum Tisch, wo sie Elena den direkten Sitznachbarn Felix, Tatjana, David und Bianca vorstellte und anschließend alle bat, sich wieder zu setzen.

Bianca schätzte an ihrer Freundin, dass sie von ihr in derartigen Situationen nicht übergangen wurde. Auch wenn Elena sie beim Händedruck nicht ansah.

»Du hast recht«, sagte Felix mit leuchtenden Augen zu Carola. »Das Kleid könnte nicht besser präsentiert werden.«

Ein engagierter Fotograf dokumentierte die Szene. Bianca lehnte sich zurück, um das Motiv nicht zu stören.

Mit einem zufriedenen Lächeln ließ sich Carola von einer Assistentin ein Mikrofon reichen und erklomm die Stufen zur Bühne. Bis zu diesem Moment war Bianca nicht bewusst gewesen, was ihre Freundin tatsächlich erreicht hatte. All das hier war der Wahnsinn. Unternehmer, Prominente, Politiker – nur Menschen von Rang und Namen, die einzig hier saßen, weil Carola sich über die Jahre ein Image erarbeitet hatte, das bis vor drei Jahren auf Sand gebaut war, auf Hörensagen und Gerüchten, die sie selbst in Gang gesetzt und nachträglich wahrhaftig gemacht hatte. Ihre Persönlichkeit war so präsent, dass kaum etwas hinterfragt wurde. Dabei war sie gelernte Steuerfachangestellte. Ihr buchhalterisches Geschick war ihr von Nutzen, aber die Zeit in der Kanzlei war nicht gerade glamourös gewesen. Carola selbst war es sehr wohl – immer schon.

Die Art, wie Carola die Bühne betrat und wartete, dass Ruhe einkehrte, war ein besonderer Anblick. Sie hatte es geschafft. Sie war die Siegerin in einem Wettkampf, dessen Regeln so kompliziert und heimtückisch waren, dass Bianca aufgegeben hatte, sie verstehen zu wollen.

»Vielen Dank, dass ihr so zahlreich meiner Einladung gefolgt seid«, begann Carola ihre Rede. »Uns erwartet ein famoses Programm mit großartigen Talenten, auf das ich mich schon freue, seit mir die Ehre zuteilwurde, es zusammenzustellen.«

Von einem auf den nächsten Moment schien alle Lebensfreude aus ihr herauszufließen. »Aber bevor wir beginnen, möchte ich euch um eine Schweigeminute für Franziska Wolff bitten. Die Nachricht ihres Todes hat mich eben erst erreicht, und ich bin erschüttert. Manche von euch werden Dagmars Schwester noch von meinen Partys kennen. Dass sie infolge eines Raubüberfalls sterben musste, macht mich so traurig und wütend, dass ich es kaum in Worte fassen kann.« Sie hielt inne und legte eine Hand über die Augen. Als sie weitersprach, wurde ihre Stimme dünn und brüchig. »Wenn man jung ist, glaubt man, man hätte alle Zeit der Welt. Menschen, die man mag, geraten in den Hintergrund, aber man vergisst sie nicht. Man glaubt, dass es selbstverständlich wäre, sie irgendwann wiederzusehen – aber das ist es nicht.« Wieder machte sie eine Pause und atmete mehrmals tief durch. »Heute habe ich eine Freundin verloren. Ich werde nie vergessen, wie sehr wir gelacht haben, als ich versuchte, meinen Kleiderschrank alleine aufzubauen und mir alles über dem Kopf zusammenfiel.« Tränen sammelten sich in ihren Augen. »Franziska, ich hoffe inständig, dass dein Mörder gefunden wird und die Strafe bekommt, die er verdient. Ich verspreche dir, dass ich für deine Familie da sein werde – es ist das Mindeste, was ich tun kann. Nun lasst uns eine Minute schweigen.«

Bianca ertappte sich dabei, Carola abzukaufen, dass sie ernsthaft schockiert war. Es war so berührend, wie sie dort oben stand und diese Worte aussprach, ihren Kopf neigte und der Toten gedachte. Und sie alle machten mit. Jene, die Dagmar gestern noch mit Häme bedacht hatten, bezeugten nun eine Anteilnahme, die sie angesichts dessen, dass sie die Tote kaum oder gar nicht kannten, nicht empfanden.

Die Minute endete, Carola räusperte sich. »Es fällt mir schwer, den vergnüglichen Teil einzuläuten, aber die Kreativität, Profession und Anmut des folgenden Äquilibristen ist reinste Poesie. Allein durch seinen Gleichgewichtssinn und seine Muskelkraft erschafft Pierre Forall ein Bild dieser fragilen Welt, die durch den Willen eines Mannes aus den Angeln gehoben werden kann.«

Bianca klatschte als Erste. Es war ihr egal, ob sie damit den Künstler empfing oder Carolas gelungene Rede bedachte, es fühlte sich einfach gut und richtig an. Carola hatte es geschafft. Durch ihre kleine Rede hatte sie alle Anwesenden auf den gleichen Stand gebracht, ihnen erlaubt, gedanklich durch das Jammertal der gesellschaftlichen Normen zu schreiten, und anschließend ihre Gäste an dem Punkt abgeliefert, wegen dem sie alle gekommen waren. Es gab keinen Grund mehr zu tuscheln, es war alles gesagt.

Das Programm lief anderthalb Stunden, dann kam der »gemütliche Teil«, in dem sich Investoren und Gäste zu kleinen Gesprächsrunden zusammenfanden, mit Handschlägen Geschäfte besiegelten und Felix mit dem Model an die Bar umzog. Bianca blieb auf ihrem Platz zurück wie das benutzte Geschirr, das im Gegensatz zu ihr von den eifrigen Servicekräften abgeräumt wurde. Das Essen war lecker gewesen – und extra leicht, wie Carola ihr verraten hatte. Niemand sollte nach den drei Gängen müde werden, und es war ihrer Sache dienlich, wenn der Alkohol besser wirkte.

Unauffällig warf Bianca einen Blick auf ihre Uhr. So wie dieser Abend lief, würde sie nicht vor zwei zu Hause sein, da sie versprochen hatte, Carola heimzufahren. Mit einem leisen Seufzen verabschiedete sie sich von der Wiederholung von *The Walking Dead*, die sie gern noch gesehen hätte. Nach dieser Horde Blutsauger um sie herum war die Aussicht auf ein paar Zombies lustig gewesen. Ihr Faible für Zombies schrieb sie ihrer verkorksten Familie zu, in der es normal erschien, dass sich geliebte Menschen veränderten und ekelig wurden.

»Amüsierst du dich?« Carola setzte sich kurz auf Elenas verwaisten Platz und fächelte sich mit einer Hand Luft zu.

»Die Show war atemberaubend.«

»Das habe ich nicht gefragt.«

»Alles gut, im Rahmen meiner Möglichkeiten amüsiere ich mich köstlich.«

Verheißungsvoll grinsend arrangierte Carola beiläufig die verbliebenen Gläser auf dem Tisch neu – und schon kam der befürchtete Vorschlag: »Ich könnte dir ein paar Junggesellen vorstellen.«

Alles, nur das nicht.

»Nein, danke. Aber sag mal, ist es Absicht, dass Peter ohne seine Frau hier ist? Soll er dich nicht lieber nach Hause fahren, wenn hier alles vorbei ist?«

Nun lachte Carola.

»Du weißt doch, der Herr Polizeipräsident ist nur mein geheimer Ritter, der mich jederzeit aus misslichen Lagen befreien würde.«

»Ich sehe seine Rüstung gar nicht.«

Mit einer anmutigen Drehung sah sich Carola zu ihm um. »Die trägt er drunter«, sagte sie und kicherte vergnügt. So aufgeputscht erlebte Bianca ihre Freundin selten. »Du kennst doch das Sprichwort: Freunde machen stark, Feinde machen klug. Ich würde sagen, es ist klug, so einen starken Freund zu haben.«

Carola bezeichnete Peter Kampe öfter als ihren Retter oder Schutz, sie schienen einen Deal miteinander zu haben, der so besonders war, dass sogar die alles durchdenkende Carola sich dazu verleiten ließ, Andeutungen zu machen.

Bianca rechnete es ihrer Freundin hoch an, von ihr Beachtung geschenkt zu bekommen, obgleich Carola das Zentrum dieser Veranstaltung war. Ständig drehte sich jemand nach ihr um, und nicht wenige warteten darauf, ein paar Worte mit ihr wechseln zu dürfen.

»Musst du nicht langsam zu deinen Gästen?«

»Warum kommst du nicht mit?« Carola meinte es ernst, obwohl sie beide wussten, dass Bianca stumm danebenstehen würde.

»Das ist deine Bühne. Ich bin wirklich stolz auf dich, du hast dich selbst übertroffen.«

Mit einem dankbaren Lächeln stand Carola auf. »Es steckt auch was von dir in allem, das weißt du, oder?« Sie streckte ihr eine Hand entgegen. »Komm mit, wir mischen uns unter die Leute.«

Bianca hob abwehrend die Hände. »Um Himmels willen, ich fühle mich hier an meinem Platz wohler. Geh ruhig.«

Es war Carola anzusehen, dass sie mehr dazu sagen wollte, aber sie beließ es dabei und strich über den Stoff ihres Kleides. »Irgendwann werde ich dich so lange schütteln, bis all deine Zweifel, Resignation und der Schatten deiner schrecklichen Mutter von dir abfallen.«

Mit einem Grinsen und einer scheuchenden Handbewegung entließ Bianca ihre Freundin, die kurz mit den Schultern zuckte und sich dann den nächsten Gästen zuwandte.

Der Schatten meiner schrecklichen Mutter.

Weiter hinten entdeckte Bianca wieder Jens. Er wirkte abwesend und blass, schlimmer noch als am Beginn des Abends. Wahrscheinlich kam die Eifersucht in ihm durch, weil Carola jeden bezauberte. Sie könnte sich einen schönen Mann für die Nacht aussuchen, aber so war sie nicht. Die Fäden, die sie zog, verursachten kontrollierbare Reaktionen. Mit ihrem Aussehen generierte sie Aufmerksamkeit, aber sie sorgte dafür, dass niemand es wagte, sie darauf zu reduzieren.

Vielleicht sollte ich Jens Gesellschaft leisten?

»Das sieht nach schweren Gedanken aus«, sagte ein Mann und nahm ihr gegenüber Platz.

Bianca sah sich irritiert um, ob jemand neben ihr saß oder stand.

»Entschuldigung, habe ich Sie gestört?« Der Mann meinte eindeutig Bianca – und er sah umwerfend aus. Groß, schlank, hellbraune Haare, die mit Gel leicht verwuschelt waren, und braune, fast schwarze Augen, mit denen er sie interessiert betrachtete. Mit dem dünnen Bärtchen, das über die Lippe und senkrecht am Kinn herablief, sah er verwegen aus. Wie ein Pirat, der sich als Manager verkleidet hatte. Er hielt ihr die Hand entgegen. »Ich bin Rune.«

Sie schüttelte die Verwunderung ab und erwiderte die Begrüßung. »Bianca.«

»Sie müssen ja ganz weit weg gewesen sein«, meinte er grinsend.

»Um ehrlich zu sein war ich gedanklich schon zu Hause auf dem Sofa.«

Er winkte eine Bedienung heran. »Zwei Gläser Sekt, bitte.«

Die Frau nickte geschäftig und machte sich auf den Weg. Es gefiel Bianca, dass er trotz Wohlstands – sonst wäre er nicht hier – ein höflicher Mensch zu sein schien. Die meisten Anwesenden sahen nicht mal hin, wenn ihnen etwas gebracht wurde oder sie Aufträge erteilten.

»Was machen Sie hier?«, fragte sie geradeheraus.

»Ich wurde eingeladen«, sagte er verwundert.

»Nein, das meine ich nicht.« Sie musste sich kurz sammeln, damit sie die richtigen Worte fand. Diese Situation war ungewohnt und irritierend für sie. »Warum haben Sie sich zu mir gesetzt?«

»Nun, ich kenne hier keinen, und Sie sitzen hier ganz verlassen, da dachte ich, dass wir beide davon profitieren würden.«

Bianca musste lachen. »Oh ja, das werden Sie ganz sicher.«

An seinem Blick erkannte sie, dass er ihren Ausspruch falsch verstand. »Nein, nicht meinetwegen«, ergänzte sie schnell und senkte den Blick auf die Serviette, die sie zwischen ihren Fingern zu kneten begann. »Ich will ganz ehrlich mit Ihnen sein, das verkürzt das Ganze ein wenig.« Ihr war klar, dass sie sich gerade die einzige Gelegenheit verdarb, zumindest einen Moment das Gefühl zu bekommen, doch irgendwie dazuzugehören, aber sie wusste, worauf es hinauslief, also konnte sie es ihm ebenso gut mit auf den Weg geben. »Alleine die Tatsache, dass Sie sich zu mir setzten, wird bei einigen Frauen für Aufmerksamkeit gesorgt haben. Zudem sind Sie ein extrem gut aussehender Mann, es wundert mich, dass Sie es überhaupt bis zu meinem Tisch geschafft haben, ohne abgefangen worden zu sein.«

Der Sekt wurde gebracht, Rune sah die Bedienung freundlich an und bedankte sich.

Ein Glas wird schon nicht schaden. Bianca nahm es entgegen und stieß mit ihm an.

»Und weiter?«

Sie nippte am Sekt. »Während Sie feststellen, wie langweilig meine Gesellschaft ist, sondieren Sie die Optionen, die sich Ihnen bieten. Monique oder Dorothea werden sicher bereits mit Ihnen Blickkontakt aufgenommen haben. Irgendwann haben Sie dann genug und entschuldigen sich, weil Sie mal zur Toilette müssen oder der Bedienung einen Weg ersparen wollen, woraufhin Sie dann aufstehen und ansatzlos zu den anderen gehen. Ende der Geschichte.«

Er lehnte sich zurück und fuhr sich mit zwei Fingern über das dünne Bärtchen. Biancas Blick blieb an seinen Lippen hängen, als käme der innere Teenager wieder in ihr durch. So ein Mann würde sie niemals küssen.

»Ich will auch ehrlich zu Ihnen sein«, sagte er. »Carola sagte, ich solle Ihnen mal Hallo sagen, weil sie der Meinung ist, dass wir uns gut verstehen würden. Als ich Sie hier sitzen sah, wusste ich, was sie meint. Sie sind nicht wie die anderen, und genau das macht Ihre Gesellschaft so reizvoll für mich.«

Bianca spürte, wie sie rot wurde. »Und woher kennen Sie Carola?«

Mit einer Hand zeigte er hinter sich auf die Bar. »Von dort, würde ich sagen.«

Carola war ganz in ihrem Element. Sie unterhielt ihre Gäste, netzwerkte und sah bezaubernd aus. »Sie hätten wohl kaum eine Einladung bekommen, wenn Sie Carola nicht vorher schon gekannt hätten.«

Er winkte ab. »Ich gehöre zu den Investoren, aber mir ist die Lust vergangen, hier ein paar Hände zu schütteln und meine Firma anzupreisen. Felix meinte, es wäre eine lohnende Sache, aber wenn ich mir seine Gesellschaft so anschaue, hatte er dabei wohl etwas anderes im Sinn.«

»Sie sind ein Freund von Felix?« Noch ein Grund, stutzig zu sein, dass er noch immer bei ihr saß.

»Lange Geschichte, aber ich würde lieber hören, was Sie so machen.«

Sein charmantes Grinsen machte Bianca verlegen. Er sah sie an, als sei er ehrlich interessiert, aber wenn Carola ihn zu ihr geschickt hatte, tat er wohl eher *ihr* einen Gefallen. *Sei nett zu der hässlichen Freundin und ernte deine Belohnung.*

»Oh je, habe ich Sie so verschreckt, dass Sie wieder in Ihre trüben Gedanken abtauchen?«

Peinlich berührt sah sie zur Seite. »Es ist wirklich nett von Ihnen, und ich fühle mich sehr geschmeichelt, aber Sie können Carola sagen, dass dies hier nicht nötig ist.«

Wie erwartet stand er auf und nahm sein Glas, aber statt

wegzugehen, kam er auf ihre Seite des Tisches und setzte sich dort hin, wo zuvor Felix gesessen hatte. Er rückte den Stuhl so herum, dass er ihr zugewandt war, dann streckte er auffordernd eine Hand aus, und Bianca legte sehr zögerlich ihre hinein. Es geschah aus einem anerzogenen Reflex heraus, aber jetzt, da sie seine Finger berührte, hoffte sie, er hielte sie eine Weile fest.

»Ich verspreche Ihnen, dass ich den Rest des Abends nicht mehr von Ihrer Seite weichen werde. Und das nicht, weil Carola es für eine gute Idee hält, sondern weil ich Sie kennenlernen möchte.«

Er führte ihre Hand zu seinen Lippen und gab ihr einen sanften Kuss auf die Fingerknöchel. Ungläubig sah sie ihm mit großen Augen dabei zu, und ein wohliger Schauer durchfuhr sie. Etwas Derartiges war ihr noch nie passiert. Alles, was bislang in eine romantische Richtung gegangen war, war am Terror ihrer Mutter gescheitert, der von Außenstehenden kaum zu ertragen war. Abwartend strich er mit dem Daumen über ihre Haut, und sie sah ihm offen in die Augen. *Scheiße, nicht verlieben!*

»Sollten Sie Ihre Meinung ändern und das Versprechen nicht halten wollen, dann quälen Sie sich bitte nicht zu lange mit Ihrem Abschied«, sagte sie dünn.

Mit einem Kopfschütteln legte er die zweite Hand über ihre. »Sie wissen gar nicht, wie interessant Sie sind, kann das sein? Lassen Sie sich tatsächlich von diesen Spinnern einschüchtern?«

Bianca war hin- und hergerissen. Sie wollte ihm ihre Hand entziehen, und gleichzeitig wünschte sie, er würde sie nie wieder loslassen, aber das, was er sagte, war so dermaßen dick aufgetragen, dass es lächerlich war.

Er drückte ihre Hand zur Bekräftigung seiner Worte. »Es ist eine Schande, dass Sie offensichtlich nie die Aufmerksamkeit bekommen, die Sie verdienen. Ich will nicht, dass Sie mir jetzt erzählen, warum ich mit meiner Feststellung falschliege, ich möchte, dass Sie nur mit mir hier sitzen, Sekt trinken und reden. Okay?«

Mit einem Nicken nahm sie sein Angebot an. Es war nichts verkehrt daran, diesen Abend zu genießen, egal, was danach käme. Und sie wollte ihm glauben. Welche Frau hätte das nicht gewollt?

Aus einem Glas Sekt wurden zwei, dann drei, dann hörte Bianca auf zu zählen. Rune hielt sein Versprechen, er blieb bei ihr, und nebenbei häuften sich die kleinen Berührungen. Mal ein Antippen am Arm, mal ein Knie an ihrem, oder er strich ihr eine Strähne ihrer braunen Haare hinters Ohr.

Monique blitzte bei ihm ebenso ab wie Dorothea. Bianca bekam mit, wie die beiden mit anderen redeten und verstohlen auf sie zeigten, und auch, dass Carola immer häufiger zu ihnen herübersah.

Es scherte sie nicht, ob die anderen über sie redeten, ob sie sich lustig machten oder die Möglichkeit bestand, dass dies ein abgekartetes Spiel war. Sie hoffte nur, dass Carola nicht sauer war, wenn sie ein Taxi nehmen musste.

Rune und Bianca redeten über die Show, die Gäste und das Leben, aber sobald ein Thema zu persönlich wurde, schwenkte er auf ein anderes um. Bianca war es gleich. Sie fühlte sich lebendig und angenehm beschwipst.

»Bevor der Abend endet und wir zu betrunken dafür sind, gibst du mir deine Nummer?«

Bianca verschluckte sich fast an dem Sekt. »Wie bitte?«

»Glaubst du nicht, dass ich dich wiedersehen will?«

Nein, das tat sie nicht, aber sie ließ es drauf ankommen. »Ich gebe dir meine Nummer, aber ruf wenigstens an, wenn …«

Er beugte sich vor und erstickte ihre Worte mit einem Kuss. Ihr Herz schlug vor Aufregung so stark, dass sie es im gesamten Körper fühlte. Dass ein Kuss so besonders sein konnte, hatte sie nicht gewusst. Um sie herum verschwand alles für diesen Augenblick. Seine Lippen waren sanft, aber nicht weich, der Bart strich über ihre Haut, und Rune roch aufregend gut. Der Kuss hatte forsch begonnen, aber nun wartete er auf ihre Reaktion. Jeder andere Mann ihrer Vergangenheit hatte sofort seine Zunge in ihren Mund gestopft, aber er tat das nicht. Er langte ihr nicht an die Brüste oder zwischen die Beine – grapschte nicht nach der Beute, als gäbe es kein Morgen mehr. Wie von selbst legte sie eine Hand in seinen Nacken und küsste ihn zurück.

»Meine Güte, sucht euch ein Hotel«, sagte Monique. »Das ist ja ekelig.« Zwei Sätze, die sie mal eben im Vorbeigehen in den Raum warf, um Bianca daran zu erinnern, dass ihr dieser Mann nicht zustand.

Bianca löste sich von Rune, sah ihr nach, bemerkte die Blicke der anderen, die alle dasselbe ausdrückten: Was will dieser gut aussehende Kerl denn von *der*?

Sie nahm ihre Hand fort und hob ihre Tasche vom Boden auf.

»Du wolltest meine Nummer haben«, sagte sie unsicher.

Er berührte sie am Arm. »Lass sie reden. Wen interessiert's?«

Um an den Notizblock zu kommen, musste sie ein paar Dinge herausnehmen. Rune griff nach einer Schachtel und las die Aufschrift. »Das sind aber heftige Schlaftabletten.«

»Die sind für meine Mutter.« Endlich fand sie den Block und einen Kugelschreiber und tauschte die Sachen eilig gegen das aus, was sie auf den Tisch gelegt hatte. »Sie verlässt seit fünf Jahren ihre Wohnung nicht mehr, deswegen bin ich für ihre Besorgungen zuständig.«

Moniques Kommentar und der Gedanke an ihre Mutter waren die kalte Dusche, die Bianca in die Realität zurückbrachte. Konzentriert schrieb sie ihre Nummer auf ein Blatt, riss es heraus und schob es zu ihm rüber. Rune zog den Block zu sich, schrieb seine Nummer und seinen Namen ebenfalls auf, trennte das Blatt ab und reichte es Bianca.

»Das war ein sehr schöner Abend, aber ich werde mir jetzt ein Taxi rufen«, sagte Bianca schnell und ergriff den Zettel.

Rune fing ihre Hand ab. »Und was, wenn du nicht gehst?«

Der Blick in seine Augen genügte, dass ihre Gedanken den Zusammenhang verloren.

»Lass uns woanders den Abend ausklingen lassen. Weit weg von Neidern und Giftspritzen.«

Wieder betrachtete sie seine Lippen, die sich so gut auf ihren angefühlt hatten. Das Verlangen nach mehr veranstaltete ein Verwirrspiel in ihrem Kopf. Sie war sonst kein körperlicher Mensch, aber von ihm wollte sie mehr fühlen. Seine Küsse, seine Hände, seine Haut. Egal, wohin sie gehen würden, es liefe überall auf genau eine Sache hinaus, weil ihr Körper auf diesen Mann reagierte. Wenn sie es verhindern wollte, wäre dieser Moment ihre letzte Chance.

»Ist gut«, sagte sie flüsternd. »Gehen wir.«

Trotz ihrer hohen Absätze war Rune etwa einen Kopf größer als Bianca. Er steckte den Zettel mit ihrer Telefonnummer in sein Portemonnaie und bot ihr seinen Arm an. Sie versuchte, mit hohen Hacken und Schwips möglichst würdevoll die Feier zu verlassen, aber ein unangenehmes Gefühl begleitete sie durch die Menge. Als wäre Rune ein Perverser, der auf Ausschussware stünde.

»Lass uns bitte einfach gehen, ich werde Carola morgen alles erklären und sie um Entschuldigung bitten.«

»Entschuldigung wofür?« Er legte seine Hand auf ihre, und sie gingen auf den Ausgang zu.

»Ich hatte versprochen, sie zu fahren, aber davon mal abgesehen, dass ich jetzt mit dir mitgehe, wäre ich dazu gar nicht mehr in der Lage.«

»Das haben wir gleich.« Er ließ sie stehen und ging zu Carola hinüber.

Bianca fühlte sich verloren ohne seinen Arm. Unsicher ging sie in Richtung Garderobe.

Sie ließ sich ihren Mantel geben, zog ihn an und steckte den Zettel mit der Telefonnummer in die Tasche. Während sie gingen, könnte sie immer wieder ihre Hand in die Tasche stecken und fühlen, dass alles wahr war.

Rune ließ sie nicht lange warten. Ohne eine Erklärung zückte er die Marke für die Garderobe und zog kurz darauf seine Jacke über. Sie passte zu ihm. Das braune Leder war abgenutzt und erweckte den Eindruck, er sei gerade von einem Abenteuer heimgekehrt oder würde sie jetzt in eines entführen.

Sie verließen die Fischauktionshalle und gingen ein paar Schritte die Straße entlang.

»Hier ganz in der Nähe ist das *Empire Riverside Hotel*, die Bar ist sehr gemütlich. Was meinst du?«

Als Bianca nur nickte, hielt er sie am Arm fest und drehte sie zu sich. »Warum verbringst du deine Zeit mit Menschen, die dir nicht guttun?«

Sie wollte wegsehen, aber er umfasste ihr Gesicht mit seinen Händen und fing ihren Blick. »Du bist so wunderschön, wenn du glücklich bist.«

Er küsste sie erneut. Und diesmal störte es niemanden. Was zaghaft begann, wurde leidenschaftlich. Bianca fuhr ihm mit den Fingern durch die Haare, fühlte, wie er sie sanft zurückdrängte, bis sie an einer Hauswand lehnte, und genoss seine

Hände, die von ihrem Gesicht zu ihren Hüften wanderten. Er neckte sie mit der Zungenspitze, verführte sie dazu, mehr als das zu wollen, und sie glaubte, vor berauschenden Gefühlen zu explodieren.

»Hotel klingt gut«, sagte sie atemlos.

Die Menschen wären besser dran ohne Lust und Liebe, weil es dann auch keine Eifersucht und keinen Neid gäbe. Sie wären passend zu ihrem täglichen Verhalten funktionierende Maschinen.

Lydia Raymond
Sozialwissenschaftlerin
Philosophie der virtuellen Macht

Als Bianca erwachte, war sie noch immer ziemlich betrunken. Durch die dicken Vorhänge vor den bodentiefen Fenstern drang kein Tageslicht, aber trotzdem war es im Raum hell, weil aus dem angrenzenden Badezimmer ein breiter Lichtschein auf das Bett fiel.

Nur sehr langsam eroberte das Begreifen ihren Verstand. Sie tastete mit einer Hand über das schweißnasse Laken und sah am Fußende ihr Kleid liegen.

Was habe ich getan? Auch wenn sie Single war und niemandem Rechenschaft ablegen musste, schämte sie sich dafür, wie sie sich am Abend aufgeführt hatte. Schleppend kam die Erinnerung zurück, wie sie mit Rune auf offener Straße rumgeknutscht hatte, anschließend waren sie zum Hotel gegangen, und Rune hatte ein Zimmer und eine Flasche Sekt bestellt. Alles vom Feinsten. Sie hatten sich durch die bodentiefen Fenster die Lichter der Stadt angeschaut, bis Rune die Vorhänge schloss und ihren Verstand mit seinem Körper ausschaltete.

Im Bad schepperte es. Rune war dort und machte sich fertig, um sie in diesem fremden Hotelzimmer zurückzulassen. Der Fluchtplan an der Tür und die Minibar sprachen für die Unverbindlichkeit dieses Ortes.

Benommen richtete sie sich auf und raffte die dünne Decke um ihren Körper. *Oh Gott, was habe ich getan?* Ihre Finger tasteten zur Stirn. Sie war zügellos gewesen. Alles war so intensiv gewesen, elektrisierend und unfassbar leidenschaftlich. Peinlich berührt erinnerte sie sich daran, dass jemand gegen die Tür gehämmert und sich über den Lärm beschwert hatte.

Der Sex war der Wahnsinn gewesen. Rune war forsch, dominant und gleichzeitig achtsam und vorsichtig – Bianca hatte sich vollkommen diesem Mann und ihrer ungeahnten Lust überlassen, ohne darauf zu achten, ob er ein Kondom benutzte, ohne abzuwägen, was der Morgen bringen würde.

Das muss ich Carola lassen, sie hat den Richtigen für diesen Job gefunden. Was bekam er wohl dafür? Einen Deal? Aufmerksamkeit? *Doch wohl kein Geld, oder?*

Im Bad ging das Licht aus, und Rune trat zurück in das dunkle Zimmer. Nun war also die Stunde der Wahrheit gekommen. Bianca zog die Decke etwas fester um ihren Körper.

»Danke, das war ein schöner Abend«, sagte sie möglichst locker zu dem Schemen in der Dunkelheit.

Er setzte sich wortlos neben sie, und der Geruch von Hotelseife stieg ihr in die Nase. Ihr Herz schlug schneller, als er sich zu ihr beugte. Vielleicht hatte sie sich geirrt, und er wollte sie gar nicht wieder verlassen?

Statt seiner Lippen spürte sie einen Finger auf ihrem Mund.

Es fühlte sich gut an, wie die Vorbereitung auf den Kuss, der mehr sein würde als spontane sexuelle Spannung. Sie öffnete die Lippen und wollte an diese Zuneigung glauben, egal, wie sehr sie ihre Empfindungen zu zügeln versuchte. Wenn er sie jetzt küsste, gehörte sie ihm. Es fühlte sich ohne den starken Rausch anders an, aber sie hieß jede Berührung willkommen.

Gern hätte sie ihm in die Augen gesehen, aber dafür war es zu dunkel. Mit sanften Berührungen strich er die Decke von ihren Brüsten. Sie war vollkommen nackt, während sie bei ihm Kleidung ertastete.

Vielleicht hatte er gehen wollen und sich umentschieden? Sie war ein Niemand, der Inbegriff von Bedeutungslosigkeit, aber er war real. Er drückte sie auf das Bett zurück und kniete sich neben sie auf die Matratze. Seine Finger streichelten sie, fuhren ihren Bauch entlang. Bianca stöhnte auf. Was zuvor in einem Rausch passiert war, wiederholte sich nun, und sie nahm jede Berührung bewusst wahr. Erst küsste er sie zwischen den Brüsten, dann näherte er sich ihrem Gesicht. Seine Hand strich wieder höher, und Bianca erwartete mit geöffneten Lippen, dass er sie küssen würde, aber stattdessen presste er die andere Hand auf ihren Mund.

Kleine Pillen verteilten sich zwischen ihren Zähnen. Bianca war überfordert, versuchte, sich ihm zu entwinden, griff nach seiner Hand, aber er war viel stärker als sie.

Er änderte seine Position und zog sie brutal mit sich.

Sie wollte schreien, aber die Pillen lösten sich langsam auf und vermischten sich mit ihrem Speichel. Gewaltsam drehte er sie um und nahm sie in den Schwitzkasten. Die Hand blieb fest auf ihrem Mund.

Bianca strampelte, kratzte ihrem Peiniger über die Arme, der ihr nun auch die Nase zuhielt. Der Druck auf ihrem Hals stieg. Sie kämpfte in ihrer Panik ohne Sinn und Verstand, schlug mit den Füßen gegen das Kopfende, doch es nutzte nichts.

Sie musste schlucken.

Der Wecker piepte neben Carolas Bett zum dritten Mal in zwanzig Minuten. Entgegen ihrer sonstigen Disziplin fiel es ihr diesmal schwer, früh aufzustehen, aber sie wachte mit einem Lächeln auf.

Was für ein Abend.

Die Investoren waren äußerst zufrieden und hatten ihr in Aussicht gestellt, dass sie derartige Veranstaltungen öfter und für ein größeres Honorar planen und durchführen dürfe. *Boulgatonie* würde mit Sicherheit Elena engagieren und Carolas Weitsicht begrüßen, dass sie dem Kleid eine bessere Präsentation ermöglicht hatte. Elena hatte sich an die Abmachung gehalten und Felix einen Korb gegeben, als er zudringlich werden wollte. Dass sie seinen Avancen nicht abgeneigt gewesen war, hatte man deutlich gesehen, aber für ihre Karriere und das Gelingen von Carolas Plan musste sie für Felix interessant bleiben.

Zufrieden drehte sich Carola auf die Seite und sah zu den Geschenken, die auf dem Boden neben der Tür zum Badezimmer standen. Champagner, Delikatessenkörbe, Blumensträuße, Karten fürs Theater, die Oper und das neue Musical *Phantom der Oper – Liebe stirbt nie*.

»Liebe ist was für Loser«, sagte sie leichthin. »Ich habe was Besseres.« Sie richtete sich auf und sah in den Spiegel. »Ich habe mich.«

Sie hatte dem Taxifahrer einen Bonus gegeben, damit er ihr half, alles nach oben zu tragen. Als sie daran dachte, warum Bianca sie hängen gelassen hatte, musste sie breit grinsen. Sie hatte keine Ahnung, wer dieser gut aussehende Mann war, aber ihn zu Bianca zu schicken, war eine weitere gelungene Idee des Abends gewesen. Als er sich verabschiedet und Bianca entschuldigt hatte, hatte er ihr galant einen Fünfzig-Euro-Schein überreicht und gesagt, dass es seinem Gewissen besser ginge, wenn er für Carolas sichere Heimfahrt aufkommen dürfe. Eine nette Geste, aber er verkannte, wer sie war. Die Zeiten, in denen sie andere ihre Taxis bezahlen ließ, waren längst vorbei. Sie hatte ihm den Schein in die Hemdtasche zurückgesteckt und gesagt: »Sorgen Sie nur dafür, dass Bianca einen schönen Abend hat.«

Ich kann es kaum erwarten, die Einzelheiten zu hören.

Jetzt war es nach neun, es wurde Zeit, einen Kaffee zu kochen und dann bei Facebook die News zu checken. Auch wenn sie nur mit Lob rechnete, war die Kontrolle notwendig. Konkurrenz schläft nicht – ein Grundgesetz des Kapitalismus, das seine Bedeutung auch und gerade im Internet zeigte.

Auf dem Weg zur Küche nahm sie ihr Smartphone vom Ladekabel und schaltete es ein. Diverse Nachrichten erschienen, keine davon war von Bianca. *Die schläft sicher noch.* Bei Monique und Dorothea war Bianca *das* Gesprächsthema des Abends gewesen. Sie hatten es nicht fassen können, dass ein solches »Leckerli« ausgerechnet die graue Maus abschleppte. Carola behielt für sich, dass er anfänglich mit ihr hatte anbändeln wollen. Doch er war nicht ihr Typ, und sie hatte für solche Gespräche keine Zeit gehabt. Der Stilbruch in seinem Erscheinungsbild war interessant, aber die Klangfarbe seiner Stimme und der Ausdruck in seinen Augen verrieten deutlich, dass er in diese Gesellschaft nicht hineinpasste. Genau wie Bianca. *Ich sollte Datingpartys organisieren.*

Sie füllte Wasser in den Kaffeevollautomaten und sah immer wieder auf das Display, wo die Facebook-App die neuen

Inhalte lud. Ihr Smartphone überbrückte die Zeit, bis sie endlich am Laptop saß. Ohne hinzusehen schaltete sie die Maschine an und wartete, bis die Startroutine beendet war und sie ihr persönliches Kaffeeprofil einstellen konnte. Ein großer Becher Crema, nicht zu stark, natürlich frisch gemahlen. Diese Maschine war eines der besten Geschenke, die sie bekommen hatte. Vieles verschenkte sie weiter, weswegen sie immer notierte, von wem sie was wann bekam. Unter dem Boden dieser Maschine klebte ein Zettel mit dem Namen Pascal, und sie war das Einzige, was man jemals von Pascal in ihrer Wohnung sehen würde. Wer Grenzen überschritt, flog von der Liste. Was Pascal anging, tröstete die Kaffeemaschine – wie teuer auch immer sie gewesen war – nicht über sein ausschweifendes Partygehabe hinweg.

Ein Signalton lenkte ihre Aufmerksamkeit auf das Display des Smartphones. Wie erwartet bedankten sich die Personen, die daran arbeiteten, öfter eingeladen zu werden, noch in der Nacht. Sie wähnten einen Fuß in der Tür, was lächerlich war, weil sie absolut keinen Nutzen für Carola boten. Manchmal lud sie zwei oder drei dieser Personen ein, wenn eine Party durch die Gästeauswahl zu ernst zu werden drohte. Die Neuen brachten Staunen und Freude mit, vermittelten, wie besonders Carolas Einladung und ihr Apartment waren. Die Gastgeberin war stolz auf die Komposition aus Schwarz und Weiß und dass man nicht ein einziges IKEA-Möbelstück hier fand.

Als der Kaffee endlich lief, holte sie ihren Laptop aus der Tasche. *Dann wollen wir mal.*

Der Laptop war fast nie gänzlich ausgeschaltet. Die geöffneten Programme erinnerten Carola an diverse Dinge, die noch zu erledigen waren. Bewertungen, die geschrieben werden mussten, Anfragen von potenziellen Geschäftspartnern, die auf Antwort warteten. Im Browser waren drei Tabs permanent verfügbar: Google Analytics, damit sie in Echtzeit die Besuche auf ihrer Homepage mitverfolgen und das Klickverhalten analysieren konnte, Facebook, Twitter.

Derzeit war es ruhig auf ihrer Page, so wie es an einem Sonntagmorgen zu erwarten war, also widmete sie sich gleich Facebook.

Dagmars Posting hatte über zweihundert Beileidsbekundungen erhalten. Manche hatten den Beitrag sogar gelikt, was wahrscheinlich mehr einem Automatismus als einem Gutheißen der Todesnachricht zuzuschreiben war. Carola las nur die letzten Kommentare und fand sofort, was sie suchte. Bernd wünschte ihr viel Kraft für diese schwere Zeit, erwähnte, wie berührend Carolas Rede gewesen sei und dass Dagmar nur Bescheid sagen müsste, wenn sie etwas bräuchte.

Dagmar hatte auf den Kommentar geantwortet. Diese falsche Schlange schert sich doch einen Dreck um mich oder was meiner Schwester widerfahren ist. Ich danke dir, Bernd. Es ist schön, einen Freund zu haben.

Darunter ein Kommentar von Moni. Echt mal, der Tod deiner Schwester ist tragisch, aber deswegen musst du nicht gleich Carola beleidigen. Ihre Anteilnahme hat mich fast zum Weinen gebracht, du solltest deine Wut nicht an ihr auslassen.

Dann wieder Dagmar: Schon klar, dass du ihr beistehst. Ihr seid doch alle gleich.

Monique war nicht der hellste Stern am Firmament, weswegen sie dauernd herrlich unbedacht kommentierte. Wenn es Streit gab, drängelte sie sich immer an die vorderste Front, wo sie dann mit Worten um sich schoss. Dadurch übernahm sie vieles, worum sich Carola andernfalls kümmern müsste, und Monique wusste nicht einmal, welchen Dienst sie ihr damit erwies.

Nun konnte sie in Echtzeit dabei zugucken, wie die beiden

Frauen einander noch viele weitere Kommentare lang beleidigten. Die Garderobennummer mit Felix wurde ins Spiel gebracht, und Dagmar wurde so richtig ausfallend. Carola lehnte sich zufrieden zurück und legte die Fingerspitzen aneinander. Wer sich zu solchen Kommentaren herabließ, hatte dieses Spiel nicht verstanden. Der Tod ihrer Schwester hätte ihre beschädigte Reputation wieder kitten können. Sensationen verpufften, wenn Anteilnahme gefragt war. Wenn man keine persönlichen Schicksalsschläge benutzen konnte, dann setzte man sich eben für andere ein, die etwas Taugliches erlitten, und am Ende tat man womöglich tatsächlich etwas Gutes für diese armen Menschen. Carola hatte im Laufe ihrer Karriere dafür gesorgt, dass das Kinderhospiz finanzielle Unterstützung bekam, eine obdachlose Familie mit ihren fünf Kindern in ein Haus ihrer Wahl ziehen durfte und eine Firma Prothesen für Kinder in Kriegsgebieten spendete. Carola lenkte damit von kleinen Fauxpas ab und hielt sich auf positive Weise im Gespräch. Alles, was Dagmar tun müsste, wäre, Bilder von ihrer Schwester zu posten, den Menschen mitzuteilen, wie sehr der Verlust schmerzte und wie fassungslos und ohnmächtig sie sei.

Sie klickte auf Dagmars Profil. Anders als sie selbst hatte Dagmar die Sicherheitseinstellungen so gewählt, dass jeder Besucher Beiträge in ihrer Chronik veröffentlichen konnte, weswegen Carola das lästige Scrollen zu den interessanten Postings nicht erspart blieb. Diese Frau war so außer sich, so unbedacht und dumm, dass es Carola beinahe schon leidtat, was mit ihr geschehen würde.

Jetzt kommen sie alle an und heucheln Mitleid. Erst machen sie mich fertig, jetzt tun sie so, als wären sie Freunde. Ich wünsche Carola, dass sie am eigenen Leib erfährt, wie es sich anfühlt, wenn man einen geliebten Menschen verliert. Das Leben ist nicht fair. Der Tod meiner Schwester tut so schrecklich weh, und

Carola schmeißt eine Party. Wahrscheinlich lachen sie alle über mich. Aber das wird sie bereuen.

Gleichmütig machte Carola einen Screenshot und speicherte das Bild mit Dagmars Namen und Datum in einem speziellen Ordner ab. Jeder, der ihr in irgendeiner Weise schon mal gedroht hatte, wurde von ihr gelistet und die Beweise gespeichert.

»Was willst du tun?«, fragte sie sarkastisch ihren Bildschirm. »Mich mit Dreck bewerfen?«

Sie stand auf und holte sich den Becher Kaffee. »Mehr hast du doch nicht drauf. Du hattest alles in der Hand und hast es vergeigt.«

Die Kommentare zu diesem Posting lasen sich wie ein Wortkrieg. Manche stimmten ihr zu – Personen, die Carola längst ausgesiebt hatte, niemand, der wichtig war –, andere verteidigten Carola oder nutzten die Gelegenheit, Dagmar zu sagen, wie scheiße sie ihr Auftreten fanden. Ein paar versuchten, die Wogen zu glätten, betonten, dass man in seiner Trauer durchaus zu Überreaktionen neige und man ihre Worte nicht zu ernst nehmen solle. Was Dagmar wiederum wütend untergrub, indem sie betonte, wie ernst es ihr sei. Ein Schauplatz, den Carola zufrieden verließ.

Als Nächstes sah sie sich das Profil von Martina Sasse an. Dabei interessierte sie weniger, ob die Neue im Ring etwas kopierte, sondern auf welchem Level sie inzwischen agierte. Carolas Erfolg beruhte nicht darauf, Angst vor Konkurrenz zu haben. Wenn andere ihr nacheiferten, verstand sie es als Ansporn, kreativ und geschickt am Ball zu bleiben. Frauen wie Dagmar und Martina gehörten zu der Hydra, der man noch so viele Köpfe abschlagen konnte – es wuchsen immer neue nach.

Bei Martina gab es nichts Interessantes. Sie hatte sich selbst den Titel *Trend-Expert* verliehen, was nicht ganz zu ihrem

Blog passte. Entweder sprach sie voreilig von einem neuen Trend, der nicht mal eine Woche überlebte, oder sie hinkte hinterher. Bei derartigen Titeln war es wichtig, dass andere sie einem verliehen. Alles andere war anmaßend und ungeschickt.

Als Carolas Finger die richtige Betriebstemperatur hatten, klickte sie auf die Facebook-Startseite und verfasste ein entsprechendes Posting zu dem, was sie bei Dagmar gelesen hatte.

Liebe Freunde, viele von euch haben von dem tragischen Tod einer Freundin bereits gehört. Es fällt mir immer noch schwer, zu begreifen, dass Franziska brutal aus dem Leben gerissen wurde. Ich habe auch gelesen, was ihre Schwester über mich geschrieben hat. Ich bitte euch inständig, von bösen Worten abzusehen. Wenn ich an ihrer Stelle wäre, wüsste ich auch nicht, wohin mit all dem Schmerz und der Wut. Bitte gebt ihr die Zeit, die sie braucht, um mit dem Verlust klarzukommen, seid für sie da und seid nachsichtig, wenn sie etwas schreibt, das euch ungerecht oder beleidigend erscheint. Wir sind doch eine Familie.

Mehr würde sie zu diesem Thema nicht sagen. Menschen, die sich rechtfertigten, waren Verlierer. Es genügte, eine Richtung vorzugeben und dann die anderen mit ihren Gedanken allein zu lassen.

Ein Chatfenster öffnete sich, und ein Fremder schickte ihr eine Nachricht. *Freund Amié* lautete sein Name, was nach Spam und Zeitverschwendung klang.

Hallo Carola.

Sie ignorierte es. Das kleine Profilfoto zeigte eine schlafende Frau in einem Bett, was sich Carola definitiv nicht genauer ansehen wollte. Normalerweise landeten derartige Nachrichten im Ordner *Sonstiges* und wurden ihr nicht mal angezeigt.

Du bist viel zu großzügig Dagmar gegenüber, erschien die nächste Nachricht.

Nun schrieb sie doch zurück.

Wie bitte?

Sie beleidigt dich, droht dir und zieht dich öffentlich durch den Dreck. Aber du bittest um Nachsicht und bietest deine Hilfe an?

Sie macht eine schwere Zeit durch.

Sie klickte auf sein Profil, das absolut keine Inhalte anzeigte. Entweder, weil er nichts öffentlich teilte, oder weil es gerade neu angelegt worden war. Er befand sich nicht in ihrer Freundesliste, und das wollte sie auch nicht ändern.

Du bist umgeben von Undankbarkeit.

Ich komme damit klar. Ich muss jetzt auch weiterarbeiten. Hab einen schönen Tag!

Diese Masche zog bei ihr nicht. Wenn dieser Kerl glaubte, er könnte ein Gefühl der Verbundenheit oder Interesse erzeugen, indem er sich als einzig verständiger Freund anbot, lag er meilenweit daneben. Sie sah wieder auf das Profilbild. Kerle, die Frauenbilder benutzten, versteckten meist, dass sie erbärmliche Loser waren. Carola zweifelte nicht einen Moment daran, dass ein Mann dahintersteckte.

Und du erst, erschien seine Nachricht.

Sie wollte sich das Profilbild nun doch genauer anschauen, aber als sie es anklickte, war es verschwunden und durch ein neues ersetzt worden. Jetzt zeigte es eine alte Holztür mit der Aufschrift *Herein*. Sogar aus dem Fotoordner *Profilbilder* auf seiner Seite war das Foto mit der Schlafenden verschwunden.

»Spooky«, sagte sie und machte einen Screenshot – nur für alle Fälle. Dann widmete sie sich angenehmeren Dingen: dem Lesen des Feedbacks zum vergangenen Abend und dem Beantworten der Danksagungen. Der Fotograf hatte ihr die Bilder bis fünfzehn Uhr zugesagt, dann würde sie einen entsprechenden Blogartikel zum Event schreiben und die Investoren mit der richtigen Bilderauswahl zufriedenstellen. Zwei Stunden verbrachte sie mit Lesen, Kommentieren und Teilen. Und sie hatte noch nicht mal bei Twitter reingeschaut. Die User wachten langsam auf, gingen einer nach dem anderen online. Wer am Abend dabei gewesen war, demonstrierte öffentlich, dass er zu den Privilegierten gehörte, indem er Handyfotos oder Details lobend teilte.

Carola machte eine Pause. Sie sah auf ihr Handy, das keine Nachricht von Bianca anzeigte, und wurde langsam ungeduldig. »Na komm schon, ich will alles hören.«

Beiläufig entsperrte sie das Display und öffnete WhatsApp. Sie ignorierte, was andere ihr geschrieben hatten.

Meldest du dich, wenn du wach bist?

Die Nachricht wurde übertragen, aber die blauen Häkchen für die Lesebestätigung blieben aus – sie musste sich gedulden. Das konnte bedeuten, dass Biancas Nacht so gut verlaufen war, dass sie sich immer noch in männlicher Gesellschaft befand. Vielleicht schaffte der schöne Unbekannte ja das Wunder, das Carola in all den Jahren trotz ihres Talents nicht hinbekommen hatte: Bianca aus ihrem grauen Dasein zu reißen. Bianca war nicht hässlich, sie war nur uninteressant.

Jeder Versuch, sie neu einzukleiden oder ihr Make-up-Tipps zu geben, endete mit ihrer Ablehnung. Bei dem Auslöser dafür war Carola sogar dabei gewesen.

Damals waren sie sechzehn gewesen, und Carola hatte ihre Freundin für die Disco zurechtgemacht. Bianca war so stolz auf ihr Aussehen und trug einen kurzen, schwarzen Rock, dazu eine schwarze Tunika, die ihre Problemzonen kaschierte und ihr wunderschönes Dekolleté zeigte. Mit mehr Selbstbewusstsein wäre sie eine schöne Frau geworden, aber bevor sie das Haus verließen, mussten sie an Biancas Mutter vorbei.

»Wo willst du hin? Du bist gekleidet wie eine Hure. Ist es jetzt so weit? Schmeißt du dich den Kerlen an den Hals?«

Die Art, wie sie auf ihre Tochter hinabsah, machte etwas mit Bianca, das man ihr bis heute ansah. Seelenschaden war das Wort, das Carola dabei in den Sinn kam. Bianca hatte sie zwar trotzdem begleitet, in der Disko aber keinen Moment lang die Jacke abgelegt.

Jeder war selbst seines Glückes Schmied, aber Carola sah ein, dass das Schicksal Bianca keinen vernünftigen Hammer mitgegeben hatte.

Die Freundschaft bestand fort, weil Carola aufhörte zu missionieren und Bianca einen festen Platz als Zaungast einnahm. Ihre Beobachtungsgabe war bemerkenswert. Mit ihr konnte Carola jede Situation reflektieren und Nutzen daraus ziehen. Wenn ihre Freundin jetzt tatsächlich die Gunst eines Mannes gewonnen hatte, der bei anderen Frauen Neid auslöste, dann gönnte sie ihr jeden süßen Augenblick.

Das Telefon klingelte.

Endlich!

Erwartungsvoll sah sie aufs Display, das jedoch den Schriftzug *Biancas Mutter* anzeigte. *Ach du Scheiße.*

Sie hatte mit Absicht nicht *Cordula Dreier* zu der Nummer abgespeichert, weil die Worte *Biancas Mutter* eine deutlichere Warnung waren.

Nur widerwillig nahm sie das Gespräch an. »Hallo?«

»Ich erreiche Bianca nicht«, fiel Frau Dreier mit der Tür ins Haus. »Seit gestern Abend nicht. Da ist sicher was passiert.«

»Nein, Frau Dreier, es ist es alles in Ordnung. Bianca war mit mir bei einer Show, wo keine Handys erlaubt waren. Es ist sehr spät geworden.« Mit dieser Frau zu reden war so angenehm wie das Stochern in einem Wespennest.

»Mir war schon klar, dass ich bei der Richtigen anrufe. Immer, wenn Bianca unzuverlässig ist, steckst du dahinter.«

Auch wenn es Carola schwerfiel, ließ sie diesen Vorwurf unkommentiert. Ein Freundschaftsdienst, weil sie wusste, was Bianca zu hören bekam, wenn ihrer Mutter eine Erwiderung nicht passte.

»Es tut mir leid«, sagte sie stattdessen. »Ich bin mir sicher, dass sie sich bald bei Ihnen melden wird.«

»Das muss sie, sie weiß doch, dass ich meine Tabletten brauche. Mein Kühlschrank ist fast leer, will sie mich aushungern? Macht ihr euch einen Spaß daraus, mich am ausgestreckten Arm verrecken zu lassen?«

Carola wurde ganz ruhig. Was Bianca seit frühester Kindheit provozierte, sorgte bei ihr dafür, dass sie den Respekt vor diesem Biest verlor. Sie wartete seit Jahren auf die Gelegenheit, alles mal unverblümt auszusprechen, aber die ergab sich nicht.

»Sie sollten lieber die Leitung freimachen, damit Bianca Sie erreichen kann«, sagte sie stattdessen kühl.

Ohne ein weiteres Wort legte Biancas Mutter auf.

Immerhin hatte Carola jetzt einen Grund, ihre Freundin anzurufen.

Aber auch bei ihr ging Bianca nicht ran.

Richter sind allgegenwärtig. Urteile werden im Sekundentakt gesprochen. Leichtfertige Todesstrafen gelten als gesellschaftliches Unterhaltungsprogramm und Überlegenheit als Lebensgefühl der ausgereiften Eitelkeiten.

Lydia Raymond
Sozialwissenschaftlerin
Philosophie der virtuellen Macht

Screenshot von Carola Martins Facebook-Veranstaltungsseite
Fischauktionshalle

Theresa Lange Unsere Turteltauben des Abends.
[Ein Foto zeigt Bianca und Rune kurz vor dem Kuss]
Gefällt mir · Kommentieren · Teilen
Martina Sasse, Freund Amié und 57 weitere Personen

Sybille Klaasen Das habe ich gar nicht mitbekommen. Ist das gephotoshopt?
Gefällt mir · Antworten · 1 · 58 Min.

Monique Müller Ich kann das immer noch nicht fassen, wie die sich an ihn rangemacht hat.
Gefällt mir · Antworten · 3 · 56 Min.

Dorothea Buthe Das war echt peinlich. Spaßbremsige Mutter Vernünftig macht einen auf Luder.
Gefällt mir · Antworten · 7 · 55 Min.

Theresa Lange Ich fand die beiden voll süß zusammen.
Gefällt mir · Antworten · 53 Min.

Bea Volkhard Ich auch!
Gefällt mir · Antworten · 2· 51 Min.

Monique Müller Süß? Ich fand es eher abartig. Ich dachte schon, die würden jeden Moment den Tisch abräumen, um drauf zu vögeln.
Gefällt mir · Antworten · 👍 2 · 48 Min.

Sybille Klaasen Hat was von einem Unfall, man kann gar nicht wegsehen.
Gefällt mir · Antworten · 👍 9 · 45 Min.

Bernadette Ladweg Muss das immer alles so öffentlich sein? Ist euch das echt egal, dass Bianca das hier lesen kann?
Gefällt mir · Antworten · 👍 7· 45 Min.

Dorothea Buthe Wer sich öffentlich jemandem so an den Hals schmeißt, muss auch mit den Kommentaren leben.
Gefällt mir · Antworten · 👍 4 · 43 Min.

Martina Sasse Das hat man bei der armen Dagmar gesehen.
Gefällt mir · Antworten · 👍 11 · 41 Min.

Dorothea Buthe Arme Dagmar? Jetzt hört's aber auf.
Gefällt mir · Antworten · 👍 6 · 40 Min.

Monique Müller Was mischst du dich überhaupt ein, Martina? Du warst nicht mal eingeladen.
Gefällt mir · Antworten · 👍 9 · 39 Min.

Freund Amié Wer Festivitäten oberster Extraklasse zu einem Schauplatz zügelloser Lust macht, ist eine Schande für die Gastgeberin. Es ist nicht Spott, was sie verdient …
Gefällt mir · Antworten · 👍 15 · 35 Min.

Als Carola die Kommentare zu Biancas Foto las, wurde sie wütend. Besonders über das, was der vermeintliche *Freund* geschrieben hatte. Sie würde herausfinden, wer dahintersteckte, und ihn dafür leiden lassen.

»Amie schreibt man ohne Akzent, du Vollpfosten«, sagte sie halblaut und überlegte, was sie Sinnvolles schreiben könnte, ohne zu sehr in die Diskussion hineingezogen zu werden.

Etwas lief auf Biancas Kosten aus dem Ruder, weil niemand sonst eine Angriffsfläche geboten hatte. Dem wollte sie ein Ende setzen, aber das Klingeln ihres Telefons hielt sie vorerst davon ab. Die Nummer kannte sie nicht. Sie nahm das Gespräch an und beobachtete nebenbei, wie weitere Kommentare unter dem Foto erschienen.

»Hallo?«

»Sind Sie Carola Martins?« Die männliche Stimme klang ernst und distanziert.

»Wer ist da bitte?«

»Mein Name ist Kommissar Friebeck von der Hamburger Polizei. In dem Portemonnaie von Bianca Dreier haben wir einen Beleg gefunden, der Sie als Notfallkontakt ausweist.«

Polizei? Carola drehte sich vom Laptop weg, um ganz bei dem Gespräch zu sein. »Was für ein Notfall?«

Der Beamte räusperte sich. Im Hintergrund hörte sie leise Gespräche und hallende Schritte wie in einem leeren Flur. »Frau Dreier wurde leblos in einem Hotelzimmer aufgefunden. Sie konnte reanimiert werden und befindet sich nun auf der

Intensivstation im Eppendorfer Krankenhaus. Können Sie uns Genaueres über Frau Dreiers Begleitung am gestrigen Abend sagen?«

Carola konnte gar nichts sagen. Sie konnte nicht mal denken.

Bianca?

»Hatte sie einen Schlaganfall?«, fragte sie dünn. Es war gut möglich, dass die plötzliche Aufregung zu viel für sie gewesen war.

»Nein«, sagte der Beamte im gleichbleibenden Tonfall. »Den Verletzungen nach zu urteilen hat jemand versucht, Frau Dreier zu ermorden.«

Ermorden??

Carola stand auf und durchschritt den Raum. Sie brauchte Bewegung, um Ordnung in ihren Kopf zu bringen. »Wer würde so was tun wollen? Bianca ist der harmloseste Mensch, den ich kenne.«

Das Atmen am anderen Ende der Leitung klang ungeduldig. Sie schätzte den Beamten auf ihr eigenes Alter, höchstens Anfang dreißig.

»Das versuchen wir herauszufinden, Frau Martins. Also, wissen Sie, mit wem Frau Dreier letzte Nacht zusammen gewesen ist?«

Ihr Verstand übernahm wieder die Kontrolle und verdrängte die ungewohnte Verwirrung. »Sein Name war Rune. Sie haben sich gestern bei einem Event in der Fischauktionshalle kennengelernt. Ich kann Ihnen ein Foto zukommen lassen.«

»Kennen Sie auch einen Nachnamen?«

Sie dachte angestrengt nach. »Moment, bitte.«

Schnell ging sie zu ihrer Tasche und suchte nach der Gästeliste, aber sie war nicht darin. Sie konnte sich nicht erinnern, die Liste irgendwo liegen gelassen zu haben, und auch wenn sich darauf keine Adressen befanden, war die Auflistung der

Namen Gold wert. Nicht umsonst hütete sie ihre Listen wie einen Schatz.

Wütend über das Verschwinden kehrte sie zum Laptop zurück. Bei Facebook häuften sich die Kommentare.

»Ich sehe eben auf die Gästeliste«, erklärte sie ihr stummes Handeln und rief das Programm Excel auf.

Die Datei war recht lang, aber mit der Suchfunktion dauerte es nur wenige Sekunden. Der Name Rune stand nicht darauf.

»Es tut mir leid, ich weiß nicht, wer dieser Mann war. Er hatte eine Einladung dabei, sonst wäre er nicht reingekommen, aber sein Name steht nicht auf meiner Liste.« Ihrer Kontrolle entging niemals etwas, wie hatte er das geschafft? »Wird sie wieder gesund?«

Der Beamte redete mit jemandem und schien für einen Moment das Telefon gegen seine Uniform zu drücken. »Ich kann Ihnen sagen, dass Frau Dreier großes Glück gehabt hat, dass sie gleich gefunden wurde. Alles Weitere ergibt sich, wenn sie aufgewacht ist. In dem Notfallpass steht ausdrücklich, dass *Sie allein* über ihren Zustand informiert werden dürfen und gegebenenfalls Entscheidungen in ihrem Sinne fällen sollen. Meine Kollegen prüfen noch, ob dieses Dokument als Patientenverfügung ausreichend ist. Die Ärzte sagen, sie hat aufgrund einer Überdosis Schlaftabletten einen Atemstillstand erlitten. Es ist gut möglich, dass neurologische Schäden zurückbleiben.«

Die Schlaftabletten ihrer Mutter.

»Kann es sein, dass sie die Tabletten selbst genommen hat, weil Rune sie …«

… abserviert hat? Vergewaltigt hat?

»Gut möglich, dass die Würgemale und blauen Flecken im Gesicht ihr vorher zugefügt wurden.« Der Beamte räusperte sich erneut. Offensichtlich hatte er mehr gesagt, als er wollte.

Carola klickte wieder auf Facebook, speicherte das Foto und entfernte dann das Posting mit all seinen Kommentaren von der Veranstaltungsseite.

»Ich fahre gleich zum Krankenhaus«, sagte sie zu dem Polizisten.

Kommissar Friebeck nannte ihr eine Mail-Adresse, an die sie das Foto schicken sollte, und eine Telefonnummer, die sie anrufen sollte, falls ihr weitere Informationen einfielen.

Sie beendete das Gespräch und sah ernüchtert auf das Laptopdisplay. Nachfragen liefen auf, wo das Foto geblieben sei. Zwischen den Kommentaren zu den Nachfragen wurde es erneut gepostet, und Carola löschte es wieder.

Bitte keine weiteren Fotos von Bianca und ihrem Begleiter. Ich erkläre euch später alles, aber es ist wichtig, dass jetzt keine Bilder mehr von den beiden online gestellt werden.

Mehr wollte sie zu diesem Zeitpunkt nicht sagen. Die Geier warteten nur auf solche Sensationen, und Carola wollte die Brocken mundgerecht zurechtschneiden. Denn das, was Bianca passierte, passierte auch ihr. Wie es aussah, hatte sie unterschätzt, wie schutzbedürftig ihre Vertraute war, weil sie ansonsten nie eine Rolle spielte. Sex und Mordversuch kreierten eine Verkettung von Möglichkeiten, die allesamt negativen Einfluss auf Carolas Reputation haben würden. Jetzt durfte nichts überstürzt werden.

Sie leitete die Aufnahme an Kommissar Friebeck weiter und wandte sich ab. Der Laptop lief weiter, während sie ins Schlafzimmer ging und das passende Outfit für den Krankenhausbesuch wählte. Ihr Handy klingelte, die Geier witterten Beute. Kurze Signale verkündeten eingehende Chatnachrichten, und so passierte bereits das, was Carolas Erfolg zu einer Nebensache werden ließ.

Im Bad blieb sie vor dem Spiegel stehen und sah sich in die

Augen. »Ich schaffe das. Bianca wird wieder gesund, sie wird Stärke zeigen, und den Blogartikel stelle ich in einer Woche online. Die Investoren werden informiert und mit prominenter Werbung besänftigt. Alles wird gut!«

Aber so ganz überzeugte sie sich nicht. Eine seltsame Enttäuschung mischte sich unter die sonst so eiserne Disziplin. Sie hatte Bianca die Aufmerksamkeit dieses Mannes aufrichtig gegönnt. Warum hatte er nach einer leidenschaftlichen Nacht nicht einfach gehen können? Warum musste er ausgerechnet ihr Gewalt antun? Monique oder Dorothea hätten es eher verdient.

Ihre Mutter wird ausflippen, drängte sich der nächste Gedanke auf.

Die Signaltöne und wiederholten Anrufe nahmen kein Ende. Carola wusch sich das Gesicht, putzte Zähne und schminkte sich nur wenig. Genug, um gut auszusehen, aber so wenig, dass sie natürlich wirkte. Freundin statt Geschäftsfrau. Carola gab den Leuten vor, was sie über sie denken sollten, immer und überall. Als gute Freundin würde sie dafür sorgen, dass Bianca dieses grauenhafte Erlebnis als Initialzündung für einen Imagewechsel nutzte. Ihr kurzer Tod hielt eine ungeahnte Freiheit für sie bereit. Alles, was Bianca jetzt tun musste, war, ohne bleibende Schäden aufzuwachen. Carola zog eine Bluejeans und ein lockeres, weißes Hemd über die schlichte Unterwäsche und sah mit den offenen blonden Haaren leger und frisch aus. Verlässlichkeit und Tatkraft, genau das, was sie ausdrücken wollte.

Sie schaltete das Handy stumm, steckte es in ihre Handtasche und zog passend zum Outfit schwarze Sneakers und einen kurzen Trenchcoat an.

»Dann wollen wir mal.«

Krankenhäuser waren Brutstätten für Dramen. Allein der Geruch in den Gängen und die bedrückende Atmosphäre ließen ein Unwohlsein im Innern keimen, das nur schwer wieder abzuschütteln war. Bianca werde gerade von der Intensivstation verlegt auf Station, teilte ihr die Empfangsdame mit. Die Verlegung bedeute, dass sie nicht mehr in Lebensgefahr schwebe und sage nichts über ihren sonstigen Zustand aus.

Die Sneakers machten kaum Geräusche im Flur. Normalerweise begrüßte Carola es, wenn sich andere zu ihr umdrehten, aber im Krankenhaus waren ihr die Blicke unangenehm. Als sie auf der Station eine Schwester entdeckte, ging sie zielstrebig auf die Frau zu. Untersetzt, rotgesichtig, überarbeitet – so wie die Frau aussah, würde sie selbst bald in einem dieser Zimmer liegen.

»Entschuldigung, darf ich Sie kurz stören?«, fragte Carola einleitend, damit der Stress der Rotgesichtigen sich nicht auf sie entlud.

Diese blieb stehen, seufzte und klemmte sich eine Akte unter den Arm.

»Ich suche Bianca Dreier, sie wurde eben auf diese Station verlegt.«

Misstrauisch kniff die Schwester die Augen zusammen. »Sind Sie eine Verwandte?«

Carola schüttelte den Kopf. »Die Polizei rief mich an, weil ich als Notfallkontakt von Bianca eingetragen wurde. Mein Name ist Carola Martins.«

Schwester Gunda stand auf dem kleinen Schildchen über ihrer Brust. Der steife Kittelstoff spannte sich über jeder Rundung, ohne auch nur einen Millimeter nachzugeben.

»Stimmt, ich war dabei, als der Kommissar mit Ihnen telefoniert hat.« Sie sah an Carola hinab und verzog den Mund als eine Art mitfühlende Teilnahme. Mit einem Nicken deutete sie zu einer breiten Tür. »Sie liegt dort, aber bitte sorgen Sie dafür, dass sie sich nicht aufregt.«

»Danke«, sagte Carola.

Schwester Gunda hatte die Akte wieder unter dem Arm hervorgezogen und kümmerte sich um die Spritzen und Kanülen auf einem Rollwagen.

Direkt vor der Tür blieb Carola stehen und atmete tief durch. Dahinter lag sie also. Dem Tod von der Schippe gesprungen, aber sicher alles andere als lebendig.

Mit vielem konnte sie sicher und kontrolliert umgehen, aber leidende Menschen erforderten viele Konventionen. Man sollte Mitleid zeigen, nachfühlen, dass etwas ganz schrecklich sei, und Trost spenden. Das war eher Biancas Part. Sie wusste, wie man anderen in emotionalen Phasen beistand, aber dieses Mal konnte Carola sie nicht vorschicken.

Es kann ja wohl nicht schwerer als eine Rede vor dreihundert Menschen sein. Sie streckte eine Hand aus und klopfte gegen das laminierte Holz. Der Spender mit dem Desinfektionsmittel an der Wand war leer, dennoch roch es hier besonders steril. Als keine Antwort kam, öffnete sie vorsichtig die Tür und sah in den abgedunkelten Raum. Ihre Augen mussten sich kurz an die Dunkelheit gewöhnen, dann fielen ihr als Erstes die kleinen Lämpchen an dem Gerät auf, das die Infusion regulierte.

Carola trat ein und zog leise die Tür hinter sich zu.

Als sie näher heranging, erkannte sie ihre Freundin etwas besser. Sie schlief, und irgendwas an diesem Anblick kam Carola seltsam vertraut vor.

So leise es ging, trug sie einen der zwei Stühle neben das Bett. Die Fläche vor dem Fenster war leer, gut möglich, dass jeden Moment eine weitere Patientin hereingeschoben wurde. Mit Bianca allein zu sein war ihr lieber, die Situation war schwierig genug.

Bianca trug ein Krankenhaushemd, weil ihr anscheinend niemand vernünftige Sachen gebracht hatte. Solche Dinge hatte Carola für gewöhnlich auf dem Schirm, aber erstmals fühlte sie so etwas wie Überforderung. Diese Nachlässigkeit würde sie später wieder glattbügeln, doch nun musste sie wissen, ob Bianca ohne Hirnschaden davongekommen war.

Direkter Hautkontakt störte Carola nicht, aber Händchen halten am Krankenbett kam ihr seltsam vor. Deswegen legte sie eine Hand auf den Stoff des mintgrünen Hemdärmels.

»Bianca«, sagte sie leise. »Wach auf.«

Am liebsten hätte sie das Licht angemacht.

»Bianca«, sagte sie etwas lauter.

Ihre Freundin regte sich. Langsame, träge Bewegungen und leise Laute, als fiele es ihr unsagbar schwer, in die Realität zurückzufinden.

»Wach auf, ich bin so froh, dass du lebst!« Sie drückte sanft den Arm und hoffte, dass die Berührung ihr Aufwachen beschleunigen würde.

»Geh weg«, kam es undeutlich über ihre Lippen. »Ich will niemanden sehen.«

»Bianca, es tut mir so unfassbar leid, was dir passiert ist«, sagte sie vorsichtig. »Ich will dir helfen. Was brauchst du?«

Mit langsamen Bewegungen hob Bianca die Hände und rieb sich übers Gesicht. »Mach das Licht an.« Ihre Worte klangen kurzatmig, reduziert auf das Nötigste.

Carola kam ihrer Bitte nach – und musste eine Hand über den Mund legen, um ihre Abscheu nicht zu zeigen.

Biancas Gesicht war aufgedunsen, tiefviolette Schatten lagen unter den Augen, deren Weiß komplett von geplatzten Äderchen gerötet war. Ihre Lippen waren rissig und blass, die Haare hingen strähnig vom Schweiß über ihre Schultern, und blaue Flecken zeichneten sich im Gesicht und am Hals ab.

»Fühlst du dich schuldig?«, fragte Bianca mit zitternder Stimme. »Weil du arrangiert hast, dass er mich abschleppt?«

Carola wich ihrem Blick aus. Sie hätte es gern geleugnet, aber ohne ihr Zutun wäre vielleicht eine andere Frau sein Opfer geworden.

»Ehrlich, ich dachte, ihr würdet gut zusammenpassen, mehr nicht«, sagte sie matt.

»Warum? Weil du mich für eine Psychopathin hältst?«

Carola suchte nach Worten.

Am liebsten hätte sie ihr gesagt, wie erleichtert sie war, dass Bianca schon wieder Witze machte. »Du siehst immer so unglücklich aus, wenn du zu meinen Partys kommst, ich dachte, die Aufmerksamkeit eines Mannes täte dir mal gut. Und er war neu, gänzlich unbelastet, weil noch keine dämlichen Meinungen von anderen auf ihn abgefärbt hatten. Ich habe es nur gut gemeint.«

»Tu mir einen Gefallen«, sagte Bianca bitter.

Carola widerstand dem Impuls, ihre Hand wieder auf ihren Arm zu legen. Also nickte sie nur.

»Versuche nie wieder, mir etwas Gutes zu tun.« Erschöpft schloss sie die Augen. »Und streiche mich von deiner Gästeliste.«

Im ersten Moment wollte Carola sagen, dass sie nicht gleich pathetisch reagieren sollte, aber das war nicht der richtige Augenblick dafür. Bianca war traumatisiert und erschöpft, kein Mensch konnte in so einem Zustand klar denken. »Ich wünschte, Moni wäre mit ihm mitgegangen.«

Bianca lachte freudlos auf. »Seien wir doch ehrlich: Ihr wäre das nicht passiert. Ich greife immer in die Scheiße.«

Das stimmte. Schon als Teenager hatte Bianca alles mitgenommen, was nicht normal war. Als würde das Leben sie für irgendwas strafen.

»Was ist denn passiert? Ich meine, es sah doch so gut zwischen euch aus.«

Eine Träne lief über Biancas Wange. »Das war es auch«, sagte sie mit geschlossenen Augen. »Ich dachte, auch wenn du ihm womöglich irgendwas dafür versprochen hättest, würde das der schönste Abend meines Lebens sein.« Bei einer Bewegung sog sie schmerzerfüllt die Luft ein und rieb sich über die Seite. »Es war toll, er war toll.« Weitere Tränen quollen zwischen den Lidern hervor.

Carola zog eine Packung Taschentücher aus ihrer Handtasche und wartete, bis Bianca sie brauchen würde.

»Wir gingen in ein Hotel, es war wie in so einem Hollywood-Streifen. Und ich hatte allen Ernstes den ersten One-Night-Stand meines Lebens, aber so fühlte es sich nicht an. Es war mehr als das – dachte ich zumindest.« Sie öffnete die Augen, und Carola hob sofort die Packung hoch. Mit ungenauen Bewegungen griff Bianca danach und fummelte umständlich ein Taschentuch heraus. Carola beobachtete es skeptisch und hoffte, dass die Koordinationsschwierigkeiten an der Erschöpfung lagen und nicht auf eine dauerhafte Schädigung hinwiesen. »Als ich irgendwann aufwachte, kam er aus dem Bad, und im nächsten Moment hat er mir die Tabletten in den Mund gestopft.«

Ein Zittern ging durch ihren gesamten Körper, das sie gequält aufächzen ließ. »Jemand hat mich wiederbelebt und mir dabei zwei Rippen gebrochen.«

»Ein Hotelangestellter?«

Bianca schüttelte den Kopf. Gefasst sah sie auf das Taschentuch in ihren Händen. »Ich glaube, ich weiß, warum er es getan hat«, sagte sie mit einer Verzweiflung in der Stimme, die sogar Carola einen Kloß im Hals verursachte.

»Als wir im Zimmer waren, haben wir als Erstes den Sekt

geköpft und uns unterhalten. Er war richtig interessiert an mir, hat mich alles Mögliche gefragt, und ich habe ihm sogar von meiner Mutter erzählt. Er hat gesagt, dass ich mich nur wertlos fühlen würde, weil ich es selbst zulasse. Dann hat er mich geküsst und … na ja, den Rest kannst du dir denken.« Sie hob den Blick und sah ihr in die Augen. »Ich war tot, Carola. Und ich kann jetzt noch fühlen, wie sehr ich leben wollte, als er mir mein Leben genommen hat.«

Carola musste schlucken. »Du meinst nicht ernsthaft, dass er dich umgebracht hat, um dir zu beweisen, dass du leben willst, oder?«

»Ich glaube, *er* hat mich wiederbelebt.«

Carola lehnte sich auf dem Stuhl zurück und ließ das Gesagte auf sich wirken. Im Kombinieren und Analysieren war sie so viel besser als im Trösten. »Das wäre doch krank«, sprach sie ihren Gedanken laut aus, obwohl sie auch der Meinung war, dass Biancas Leben von diesem Punkt aus nur besser werden konnte. Aber deswegen tat man doch niemandem Gewalt an.

»Hat meine Mutter bei dir angerufen?«, wechselte Bianca das Thema.

Carola nickte.

»Weiß sie, dass ich im Krankenhaus bin?«

»Nein, als sie anrief, wusste ich es ja selbst noch nicht. Soll ich sie informieren?« Es gab schönere Dinge, aber so wäre es wahrscheinlich besser, als wenn Bianca es selbst tat.

»Sag ihr nichts«, sagte Bianca ablehnend. »Sie würde mein Leid zu ihrem machen, das ertrage ich jetzt nicht.«

»Hast du jemanden, der sich um sie kümmert?«

Mit einem Schulterzucken tat Bianca den Gedanken ab. »Sagst du mir nicht schon seit unserer Schulzeit, dass sie für ihr Leben selbst verantwortlich ist? Ich dachte immer, sie würde irgendwann sehen, was ich alles für sie tue. Aber … Wie kann man sein eigenes Kind nicht lieben?« Sie schluchzte, was wiederum Schmerzen verursachte, die sie zusammenzucken ließen.

Hilflos saß Carola daneben. Sie wusste nicht, ob sie ihre Freundin in den Arm nehmen sollte oder einfach so sitzen bleiben durfte. Die gebrochenen Rippen waren ein guter Grund, respektvollen Abstand zu halten.

»Ich hab dich lieb«, sagte sie leichthin und schenkte ihr ein Lächeln. »Wir haben schon so vieles zusammen erlebt, und du warst immer für mich da, jetzt werde ich für dich da sein.«

Diese Worte waren wie eine Investition in die Restaurierung ihrer eigenen Sicherheit. Sie brauchte Bianca, brauchte ihre ruhige Art, ihre Verschwiegenheit und Anteilnahme. Ja, sogar ihren Zynismus, weil Bianca kein Fan und keine Konkurrentin war. Jeder von Carolas Bekannten passte auf, was er sagte oder wie er sich gab, maß den richtigen Zeitpunkt fürs Speichellecken ab oder wartete auf eine Schwachstelle, um einen Angriff zu starten. Wenn sie mit Bianca allein war, begab sich Carola auf neutralen Boden, eine kampffreie Zone, in der ihre Freundin unverblümt aussprach, was sie dachte, und Carola ihre Schachzüge offenlegen konnte. Manche waren so brillant, dass sie jemandem davon erzählen musste, und dieser Jemand war immer Bianca. Es gab nur wenige Geheimnisse, in die sie ihre Freundin nicht einweihte.

Genau deshalb empfand Carola etwas Reue für ihren Egoismus, als Bianca sie nun auf diese bestimmte Weise ansah.

»Ich breche dir schon nicht weg«, sagte sie nüchtern.

Nun ergriff Carola doch ihre Hand. »Es geht nicht immer nur um mich. Gestern Abend hast du so glücklich ausgesehen. So habe ich dich noch nie erlebt.« Die Finger fühlten sich feucht und kalt an, aber Carola legte die zweite über den Handrücken, damit Bianca spürte, dass sie ganz bei ihr war.

»Ich werde dich erst in Ruhe lassen, wenn du noch einmal so strahlst, versprochen.«

»Kennst du etwa noch mehr gut aussehende Mörder?« Sie zog ihre Hand aus Carolas Griff und verschränkte die Arme vor der Brust. Dabei spannte sich der Infusionsschlauch, der über einen Zugang mit dem linken Unterarm verbunden war.

»Mach mich nicht zu deinem neuen Hilfsprojekt.« Es klang nicht vorwurfsvoll. »Meine Mutter hat mich so oft verprügelt, hat mich erniedrigt und beschimpft. Denkst du, es macht mich kaputter, wenn mir ein Fremder was antut?« Die Tränen in Biancas Augen sagten Ja. »Ich war glücklich, weil ich für einen Augenblick vergessen durfte, wer ich bin. Die Chance, dass das noch einmal passiert, ist schwindend gering. Also bitte keinen Aktionismus. Wenn es mir besser geht, läuft alles wie gewohnt weiter.«

Erschöpft ließ sie den Kopf zurück auf das Kissen sinken. Das Reden strengte sie an. Ihre Stimme wurde zunehmend rauer, wahrscheinlich hatten die Stimmbänder gelitten, als der Magen ausgepumpt worden war.

Nein, das wird es nicht, versprach Carola schweigend. Sie traute Bianca durchaus zu, ihr altes Leben ansatzlos wiederaufzunehmen. Ein resigniertes Wegducken vor den Fausthieben ihres Schicksals. Um daran etwas zu ändern, musste man ihre gewohnten Muster austricksen, was eine reizvolle Herausforderung für Carola darstellte. *Kein Hilfsprojekt, nur eine kleine Umstrukturierung.*

»Du solltest noch etwas schlafen«, sprach sie das Offensichtliche aus. »Ich komme wieder.«

Bianca schüttelte den Kopf. »Besuche mich lieber zu Hause. Diese Krankenhaussituationen erinnern mich zu sehr an meine Kindheit, wenn meine Mutter die Besorgte mimte, obwohl sie mir die Gehirnerschütterungen selbst zugefügt hatte.«

Darüber hatte sie noch nie gesprochen. Carola wusste, wie grausam diese Frau war, aber Bianca hatte immer verschwiegen, was ihr tatsächlich alles angetan wurde. »Warum hast du nie etwas gesagt?«

Bianca sah sie an und wischte sich die Tränen vom Gesicht. »Das habe ich, aber der Arzt glaubte mir nicht. Als ich entlassen wurde, hatte meine Mutter alle meine Spielsachen verbrannt. Sie führte mich in den Garten, wo die verkohlten Überreste in einer Tonne lagen. Von da an wusste ich, dass es besser war zu schweigen.«

Kopfschüttelnd versuchte Carola nachzuvollziehen, warum Bianca sich dennoch um diese Person kümmerte. So jemand hatte jegliches Recht darauf verwirkt. Wie musste man gestrickt sein, wenn man trotzdem auf Anerkennung oder Liebe hoffte?

»Wenn du dich je wieder um diese Frau kümmerst, dann zeige ich dir mal, zu welchem Aktionismus ich fähig bin«, versprach sie ernst.

Bianca schloss mit einem Lächeln die Augen. »Ich war tot«, sagte sie leise. »Für ein paar Minuten war ich tot, und da war nichts. Sollte meine Mutter also jemals das Zeitliche segnen, gibt es im Jenseits keinen Ort, wo sie auf mich warten kann. Ich habe keine Angst mehr vor ihr.«

Gänsehaut bildete sich auf Carolas Armen. Sie ließ die Schultern kreisen, aber das beklemmende Gefühl ließ sich nicht abschütteln. »Es tut mir unendlich leid, das habe ich alles nicht gewusst.«

Aber Bianca hörte es schon nicht mehr.

Leise verließ Carola das Zimmer, mit einem nagenden Gefühl in der Körpermitte. Auch wenn alles recht gut gelaufen war, wollte sich keine Zufriedenheit einstellen.

Im Gehen ignorierte sie die Blicke, die sie mit ihren schnellen Schritten auf sich zog, und nahm ihr Smartphone zur

Hand. Der richtige Wortlaut entschied darüber, in welche Richtung die Kommentare gehen würden. Früher oder später käme heraus, was Bianca passiert war, doch noch lag es in Carolas Hand, zu was für einem Opfer sie gemacht wurde.

Nachdenklich trat sie ins Freie und atmete erleichtert auf. Das Krankenhausgelände war riesig. Seit sie das letzte Mal hier gewesen war, hatte sich einiges verändert. Moderne und Geschichte verschmolzen zu einem Betrieb, der bedeutungsvoll mitten in Hamburg lag. Der letzte Besuch war angenehmer gewesen, weil eine Bekannte ihr Kind zur Welt gebracht hatte.

Leben und Tod. Sie schüttelte den Kopf. Es ergab keinen Sinn, den kleinen Bericht mit philosophischen Gedanken zu beginnen.

Sie setzte sich auf eine Parkbank und verfasste bei Facebook ein entsprechendes Posting.

Man könnte meinen, das Schicksal will seine grausame Seite in diesen Tagen zeigen. Einer Freundin von mir wurde Unaussprechliches angetan. Jemand hat versucht, sie umzubringen. Ihr versteht sicher, dass ich zu diesem Zeitpunkt keinen Namen und keine Einzelheiten verraten darf, und ich bitte euch – wenn ihr wisst, um wen es sich handelt –, dass ihr respektvoll mit der Sache umgeht. Sie hatte den Anschlag nicht verdient, und sie verdient es auch nicht, mit gedankenlosen Kommentaren verletzt zu werden. Ich komme gerade aus dem Krankenhaus. Es geht ihr den Umständen entsprechend gut, und sie ist unfassbar stark. Sobald ich von ihr die Erlaubnis habe, werde ich euch auf dem Laufenden halten.

Sie veröffentlichte das Posting mit einem Fingertipp.

Es dauerte keine zwanzig Sekunden, bis der erste Kommentar erschien.

Bernd Gerhardt Schon seltsam, dass gleich zwei Freundinnen von dir angegriffen werden.

Carola fasste sich an den Kopf. Schnell antwortete sie darauf, bevor ihr jemand zuvorkommen konnte.

Dagmars Schwester wurde Opfer eines Raubüberfalls auf dem Weg zur Arbeit. Meine andere Freundin wurde gezielt angegriffen. Ich hätte nie gedacht, dass so etwas jemandem passiert, den ich kenne, und jetzt sind gleich zwei Freundinnen betroffen. Ich wünschte, Franziska wäre auch mit dem Leben davongekommen. Um ehrlich zu sein, weiß ich nicht, wie ich gerade mit den unterschiedlichen Emotionen klarkommen soll. Ich bin einfach nur unfassbar traurig.

Moniques Kommentar erschien direkt nach ihrem.

Hast du deshalb Biancas Foto gelöscht? Ist sie das Opfer? Würde passen, warum sonst hat der mit ihr rumgemacht?

Scheiße. Es hatte vorerst reichen sollen, dass nur »eine Freundin« erwähnt wurde, aber nicht nur, dass Monique Biancas Namen nannte, sie gab dem Ganzen eine Richtung, die Carola nicht haben wollte.

Noch während sie über eine passende Antwort nachdachte, erschienen weitere Kommentare im Sekundentakt. Es wäre sinnlos, ihren Beitrag zu löschen, er wurde bereits von zu vielen gesehen. Anteilnahme, Spekulationen und Wertungen vermengten sich mit Plattitüden von Leuten, die keine Ahnung hatten, von wem überhaupt die Rede war. Diese Eigendynamik umzulenken, würde den ganzen Tag in Anspruch nehmen. Und schon vibrierte ihr Handy. Sie sah Moniques Nummer und nahm das Gespräch an.

»Echt jetzt? Der Kerl wollte sie umbringen?«, sagte sie ohne Begrüßung. »Ich hab ja gleich gesagt, dass der wie ein Triebtäter aussieht.«

Carola atmete tief durch, erhob sich von der Parkbank und setzte langsam ihren Weg fort. Wenn sie schneller handeln wollte, musste sie an ihrem Laptop sitzen. »Warte, ganz sachte,

Moni, noch wissen wir gar nicht, ob er ihr das angetan hat. Ich ruf dich später zurück. Sorge nur bitte dafür, dass es bei Facebook nicht eskaliert, okay?«

Das war nicht ganz, was Monique hören wollte. »Ich verstehe echt nicht, warum du dich für die so einsetzt. Auf deinen Partys ist sie eine nervtötende Spaßbremse, und bei deinem wichtigsten Event schmeißt sie sich einem wildfremden Kerl an den Hals. Ist doch peinlich.«

Das sagt die Richtige …

»Lass das mal meine Sorge sein. Bis später.« Carola legte auf. Mit Monique konnte sie das machen. Deren einzige Leistung war ihr gutes Aussehen, und sie brauchte Carolas Partys, um dort zu glänzen. Sie hatte es bis heute nicht verstanden, sich bei den Leuten beliebt zu machen, um andere Einladungen zu bekommen. Die Männer mochten ihre Gesellschaft, aber am liebsten weit weg von ihrem Privatleben.

Im Gehen las sie die weiteren Kommentare. Alles kleine Botschaften, Nachfragen und Wünsche, auf die sie zu Hause reagieren konnte. Nur einer fiel zwischen den Facebook-Leuten auf: Freund Amié, der nur einen Satz geschrieben hatte.

Peinliche Nummer mit noch peinlicherem Ausgang.

Wer ist das, verdammt noch mal?

Ihr Handy verkündete zahlreiche eingehende Nachrichten, die ständig mit kleinen Pop-up-Fenstern die Sicht auf Facebook verdeckten. Genervt drückte sie eines nach dem anderen weg. Es nützte nichts, sie musste nach Hause. In den nächsten Tagen würde sie die Verbindung zwischen den unfassbaren News und der Außenwelt sein. Eine Last, die sie tragen würde, so lange es nötig war – und die sie gleichzeitig nutzen konnte.

Dinge gerieten schnell in Vergessenheit, weil Sensationen konsumiert wurden wie Fast Food. Carola wäre nicht die Meisterin der sozialen Netzwerke, wenn sie es nicht verstünde, die Fäden entsprechend zu ziehen. *Es wäre doch gelacht, wenn ich das nicht spielend leicht hinkriegte. Wenn ich mich klar positioniere, dann ziehen alle nach.*

Alle, selbst die Neider, versuchten, in ihrer Gunst weit oben zu stehen, weil alle glaubten, dass sie Todesurteile aussprechen könnte. Sie war zu einer Art Justitia der Reputation geworden, ohne jemals jemandem öffentlich geschadet zu haben. Der Trick lag darin, alle glauben zu lassen, sie könnte es. Um das bis zur Perfektion zu treiben, recherchierte sie jeden Tag, welche Themen und Personen gerade auf dem Vormarsch waren, um immer an vorderster Informationsfront dabei zu sein. Was sie tat, war harte Arbeit. Und diese Arbeit wurde inzwischen gut entlohnt. Ob sie nun ein Honorar als freie Beraterin von irgendwelchen Unternehmen bezog, Vorträge hielt oder Zuwendungen bekam, wenn sie bestimmte Marken geschickt ins Gespräch brachte – Carola hatte ausgesorgt. Und solange sie ihre Überlegenheit nicht verlor, würden die Neider nur kaum hörbar tuscheln. Unangreifbarkeit war das Ergebnis von Disziplin und einem gezügelten Leben. Die Entbehrungen waren zu vernachlässigen, weil sie ihr Image über alle Maßen genoss, das ohne Normalität oder Skandale auskam.

Ein Vorteil war, dass sie zwar Sympathien und Antipathien fühlte, aber ihr Verstand entschied, wie sie mit Situationen und Menschen umging. Und sie wäre nicht mal ansatzweise so erfolgreich, wenn sie dabei nicht an sich selbst denken würde. Es lag in den Händen eines jeden, die Dinge ebenso zu handhaben.

Bianca bildete die einzige Ausnahme. Auch wenn Carola ihre Hilfe mit dem Nützlichen verband, wollte sie ihrer Freundin das Gefühl geben, im Mittelpunkt zu stehen. Sie ging etwas schneller, bis zum Haupttor des Klinikgeländes waren es noch einige Meter.

»Carola Martins?«

Sie sah von ihrem Handy auf. Ein Polizist kam ihr entgegen. Die blaue Uniform stand ihm außerordentlich gut. Sie schätzte ihn auf Mitte dreißig, was ihrer Meinung nach das beste Alter eines Mannes war. Dunkler Teint, ungewöhnlich blaue Augen und verwegene Geheimratsecken. Die schwarzen Haare waren vereinzelt von einem leichten Grau durchwoben, was attraktiv war, auch wenn er dafür etwas zu jung wirkte. Sie steckte das Telefon weg und strich sich die langen blonden Haare zurück.

»Woher wissen Sie, dass ich es bin?«, fragte sie abwartend.

Er reichte ihr eine Hand, die sich angenehm kräftig anfühlte. Ihr fiel die Breitling-Armbanduhr an seinem Handgelenk auf. Wenn die echt war, dann war er höchstwahrscheinlich unverheiratet. Diese Airborne-Modelle lagen preislich bei mindestens dreieinhalbtausend Euro. Nichts, was sich ein Familienvater mal eben leisten würde. Sie mochte gepflegte Männer, die einen gewissen Luxus bevorzugten. Einer wie er war Polizist, weil er Macht liebte. Doch gab es so viel bessere Jobs, in denen man welche ausüben konnte – was also brachte jemanden wie ihn dazu, eine Uniform zu tragen?

»Ich habe Ihr Foto im Internet angesehen, weil ich gehofft habe, Sie hier anzutreffen. Kommissar Bosch. Darf ich Ihnen ein paar Fragen stellen?«

»Sicher, aber ich habe Ihrem Kollegen schon alles gesagt, was ich über den Mann weiß.«

»Gewiss, aber ich lege großen Wert darauf, selbst mit den maßgeblich beteiligten Menschen zu sprechen.«

Maßgeblich beteiligten Menschen. Carola unterdrückte ein Augenrollen. Offensichtlich wollte er ihr das Gefühl geben, zu den wichtigen Zeugen in dieser Sache zu gehören, was darauf hindeutete, dass hinter dem guten Aussehen nur ein Wichtigtuer steckte. Seufzend sah sie noch mal auf die Uhr, die nach diesem Einstieg in das Gespräch zunehmend nach einem Plagiat aussah. »Ich habe nicht viel Zeit, können wir es kurz halten?«

Kommissar Bosch nickte, dann holte er einen Notizblock aus seiner Jackentasche. »Sie haben angegeben, dass Sie den Gast nicht kannten, korrekt?«

Carola zuckte mit einer Schulter. »Das ist richtig. Es war ein Großevent.«

»Aber man benötigte eine Einladung, oder?«

Der Kugelschreiber in seiner Hand sah aus wie ein Montblanc, nur dass der goldene Ring fehlte und das typische Muster auf dem Stiftende zackiger war. Wenn sie es genauer bedachte, konnte er sehr wohl Frau und Kinder haben. Es sah beinahe bemüht aus, wie sehr er etwas anderes darstellen wollte.

»Richtig. Ich weiß ehrlich gesagt nicht, wo er auf einmal herkam oder ob er eine Einladung dabeihatte. Die Show war vorbei, und die Einlasskontrolle wurde wegen der Raucher nicht mehr penibel durchgeführt. Ich ging davon aus, dass ich unerwünschte Eindringlinge erkennen würde, falls sich jemand einschleichen wollte.«

»Aber das haben Sie offensichtlich nicht.« Er machte sich unendlich langsam Notizen.

»Niemand hätte ihn als Eindringling erkannt. Er wirkte wie jemand, der derartige Anlässe aus geschäftlichen Gründen über sich ergehen lässt, aber kein großes Vergnügen daran hat. Nicht wie jemand, der sich eingeschlichen hat und unauffällig wirken wollte. Er war echt.« *Im Gegensatz zu dir, Mister Plagiat.*

Wieder schrieb er etwas und unterstrich das letzte Wort zweimal. »Mir wurde zugetragen, dass Frau Dreiers Verhalten Sie verärgert hat, weil es für zu viel Aufsehen gesorgt hat, ist das korrekt?«

Carola reckte ihr Kinn und verschränkte die Arme vor der Brust. »Das Aufsehen hat eher Ihr Verdächtiger verursacht, weil sich ein so gut aussehender Mann mit ihr unterhalten hat. Sie haben nichts gemacht, was anstößig gewesen wäre.« Sie verlagerte ihr Gewicht auf einen Fuß. »Wir wollen bei all dem Gerede nicht vergessen, wer das Opfer ist. Bianca war mal einen Abend lang nicht die graue Maus, und deswegen hat sie nicht verdient, was ihr passiert ist!«

Nickend schrieb er wieder auf den Block. Carola konnte die Worte *Aussage* und *positiv* entziffern.

»Was verschafft Frau Dreier immer wieder eine Einladung zu Ihren Veranstaltungen? Mir wurde gesagt, dass Sie ständig wegen ihrer Anwesenheit kritisiert werden.«

Mit wem bitte hat der gesprochen? Für einen Polizisten zeigte er erstaunlich wenig Empathie. Er sah sie kaum an, ruderte nicht zurück, wenn er mit einer Frage zu weit ging, und stellte die Fragen wie willkürliche Gedanken, die eine Loskanone in die Luft schoss. Und: Er schien nicht auf ihren Charme anzuspringen. Geradezu gleichmütig klopfte er mit dem Kugelschreiber auf den Notizblock und wartete auf ihre Antwort.

»Sie ist meine älteste Freundin, ich habe sie gerne dabei.«

Genervt sah sie zu, wie er schon wieder etwas notierte, dann holte er eine Visitenkarte aus seiner Hemdtasche und reichte sie ihr. »Rufen Sie mich an, wenn Ihnen einfällt, wie es dieser Gast auf Ihre Party geschafft hat.«

Sie nahm die Karte entgegen. *Patrick Bosch* – ein guter, starker Name, auch für einen Polizisten, wobei er besser zu einem Unternehmer gepasst hätte.

»Darf ich Sie auch anrufen, sollte mal etwas anderes passieren?« Mit einem Augenaufschlag sah sie zu ihm hoch. »Ich meine, in meinem ganzen Leben hatte ich noch nicht ein einziges Mal mit der Polizei zu tun – es wäre mir lieber, mit Ihnen zu sprechen, sollte es aus einem anderem Grund als diesem mal notwendig werden.«

Er grinste verlegen, ergriff ihre Hand zum Abschied und sah ihr dabei einen Moment zu lange in die Augen. »Selbstverständlich. Dafür bin ich doch Freund und Helfer.«

Zufrieden entwand sie ihm ihre Hand und verabschiedete sich. Sie strich mit einem Finger über die Karte, dann ging sie weiter, ohne sich umzusehen. Er schaute ihr nach, das spürte sie deutlich. Beim nächsten Treffen würde er sie ansehen, wenn sie mit ihm sprach.

Irgendwo tickte eine Uhr. Wahrscheinlich im Flur vor ihrem Zimmer, und das leise Tick-tick-tick machte Bianca wahnsinnig. Sie hatte vielleicht zehn Minuten geschlafen, länger bestimmt nicht. Der Etappenschlaf kam und ging, dann war Carola bei ihr gewesen, und nun setzte er sich fort. Unerholsam und nervenaufreibend. Bianca wollte das Krankenhaus verlassen, sich in ihr eigenes Bett legen und die Welt mit ihrem Ticken aussperren.

Gesicht und Hals schmerzten, ihr Magen rebellierte, und ihre Augen fühlten sich geschwollen an. Aber nichts davon war so unerträglich wie die Erniedrigung, die sie wiederholt wünschen ließ, tot zu sein.

So viele Menschen hatten vor ihrem Bett gestanden und mit ihr geredet; Ärzte, Krankenschwestern, ein Polizist und Carola. Die Fragen variierten zwischen unendlich peinlich bis hilfsbereit nett.

Jeder wusste, dass sie mit dem Täter zügellosen Sex gehabt hatte, bevor ihm nichts Besseres eingefallen war, als ihr Schlaftabletten in den Mund zu stopfen, die ihre Atmung zum Stillstand gebracht hatten. Doch trotz der Scham empfand sie einen seltsamen Frieden. Sie konnte es nicht richtig benennen, doch vielleicht traf es das, was sie Carola gestanden hatte, am besten: Der kurze Tod war befreiend gewesen.

Anfänglich hatte sie zwischen den Schlafphasen darüber nachgedacht, wie ihre Mutter reagieren würde. Die Angst vor dieser Reaktion war so präsent gewesen, dass sich Bianca Ausreden überlegt hatte, warum sie am Morgen nicht ans Telefon gegangen war und warum sie auch jetzt nicht zu ihr kommen konnte. Ihr die Wahrheit zu sagen schloss Bianca kategorisch aus. Der Kummer anderer interessierte ihre Mutter nicht.

Als sie dann dem Polizisten die Ereignisse geschildert hatte, war das Begreifen plötzlich da gewesen: Ihre Mutter war kein Übermensch – sie war einfach nur böse. So wie Rune nur ein gemeiner Mörder war.

Bianca gewann keinen Selbstwert aus diesen Erkenntnissen, aber eine ungeahnte Freiheit. Sie versuchte, sich an den Namen des Polizisten zu erinnern.

Irgendwas mit F. Die Schublade klemmte. Sie war zu benommen gewesen, um sich Details zu merken.

Ich weiß nicht mal, was mir vom Sex und was von dem Mordversuch wehtut, dachte sie und fuhr sich mit einer Hand über den Hals.

Es klopfte.

»Jetzt nicht!«, versuchte Bianca zu rufen, aber mehr als ein Krächzen kam nicht über ihre Lippen. Am liebsten hätte sie sich die Decke über den Kopf gezogen, aber die Rippen straften sie für jede Bewegung mit Schmerzen.

Die Tür wurde geöffnet, und ein Polizist trat herein. Es war ein anderer als zuvor.

Ihr Herz schlug schneller. *Haben sie ihn gefasst?*

»Es tut mir leid, Sie zu stören. Ich bin Kommissar Bosch, darf ich hereinkommen?« Ohne auf eine Antwort zu warten, trat er ein und schloss die Tür hinter sich. »Ich werde es auch ganz kurz machen, ich weiß ja, dass Sie meinem Kollegen schon alles gesagt haben. Doch vielleicht ist Ihnen inzwischen noch etwas eingefallen, was uns weiterhelfen kann? Immerhin waren Sie noch ziemlich mitgenommen, als Sie befragt wurden.«

Bianca fuhr sich mit einer Hand über das Gesicht. Der Schmerz machte sie wacher. *Ich bin jetzt immer noch mitgenommen. Blöde Floskel.*

»Nein, ich habe alles gesagt, was ich weiß.« Ächzend setzte sie sich aufrechter hin. Die Ärzte hatten etwas von *Die Rippen sind von einem starken Gewebe umgeben, da muss man nichts machen* gefaselt, aber Bianca hatte das Gefühl, die Knochen würden jeden Moment durch die Haut stechen. »Ich kannte Rune vorher nicht, ich weiß nicht, wie er mit vollem Namen heißt oder wie er auf die Veranstaltung gekommen ist, und ich hatte keinen Streit mit diesem Mann.«

Der Kommissar setzte sich dorthin, wo zuvor Carola gesessen hatte. Bianca zuckte zusammen. Auch wenn er sie nicht berührte, war die Nähe zu groß für einen Fremden. Sie schüttelte den Kopf, was den Schwindel zurückbrachte.

»Ich weiß, bleiben Sie ganz ruhig«, sagte der Kommissar mit leiser Stimme. »Sie haben nichts falsch gemacht, Sie sind das Opfer.« Mit einem Daumen tippte er auf die Bettkante. »Sie konnten nicht wissen, was er Ihnen antun wollte.«

Es tat gut, das zu hören, dennoch überzeugte es sie nicht. Die meisten von Carolas dämlichen Freunden hatten schon spontanen Sex mit fremden Kerlen gehabt, aber ausgerechnet sie wurde dabei fast umgebracht. Wie verzweifelt einsam musste sie gewesen sein, um eine dermaßen falsche Entscheidung zu treffen? Vorsichtig zog sie ihren Arm zurück, damit er sie nicht aus Versehen berührte.

»Ich muss Sie leider noch etwas sehr Persönliches fragen.« Der Kommissar machte eine Pause.

Biancas Erfahrung nach ließen sich andere nicht davon abhalten, in Wunden zu bohren, also wartete sie ab. Sie war resigniert genug, über alles zu reden, egal, wie erniedrigend es sein mochte.

»Sind sie in psychologischer oder neurologischer Behandlung?«

»Wie bitte?« Ihr war nicht klar, warum ihn das etwas angehen sollte. »Nun ja, mir wurde angeraten, eine Therapie zu beginnen, wenn es mir besser geht, aber warum …«

Der Kommissar winkte ab. »Ich frage, weil die starken Schlaftabletten offenbar Ihrer Handtasche entnommen wurden.«

»Sie meinen, er hat mich mit den Tabletten meiner Mutter vergiftet?« Bianca lachte hysterisch auf. *Ich hätte wissen müssen, dass sie an allem Schlechten in meinem Leben Anteil hat.*

Ohne eine Erwiderung stand Kommissar Bosch auf, ging über die leere Fläche, wo sonst wohl ein weiteres Bett stand, und zog ungefragt die Gardinen zur Seite. Das helle Tageslicht schmerzte in ihren Augen. Bianca drehte den Kopf weg und kniff die Lider zusammen. Dann öffnete er ein Fenster auf Kipp und sog die frische Luft ein, als würde von Bianca ein unangenehmer Geruch ausgehen. Wenn er dafür sorgen wollte, dass es ihr noch schlechter ging, leistete er ganze Arbeit.

»Wie kommt es, dass Sie die Schlaftabletten Ihrer Mutter in der Tasche hatten?«, nahm er den Faden wieder auf.

»Meine Mutter ist sehr krank«, fasste Bianca das komplizierteste Thema ihres Lebens zusammen. »Seit mein Vater sie vor fünf Jahren verlassen hat, geht sie nicht mehr aus dem Haus. Die Tabletten braucht sie, weil sie sonst nicht schlafen kann. Ich bin für ihre Besorgungen zuständig, deshalb war die Schachtel in meiner Tasche.«

Da der Kommissar wieder eine lange Pause machte, wanderten ihre Gedanken zu ihrem Vater. Dass er sich abgesetzt hatte, war die logische Konsequenz nach fünfunddreißig abnormen Ehejahren gewesen. Genau genommen entschied er sich dagegen, weiterhin ein Alkoholiker zu sein, aber ohne Alkohol war das Leben mit dieser Frau nicht zu ertragen gewesen. Bianca jedoch konnte sich nicht von ihr scheiden lassen. Sie war die Tochter – das letzte Halteseil einer selbstsüchtigen Frau, die in einer Anstalt wahrscheinlich besser aufgehoben wäre.

Der Kommissar sah aus dem Fenster und schien nachzudenken, als spielte das Detail ihrer kranken Mutter eine entscheidende Rolle bei dem Mordversuch.

Sie fühlte sich innerlich und äußerlich nackt. Vollkommen entmachtet – ein Spielball für andere. Jeder kam und machte mit ihr, was er wollte. Carola war da trotz ihrer großen Worte keine Ausnahme. So gern sie auch mit ihr befreundet war, vergaß sie nie, dass Carola nichts ohne Berechnung tat.

»Wie bitte?«

Der Kommissar hatte etwas gesagt, aber Bianca war zu sehr in Gedanken gewesen, um es zu hören.

»Ich sagte, das mit Ihrer Mutter tut mir leid.«

Bianca nickte. Wenn sie nicht gerade hinter dem Vorhang der Gleichgültigkeit verschwand, tat sie irgendjemandem leid. Das war ihr zuwider. Ihre Gedankenwelt strotzte zwar vor Sarkasmus, aber im Gros hatte sie es geschafft, sich eine positive Einstellung zu bewahren. Sie wollte keine dieser verbitterten alten Jungfern werden, die anderen das Glück missgönnten, weil das Leben so ungerecht zu ihnen war. Ihre Entscheidung, das Schlechte in ihrem Leben zu akzeptieren, machte sie nicht zu einem negativen Menschen. Und sie würde dafür sorgen, dass dieses grauenhafte Erlebnis keine Macht über sie gewann. Wenn die Schmerzen erst vergangen waren und sie die Blicke anderer wieder ertrug, wollte sie alles hinter sich lassen.

»Bitte entschuldigen Sie mein seltsames Auftreten«, sagte der Kommissar und wandte sich wieder zu ihr um. »Ich versuche die ganze Zeit zu verstehen, warum dieser Kerl Sie umbringen wollte.«

Er starrte sie unverhohlen an. Im Tageslicht sah sie wohl noch schlimmer aus.

»Sie kannten ihn vorher nicht, in Ihrer Aussage haben Sie ihn als äußerst liebevollen und leidenschaftlichen Mann beschrieben, der keinerlei gewalttätige Tendenzen zeigte. Trotzdem wollte er sie anschließend mit den Tabletten vergiften.«

Seine Zusammenfassung war wie ein Kissen, das er ihr verbal aufs Gesicht drückte. Bianca sog mühsam die Luft ein und versuchte, die Bilder aus ihrem Kopf zu verscheuchen. Nicht die, die mit der Gewalt zu tun hatten, sondern die von Runes Augen, seinem Lächeln und seiner ihr zugewandten Art.

»Ich fürchte, den wenigsten Triebtätern sieht man ihre Krankheit an«, sagte sie matt.

Triebtäter. Na klar, der erste Mann, der sich seit Langem für sie interessierte und kein übergewichtiges Ego hatte, war ein Triebtäter.

»Ich muss Sie das fragen: Glauben Sie, dass er Sie als Opfer willkürlich oder gezielt ausgewählt hat? Es ist wichtig, dass wir ein Muster erkennen, um eventuelle weitere Opfer zu vermeiden.«

Auch diese Frage hatte sie zuvor mühsam seinem Kollegen beantwortet. Selbst mit klarerem Kopf und weniger Angst blieb die Aussage dieselbe. »Carola hat ihn zu mir geschickt, weil sie glaubte, wir würden gut zusammenpassen.«

Mit zwei Fingern zupfte er sich an der Unterlippe. »Vielleicht war es Ihr Glück, dass Sie die Tabletten in der Tasche hatten.«

Sie wusste nicht, was sie von diesem Polizisten halten sollte, der sich unsensibel, grob und seltsam während dieser Befragung benahm.

»Wie soll ich denn das jetzt verstehen?« Sie versuchte gar nicht erst, ihre Wut über sein Verhalten zu verbergen.

»Verzeihung.« Er senkte er den Kopf.

Diese verlegene Geste war ein irritierender Kontrast zu seinem forschen Vorgehen. Beim ersten Anblick hatte Bianca die Attribute smart, humorvoll und sexy im Kopf gehabt, aber seit er den Mund aufgemacht hatte, wurde alles durch Eigenschaften ersetzt, die nicht zu dem ersten Eindruck passten. Es machte sie nervös, dass seine Antworten ständig mit Verzögerung kamen. *Ist er so langsam im Kopf, oder muss er aufpassen, was er sagt?*

»Was ich meinte, ist, dass der Täter sonst vielleicht auf andere Weise versucht hätte, Sie umzubringen, und vielleicht hätten Sie dann nicht gerettet werden können.«

Ihr lief ein eisiger Schauer über den Rücken. Darüber hatte sie bislang noch keine Überlegungen angestellt. Und während sie versuchte, die Gedankenflut aufzuhalten, sog ihr Unterbewusstsein das Entsetzen in sich auf wie ein überdimensionaler Schwamm.

Optionen werden erst dann Tatsachen, wenn sie passieren. Und manchmal reißt ein einziges Ego die Möglichkeiten wie Poster einer verhassten Band von einer Wand. Übrig bleibt ein trauriger Fan, der auf die Überreste weint.

Lydia Raymond
Sozialwissenschaftlerin
Lyrik der Selbstsucht

Carola betrat das Restaurant *Au Quai*, in dessen Wintergarten Felix Thomsen einen Tisch für zwei reserviert hatte. Eine gute Wahl. Felix ließ sich dieses Treffen etwas kosten, was Carola als Indiz dafür deutete, dass Dagmar endgültig aus dem Rennen war.

Es war kurz nach halb sieben, einige Gäste saßen an den Tischen, und durch die Scheiben des Wintergartens hatte Carola einen traumhaften Ausblick auf das Dockland des Hamburger Hafens. Glitzerndes Wasser und hoch aufragende Kräne unterstrichen die Faszination dieser anderen Welt im Herzen der Stadt. Innerlich beglückwünschte sie Felix zur Wahl dieses Restaurants, weil er offensichtlich von Carolas Lokalpratriotismus wusste, der ihr vor allem in Hafennähe einen wohlig warmen Mantel ums Gemüt legte. Sie hatte ihm die Planung überlassen, um zu sehen, wie sehr er sich um sie bemühte. Nun wusste sie, wie hoch sie pokern konnte. Und falls es nicht wie gewünscht lief, stand noch ihr Ass im Ärmel auf dem Programm.

Felix saß mit dem Rücken zu ihr und sah aus dem Fenster. Ein weiterer Punkt für ihn: Er überließ ihr den Platz mit der besseren Übersicht. Zumindest hoffte sie, dass er sich darüber Gedanken gemacht hatte, weil es die Verhandlungen umso spannender gestalten würde. Ebenbürtige Verhandlungsgegner waren selten, obgleich diese feinen psychologischen Schachzüge gar nicht so schwer zu erkennen waren. Sie sah auf die Uhr. Wie geplant, kam sie etwas zu spät, und je entspannter sie vor ihm stand, umso deutlicher signalisierte sie ihm, dass sie ihm zum Gefallen herkam.

»Felix, mein Lieber«, grüßte sie, bevor er sich umwandte. »Wie schön, du hast eines meiner Lieblingsrestaurants ausgesucht.« Mit diesem kleinen Satz sagte sie ihm, dass dieser Luxus ein alter Hut für sie sei, was gleichzeitig mit dem Lob kaschiert wurde, er würde ihre Vorlieben kennen.

Stolz grinsend stand er auf, sie gab ihm links und rechts angedeutete Küsschen auf die Wangen. Dann setzte sie sich ihm gegenüber und wartete, bis er ebenfalls wieder Platz genommen hatte.

»Du siehst bezaubernd aus«, sagte er galant.

Sie trug ein rotes, hochgeschlossenes Kleid, das vom Schnitt her an die Mode der Sechziger erinnerte. Er sollte ihr nicht auf die Brüste schauen, während sie mit ihm sprach. Der Kellner brachte die Karten und erfragte die Getränkewünsche.

»Bringen Sie uns bitte eine Flasche Tignanello und etwas Mineralwasser«, sagte Felix. Nicht der teuerste Wein auf der Karte, aber für 135 Euro die Flasche im annehmbaren Bereich für das, was er offensichtlich vorhatte. Anscheinend glaubte er, die Sache mit Dagmar hätte sie verärgert. Alles lief genau wie geplant. »Wie geht es deiner Freundin ... Beate?«

»Bianca«, korrigierte sie ihn. »Ich war vor ein paar Tagen bei ihr, da ging es ihr den Umständen entsprechend gut. Ich kann immer noch nicht begreifen, dass ihr so etwas Grauenhaftes passiert ist.«

»Wurde sie denn ...?« Er sprach die Frage nicht zu Ende.

»Vergewaltigt?« Sie hob abwehrend die Hände. »Nein, das nicht, aber er hat versucht, sie mit Schlaftabletten umzubringen. Sie hat überall blaue Flecke und ist ziemlich traumatisiert von der Sache. Ich habe das bislang keinem erzählt, du wirst es doch für dich behalten, oder?«

Mit einem mitfühlenden Gesichtsausdruck nickte er. Höflichkeiten, die zum Übergang in die Verhandlungen dazugehörten. Sie nahm sich Zeit, ihn zu betrachten. Glatt rasierte Züge, Lachfältchen um die Augen und markante Wangenfalten, die ihn eher verschmitzt als streng aussehen ließen. Die kurzen Haare wurden offenbar regelmäßig gefärbt. Ein attraktiver Mann, sportlich, stilvoll und luxusliebend.

Der Kellner brachte die Getränke, vollführte das Verkostungsritual mit Felix, bevor er die Gläser befüllte und blieb abwartend stehen.

»Weißt du schon, was du essen möchtest?«

Da Felix ihr nichts empfahl, spielte der Preis offenbar keine Rolle.

»Ja.« Carola wandte sich an den Kellner. »Als Vorspeise nehme ich das Tatar, bei Cassis-Feigensenf kann ich einfach nicht Nein sagen.« Meist erwartete niemand, dass sich eine Frau rohes Rindfleisch bestellte, was eine gewisse Neugierde weckte. »Als Hauptgang bitte den Babysteinbutt mit Zitronenemulsion, und zum Dessert Mango-Crème-brûlée.« Einen Babysteinbutt zu wählen, klang nach: *Appelliere nicht an meine weiche Seite, mach lieber ein Angebot, das ich nicht ablehnen kann.* Das Dessert legte sich dann wie ein Lächeln über das zweite Gesicht.

Felix lachte. »Das nehme ich auch, vielen Dank.«

Der Kellner bestätigte die Bestellung, nahm die Karten an sich und eilte davon.

»Du bist voller Überraschungen«, kommentierte Felix ihre Wahl. »Ich mag Frauen, die rohes Fleisch essen.«

»Also, Felix, warum sind wir hier?«

»Ich will dich«, sagte er provokant zweideutig. Als Carola ihn nur abwartend ansah, fügte er hinzu: »An meiner Seite, wenn feststeht, mit welchem Format ich wieder ins Fernsehen gehe. Wir sitzen gerade an mehreren Ideen, und ich habe schon angekündigt, dass wir dich mit ins Boot nehmen.«

»Findest du das nicht etwas gewagt, wenn ich noch gar nichts davon weiß?« Auch wenn Carolas Herz schneller schlug, lehnte sie sich lässig zurück. Auf diesen Moment hatte sie hingearbeitet, jetzt bedurfte es nur noch etwas Fingerspitzengefühl.

»Ich habe dich doch richtig verstanden, als du sagtest, du wärest für neue Karrierewege offen, oder nicht?«

Bedächtig verschränkte sie die Finger ineinander. »Das stimmt schon, aber ich habe nach meiner Veranstaltung so viele Angebote bekommen, dass ich etwas Zeit brauche, mir über jedes Gedanken zu machen.«

»Angebote von wem?«, wurde er hellhörig. »Von Bernd?«

Carola zierte sich und sah aus dem Fenster. »Ich habe ehrlich keine Ahnung, was da zwischen euch ist, und ich möchte auch nicht mit hineingeraten. Du weißt, dass ich gerne mit dir zusammenarbeiten möchte, ich bitte ja nur darum, dass ich in Ruhe über alle Angebote nachdenken kann.«

»Er weiß, dass ich dir ein Angebot machen will. Wie kann es sein, dass er sich einfach dazwischenschiebt?«

Carola langte über den Tisch und legte ihm eine Hand auf den Arm. »Deswegen sitze ich ja hier, weil ich es mir anhören will. Du wirst verstehen, dass ich euren Zwist nicht berücksichtigen kann, ich muss die besten Entscheidungen für mich treffen. Also sag mir, was du mir konkret anbieten möchtest.«

Mit einer Hand klopfte er die Taschen seines Jacketts ab und zog dann einen kleinen Block und einen Kugelschreiber aus der Tasche. Das Ass im Ärmel brachte ihr also den Sieg, stellte sie zufrieden fest. Eigentlich wollte sie Bernds Namen viel später ins Spiel bringen, aber in Felix' Kopf schien der Konkurrent einen Stammplatz zu besetzen.

»Ich gebe dir hier und jetzt schriftlich, dass du noch in diesem Jahr zehn Stunden Sendezeit bekommst. Garantiert und ganz unabhängig von den Formaten, an denen wir gerade arbeiten. Meine Sekretärin setzt dir morgen einen Vertrag auf, der alle Eventualitäten und Leistungen regelt, dafür erwarte ich, dass du in diesem Jahr auf keinen Fall mit Bernd zusammenarbeitest.«

Es kostete Carola etwas Mühe, ihre Freude nicht offen zu zeigen. Zehn Stunden Sendezeit waren ein gewagtes Angebot, wenn man bedachte, wie das Fernsehgeschäft so lief. Wahrscheinlich übernahm er eine Schadensersatzsumme in den Vertrag mit auf, die er verschmerzen konnte. So oder so würde sie dabei gewinnen.

»Gut, wenn der Vertrag mir zusagt, dann bin ich dabei. Deinetwegen.« Sie nahm das Glas in die Hand und prostete ihm zu. »Auf eine gute Zusammenarbeit.«

Als er ihren Trinkspruch erwiderte, fiel ihr Blick an ihm vorbei auf den Eingang, wo gerade Bernd Gerhardt den Wintergarten betrat. Carola hatte in seinem Beisein erwähnt, dass sie Felix treffen wolle, doch dies war mehr als Versicherung gedacht, falls sie den Zugzwang auf Felix hätte erhöhen müssen. Sie hatte keinesfalls erwartet, dass er persönlich auftauchen würde.

Felix folgte ihrem Blick, und seine Hand ballte sich um den Kugelschreiber zur Faust, als er seinen Kontrahenten entdeckte. »Was macht der denn hier?«

Zielstrebig steuerte Bernd ihren Tisch an. »So ein Zufall.« Sein Grinsen war reinste Provokation. »Ich war gerade in der Gegend und dachte, ich nehme die Gelegenheit kurz wahr, dir zu sagen« – er wandte sich an Carola – »dass, was immer er dir anbietet, ich verdopple.«

Wenn Felix sich geziert hätte, wäre dieser Zwischenfall Gold wert gewesen, aber in diesem Moment verkomplizierte Bernd alles. Auch wenn sie Felix nun einen Loyalitätsvorschuss gewähren konnte, wollte sie es sich mit Bernd nicht verscherzen. Bevor ihr die richtigen Worte einfielen, stand Felix auf und stieß seinem Konkurrenten hart gegen die Brust. »Mir reicht's, ich mach dich fertig.«

Die anderen Gäste drehten sich um, Carola sah ein Smartphone, das gezückt wurde. Bernd berappelte sich und stieß wiederrum Felix. Der Tignanello fiel um und plätscherte auf die Tischdecke, ein Glas rollte vom Tisch und zerschellte auf dem Boden.

Wortlos nahm Carola ihre Sachen und ging. Das war das Einzige, was sie tun konnte, bevor jemand die Aufnahmetaste auf seinem Handy drückte und sie im Netz als Streitgegenstand verewigt wurde. Für sie lag nichts Schmeichelhaftes darin, wenn sich Kerle wie Trunkenbolde um sie rauften. Wenn sie ins Fernsehen kam, dann weil die Zuschauer sie für kompetent und integer hielten.

Auf dem Weg nach draußen drehte sie sich nicht um, aber ein Lächeln stahl sich auf ihre Lippen. *Nun, wenn der Vertrag eben schon greifbar war, habe ich ihn jetzt in der Tasche.*

Screenshot des Facebook-Chats zwischen Felix Thomsen und Carola Martins

Es tut mir echt leid, dass ich gestern so ausgeflippt bin. Aber Bernd kann doch nicht einfach in unser Gespräch reinplatzen und dann auch noch anfangen, dich abwerben zu wollen.

Na ja, um mich abwerben zu können,
müsste ich ja erst mal für dich arbeiten.

Ich habe dir doch gesagt, dass mit uns was geht.
Also beruflich, versteht sich ;-)

Was ja nicht beruflich bleiben muss ;-)

Mach mir erst mal ein schriftliches Angebot,
dann sehen wir weiter.

Morgen Abend um 20 Uhr im Atlantic?

Sagen wir, um 12.30 Uhr im AlsterCliff.

Check.

Und danke, dass du die Auseinandersetzung hier bei FB runtergespielt hast. Unfassbar, dass immer jemand zufällig in der Nähe ist und dann öffentlich alles breittritt.

Die Welt ist ein Dorf und Facebook sein Schwarzes Brett.

Felix Thomsen trat aus der Dusche, befreit von den Spuren der vergangenen, sehr befriedigenden Nacht und gerüstet für diesen wichtigen Tag. Die Dinge fügten sich so, wie er es sich vorstellte. Der öffentliche Streit mit Bernd am vorigen Tag war impulsiv und überflüssig gewesen, aber er würde ihm bei Carola nicht dazwischenfunken, dafür sorgte Felix. Vielleicht musste er für sie weitere Angebote obendrauf packen, aber Carola sah gut im Rampenlicht aus, was für eine Win-win-Situation sprach.

Es war ihm immer noch ein Rätsel, woher Bernd von dem Treffen gewusst hatte.

Platzt einfach rein und versucht, sie abzuwerben.

Dennoch war der Streit dämlich gewesen. Ausgerechnet jetzt, wo er sein beschädigtes Image aufpolieren wollte. Genau dafür brauchte er Carola.

Negative Presse konnte er sich nicht erlauben. Der Scheidungskrieg hatte seiner Karriere geschadet, aber das geplante Shooting mit den Kindern für die BUNTE und eine sehr hohe Abfindung an seine Exfrau würden ihn rehabilitieren. Am Ende siegte das Bild des empfindsamen Familienvaters über alle Vorbehalte. Außer seiner Frau und Bernd wusste niemand, was er hinter verschlossenen Türen trieb, wenn er nicht gerade eine hübsche Frau vernaschte. Stefanie würde es für sich behalten, denn sie liebte das Haus, in dem er sie wohnen ließ, weswegen sie die Verschwiegenheitserklärung unterschrieben hatte. Sie gab sich als reuige Exfrau, die mit ihren Anschuldigungen maßlos übertrieben hatte, und er finanzierte im Gegenzug ihr teures Leben.

Blieb Bernd als Restrisiko, aber der käme niemals auf die Idee, auch nur ein Wort über Felix' dunkelstes Geheimnis zu verraten. *Ihm würde es mehr schaden als mir.*

Mit einem Grinsen trocknete sich Felix ab und warf einen Blick durch die offene Badezimmertür.

Bernd lag noch im Bett und schlief. Er würde noch eine Weile brauchen, um sich von der letzten Nacht zu erholen – länger als beim letzten Mal, so viel war sicher.

Es war keine klassische Sadomaso-Beziehung, auch wenn es gewisse Parallelen gab, aber was Felix mit seinem Widersacher anstellte, war wesentlich vielschichtiger befriedigend. Ehrliche Verachtung und der Wille, dem anderen tatsächlich körperlich zu schaden, prägten diese seltenen Treffen. Und Bernd kam immer wieder und bettelte um mehr.

Felix baute sich vor dem beschlagenen Spiegel auf und sah seine Umrisse auf der milchigen Oberfläche. Er hätte die Nacht augenblicklich wiederholen können, so gut war sie gewesen. Aber es war fast Mittag, und Carola Martins ließ man nicht warten, besonders nicht, wenn man etwas wiedergutzumachen hatte.

Im Schlafzimmer hörte er das leise Schnarchen. Es war ein Genuss gewesen, ihn zu demütigen. Einen weinenden Mann zu ficken war die Krönung der Macht. Zu wissen, dass er ihm in den kommenden Tagen auf Augenhöhe begegnen würde, bereitete ihm ein prickelndes Vergnügen. Männer wie sie zogen die SM-Szene in den Dreck – nur gut, dass keiner davon wusste.

Er föhnte den Spiegel so weit trocken, dass er sich gut sehen konnte. Der kurze Lärm würde Bernd hoffentlich wecken. Am liebsten hätte Felix ihn noch in der Nacht rausgeworfen, aber zum Gehen war Bernd nicht in der Lage gewesen.

Anderen Menschen gegenüber war er charmant und zuvorkommend. Ein harter Geschäftsmann mit Herz war das Bild, das er vermitteln wollte. Felix grinste sich im Spiegel an und drehte den Kopf leicht nach links und rechts. »Junge, du siehst gut aus«, sagte er zu sich selbst und strich mit einer Hand über das glatt rasierte Kinn. Er mochte die markanten Wangenfalten, die sich vertieften, wenn er lachte. Der Erscheinung nach war er der gute Onkel; für Bernd nebenan der schrecklichste Albtraum.

Mit einer Hand ließ er den Deckel vom Aftershave aufschnappen und verteilte etwas davon auf seinem Gesicht. Moschus und Menthol verbreiteten einen würzig-frischen Duft im Bad. Er fragte sich, wie sein Leben wohl verlaufen wäre, wenn Bernd damals nicht handgreiflich geworden wäre. Was in Raserei begann, war zu größtem Genuss pervertiert. Es war wie bei den Affen, die männliche Artgenossen fickten, um ihre dominante Position zu demonstrieren, aber Weibchen zugetan waren. Felix war Frauen sogar mehr zugetan, als seine Ehe vertragen hatte – lange bevor Stefanie ihn mit Bernd überrascht hatte.

Wer würde ihr schon glauben, sollte sie je den Vertrag brechen?

Bernd hatte sich direkt nach dem Sex übergeben und gejammert, dass Felix es übertrieben habe, aber das ließ ihn vollkommen kalt. Es war schließlich Bernds Entscheidung, immer wieder herzukommen und sich erniedrigen und ficken zu lassen.

Wenn sie ihre Anzüge trugen, kämpften sie auf ganz anderer Ebene, und nicht selten unterlag Felix dem jüngeren Mann. Öffentliche Siege und Niederlagen hatten jedoch erheblichen Einfluss auf die Stärke der Erniedrigungen, wenn sie allein waren. So oder so fühlte sich Felix wie der Sieger dieses Spiels.

Das Schnarchen war nicht mehr zu hören. Bernd war anscheinend wach, bestenfalls bereits verschwunden. Felix ließ sich Zeit, in der Hoffnung, die *Peinlichkeit danach* erspart zu bekommen.

Zehn Minuten später verließ er, eine leise Melodie pfeifend, das Bad und wollte im Schlafzimmer direkt zum Kleiderschrank gehen, aber der Anblick von Bernd auf dem Bett ließ ihn innehalten.

Weder schnarchte er noch sah er ihn an. Er lag nur da, die Augen geschlossen und vollkommen regungslos.

Etwas stimmte nicht an dem Bild.

Die paar Blutspuren auf den Laken gehörten dazu, ebenso die blauen Flecken und Striemen auf seinem Körper.

»Steh auf, du musst verschwinden«, sagte Felix streng und wartete darauf, dass Bernd sich bewegte. Aber das tat er nicht.

Überhaupt nicht.

»Hast du nicht gehört?« Felix zog sich das feuchte Handtuch von der Hüfte und warf es Bernd schwungvoll ins Gesicht.

Keine Regung.

»Lass den Scheiß, verschwinde endlich!«

Nachdenklich rieb er sich übers Gesicht. Angst kam auf, es doch übertrieben zu haben.

»Bernd«, sagte er wütend. »Dann schmeiße ich dich eben raus!«

Entschlossen ging er auf das Bett zu und riss dem Regungslosen das Handtuch vom Gesicht. »Raus mit dir!«

Nicht ein Muskel zuckte, und Felix entdeckte auch sonst kein Lebenszeichen. »Scheiße, Scheiße, Scheiße«, fluchte er lautstark und tastete am Hals nach dem Puls. »Das darf doch alles nicht wahr sein.«

Die Haut war noch warm, aber das Pochen blieb aus.

Felix wich zurück, wollte die Hände übers Gesicht legen, das Geschehen ausblenden, als er plötzlich brutal nach hinten gerissen und ihm etwas über den Kopf gestülpt wurde. Er roch Leder, fühlte Nieten und Reißverschlüsse, als er an sein Gesicht griff. Schnüre zurrten sich am Hinterkopf zusammen und pressten die Tierhaut fest auf Mund und Nase.

Kein Schrei drang hindurch, kein Atem kam hinein.

Felix versuchte, die Maske fortzureißen, den Angreifer mit der anderen Hand zu packen, dann wurde er rückwärts nach oben von den Füßen gezerrt. Ein Ruck an seinem Hals, die Enge drückte ihm die Kehle zusammen.

In seinem Rücken fühlte er das kalte Holz der Zimmertür, seine Füße trommelten dagegen, während die Wirbel in seinem Nacken unter der Last schmerzten und knirschten. Ein Reißverschluss wurde aufgezogen, sodass Felix seinen Mund aufreißen konnte, aber die Maske strangulierte ihn. Seine Arme fielen bleiern hinab, sein Kopf drohte zu platzen, während die Knochen in seinem Nacken knackend nachgaben. Er spürte einen letzten Hauch auf seinen Lippen, dann erstickte er, blind und zuckend, während der Reißverschluss wieder geschlossen wurde.

Screenshot der geschlossenen Facebook-Gruppe *Partytime*

Carola Martins Bianca kommt heute aus dem Krankenhaus. Ich würde gerne für einen Präsentkorb sammeln, um ihr eine kleine Freude zu machen. Wer ist dabei?

Gefällt mir · Kommentieren · Teilen

Susanne Joel, Lea Rohbohm und 35 weitere Personen

Martina Sasse Ich bin dabei! Hab noch ein paar Packungen Shortbread aus England, davon bringe ich dir einfach zwei Packungen vorbei, okay?

Gefällt mir · Antworten · 5 · 19 Min.

Barbara Töppers Ich gebe 15 Euro dazu. Wie geht es ihr?

Gefällt mir · Antworten · 4 · 19 Min.

Carola Martins Den Umständen entsprechend, aber sie ist stark.

Gefällt mir · Antworten · 15 · 18 Min.

Bernadette Ladweg Ich liege mit Grippe im Bett, bekomme ich auch einen Präsentkorb?

Gefällt mir · Antworten · 3 · 17 Min.

Dorothea Buthe Bin ganz Bernadette Ladwegs Meinung. Wir müssten das für alle machen, wenn wir erst mal damit

anfangen. Wenn du was für sie machen möchtest, bitte, aber hier eine Spendenaktion zu starten, halte ich für übertrieben.
Gefällt mir · Antworten · 👍 7 · 15 Min.

Carola Martins Dorothea, Biancas Erlebnis ist ja nun echt nicht mit einer Grippe vergleichbar!
Gefällt mir · Antworten · 👍 1 · 15 Min.

Doris Schneider Von mir auch 15 ;-)
Gefällt mir · Antworten · 👍 8 · 13 Min.

Carola Martins Super, vielen Dank, Doris. Übrigens: Ich werde Tomke Doyer zur nächsten Party einladen.
Gefällt mir · Antworten · 👍 25 · 13 Min.

Monique Müller Geil, du willst dich tätowieren lassen?
Gefällt mir · Antworten · 11 Min.

Carola Martins Vielleicht. Aber wenn, dann nur von einem Spitzenkünstler.
Gefällt mir · Antworten · 👍 19 · 10 Min.

Bianca saß im Wohnzimmer und schnippte zum hundertsten Mal gegen den in Geschenkfolie eingepackten Weidenkorb, der seit Carolas Besuch vor drei Stunden auf dem Esstisch stand. Er war randvoll mit Pralinen, Champagner und Likör, als wäre sie eine fette Kuh, die sich bei Stress gern Schokolade reinstopfte und sich volllaufen ließ. Dennoch war es wohl die netteste Geste, die ihr je entgegengebracht worden war. Sie fühlte sich undankbar, missbraucht und erniedrigt. Immer im Wechsel, dann alles auf einmal und dann wieder alles im Wechsel. Tag für Tag, seit sie in diesem verdammten Hotelzimmer leblos gefunden worden war.

Die körperliche Genesung war unkompliziert verlaufen. Ihr Körper wurde entgiftet, sie bekam viel Flüssigkeit, ertrug die Kopfschmerzen, Magenkrämpfe und Blessuren – aber was blieb, war das tiefe schwarze Loch, wo zuvor so etwas wie eine halbwegs spürbare Gefühlswelt gewesen war. Als hätte jemand schwarze Farbe über ein detailreiches Bild gekippt. Auch wenn es nicht das schönste gewesen war, war es doch ihr Bild gewesen. Was brachte ihr die neue Freiheit, wenn ihr jeglicher Antrieb fehlte?

Carolas Bemühungen nervten sie. Die Stille in ihrer Wohnung nervte sie. Im Grunde waren alles und jeder unerträglich. Sie hatte nur einen einzigen Wunsch: Rune – oder wie auch immer er tatsächlich hieß – sollte sich wieder bei ihr melden.

Nicht um ihr zu sagen, dass alles ein großes Missverständnis sei, nein, sie wollte ihm in die Augen schauen, weil er mit dem letzten fühlbaren Moment verbunden war. Er sollte sie wieder freigeben, die schwarze Farbe entfernen oder sie wenigstens verstehen lassen, warum er ihren Körper wiederbelebt hatte. Inzwischen war sie überzeugt davon, dass er selbst sie gerettet hatte. Aber warum? Und wie konnte ein Mensch so umwerfend liebevoll sein, obwohl ein Monster in ihm steckte? *Ein Mörder.* Bianca schüttelte sich.

Die Ärztin hatte sie für drei Wochen krankgeschrieben, anschließend sollte sie sich von einem Psychiater eine Verlängerung holen, falls sie sich nicht arbeitsfähig fühlte.

Nicht lebensfähig traf es besser.

Ihr Finger tat vom Schnipsen gegen den Korb weh.

Eine Liste mit diversen Psychiatern lag in der Küche. Die Ärztin hatte gemeint, dass sie Medikamente bekommen könnte, die ihr über das Trauma hinweghelfen würden. Leider gab es nichts, was Bianca ihren Mitmenschen verabreichen konnte, damit sie jene unsägliche Nacht vergaßen.

So traurig sie es fand, aber Carola war mit ihren Partys das Einzige, was Bianca Privatleben nannte. Sie war eine Zynikerin, uninteressant und ohne nennenswerte Hobbys, aber es gab immerhin eine Gruppe von Menschen, zu denen sie irgendwie gehörte.

Im Büro war sie eine Nummer von vielen. Alles wurde digitalisiert, sodass jeder Ausfall eines Mitarbeiters sofort von den anderen kompensiert werden konnte.

Natürlich kannte sie noch ein paar andere Leute von früher, die sich mit ihr trafen, wenn sie danach fragte, aber es lag meist so viel Zeit dazwischen, dass man sich entweder immer wieder neu kennenlernte oder gleich bei den alten Geschichten blieb, die man sich schon seit zwanzig Jahren erzählte. Sprich: Schulzeitanekdoten. *Weißt du noch, als Lennart vom Baum gefallen ist?* Sie verdrehte genervt von ihren Gedanken die Augen.

Carola lud Bianca stets ein, ohne dass sie danach fragen musste. Alle Themen waren aktuell, passend zu einem Leben im Hier und Jetzt.

Nicht mal ihre Mutter rief mehr an. Drei Tage, nachdem ihre Schlaftabletten aufgebraucht waren, hatten Nachbarn die Polizei verständigt, weil sie nachts randalierte. Laut den Polizisten hatte sie geschrien, bis sie heiser war, und blindwütig Gegenstände gegen die Wände geworfen.

Der Anrufbeantworter war voll mit ihren Nachrichten gewesen. Bianca hatte sich eine Cola aus dem Kühlschrank geholt und jede einzelne Aufnahme angehört. Es war wie eine Abschiedsrede gewesen. Eine lange, zerstückelte, lautstarke Abschiedsrede.

Sie nahm es mit Gelassenheit – immerhin ruinierte sie ihrer Mutter seit 29 Jahren das Leben. Ihr Vater hatte oft erzählt, dass Bianca das einzige Baby war, das im Kreißsaal nicht geschrien habe. Er glaubte die ersten Tage, eine stumme Tochter bekommen zu haben; später sagte er, sie habe wohl schon als Säugling begriffen, dass sie ihre Mutter besser nicht störte. Und trotz dieses Wissens hatte er sie nicht einen Tag vor ihr beschützt.

Dann war er fortgegangen. Von hier auf gleich, bei Nacht und Nebel, als wäre er aus der Todeszelle entflohen und müsste sich verstecken.

Seit ihrem Erlebnis im Hotelzimmer empfand sie noch mehr Wut auf ihn, ihre Mutter und all jene, die weggesehen hatten. Es war nicht unbedingt Rune, der sie aus der Bahn geworfen hatte, es war die Tatsache, dass das Leben mit ihr umsprang wie ein tierquälendes Kind.

Sie gab dem Korb auf dem Tisch einen finalen Stoß mit der ganzen Hand, der ihn bis zur Kante rutschen ließ, und stand auf.

Ich bin nicht mal für einen erfolglosen Mörder wichtig genug.

Auf dem Couchtisch stand ihr Laptop. Seit sie wieder zu Hause war, hatte sie ihn nur ein einziges Mal eingeschaltet. Die Verfasser der unzähligen Nachrichten waren wie Geier, die darauf warteten, sich Brocken aus den Ereignissen zu picken, um dann vollgefressen das Netz mit ihrem geistigen Dünnpfiff zuzuscheißen.

Ein Leben ohne Internet klang reizvoll. Auch ohne Computer. Es gab nichts auf der Festplatte, was sie dauerhaft speichern wollte. Nicht mal die Fotos, weil sie nichts zeigten, was erinnernswert war. Ein Spruch ihres abtrünnigen Vaters lautete: »Haben beruhigt«, was Bianca besonders auf Erinnerungsstücke übertrug. Aber alle Fotos auf ihrer Festplatte zeigten andere Menschen in bemerkenswerten Situationen, sie selbst war nur der Geist im Hintergrund. Wen genau beruhigte es also, wenn sie sie behielt?

Die Bilder der einen, verhängnisvollen Nacht hütete sie trotzdem. Selbst im Nachhinein war sie überzeugt, nie zuvor so glücklich gewesen zu sein.

Genau darüber wollte sie nicht mit einem Psychiater sprechen. Er würde ihr einreden, dass sie unter einer Art Stockholm-Syndrom leide oder ihre Psyche ihr Streiche spiele. Doch ob echt oder nicht, so wie Rune sie angeschaut hatte, wollte sie von anderen Menschen angesehen werden. An diesem Abend war sie besonders und bemerkenswert gewesen, und niemand durfte ihr das wieder wegnehmen. Dieses Gefühl würde sie behalten und konservieren. Es war noch da. Irgendwo unter der schwarzen Farbe war etwas, was sie noch einmal ohne Alkohol fühlen und mit allen Sinnen erleben wollte. Einen kurzen Moment lang hatte sie sich in ihrer eigenen Haut wohlgefühlt.

Ruhelos durchschritt sie den Raum, sah wiederholt zum Laptop, dann wieder zum Präsentkorb – besonders zur Sektflasche. Was, wenn sie die Flasche leerte und dann einfach vom

Dach sprang? Dieser Gedanke war so einschmeichelnd und klar. Ein konsequentes Ziel am Ende ihrer freudlosen Reise. Ganz ohne Jammern, weil sie jammernde Menschen verachtete. Sie ging hinüber und strich über die dünne Geschenkfolie. »Ich habe bis heute bewiesen, dass ich es ehrlich versucht habe.«

Der Klang ihrer eigenen Stimme war wie das Kopfschütteln der Vernunft. Wie erbärmlich war man, wenn man diese Gedanken nicht gegen eine Scheißegal-Haltung eintauschte? Die ständige Flucht nach vorn hatte dafür gesorgt, dass sie trotz ihrer Mutter ein halbwegs normales Leben führte.

Schon dass ich hier nur abhänge, ist bescheuert.

Ihr Blick wanderte zum Laptop. *Flucht nach vorn. Wie würde die aussehen?*

Entschlossen klappte sie ihn auf und aktivierte das System.

Der Kalender öffnete sich automatisch. In den letzten Tagen hatte sie ein paar Geburtstage vergessen, den Müll nicht runtergebracht, bevor die Abfuhr kam, und ihre Salatschüssel bei Carola nicht wieder abgeholt.

Facebook zeigte eine neue Nachricht und drei Benachrichtigungen. Es war fast lächerlich, wie wenig Beachtung ihr Schicksalsschlag erfuhr. Sie hatte mit viel mehr Gier nach Informationen gerechnet. Auch Heuchelei wäre normal gewesen – aber nur *eine* neue Nachricht?

Bianca klickte auf den Posteingang und stellte erstaunt fest, dass in den letzten Tagen anscheinend doch ein reger Austausch stattgefunden hatte und sich viele Kontakte wie erwartet verhalten und ihr geschrieben hatten. Doch die Nachrichten waren alle als gelesen markiert.

Die neueste war von Carola, und Bianca wählte diese zuerst an. Das Chatfenster öffnete sich, und ein längerer Dialog erschien.

Vielen Dank für den Korb,
ich habe mich sehr darüber gefreut.

Bianca wurde schlecht. Sie selbst hatte diese Nachricht nicht getippt. Jemand anderer hatte in ihrem Namen mit der ahnungslosen Carola gechattet, wahrscheinlich von Biancas Handy aus. Sie hatte ihr Handy bisher nicht vermisst, weil sie eh keine Anrufe entgegennehmen wollte. Sie las weiter.

Das ist doch das Mindeste. Freut mich, dass er dir gefällt. Du warst ja nicht so gut drauf heute, ich dachte schon, du fändest ihn unpassend.

Nein, das ist nur alles etwas viel für mich.

Weiß schon jemand, wer Rune wirklich ist?

Die Polizei ermittelt, er muss sich eingeschlichen haben. Tut mir so leid.

Versprichst du, es mir sofort mitzuteilen, wenn du was hörst?

Selbstverständlich. Bianca, ich bin echt froh, dass diese Sache nicht zwischen uns steht und du auf dem Weg der Besserung bist.

Du kannst doch nichts dafür.

Die Sache hat mir einen irren Schrecken eingejagt.
Ich bin für dich da, okay?

Rune. Das Ganze konnte nur bedeuten, dass Rune ihr Handy besaß und in ihrem Namen antwortete. Da der Code aus Biancas Geburtsdatum bestand, hatte er sich nicht viel Mühe geben müssen, um es zu entsperren. Sie hatten ja lange genug über Sternzeichen geredet, bevor er über sie hergefallen war.

Bianca sah sich die anderen Nachrichten an. Der Fremde hatte jede Mitleidsbekundung der Schmeißfliegen beantwortet und dabei Formulierungen gewählt, die durchaus nach ihr klangen. Immer freundlich, runterspielend und optimistisch. Mal schrieb er über ihre schmerzenden Rippen, dann wieder über den Willen, diese Geschichte schnell hinter sich zu lassen. Er betrieb genau die Flucht nach vorn, die sie gerade hatte beginnen wollen.

Was bezweckt er damit?

In ihrer Chronik fand sie Postings, die ihre Stärke und den unbeeindruckten Umgang mit dem traumatischen Erlebnis unterstrichen. Für einen kurzen Moment überlegte Bianca, ob sie das doch selbst geschrieben und anschließend ein Blackout die Erinnerung daran vernichtet haben könnte, aber dann erschien ein Smiley als Antwort auf Carolas letzte Nachricht. Er chattete jetzt gerade mit ihr.

Scheiße.

Bianca griff zum Telefon und wählte ihre eigene Handynummer. Ein Freizeichen ertönte, aber niemand nahm ab.

Schnell holte sie ihre Tasche und suchte nach der Visitenkarte, die Kommissar Bosch ihr gegeben hatte, da ertönte ein Signalton vom Laptop, der eine neue E-Mail ankündigte. Als Absender las sie ihren eigenen Namen.

Logisch, alle Passwörter sind ja im Handy gespeichert.

Mit sehr gemischten Gefühlen öffnete sie die Mail.

Hallo Bianca, ich bin so froh, dass du wohlauf bist, stand in der ersten Zeile.

In das Schwarz ihres Gefühlsbildes tropften rote Gedanken. Eine Hoffnung, die sich nicht unterdrücken ließ, die bereit war, jeden Strohhalm zu ergreifen, der ihr weitere Farben zurückbrächte. Sie atmete tief durch und las weiter.

Ich weiß, dass das alles für dich sehr verwirrend sein muss, aber bitte sperre die Accounts nicht.

Tränen ließen ihre Sicht verschwimmen. Er war aus dem Bad gekommen und hatte ihr die Tabletten in den Mund gestopft.

Bitte rede dich raus. Überzeuge mich. Gib mir einen plausiblen Grund für alles.

Ich habe eine Ahnung, wer dir das angetan hat, und wenn ich richtigliege, dann sind noch mehr eurer Freunde in Lebensgefahr. Bitte, können wir uns treffen?

Bianca las die Zeilen mehrmals und fand keinen roten Faden in ihren Gedanken. Dann fiel ihr ein, dass sie nicht genau gesehen hatte, wer aus dem Bad gekommen war. War es möglich, dass es nicht Rune gewesen war?

Was habe ich zu verlieren?

Die Hoffnung, sie habe sich nicht einem Psychopathen hingegeben, war so stark, dass sie die Visitenkarte unbesehen auf den Schreibtisch legte und auf die Mail antwortete.

Der Vormittag bei Bianca war rückblickend nur unerfreulich zu nennen. So sehr Carola auch versuchte, Verständnis aufzubringen, war der ätzende Tonfall ihrer Freundin unerträglich gewesen. Die versöhnlichen Nachrichten über Facebook rückten das Bild zwar wieder gerade, aber ein bitterer Nachgeschmack blieb dennoch zurück. Undankbarkeit war etwas, was Carola nur schwer tolerieren konnte.

Schlimmer als das war Unpünktlichkeit. Seit dreißig Minuten wartete sie auf Felix, von dem weit und breit nichts zu sehen war, der nicht an sein Handy ging und nicht mal eine Nachricht geschickt hatte.

Er wird noch einiges obendrauf legen müssen.

Zumindest spielte er ihr in die Hände, wenn er keine gute Ausrede vorbrachte.

Sie gab ihm noch zehn Minuten, dann würde sie direkt zu ihm nach Hause fahren. Selbst wenn er nicht dort war, würde eine handschriftliche Nachricht mehr Eindruck hinterlassen als eine SMS oder eine Nachricht auf dem Anrufbeantworter. Bei jedem anderen würde sie es anders handhaben, aber Felix konnte sie auf diese Weise knacken. Er war ein Lebemann mit einem kleinen Jungen im Herzen. Ein unfertiger Mann, der diese Tatsache gut kompensierte.

Im Lokal direkt an der Außenalster herrschte lebhaftes Gemurmel. Die Sonne schien, Ausflügler machten hier eine Pause und sahen zu den Booten auf dem Wasser. Die gehobenen Preise sorgten für ein angenehmes Klientel, das ein gewisses Niveau gewährleistete.

Die zehn Minuten verstrichen, ohne dass Felix auftauchte oder sich meldete. Also bezahlte Carola ihren Kaffee und machte sich auf den Weg zur U-Bahn-Station.

Auf halbem Weg klingelte ihr Handy.

»Na, du kannst dich warm anziehen«, sagte sie leise und zog das Smartphone aus der Tasche. Aber es war nicht Felix, die Nummer im Display kannte sie nicht.

»Hallo?«

»Kommissar Bosch, Frau Martins, sind Sie es?«

Sie ging schneller und schüttelte abwertend den Kopf. Wer sollte es sonst sein? »Was kann ich für Sie tun?«

»Ich müsste Sie dringend sprechen, treffe ich Sie zu Hause an?«

Derartige Ankündigungen reihten sich unter *Unpünktlichkeit* und *Undankbarkeit* in die Liste der unbeliebten Begebenheiten. »Was ist denn so dringend?«

»Das geht wirklich nicht am Telefon.« Er blieb hartnäckig.

Seufzend verwarf sie ihre Pläne, Felix eine persönliche Nachricht zu hinterlassen. Er würde so oder so zu Kreuze kriechen. »Ich bin in zwanzig Minuten da.«

Ihre Verabschiedung fiel kühl aus, damit der Kommissar nicht dachte, man könnte sie einfach mal eben herumkommandieren. Mit Glück hatte er Biancas Peiniger gefunden, doch warum sie dafür einem Treffen zustimmen musste, war ihr ein Rätsel. Wahrscheinlich geilte es ihn auf, sich bei ihr wichtig zu machen, weil Carola ein Luxus war, den er sich nie würde leisten können.

Als sie zu Hause ankam, war er noch nicht dort. Dieser Tag lief so gar nicht nach ihrem Geschmack. Erschwerend kam hinzu, dass sie bislang noch nichts gegessen hatte und ihr Blutzuckerspiegel bedrohlich unter die Gute-Laune-Grenze sank. In ihrer Küche befanden sich derzeit nur noch je eine Flasche Kokoswasser und Ketchup. Sie aß so gut wie nie in dieser Wohnung, es sei denn, andere trugen die Lebensmittel herein.

Es klingelte. Carola drückte auf den Knopf, der dem Kommissar die Haustür öffnete, und wartete am Eingang, bis er mit dem Fahrstuhl hochkam.

Als sich die Kabine öffnete, fiel ihr erneut auf, wie gut er aussah. Er strahlte Stärke und Schutz aus. Wenn er nur nicht den Mund aufmachen würde.

»Sind Sie in Ordnung?«, fragte er angespannt. Sein Gesicht war wie aus Stein gemeißelt.

Sie nickte und trat zur Seite, damit er eintreten konnte. »Ausgehungert, deswegen wäre es schön, wenn wir es kurz machen.«

Er sah sie mit seinen blauen Augen an, die zu seinem dunklen Teint und den schwarzen Haaren nicht recht passten, und ihn exotisch wirken ließen.

»Setzen Sie sich bitte«, forderte er sie auf und deutete auf das Sofa.

Auch wenn sie ihn spontan daran erinnern wollte, dass dies ihre Wohnung sei, kam sie seinen Worten nach. Seine angespannte Körperhaltung beunruhigte sie. Er lächelte nicht, was bei der ersten Begegnung trotz der brisanten Thematik der Fall gewesen war.

Sie sah ihm zu, wie er durch das Wohnzimmer schritt und aus dem Fenster schaute.

»Warum haben Sie heute versucht, Felix Thomsen zu erreichen?«

Es geht nicht um Bianca?

»Woher wissen Sie das?«

»Wir haben Ihre Nummer auf seinem Handy gesehen, als wir …« Er brach ab und schien über die richtigen Worte nachzudenken.

Ihre Gedanken verknüpften sich wie von selbst. Seine Worte und Felix' Verspätung …

»Nein, nicht Felix.«

»Ihr Freund wurde tot in seiner Wohnung aufgefunden.«

Schwindel kam so heftig in ihr auf, dass sie befürchtete, sich vor seinen Augen übergeben zu müssen. *Bitte nicht Felix!*

Sie hatte so viele Pläne mit ihm. Er war ein interessanter Mann und mächtig genug, dass Carola sich sogar vorstellen konnte, ihm während erfolgreicher und karriereförderlicher Zusammenarbeit ein Rendezvous in Aussicht zu stellen. Er hätte es als Privileg verstanden.

Tot.

Carola spürte eine zaghafte Berührung an ihren Schultern, die sofort endete, als sie zu Kommissar Bosch aufsah.

Zögerlich setzte er sich neben sie.

Er war stark, warm und roch nach dunklem Holz und Sonne.

Herbst. Er ist wie der Herbst.

Eine gefühlte Ewigkeit verharrten sie schweigend auf dem Sofa. Offensichtlich gab er ihr Zeit, damit sie den Schreck verarbeiten konnte. In Carola wurde alles kalt und klar. Je schockierender eine Nachricht war, umso ruhiger wurde sie. Wahrscheinlich irritierte es ihn, dass sie keine Tränen vergoss und jammerte, aber es schien ihn auch nicht abzustoßen. Kurz fragte sie sich, ob er sie wohl in den Arm genommen hätte, wenn sie wie eine normale Frau weinend zusammengebrochen wäre. Nähe ertrug sie nur bedingt, aber sein eigentümlicher Duft gefiel ihr.

»Geht es wieder?«

Carola nickte abwesend. »Sicher, es ist nur schwer zu begreifen, dass Felix tot ist.«

»Sie sollten viel Wasser trinken«, sagte er, ging in die Küche und suchte in den Schränken nach einem Glas.

Kurz darauf stellte er ein mit Wasser gefülltes Glas vor ihr ab. »Das ist wichtig für Ihren Kreislauf.«

»Wie ist er …?«

Der Kommissar setzte sich wieder neben Carola und zog einen Notizblock aus der Tasche. Sein Blick ruhte auf dem geschlossenen Deckel, als könne er auf dem matten Schwarz die Informationen ablesen.

»Ihr Freund wurde ermordet.«

Sie fühlte förmlich, wie ihr die Farbe aus dem Gesicht wich.

»Wir gehen zu diesem Zeitpunkt davon aus, dass es kein Zufall ist, dass auf zwei Ihrer Freunde ein Anschlag verübt wurde. Kam Ihnen in den letzten Wochen etwas seltsam vor, oder war in anderer Weise bemerkenswert? Vielleicht fällt Ihnen sogar eine Person mit einem Motiv ein?«

»Ermordet«, wiederholte sie entsetzt. »Nein, da war nichts.«

Er erweckte den Eindruck, nach ihrer Hand greifen zu wollen, umfasste stattdessen jedoch den kleinen Block etwas fester. »Was wissen Sie über Herrn Thomsens private Vorlieben?«

Carola konnte sich nur schwer auf die Fragen konzentrieren. Ihre Gedanken drehten sich darum, was dieser Mord für sie bedeutete. *Alle werden mich als das Bindeglied zwischen diesen Ereignissen sehen. Auf so was warten die doch nur.*

»Keine Ahnung, er hatte gerne unverbindliche Affären«, sagte sie mit Verzögerung.

»Mit Frauen?«

Sie sah zu ihm und versuchte, ihm in die Augen zu schauen. Sie musste die Benommenheit abschütteln und anfangen, in dieser Unterhaltung die Fragen zu stellen.

»Natürlich mit Frauen. Sie sollten aufpassen, was Sie andeuten.«

Er zuckte nicht wie erwartet zurück, sondern öffnete den kleinen Block und zog einen Kugelschreiber aus der Hemdtasche. »Sagt Ihnen der Name Bernd Gerhardt etwas?«

Wenn er ihn für den Mörder hielt, dann war er auf dem Holzweg.

»Natürlich. Die beiden sind Konkurrenten, beruflich und privat, aber Bernd ist absoluter Pazifist. Er würde niemals …« Ihre Stimme klang fremd, viel zu dünn und unkontrolliert.

Schnell stand sie auf und umrundete den Couchtisch, ohne zu wissen, wohin genau sie gehen wollte. Bewegung half beim Nachdenken. Sie musste die Dauerschleife in ihrem Kopf beenden, die ihr aufzählte, was sie mit Felix' Tod alles verloren hatte. Die Kolumne sollte nur der Anfang sein. In ihrer anderen Wohnung lag ein ausgeklügelter Plan für die kommenden sechs Monate, in denen sie mit Felix' Hilfe in eine ganz neue Liga aufzusteigen gedachte. Sie hatte sich selbst schon im Fernsehen gesehen, am besten im Abendprogramm. Nach einer Weile hätte sie ihren Blog gewinnbringend verkauft, weil es nicht mehr nötig gewesen wäre, sich mit Produktvorstellungen, Fachartikeln und dem Puls der sozialen Netzwerke auseinanderzusetzen. Carola war für ein prominentes Leben geboren. Fleiß, Disziplin und Skandalfreiheit gehörten zu ihrem Erfolgsrezept ebenso wie der Verzicht auf emotionale Episoden – aber jetzt musste sie auf die Nachricht reagieren.

Wie gefühlig sollte ich mich zeigen?

Ihr Blick fiel auf den geschlossenen Laptop. Nur einer müsste die Nachricht veröffentlichen, und alle Aufmerksamkeit läge sofort bei ihr.

Ich könnte behaupten, dass ich in traumatischen Belastungszuständen wie ferngesteuert funktioniere. Dass die Trauer bei mir mit Verspätung käme, weil der Schock so groß sei.

Der Kommissar stand auf und stellte sich ihr in den Weg, wo sie vor dem Tisch auf- und abging. »Auch Bernd Gerhardt wurde getötet.«

Angespannt knautschte er den Notizblock zwischen seinen Fingern und sah sich lieber im Raum um als ihr in die Augen. »Im Haus Ihres Freundes.«

Eine Leere verdrängte ihre Gedanken, in der die Worte des Kommissars nachhallten.

»Bernd Gerhardt lag leblos in Herrn Thomsens Bett«, fügte er leise hinzu, die Worte klangen eher nach einer Entschuldigung als einer Tatsache. »Sie hatten in der vergangenen Nacht Sex miteinander.«

Unwillkürlich schüttelte sie den Kopf. Alles in ihr sträubte sich gegen die Vorstellung, Felix und Bernd könnten intim miteinander geworden sein. *Das ist eine Lüge.* Die Kontrolle setzte einige Herzschläge aus, und alle Gedanken erstürmten auf einmal ihren Kopf. Bilder von den Männern, Erinnerungen an ihre ständigen Machtkämpfe und Diskussionen. Felix hasste Bernd, sie hatte es so viele Male in seinen Augen gesehen, als säße da der unwiderstehliche Drang, im nächsten Moment auf Bernd einzuschlagen. Wenn Bernd Gewalt nicht grundlegend abgelehnt hätte, wäre so manche Party zu einem Schlachtfest geworden.

Sex?

»Sie wussten davon nichts?« Der Kommissar stand so dicht neben ihr, dass sie seinen Geruch wahrnahm. Angenehm, beruhigend, und sie ertappte sich dabei, tiefer einzuatmen.

Sie wollte nichts Unbedachtes sagen. Selbst wenn der Kommissar keine ihrer Aussagen im Internet breittrat, war die Kontrolle ein notwendiges Korsett, das sich nicht mal eben lockern ließ.

Vorsichtig streckte er eine Hand nach ihr aus, hielt dann jedoch in der Bewegung inne und zog sie wieder zurück. »Derzeit können wir nur auf Indizien und Vermutungen zurückgreifen, voreilige Schlüsse müssen vermieden werden – aber, Frau Martins, ich bin überzeugt, dass er es wieder tun wird. Wie es aussieht, ist jeder gefährdet, der sich in irgendeiner Weise zügellos in Ihrem Umfeld verhält.«

Felix und Bernd.

Bianca und Rune.

Sogar Carola wäre bei Bernd beinahe mal schwach geworden, aber er prahlte gern, und ihr Ruf war wichtiger als heißer Sex – alles war wichtiger als heißer Sex. Wer sich abschleppen ließ, war eine Kerbe im Holzrahmen männlicher Egos. Wer erobert werden musste, verteilte Ritterschläge.

Und diese beiden Männer sollten tatsächlich miteinander Sex gehabt haben? Carola vermochte sich vieles vorzustellen, aber das nicht.

»Kann es sein, dass der Mörder dieses Bild erschaffen wollte? Bernd und Felix würden niemals …« Die letzten Worte kamen ihr nicht über die Lippen.

»Nein, es ist gewiss, dass die Männer …«

Mit einer erhobenen Hand brachte Carola den Kommissar zum Schweigen. »Sagen Sie es nicht, ich will es nicht hören.«

»Und ich würde Ihnen nichts darüber sagen, wenn ich nicht das Gefühl hätte, die Zeit liefe uns davon. Was fällt Ihnen zum Thema Zügellosigkeit in Ihrem Bekanntenkreis ein? Welcher Ihrer Gäste könnte der Nächste sein?«

»Ich weiß es nicht.«

Carolas Blick fiel auf seine Armbanduhr. Sie war sich nicht mehr sicher, ob die Breitling eine Fälschung war. Er war ein Polizist, also kaum mehr als ein einfacher Arbeiter. Unterbezahlt, optionslos und wahrscheinlich chronisch überarbeitet. Niemand, von dem sie profitieren konnte. Vielleicht lag es an der Situation, den grauenvollen Nachrichten oder dem Gefühl, dass er in einer Art Parallelwelt existierte, aber während er so neben ihr stand, nach Holz und Sonne roch, genoss sie seine Nähe. Sie wusste, dass sie bei der Sache bleiben sollte, dass es unangebracht war, über ihn statt über seine Frage nachzudenken, aber er brachte sie aus dem Konzept. Er agierte engagierter, als er sollte, aber zugleich blieb er auf Abstand und versuchte nicht, sie für sich zu gewinnen. Etwas, das sonst jeder Mann tat. Ob vergeben oder nicht, Carolas Interesse zu wecken war wie *Hau den Lukas* – niemand konnte an ihr vorbeigehen, ohne die Herausforderung anzunehmen. Achtzig Prozent ihres Erfolges errang sie mit einem Lächeln und der maßgeschneiderten Illusion, beeindruckt vom Gegenüber zu sein. Aber Kommissar Bosch wartete weder auf Lob noch auf ein Funkeln in ihren Augen. Er stand nur geduldig da und gab ihr Zeit für ihre Antwort. Seine Frage hatte sie längst vergessen.

Unauffällig sah sie auf seinen Ringfinger, er war unberingt. Falls er mal einen Ehering getragen hatte, war es lange her. Kein Abdruck, keine hellere Haut oder Verschlankung des Fingerglieds. Carola schüttelte irritiert den Kopf. Allein, dass sie über ihn nachdachte, war komplett absurd.

»Ich verstehe, dass es Ihnen unter diesen Umständen schwerfällt, darüber nachzudenken, aber es muss sein.«

Sie drehte sich von ihm weg und ging ein paar Schritte. »Sie wissen, wie dieser Rune aussieht, wie lange kann es dauern, bis Sie ihn haben?«

»Das ist ungewiss. Ich fürchte, wir haben es mit jemandem zu tun, der genau weiß, was er tut.«

Sein Handy klingelte.

Mit einem Nicken über die Schulter gab sie ihm zu verstehen, dass er das Gespräch annehmen dürfe. Sie ging zum Fenster und sah zur Straße hinab.

Tot. Schwul. Ermordet.

Carola lehnte ihre Stirn gegen das kühle Glas.

Bernds Tod war tragisch, aber zu verschmerzen. Auch wenn sie mit beiden Männern befreundet sein konnte, wäre es undenkbar gewesen, mit beiden zur gleichen Zeit zusammenzuarbeiten. Sie hatte sich für einen entscheiden müssen, und Felix hatte mehr zu bieten gehabt. Bernd war nur das berühmte rote Tuch gewesen, mit dem sie dafür sorgte, dass Felix sie nicht aus den Augen verlor.

Tot. Alles vorbei.

Wer würde nun ihre Plätze einnehmen? Mit wem musste sie sich gut stellen, damit ihre Ziele erreichbar blieben?

Der goldene Herbst machte Hamburg zu einem farbenfrohen Ort. Die Gerstäckerstraße vor ihrem Wohnhaus war eine Sackgasse und wurde trotz direkter Nähe zum Hamburger Michel um diese Uhrzeit nur wenig von Parkplatzsuchenden befahren. Hinter sich hörte sie den Kommissar knappe Anweisungen geben. Offensichtlich hatte er eine beunruhigende Nachricht erhalten.

Hoffentlich gehört die nicht zu diesem Fall. Carola konnte es nicht gebrauchen, dass alles noch schlimmer wurde. Es würde so schon Gerede geben. Gerede, dass sie nicht kontrollieren konnte.

Dabei hat das doch nichts mit mir zu tun! Mit einem Finger tippte sie gegen das Fensterglas. *Warum jetzt? Steckt Dagmar dahinter? Vielleicht aus Rache? Sie hatte mir doch gedroht?*

Eine Hand berührte sie zaghaft an der Schulter. Carola zuckte erschrocken zusammen.

»Bitte entschuldigen Sie. Ich hatte Sie angesprochen, aber Sie waren ganz in Gedanken.«

Der Kommissar steckte das Handy in seine Hosentasche und ließ dann die Arme hängen. Der Anblick hatte etwas Hilfloses.

»Schlechte Nachrichten?«

»Wir tappen im Dunkeln. Zwar wurden Fingerabdrücke gefunden, aber die können bislang niemandem zugeordnet werden. Ohne einen konkreten Verdächtigen wird es schwer.«

Carola kam es vor, als wäre es nicht sie selbst, die ihn abwartend ansah.

»Was ich Ihnen jetzt sage, darf unter gar keinen Umständen nach außen dringen, haben Sie das verstanden?«

Noch mehr vertrauliche Informationen.

Du willst doch irgendwas. Den Fuß in die Tür zu den Besserverdienenden bekommen?

»Wo fange ich an?« Nachdenklich neigte er seinen Kopf und zupfte mit zwei Fingern an seiner Lippe. Diese Geste passte nicht zu seinem Aussehen. Sie ließ ihn unentschlossen und inkompetent wirken. Zu allem Überfluss schloss er seine Augen.

Carola rieb sich übers Gesicht. Machtlosigkeit machte sie nervös. Sie brauchte Fakten, mit denen sie arbeiten konnte. Einen Namen, Details, um ein Profil zu erstellen. Wenn man wusste, mit wem man es zu tun hatte, fand man auch Mittel und Wege, die Sache zu beenden. Einiges davon steckte in Patrick Boschs Kopf, aber er stand da und zupfte sich an der Lippe herum. Dieser Mann war die Ambivalenz auf zwei Beinen. Passend dazu waren auch ihre Reaktionen auf ihn ambivalent. Eben noch hatte sie ein Zeichen seiner Zuneigung entdecken wollen, jetzt würde sie ihn am liebsten schütteln, um die Sache zu beschleunigen.

Über dich werde ich auch Nachforschungen anstellen. Mehr über jemanden zu wissen sicherte Kontrolle. Besonders, wenn dieser Jemand Verwirrung in die gewohnte Gefühlswelt brachte.

»Also?«, drängte sie und ging zum Sofa hinüber. Dieses Gespräch sollte eine beiläufige Note bekommen, damit er das Bedürfnis bekam, mehr aufzutrumpfen. *Ich weiß doch, dass du mich beeindrucken willst, auch wenn du nicht mit mir flirtest.*

Nur zögerlich folgte er Carola und setzte sich auf das andere Sofa. Sein Mienenspiel sprach von Pulverfass, Abmahnungsrisiko und Amtsregelbruch. »Dieselben Fingerabdrücke wurden nicht nur bei Frau Dreier gefunden, sondern auch bei Franziska Wolff. Was bedeutet, dass sie ein weiteres Opfer des Mörders ist und der Raub das nur vertuschen sollte.«

Carola sah sich nach ihrem Laptop um, was der Kommissar richtig deutete. »Diese Informationen sind absolut vertraulich. Und das sollten sie auch bleiben.« Während er sprach, zupfte er wieder an der Lippe. Kleine, schnelle Bewegungen, deren Reize ihn wohl im Hier und Jetzt hielten. »Aber die Kollegen und ich sind uns einig, dass alles etwas mit Ihnen zu tun hat.«

»Das ist doch Irrsinn«, sprach sie den ersten halb durchdachten Satz aus.

»Realer Irrsinn.« Dem Polizisten war es ernst. »Denken Sie nach! Sie sind eine attraktive Frau, sie haben Ausstrahlung und sind beliebt. Würde jemand für Sie morden?«

Carola rieb mit einer Hand über ihren Magen. Das war vollkommen absurd, aber das war genau das Bild, das um sie herum kreiert wurde: eine Frau, für deren Gegenwart man alles tat. *Ein Wahnsinniger tötet meine Freunde?*

»Wir würden gern alle Ihre Bekannten warnen. Wo ist Ihre Gästeliste?«

Mit einem Kopfschütteln lehnte Carola die Herausgabe ab. »Ich stelle Ihnen eine Liste mit den Gästen zusammen, die auf der Party in der Fischauktionshalle gewesen sind.«

Die gesamte Gästeliste gäbe sie niemals aus den Händen. Ein Psychopath allein reichte nicht aus, dass sie Kopien von ihrem wertvollsten Besitz anfertigen ließe. Sie pflegte sie aus gutem Grund seit Jahren in Papierform. Die Namen und Adressen waren ihr Kapital. Diejenigen, die in das Schema der anderen Opfer passten, könnte sie auf einer eigenen Liste zusammenfügen und behaupten, es sei die Gästeliste für die nächste Party. Besser sie wurden gewarnt. Doch sie würde alle Namen weglassen, die ihrer Meinung nach nicht gefährdet waren. Skandalfreie Personen, die kaum als Opfer infrage kamen. Je weniger Freunde und Bekannte Besuch von der Polizei bekamen, desto besser.

Der Kommissar verzog missbilligend das Gesicht und verschränkte die Arme vor der Brust. »Gut, damit fangen wir an. Aber es muss schnell gehen.« Er atmete tief durch. »Ich habe in meiner beruflichen Laufbahn schon einiges miterleben müssen. Es ist immer ein Rennen gegen die Zeit, wenn man das Schlimmste vermeiden will.«

»Denken Sie, ich wüsste das nicht?« Wenn er ihr Angst machen wollte, funktionierte es nur bedingt. Der kurzfristige Schreck war vergangen, die aufgewühlten Gedanken machten Platz für die notwendigen Überlegungen.

»Tut mir leid. Ich wollte nur sagen, dass …«

Carola schnitt ihm das Wort ab. »Sie haben ein Foto von dem Kerl und Fingerabdrücke. So schwer sollte es jetzt doch nicht mehr sein, ihn zu fassen, oder?«

Der Kommissar zog die Lippen ein und kaute leicht darauf rum. »Mein Instinkt sagt mir, dass er einen Verbündeten hat, jemanden, der sich in Ihrem direkten Umfeld bewegt und ihn mit Informationen versorgt. Es könnte eine Frau sein, die eine Beziehung mit ihm eingegangen ist, ohne zu wissen, in welcher Gefahr sie sich befindet. Vielleicht auch ein Mann, der einen Rachefeldzug gegen Sie plant und sein Mitwirken für einen Spaß hält.« Bosch fuhr sich mit einer Hand durch das kurze, wellige Haar. Falls er wusste, wie attraktiv er war, dann setzte er dieses Wissen nicht sehr gekonnt ein. Jede seiner Bewegungen war entweder zweckdienlich oder grob beiläufig. Im nächsten Moment wirkte er komplett verunsichert. Carola wunderte sich wiederholt über ihre Schwierigkeiten, bei der Sache zu bleiben. Schließlich ging es nicht um Autodiebstahl, sondern um Mord.

Mord in meinem Namen?

»Was schlagen Sie vor, wie wir diese zweite Person ausfindig machen?« Geistig ging sie alle durch, die entsprechende Gründe haben könnten. Dabei erschreckte sie weniger die Länge dieser Liste als ihre eigene Ahnungslosigkeit. Eigentlich müsste sie sofort einen Verdacht haben, weil ihr etwas Derartiges unmöglich entgehen konnte.

»Wir sehen uns Gast für Gast an«, schlug er vor. »Sie holen die Liste, und ich koche uns einen Kaffee.«

Was, wenn ich ihn mit in die andere Wohnung nehme? Sie merkte, dass sie den Kopf schüttelte, aber der Kommissar sah an ihr vorbei. Ein Teil von ihr fand den Gedanken reizvoll, ihn mit den Unterlagen in ihrer geheimen Zweitwohnung zu beeindrucken, aber die Vernunft tadelte augenblicklich ihre

Eitelkeit für diesen Einfall. Niemand außer Bianca und ihr würde je einen Fuß in jene Wohnung setzen. Der Hort all ihrer Informationen.

Aber ich sollte das nachher mal tun.

»Moment.« Carola war, als fiele ein klarer Tropfen Erkenntnis in ihren müden Geist. »Das hat nichts mit mir zu tun, ich weiß es jetzt.« Dieser Gedanke war so erlösend, dass sie ein erleichtertes Lächeln nicht unterdrücken konnte. Dem Polizisten fiele die Pietätlosigkeit eh nicht auf. »Alles hängt mit Dagmar Herrmann zusammen, sie ist es, mit der Sie reden müssen! Ihre Schwester wurde ermordet, mit Felix hatte sie peinlichen Sex in meiner Garderobe und wurde übel durch den Dreck gezogen, und Bianca hatte auf meiner Party erzählt, dass Dagmar eine Professionelle sei.«

Jetzt ergab alles viel mehr Sinn, das schien auch der Kommissar zu erkennen. »Und Herr Gerhardt war gerade bei Herrn Thomsen, als der Mörder kam. Er könnte ein Kollateralschaden sein.«

Am liebsten hätte Carola ihm die Hand vom Mund weggeschlagen, weil das ständige Gezupfe an der Unterlippe ihr schrecklich auf die Nerven ging.

»Aber das bringt uns nicht der Person näher, die für die Morde verantwortlich ist. Würde Frau Herrmann ihre eigene Schwester umbringen lassen?«

Carola ließ den Kopf kreisen, atmete tief durch und stand auf. »Das zu beurteilen liegt in Ihrer Zuständigkeit«, sagte sie freundlich und deutete auf die Tür.

Sein Nicken war der reinste Widerspruch. Als hätte sie seine schöne Theorie mit Logik durchlöchert. *Ich lasse mich in diese Sache nicht reinziehen.*

»Sollte mir noch etwas auffallen, dann melde ich mich bei Ihnen«, fügte sie hinzu, damit er keinen Versuch startete, noch länger zu bleiben. Wenn er seinen Job gut machte, würde sie ihn vielleicht zum Dank zu einer Party einladen.

Er verstand den Rausschmiss und stand ebenfalls auf, was sie wieder in die Position brachte, zu ihm aufsehen zu müssen. Beim nächsten Treffen würde sie höhere Schuhe tragen.

»Sie haben ja meine Karte«, sagte er freundlich. »Meine Kollegen und ich tun, was in unserer Macht steht.«

Sie machte einen Schritt auf ihn zu, wobei sie wie von selbst tiefer einatmete, um ihn zu riechen. *Duftet wie der Herbst und ist so unnahbar wie der Winter.*

Wenn es mit ihm so weiterging, musste sie sich etwas einfallen lassen. Gut möglich, dass es seine Masche war, zu demonstrieren, sein Interesse sei rein beruflicher Natur. Immerhin war es der älteste Trick der Welt, jemandem mit dem Zeigen der kalten Schulter in die Liebesfalle zu locken. Nur dass Carola nicht an instinktiven Banalitäten wie Liebe interessiert war. Vielmehr an Macht. Wem man mit einem Lächeln Fäden um die Entscheidungskompetenzen knoten konnte, den musste man später nicht lange bitten. Kommissar Bosch durch Sympathien an sich zu binden, bedeutete, einen schützenden Verbündeten zu gewinnen. Aber es funktionierte nicht so richtig.

Vielleicht hat er Asperger?

Sie verbot sich, länger über Bosch nachzudenken, und lenkte ihre Gedanken auf den Mörder. Wenn dieser Psychopath tatsächlich für oder gegen Dagmar arbeitete, dann war dieser Albtraum noch lange nicht vorbei. Man musste nur ins Internet schauen, um all die kleinen Anwärter für einen tödlichen Besuch zu sehen. Sie wäre nicht Carola Martins, wenn sie für Zusammenhänge keine Hinweise fände. Dies war ihre Bühne, der Kommissar sollte auf seiner bleiben.

Schnelllebige Zeit. Leichenbeschauung im Fernsehen, anschließend Assi-TV mit garantierter Weichspülung der Synapsen. Es schaut kaum jemand hin, was da flimmert, weil gleichzeitig die sozialen Netzwerke virtuelle Anteilnahme versprechen. Was kann das reale Leben bieten, was nicht virtuell schon da ist? Gefühle als Wiederholung ohne moralische Unterscheidung, die den Zuschauern erklärt, dass die Realität keine Spezialeffekte einsetzt. Die Serienhelden des Privatlebens stehen nicht wieder von den Totgesagten auf.

Lydia Raymond
Sozialwissenschaftlerin
Abrechnung mit der Tele-Ignoranz

Screenshot von Dorothea Buthes Facebook-Seite

Dorothea Buthe Da liest man nichts ahnend die Nachrichten und stolpert über diese Schlagzeile. O Gott, wir haben vor ein paar Tagen noch miteinander geredet. Fernsehgigant-tot-mit-seinem-Konkurrenten-im-Bett-gefunden

Gefällt mir · Kommentieren · Teilen

Martina Sasse, Luisa Braun und 65 weitere Personen

Monique Müller Fuck, ist das ein Fake?

Gefällt mir · Antworten · 30 Min.

Bernadette Ladweg Geredet? Da habe ich aber was anderes gehört.

Gefällt mir · Antworten · 5 · 28 Min.

Dorothea Buthe Wie abartig bist du denn, Bernadette Ladweg?

Gefällt mir · Antworten · 1 · 28 Min.

Bernadette Ladweg Das solltest du lieber dich selbst fragen, immerhin hast du dich von einer Schwuchtel vögeln lassen.

Gefällt mir · Antworten · 27 Min.

Tim Stapelfeldt Hab doch gesagt, der ist schwul.

Gefällt mir · Antworten · 27 Min.

Dorothea Buthe Felix war keine Schwuchtel, aber was weißt du schon, du bist ja nie dabei!
Gefällt mir · Antworten · 👍 2 · 27 Min.

Carola Martins Hört auf, verdammt! Ich bin immer noch ganz geschockt. Ich hoffe, sie kriegen das Schwein!
Gefällt mir · Antworten · 👍 15 · 26 Min.

Martina Sasse Das Schwein, das deine Karrierechancen verbaut hat?
Gefällt mir · Antworten · 25 Min.

Bianca Dreier Ihr solltet euch lieber Sorgen machen, wer der Nächste sein wird.
Gefällt mir · Antworten · 24 Min.

Dorothea Buthe Du meinst, das war der gleiche Kerl, der dich ermorden wollte?
Gefällt mir · Antworten · 22 Min.

Bianca Dreier Es wäre schon ein dummer Zufall, wenn es keine Verbindung gäbe.
Gefällt mir · Antworten · 20 Min.

Carola Martins Die Ermittlungen laufen noch. Hört auf, hier darüber zu spekulieren!
Gefällt mir · Antworten · 👍 1 · 18 Min.

Martina Sasse Du willst ja nur keine Stellung zu dem beziehen, was Bianca gesagt hat.
Gefällt mir · Antworten · 👍 9 · 28 Min.

Was Carola neben Untätigkeit, Undankbarkeit und unliebsamen Ankündigungen noch nicht leiden konnte, war blinder Aktionismus. Sie hatte Kommissar Bosch die Namen derer geliefert, die bei Dagmars sozialem Absturz dabei gewesen waren. Nur die Namen. Carola bezweifelte, dass er viel von diesen Machtspielen verstand.

Inzwischen hatte sie herausgefunden, wo er wohnte. Nicht die nobelste Wohngegend, aber irgendwie passend. Sie fühlte sich wohler, ebenfalls etwas über ihn zu wissen, selbst wenn es nur die Wohnadresse war. Sie fand ihn interessant, deshalb musste sie mehr über ihn in Erfahrung bringen, verstehen, wie er tickte, und sich selbst beweisen, dass jeder Gedanke an ihn Verschwendung war. Im Grunde verstand sie ihre unkonzentrierten Abschweifungen als Flucht vor der bitteren Realität. Doch Flucht war inakzeptabel. Mit kühlem Kopf und emotionalem Abstand – so und nicht anders regelte sie die Dinge.

Während sie in der U-Bahn saß und Richtung Alsterdorf fuhr, lag das Smartphone ruhig in ihrer Hand. Ihr war erstmals die Lust vergangen, die neuesten Postings und Kommentare bei Facebook und Twitter zu lesen. Am liebsten hätte sie sofort richtiggestellt, dass Dagmar das Bindeglied zwischen allen Morden war, aber das hätte dem Täter vielleicht in die Hände gespielt.

Dorothea hatte den Link über Felix' und Bernds Ermordung vor einer Stunde geteilt, und schon brannten die Kommentatoren alles nieder, was nach dem Scheidungskrieg von Felix' Ruf noch übrig geblieben war. Es gab Spekulationen, sein Frauen verbrauchender Lebenswandel sei nur die Kompensation seiner homosexuellen Neigungen gewesen. Witze und Wortspiele, Beleidigungen und Statements, dass so mancher das ja schon immer geahnt habe.

Es tat ihr leid, dass sie post mortem nichts für ihn tun konnte. Ihn zu verteidigen würde noch mehr Aufmerksamkeit auf Carola lenken. Schlimm genug, dass ausgerechnet Bianca sie mit den Todesfällen in Zusammenhang gebracht hatte. Die anderen wären früher oder später auch darauf gekommen, aber es machte einen Unterschied, wer es zuerst sagte. Sie konnte Bianca deswegen nicht böse sein, weil sie als Opfer jedes Recht hatte, derartige Ängste zu äußern. Die Erlebnisse veränderten ihre Freundin. Doch auch wenn Carola bei ihr mehr Selbstbewusstsein und ein Grenzen setzendes Auftreten stets gefördert hatte, wusste sie nicht, wie sie die Veränderungen nun finden sollte. Die neue Stärke basierte auf Resignation und Traumata, was die Auswirkungen unberechenbar und fragil machte. Gut möglich, dass sich Bianca auf der nächsten Party volllaufen ließ, andere beleidigte oder Geheimnisse nicht mehr so zuverlässig für sich behielt. Was, wenn sie anfing, Carolas Welt mit anderen Augen zu sehen?

Das letzte Gespräch war seltsam verlaufen. Erst nahm sie den Präsentkorb ohne ein Danke entgegen und stellte ihn achtlos auf den Tisch, dann trieften ihre wenigen Sätze vor Zynismus. Später im Chat kam die alte Bianca wieder durch, die sich bedankte und entschuldigte. Carola brauchte ihre Verbündete. Jetzt mehr als sonst, aber sie konnte schlecht mit ihr über die Morde und die damit verbundenen Ängste reden. Wie herzlos wäre es, wenn sie über Rufschädigung und die Vernichtung wertvoller Möglichkeiten spräche?

Bianca so übel zugerichtet zu sehen war schlimmer als die Morde. Rune hatte sich an der einzigen Person vergriffen, die ihr tatsächlich wichtig war. Er hatte das Schachspiel direkt mit einem *Turmmord* eröffnet. Denn das war Bianca in Carolas Leben: der zuverlässige Turm, der augenscheinlich weit von ihr weg stand, immer wusste, was er zu tun hatte, und sofort zur Stelle war, wenn sie ihn brauchte.

Und sie wurde wiederbelebt, weil immer zuerst die Bauern sterben … Doch wer sind die Bauern? Franziska? Die spielte doch nicht mal mehr mit.

Ob der Mörder nun seinen Fokus auf Dagmar legte oder nicht, Carola musste mit den Folgen leben. Drei ihrer wichtigsten Freunde waren angegriffen worden. Dagmars Leben hingegen war bereits ruiniert.

Und deswegen arbeitet er für dich, oder?

Kopfschüttelnd verwarf sie diesen Gedanken, denn da war noch der Überfall auf Franziska, der laut Kommissar Bosch auch mit in diese Sache gehörte. *Du hast deine Schwester geliebt, und ohne sie bist du ein Nichts.*

Carola tippte mit einem Finger auf das schwarze Display und sah aus dem Fenster. Die Bahn hatte schon länger den Tunnel verlassen, und Carola sah die Straßen und Häuser von Klein Borstel. Sie wohnte lieber mitten in der Stadt, auch wenn die grünen Stadtteile ihren Reiz besaßen. Ihr erster Freund hatte damals in Klein Borstel in Bahnhofsnähe in einer Einzimmerwohnung gehaust. Heute wusste sie nicht mehr, warum sie drei Monate ihres Lebens mit einem mittellosen Mann zusammen gewesen war. Wahrscheinlich konnte er sich viel deutlicher an sie erinnern als andersherum. Bei Facebook befand er sich in ihrer Freundesliste. Seine Kontaktaufnahme hatte sie freundlich beantwortet, kurz auf sein Profil geschaut, das die typische Geschichte eines Geschiedenen erzählte, und ihn bis zu diesem Augenblick wieder vergessen. Sie hoffte, dass dies ihre letzte Fahrt in diese Gegend war. Die Assoziationen gefielen ihr nicht.

Noch weniger gefiel ihr, dass sie wegen Schadensbegrenzung in dieser Bahn saß. Natürlich könnte sie Pierre Santos, den Geschäftsführer von *Boulgatonie*, auch anrufen oder ihm eine E-Mail schreiben, aber sie musste unter Umständen ihren gesamten Charme einsetzen – das ging nur persönlich.

In ihrer Tasche befanden sich Ausdrucke von Elena in dem Kleid. Auf den schönsten war Felix mit drauf, die konnte sie erst verwenden, wenn der Mörder gefasst war und ein netter Nachruf ein Pflaster auf die beschädigte Reputation geklebt hatte. Innerlich arbeitete sie bereits an den richtigen Worten, die aus dem vermeintlich Perversen einen verlorenen Liebling machen würden. Doch jetzt ging es darum, *Boulgatonie* nicht als Auftraggeber zu verlieren. Pierre war ein guter Freund von Felix. Es war wichtig, abzuschätzen, was der Verlust bei diesem Mann bewirkte und ob er das Gerede in den sozialen Netzwerken mitbekam.

Eine Nachricht erschien auf dem Display. Eine persönliche Nachricht von einem Sven Handelsmann, der sich anscheinend in ihrer umfangreichen Freundesliste befand.

Hey Carola, ich hätte da ein paar Leute, die ich dir als Freunde vorschlagen möchte. Die wird kein Mensch vermissen, wenn sie um die Ecke gebracht werden.

Wütend steckte sie das Telefon in die Tasche. Dieser Kerl fand seinen spontanen Einfall sicher witzig. Das gehörte zum virtuellen Leben. Die Interpretation von schriftlichen Nachrichten im Internet bedurfte gewisser sozialer Kompetenzen, die manchen Menschen komplett zu fehlen schienen. Wenn man nicht schreiben, sondern nur kleine Videonachrichten posten könnte, würden die User mit derlei Themen anders umgehen. Das geschriebene Wort war neutral. Schwarze Buchstaben auf weißem Grund. Jedes Bild war verbindlicher, hatte mehr Aussagekraft.

Deswegen verwendete Carola Profilfotos, die auf ihren Partys entstanden. Wer dabei gewesen war, verknüpfte die Bilder mit einem schönen Abend und einer nahbaren Gastgeberin und erinnerte sich an gewisse Verbindlichkeiten, die durchs Händeschütteln, gemeinsames Lachen oder interessante Gespräche geschaffen wurden. Ebenso postete sie einmal im Monat kurze Videos von sich, in denen sie die Päckchen öffnete, die ihr zugeschickt wurden. Das war ein Ausblick auf die Produktvorstellungen des aktuellen Monats und ein Spaß, wenn sie kleine Geschenke bekam und die Versender die Reaktion direkt mitbekamen. Ein Highlight war, wenn etwas Beleidigendes dazwischen war und sie es auf die Schippe nehmen konnte. Viele Schnitte und Einblendungen verliehen dem Ganzen einen professionellen Charakter. Die Videos drehte sie im Wohnzimmer, den Schnitt und die Einblendungen erledigte ein Freund, dem es reichte, dass am Ende ein Hinweis auf seine Werbeagentur stand. Diesen Monat würde es kein Video geben. Sie konnte nicht in die Kamera lachen und sich über Päckchen freuen, während ein Killer in ihrem Schatten lauerte.

Sie stand auf und machte sich bereit, in wenigen Momenten auszusteigen. Eigentlich sollte sie gedanklich ganz bei Pierre Santos sein, sich auf das Gespräch und alle notwendigen Reaktionen vorbereiten, aber Felix' Tod war ein Hammerschlag, der Risse in jedem Bereich ihres Lebens verursachte. Es kam ihr vor, als müsste sie überall gleichzeitig ihre Finger draufhalten, ohne auch nur einen Riss adäquat kitten zu können. Die Reaktionen im Netz waren kaum vorhersehbar, jeder ihrer Schritte sollte genau durchdacht sein, aber dafür musste sie wissen, wer dahintersteckte und ob es wirklich nur um Dagmar ging.

Sie hatte diesen Rune vorher noch nie gesehen. Carola vergaß nie ein Gesicht, vor allem nicht, wenn es so attraktiv war. Er hatte nicht ausgesehen wie jemand, der sich ein Opfer suchte. *So jemanden würde ich doch erkennen.*

Sie musste warten. Eines hatten alle Menschen gemein, egal, ob sie psychopathisch veranlagt waren oder nicht: Früher oder später wollten sie gesehen werden. Wenn der Irre tatsächlich jemanden aus ihrem Bekanntenkreis ausnutzte oder sich mit ihm verbündet hatte, fiele diese Person irgendwann auf. Alles sprach dafür, eine neue Party zu planen und diesmal den Fokus auf die Personen zu richten, die zum Kreis der Verdächtigen gehörten.

Mit diesem Plan im Kopf stieg sie in Alsterdorf aus und schwenkte gedanklich nun ganz zu Pierre Santos.

Pierre Santos war ein exzentrischer Mann, der eigens für delikate Geschäftstermine ein geräumiges Büro in einem hanseatischen Einfamilienhaus benutzte. An der Tür befand sich nicht mal ein Firmenschild, doch genau genommen war das gesamte Haus sein Büro, ohne dass dort neben seiner Assistentin noch andere Mitarbeiter ein- und ausgingen.

Von außen wirkte das rote Backsteingebäude mit der typischen Kaffeemühlenoptik heimelig und einladend. Der umgebende Garten wirkte robust und pflegeleicht ohne jegliche Blumenbeete. Sicher sah es traumhaft aus, wenn die Rhododendren blühten.

Carola ging zielstrebig auf die Tür zu und prüfte im Gehen den Sitz ihres schwarzen Kleides. Ein dünner, roter Gürtel lockerte ihr Outfit auf. Ihr Erscheinungsbild sollte Anteilnahme, Betroffenheit und Individualität ausdrücken. Deswegen trug sie die Haare zum Zopf, und ihr Make-up war dezent, aber weit entfernt von nude. Soweit sie wusste, sprang Pierre Santos nur selten auf weibliche Reize an, weil er jedes Gegenüber gedanklich in rein berufliche Kategorien einteilte: jene, die in seinen Kreationen wundervoll aussahen, jene, die von brauchbarem Wert waren, und jene, die sich besser nicht zu ihm verlaufen hätten. Carola wollte zwei dieser Kriterien erfüllen.

Als sie klingelte, betrachtete sie ihr Gesicht in der Spiegelung auf der Glastür. *Du hast einen Fuß in der Tür, du musst nur noch hindurchgehen.*

Die Assistentin öffnete und begrüßte sie distanziert. Definitiv eine Person der zweiten Kategorie, denn sicher gab es keine *Boulgatonie*-Kleider in Übergröße. Umso kompetenter musste die Frau in organisatorischen Belangen sein, die ihre Anstellung mit sich brachte.

»Guten Tag, Frau Ibnitz«, grüßte Carola zurück und trat auf Aufforderung ein. Es war nie verkehrt, bei Assistentinnen einen guten Eindruck zu hinterlassen, indem man ihre Namen kannte.

Ein kurzes Lächeln bestätigte ihre These. »Kommen Sie bitte hier entlang.«

Der kleine, dunkle Flur führte zum eigentlichen Wohnzimmer, weiter hinten sah Carola die Küche. Der Verzicht auf jegliche Selbstdarstellung in Form von Bildern an den Wänden oder angedeuteter Corporate Identity war ebenso bemerkenswert wie die Tatsache, dass im Wohnzimmer nur vier Sessel um einen niedrigen Tisch standen. Die weißen Wände, die mit breiten Stuckleisten in die hohe Decke übergingen, ließen jeden Schritt deutlich nachhallen. Auf dem alten Parkett lag nicht mal ein Teppich. Schwer vorstellbar, dass sich jemand gern hier zu Gesprächsterminen traf. Wahrscheinlich befand sich im oberen Stockwerk ein richtiges Büro mit Schreibtisch, Computer und allem, was man für einen angenehmen Arbeitsplatz benötigte.

Pierre Santos kam durch eine andere Tür links von ihr aus der Küche. Sein Erscheinungsbild passte nicht zu den Fotos auf der Homepage. Wahrscheinlich waren sie mindestens fünf Jahre alt, und die letzten Jahre hatten es nicht gut mit dem Sechzigjährigen gemeint. Leicht gebückt, schmutzig-graue Haare und Altersflecken an den Händen und im Gesicht. Seine bedachten Bewegungen ließen darauf schließen, dass er getrunken hatte. Carola hatte einen trauernden Mann erwartet, aber kein Bild des Jammers. Durch seine Haltung war er kleiner als sie, was Carola in die schwierige Lage brachte, sich nicht zu voller Größe aufrichten zu können.

»Was trinken Sie?«, fragte er ohne Begrüßung.

Sie wollte ablehnen, aber er sah nicht so aus, als würde er das akzeptieren. »Darf ich mich Ihnen anschließen?«

Frau Ibnitz bestätigte und ging in die Küche. Was auch immer sie bringen würde, Carola hatte nicht vor, mehr als einen Schluck davon zu nehmen.

»Setzen Sie sich.« Pierre Santos ließ sich schwer in einen Sessel fallen. Nun roch Carola den scharfen Alkohol – wahrscheinlich Whiskey. Sie hoffte, dass es einer mit Sherrynote war, statt einer von der rauchigen Sorte.

»Ich kann Ihnen gar nicht sagen, wie sehr mich Felix' Tod getroffen hat«, sagte sie vorsichtig und wählte einen Sessel ihm gegenüber. Santos erweckte nicht den Eindruck, vertrauliche Berührungen zu schätzen.

»Mir wurde zugetragen, dass sich die Männer Ihretwegen gestritten hätten.«

Frau Ibnitz kam zurück, stellte zwei gut gefüllte Whiskeygläser und die Flasche auf den Tisch und zog sich dann wortlos zurück.

Es war wichtig, sich in diesem Moment klar zu positionieren. »Nicht meinetwegen, es war Bernds unmögliches Auftreten, das zu der Auseinandersetzung geführt hat. Felix und ich waren uns einig, wir haben die Details unserer Zusammenarbeit besprochen, als Bernd plötzlich reinplatzte und ihn im Grunde schwer beleidigte.«

Santos sah sie über sein Glas hinweg an und machte eine auffordernde Geste mit der freien Hand. Ohne zu zögern nahm Carola das Glas und prostete ihm zu. »Auf Felix, er wird uns allen sehr fehlen.«

Santos nickte und kniff gequält die Augen zusammen.

Der Alkohol schmeckte trotz des starken Geruchs unerwartet weich und versprach ein Durchweichen der Gedanken mit viel Promille.

»Mein Großvater sagte immer, man solle nur Geschäfte mit Männern machen, mit denen man auch trinken kann. Sind Sie eine Frau, mit der man trinken kann?«

Carola ließ sich lässig in den Sessel sinken und ging gedanklich ihre Optionen durch. Die Situation ließ nur eine Einzige zu. »Ihr Großvater war ein weiser Mann.« Zur Bestätigung führte sie das Glas erneut an den Mund und trank einen deutlich größeren Schluck.

Er belohnte diese Geste mit einem traurigen Grinsen. »Felix hat viel von Ihnen gehalten, und er sagte mir, dass Sie mein Kleid in der Fischauktionshalle perfekt präsentiert haben. Haben Sie die Fotos dabei?«

Froh, das Glas abstellen zu können, zog sie die Mappe aus ihrer Aktentasche. »Ich muss gestehen, dass es mir unter den Umständen schwerfiel, an die Arbeit zu denken. Bitte entschuldigen Sie, dass ich nur eine Mappe und kein gerahmtes Bild dabeihabe.«

Santos nahm die Mappe entgegen und schlug die erste Seite auf. Das schönste Foto von Elena lag ganz oben und strahlte ihn an. Carola ließ die Bilder lieber allein für sich sprechen.

Ohne eine Regung blätterte er weiter, bis ein Foto von ihr und Felix kam.

Tränen sammelten sich in seinen Augen. Um ihm etwas Zeit zu geben, trank sie noch einen Schluck und gewöhnte sich langsam an den Geschmack.

»Die Gerüchte sind eine Lüge«, sagte er bitter und strich mit einem Finger über das Foto.

»Ich weiß«, sagte Carola. »Verstehen Sie mich nicht falsch, es hätte mir nichts ausgemacht, wenn Felix homosexuell gewesen wäre, aber das, was ihm und Bernd angehängt wurde, ist die schlimmste Verleumdung, die ich je gehört habe.«

Santos legte den Ordner auf den Tisch, trank sein Glas leer und schenkte sich nach. Dann deutete er mit der Flasche auf Carolas Glas, was sie dazu zwang, es ebenfalls zu leeren und ihm hinzuhalten. Es lief den Umständen entsprechend gut, das wollte sie nicht in Gefahr bringen.

»Wenn Felix schwul gewesen wäre, dann hätte ich es als Erster gewusst.« In seiner Stimme schwang die tiefe Trauer eines Liebenden mit. Über Santos' sexuelle Neigungen wurde seit Anbeginn seiner Karriere viel spekuliert, man sah ihn in der Öffentlichkeit mit Frauen und Männern gleichermaßen. Carola glaubte der These, er würde sich in Personen und nicht geschlechterspezifisch verlieben.

Der Alkohol legte sich über ihre Konzentration. Sie fühlte, wie ihre Glieder schwerer wurden und sie ungewohnt emotional wurde.

»Werden Sie öffentlich zu ihm stehen?«, fragte Santos.

»Selbstverständlich«, sagte Carola, immerhin ging das mit ihren Plänen konform.

»Tun Sie das, und wir werden sehen, wie eine Kooperation für Sie und *Boulgatonie* sich gestalten lässt. Sie sind eine smarte Geschäftsfrau, sie sehen gut aus und ihrem Blog entnehme ich ein ausgeprägtes Gespür für Trends und die richtigen Worte, diese zu etablieren.«

Ihre Zufriedenheit überspielend, trank sie einen kleinen Schluck. Ja, sie war eine Frau, mit der man trinken konnte.

»*Boulgatonie* ist ein skandalfreies Label. Wenn Sie es auch bleiben, dann dürfen Sie sich zur Familie zählen.« Mit mühsamen Bewegungen stemmte er sich aus dem Sessel. »Nun entschuldigen Sie mich.«

Carola stand auf und wollte sich verabschieden, aber Santos verließ einfach den Raum durch die Tür, durch die er gekommen war. Zeitgleich öffnete sich die andere Tür, und Frau Ibnitz stand abwartend im Durchgang – das Treffen war beendet.

»Ich lasse die Fotos hier«, sagte Carola zu ihr. »Sie sind ein Geschenk für Herrn Santos.«

Frau Ibnitz sah auf die Mappe. »Ist gut, ich werde mich ihrer annehmen.«

Beim Umrunden des Sessels musste sich Carola kurz abstützen. Starken Alkohol war sie nicht gewöhnt, aber der Schwindel war ein geringer Preis für die Sicherung dessen, was sie mit Felix begonnen hatte. Jetzt musste sie sich nur noch um die Partner der Fernsehbranche kümmern.

Als sie das Haus verließ, bahnte sich die Freude über den hervorragend verlaufenen Termin ihren Weg und verdrängte die bedrückte Stimmung. Von dem Alkohol beflügelt, hätte sie am liebsten einen Freudensprung gemacht, aber sie erlaubte sich nur ein sehr breites, äußerst zufriedenes Grinsen.

Ein Schritt zurück, aber dafür zwei nach vorn.

Die meisten Menschen leben in dem festen Glauben, dass es immer ein Morgen für sie geben wird. Sie verschieben und ignorieren, fühlen sich zu müde, zu gestresst, zu lustlos für den Moment, aber morgen soll alles anders sein. Manche allerdings sind die Räuber des Morgens. Sie kommen und schälen einzelne Menschen aus der Timeline der Gesellschaft. Und im Jenseits gibt es kein Morgen.

Lydia Raymond
Sozialwissenschaftlerin
Nachruf auf meine Tochter Manuela Raymond

Screenshot des Facebook-Chatverlaufs zwischen Freund Amié und Dagmar Herrmann

Hallo Dagmar.

Kennen wir uns?

Ich war ein Freund deiner Schwester.

Wie lautet dein richtiger Name?

Das spielt keine Rolle.

Was willst du?

Dir helfen.

Wobei, verdammt?

Du willst doch an Carola Rache nehmen?

Scheiße, soll das ein Witz sein?

Wie wäre es mit einem Treffen?

Kein Interesse. Ich habe Wichtigeres als Carola auf dem Schirm. Da draußen rennt ein Mörder frei rum, der für den Tod meiner Schwester büßen muss.

Oh, läufst du rum und suchst ihn?

Soll heißen, ich bin durch mit dem Scheiß hier. Lasst mich alle in Ruhe!

Bianca wartete. Ihr war nicht klar, warum sie Runes Bitte nachkam und die Accounts nicht sperrte. Alles, was er in ihrem Namen schrieb, wirkte authentisch und vor anderen vertretbar, besser hätte sie es selbst nicht machen können – aber wieso tat er das?

Er trieb ein seltsames Spiel, in das er sie hineingezogen hatte und dessen Ausgang für sie nicht ersichtlich war. Ihre Fantasie strengte sich mächtig an, Erklärungen zu finden, aber jede einzelne war absurd und nicht im Ansatz ernst zu nehmen. Doch blieb der Impuls, die Polizei zu rufen, vollkommen aus. Sie hatte nichts mehr zu verlieren. Das einzig Erstrebenswerte hatte sie vor die Vernunft gestellt: Er sollte sich ihr persönlich erklären.

Es klopfte an der Wohnungstür.

Vor Schreck machte ihr Herz einen Extraschlag. Das Zittern ließ sich nicht unterdrücken. Körper und Geist waren sich uneinig, was sie fühlen sollte.

Mit unsicheren Schritten ging sie auf die Tür zu. Ihr Körper war steif, als wäre sie gerade erst hineingeschlüpft.

Sie öffnete, und da war er.

Rune.

Und mit ihm die Erinnerungen an die erste Begegnung und die Nacht. Er hielt den Blick gesenkt und wartete ab, bis sie den Durchgang freigab und ihn hereinbat.

»Ich bin so froh, dass du mich anhören willst«, sagte er leise.

»Und, was nun?«, fragte sie forsch. »Lügengeschichte oder Mord?«

Mit einer Hand drückte sie die Tür zu und blieb daneben stehen. Die Angst ließ ihre Haut prickeln. Sie atmete schneller und versuchte, die Furcht vor Schmerzen zu unterdrücken.

»Ich weiß gar nicht, wo ich anfangen soll«, sagte er.

Also die Lügengeschichte.

Sorge und Bedauern lagen in seinem Blick, aber Bianca machte sich nichts vor. Ein so gut aussehender Mann konnte sie nur benutzen wollen, aber auch eine Lüge war ihr recht, wenn sie diese unerträgliche Leere von ihr nähme.

»Komm schon, lass es raus.«

»Meine Geschichte ist zu haarsträubend, als dass du sie glauben könntest.«

»Versuch's einfach.«

Er ging weiter in den Raum und betrachtete die Fotos in den Rahmen an der Wand. Vornehmlich alte Familienbilder, die aus anerzogenen Gründen dort hingen. Vor einem Kinderfoto von ihr blieb er stehen und wischte mit einem Finger Staub vom Glas.

»Ich habe dir nichts angetan«, sagte er dünn. »Ich weiß, dass du das glauben musst, aber ich schwöre dir, dass ich es nicht war.«

Gern hätte sie ihm geglaubt, aber dafür hätte sie an ihrem Verstand zweifeln müssen. »Du bist aus dem Bad gekommen und hast mir die Pillen in den Mund gezwungen. Erzähl keine Märchen.«

Er schüttelte den Kopf. »Es war schon nach neun Uhr morgens. Ich bin losgegangen, um Frühstück für uns zu holen. Ich war höchstens zwanzig Minuten unterwegs, und als ich wiederkam, lagst du auf dem Bett und hast nicht mehr geatmet. Ich habe dich wiederbelebt.« Er deutete auf ihren Körper. »Tut mir leid, dass ich dir eine Rippe gebrochen habe.«

»Zwei«, sagte Bianca kühl und strich sich vorsichtig über

die Seite. »Und warum bist du dann weggelaufen, wenn du es nicht warst? Jeder normale Mensch hätte einen Notarzt und die Polizei gerufen.«

»Ich rief den Notarzt, aber wenn ich mit der Polizei gesprochen hätte, wäre meine Deckung aufgeflogen.«

»Deine *was?*« Bianca ging zum Sofa und ließ sich auf das Polster nieder.

»Du hast meine Pläne durcheinandergebracht. Die Arbeit von zwei Jahren wäre umsonst gewesen, wenn ich mich als Polizist hätte ausweisen müssen.« Er drehte sich um und sah ihr in die Augen. »Das Schlimmste war, dich in diesem Zimmer zurückzulassen.«

Tränen weichten das Schwarz auf und spülten es davon. Da war es wieder, dieses ganz besondere Gefühl, das sich unter ihrem Brustbein in starken Wellen in den Körper ausdehnte.

»Wem bist du auf der Spur?« Sie blieb sachlich.

»Deinem Mörder.« Mit zögerlichen Schritten kam er zu ihr und setzte sich auf das andere Ende der Couch. »Die Anschläge auf dich, Franziska Wolff, Felix Thomsen und Bernd Gerhardt sind nur ein Mittel zum Zweck. Ich dachte erst, er wäre dahintergekommen, wer ich bin, aber dann würde ich jetzt wohl nicht mehr hier sitzen. Wer er auch ist, er hält sich in Carolas direktem Umfeld auf und wird erst aufhören, wenn er bekommen hat, was er will.«

»Du weißt nicht, wer er ist?«

Betroffen wich Rune ihrem Blick aus. »Er ist wie ein Geist.«

Es stimmte. Was er sagte, klang zu fantastisch, um es zu glauben, aber es war so viel besser als alles andere. »Und was will er?«

»Macht. Carola Martins soll Aufzeichnungen über jeden ihrer Kontakte führen, die sie kompromittierbar und somit erpressbar machen.«

»Ihre berühmte Gästeliste?« Bianca machte eine wegwerfende Handbewegung. »Auch wenn es ein offenes Geheimnis ist, dass sie alles dokumentiert, glaube ich nicht, dass ihre kostbare Liste Morde wert ist.«

»Um das zu beurteilen, müsste ich sie sehen.«

Sein Blick verweilte auf ihr. Es war schön, dass sie anscheinend noch die gleiche Wirkung auf ihn hatte wie an dem ersten Abend. Wenn er ehrliches Interesse hatte und ihr Zeit gab, könnte sie sich vielleicht trotz der traumatischen Erfahrungen noch mal auf ihn einlassen.

Mit verschränkten Armen lehnte sie sich zurück und schlug die Beine übereinander. »Carola wird ihren Schatz nicht rausrücken.«

»Weißt du denn, wo sie die Liste aufbewahrt?«

Sie dachte daran, wie farblos und erschöpft sie aussah. Da sie das Haus nicht verließ, hatte sie auf Make-up verzichtet, die Kleidung war ein besserer Jogginganzug, und ihre Haare mussten dringend gewaschen werden. Entweder war er der größte Lügner aller Zeiten, oder es lag ihm tatsächlich etwas an ihr. Der Ausdruck in seinen Augen sprach für Letzteres.

»Niemand weiß das.« Falls sie sich in ihm irrte, wollte sie ihm nicht treudoof alle Informationen auf dem Silbertablett servieren. »Am besten redest du mit Carola.«

Rune überwand die Distanz und setzte sich direkt neben sie. Wieder reagierte ihr Körper auf diesen Mann. Sie war vollkommen machtlos gegen das Herzklopfen und die Verwirrung, die ihr zu Kopf stieg. »Nein, er wird es merken, wenn sie die Wahrheit kennt. Dann verliere ich seine Spur.«

Bianca schüttelte den Kopf, ihr kam die Sache äußerst dünn vor. Sicher konnte man jemanden mit Carolas Fotos und Informationen erpressen, aber woher sollte der Killer das wissen?

»Der Mörder ist unter den Gästen«, sagte Rune ruhig, als

die Pause zu lang wurde. »Ich kann mich auf ihren Partys nicht mehr blicken lassen, aber du kannst es. Schau dir die Nachrichten bei Facebook an – alle sind beeindruckt von deiner Stärke.« Er ergriff ihre Hand. »Und ich bin es auch.«

Diese Berührung reichte aus, dass sie alle Vorbehalte über Bord warf.

»Na ja, das hast ja alles du geschrieben«, sagte sie ablehnend. Eigentlich sollte sie wütend auf ihn sein, weil er ihre Grenzen überschritten hatte, aber sie fühlte diese Wut nicht. Sie hatte nicht mal das Verlangen nach einer Entschuldigung für den Missbrauch ihres Accounts, weil ihr die Leute bei Facebook leidlich egal waren.

Rune strich über ihre Haut. »So sehe ich dich. Deine Stärke hat mich vom ersten Moment an beeindruckt. Ich habe Mist gebaut, weil ich meine Augen nicht von dir lassen konnte.«

Sie sah ihn an und blinzelte die Tränen weg. Binnen weniger Sätze hatte er sie aus dem tiefen Loch geholt und ihr das Selbstvertrauen zurückgegeben. Sie fühlte sich nicht länger missbraucht, sondern geliebt. Die Nacht war real gewesen.

»Bis jetzt ist einiges schiefgelaufen, aber mit deiner Hilfe war es nicht umsonst. Du könntest meine Augen und Ohren sein, mehr musst du nicht tun. Der Mörder wird sich früher oder später zu erkennen geben.« Er streichelte sanft über ihre Finger. »Es muss jemand sein, der noch nicht so lange dabei ist. Und er will Informationen über jeden Gast sammeln.«

Im Geiste ging Bianca die Männer durch, die in den letzten Wochen neu bei den Veranstaltungen gewesen waren. Niemand passte auf diese Beschreibung. Je länger sie schwieg, umso unruhiger wurde er, bis er schließlich aufsprang und nervös den Raum durchschritt. »Entschuldige. Ich kann das nicht von dir verlangen.« Er blieb vor dem Fenster stehen und sah hinaus, fuhr sich durchs Haar und mit zwei Fingern über den

Bart. Jetzt war er wieder der verwegene Pirat, der ihr Herz geentert hatte. Der Mann mit dem Johnny-Depp-Bart und den fast schwarzen Augen.

Bin ich ein Mittel zum Zweck?

Vielleicht.

Ist mir das egal?

Definitiv.

»Was, wenn er mich wiedererkennt?«

Rune atmete tief durch. »Du bist das beste Alibi, das er hat, weil du bezeugen kannst, dass ich dich angriff. Halte dieses Bild aufrecht. Rede darüber, sage allen, dass ich es war, der …« Er brach ab und schüttelte den Kopf. »Ich kann die Bilder nicht vergessen. Du bist eine bemerkenswerte Frau, dass du mich überhaupt anhörst, statt gleich die Polizei zu rufen.«

»Ich glaube dir, weil ich es möchte«, sagte sie ernst. »Und sollte ich es jemals bereuen, habe ich wenigstens versucht, die Dinge nach meinen Wünschen zu gestalten. Verstehst du, was ich meine?« Innerlich ging sie seine Informationen noch mal durch. »Wie kann es sein, dass du seit zwei Jahren an ihm dran bist und nicht weißt, wer er ist oder wie er aussieht?«

Rune zuckte mit den Schultern. »Ich wurde eingesetzt, nachdem vermutlich derselbe Mann Morde im Freundeskreis von Peer Döllner beging und ihn anschließend erpresste. Döllner bezahlte, und der Spuk hatte ein Ende. Der Täter konnte jedoch nicht gefasst werden.«

»Oh mein Gott, ich kenne Peer Döllner aus dem Fernsehen! Warum war das nicht in den Nachrichten?«

»Weil es für die Journalisten nicht offensichtlich war, dass Döllner das Verbindungsglied zwischen den Opfern ist. Augenscheinlich starb jeder aus gänzlich anderen Gründen. Ein Raubmord, ein Unfall im Haushalt, ein Sexualmord …« Rune hob abwehrend die Hände. »Erst, als Döllner erpresst wurde, ging er zur Polizei, und es kam heraus, was eigentlich dahintersteckte. Mit Morden im Freundeskreis von Sophia Hanke ging es dann weiter. Als wäre er willkürlich auf eine andere Prominente übergesprungen.«

Wenn das stimmte, musste Rune unter enormem Druck stehen, weil er ihn trotz des Wissens nicht geschnappt hatte.

»Wir konnten in den zwei Jahren kein Muster bei den Morden feststellen. Es war undenkbar, Informationen an die Öffentlichkeit zu geben. Er mordet, weil es ihm Vergnügen bereitet, und er erpresst, um sein krankes Leben zu finanzieren. Während die Kollegen offiziell die Mordfälle bearbeiten, bin ich ihm verdeckt auf der Spur. Aber er handelt intelligent, fehlerfrei, und er muss ungemein wandelbar sein.« Mit einem Nagel kratzte er über die Haut neben dem Daumennagel. Er schien das öfter zu tun, kleine blutige Wunden waren zu sehen, die ihr zuvor nicht aufgefallen waren. Sie kannte diese nervösen Ticks, mit denen man sich leichte Schmerzen zufügte, als einen Ausdruck für innere Zerrissenheit.

»Eigentlich dachte ich, er hätte sich an Felix drangehängt. Meine gesamte Identität habe ich so angepasst, dass er mich als einen wichtigen Geschäftsmann wahrnehmen musste. Alle Informationen, die man über mich finden kann, sprechen von Reichtum und den besten Kontakten. Die Kreise der Prominenten haben Schnittmengen, es ist nicht verwunderlich, wenn man den gleichen Leuten ständig wiederbegegnet.«

Er setzte sich neben Bianca und strich mit einer Hand ihre Haare hinters Ohr. Die Berührungen fühlten sich gut an, lebendig und vertraut.

Dabei stieg ihr der Geruch von Seife in die Nase, und sie musste sich schütteln.

Screenshot des Facebook-Chatverlaufs zwischen Dorothea Buthe und Carola Martins

Ist das richtig, Bianca kommt heute zu deiner Party?

Ja, sie hat mir eine Nachricht geschrieben, ich war selbst ganz überrascht. Aber es ist ja auch schon ein paar Wochen her.

Meinst du, sie kann uns wieder mitnehmen?

Das musst du sie schon selbst fragen.

Warte, mache ich sofort.

Stell dir vor, sie hat abgelehnt. Sagt, wir sollen selber sehen, wie wir zu dir kommen.

Vielleicht hat sie ja doch gelesen, was ihr so bei Facebook geschrieben habt?

Na und? Ist doch die Wahrheit.

Gibt es wenigstens was Neues?

Nein, aber der Kommissar glaubt nicht, dass jetzt alles vorbei ist.

Und du schmeißt trotzdem eine Party?

Soll ich mich verkriechen?

Du nicht, aber vielleicht deine Gäste …

Seit dem Mord an Felix waren zwei Wochen vergangen. Der Besuch bei Pierre Santos war entscheidend gewesen, um alle weiteren Schritte mit Bedacht zu planen, und so weit lief alles gut. Im Netz und privat wurde ausgiebig über die Morde diskutiert und noch mehr über den Sexskandal der beiden Männer. Jede Frau, die mit einem von ihnen etwas gehabt hatte, wurde plötzlich belächelt oder verhöhnt – ein weiterer Vorteil, dass Carola bei keinem der Männer je schwach geworden war. Auch das Foto mit Dagmar und Felix wurde wieder geteilt und kommentiert. Die Rücksichtnahme wegen ihrer ermordeten Schwester war vorbei.

Der Mörder hielt derweil die Füße still.

Carola schrieb in ihrem Blog einen langen Nachruf auf Felix, dessen Inhalt und Aussagekraft auf Pierre Santos' Trauer zugeschnitten war. Sie wusste, dass er ihre Aktivitäten beobachtete, was diesen Zeitpunkt perfekt für ein klares Statement machte. Die hämischen Kommentare blieben im überschaubaren Bereich.

Es klingelte, dann klopfte jemand an der Tür.

Durch den Spion erkannte sie Patrick Bosch. *Wie kam der unten durch die Haustür?*

Sie öffnete und ließ ihn eintreten. Auch wenn sein Erscheinen beruflicher Natur war, kam es ihr angenehmer vor als bei den anderen Begegnungen. Vielleicht, weil er diesmal keine Todesnachricht im Gepäck hatte, sondern eingeladen war.

»Vielen Dank, dass Sie gekommen sind, immerhin ist das jetzt ja Ihre Freizeit.« Carola reichte dem Polizisten die Hand. »Stand der Haupteingang mal wieder offen?«

Er nickte und ließ ihre Hand schnell wieder los. »Ich habe sie zufallen lassen.«

Kommissar Bosch sah in zivil noch wesentlich mehr wie ein Latin Lover aus. Er trug einen modischen nachtblauen Anzug, ein weißes Hemd, dessen oberste Knöpfe offen standen, und eine Lederjacke. Hugo Boss und Matchless – sein Geschmack passte einfach nicht zu seinem Gehalt. Immerhin würde ihn niemand auf der Party für einen Polizisten halten.

»Sie sind früh dran.« Sie sah ihm zu, wie er seine Jacke auszog und in der Garderobe aufhängte. Allein die Jacke war um die neunhundert Euro wert. Die Mindestgrenze zum Luxus. »Wie soll ich Sie den anderen Gästen vorstellen?«

Sie wusste, dass sie in ihrem schwarzen, tief ausgeschnittenen Kleid ein Blickfang war, aber der Kommissar schien sich nur für die Umgebung zu interessieren.

»Am besten so, wie Sie alle Gäste vorstellen, gerne nur mit meinem Vornamen, Patrick. Niemand außer Ihnen und Frau Dreier weiß, dass ich Kommissar bin, dabei sollten wir es belassen.«

Verwundert sah sie ihn von der Seite an. »Haben Sie denn nicht schon mit anderen Zeugen und Bekannten gesprochen, die heute hier auftauchen könnten?«

»Telefonisch«, sagte er knapp. »Falls Sie jemand fragt, was ich beruflich mache, dann sagen Sie, ich sei in der Sicherheitsbranche, das sollte reichen.« Mit einem Zwinkern ließ er sie stehen und ging weiter ins Wohnzimmer. »Wen haben Sie alles eingeladen?«

Carola deutete auf die Namensliste, die sie auf den Küchentresen gelegt hatte. »Ich habe, wie Sie es gewünscht haben, alle

Namen notiert. Also alle, die zugesagt haben, und jene, die als Begleitpersonen mitgebracht werden.«

Sie folgte ihm zur Küche, wobei ihre Stöckelschuhe laut auf den Fliesen klackten. Er drehte sich nicht zu ihr um.

Sie stellte sich so hin, dass er von der Liste direkt zu ihr sehen musste. »Erstmals haben viele Gäste abgesagt. Ich fühle mich so machtlos.« Nachdenklich strich sie sich am Dekolleté über den Saum des Kleides. »Es ist, als würde mir der Mörder emotional und beruflich großen Schaden zufügen wollen.«

»Frau Dreier kommt auch?«

»Ich wollte es Bianca ausreden. Ich glaube nicht, dass sie dem sensationshungrigen Mob gewachsen ist, aber sie will unbedingt kommen. Sagt, ihr würde die Decke auf den Kopf fallen.« Sie legte eine Hand auf die Liste, damit er zu ihr aufsehen musste. »Würdest du dich um sie kümmern, Patrick? Falls die anderen über sie herfallen und ich es nicht bemerke?«

Endlich sah er sie an, und ein Grinsen stahl sich auf sein Gesicht. »Selbstverständlich. Wenn du mich so freundlich bittest.«

Carola war sich nicht sicher, wer hier gerade die Zügel in der Hand hielt, aber es gefiel ihr außerordentlich gut, dass dieser Mann eine Herausforderung für sie darstellte. Die vertraute Anrede verstärkte diesen Effekt. Er sollte nicht aufhören, sich um diesen Fall zu kümmern. Je mehr er das Bedürfnis verspürte, sie zu beschützen, desto sicherer fühlte sie sich.

»Hast du eine Übersicht aller Gäste, die du generell zu deinen Partys einladen würdest?« Er faltete die Liste und steckte sie in sein Jackett. »Am besten digital?«

»Nein.« Carola ging zum Kühlschrank und holte zwei Flaschen Sekt aus dem Gemüsefach. »Alle Namen und Adressen stehen in einem dicken Notizbuch. Und das gebe ich nicht aus der Hand.«

»Erzählst du das auch den Angehörigen, wenn einer nach dem anderen stirbt?« Er nahm ihr eine Flasche ab und öffnete sie.

Sprachlos sah sie ihm dabei zu. Eine Ohrfeige wäre seiner Bemerkung gleichgekommen – so beiläufig, als ginge es um den Sekt und nicht um Mord.

»Ich dachte, Dagmar ist die Verantwortliche? Und dass dein Erscheinen heute nur eine Sicherheitsmaßnahme ist?«

Er füllte die Gläser und nickte gewichtig. »Das nehmen wir an, aber wir wissen es nicht sicher.« Als er ihren Blick bemerkte, kratzte er sich mit der freien Hand verlegen hinter dem Ohr. »Tut mir leid, das klang wohl härter, als es gemeint war. Ich weiß, wie solche Kerle ticken. Er ist ein Monster, das nicht einfach verschwindet, wenn man sich nur lange genug die Decke über den Kopf zieht.«

Sie ging einen ruhelosen Schritt rückwärts. *Du hast es genauso hart gemeint, wie du es gesagt hast. Also glaubst du nicht an Dagmar als Verantwortliche. Also bist du hier, weil du mir nicht traust, nicht, um mich zu beschützen.*

Ihr Charme funktionierte bei ihm nicht. Eine Tatsache, die ihr umgekehrt lieber gewesen wäre, aber schon wenn sie ihn roch, blieben ihre Gedanken gänzlich an ihm haften. Und langsam kam es ihr vor, als würden all diese Tatsachen und unausgesprochenen Verdachtsmomente an ihr kleben und sie einengen.

Wie gewohnt kamen fast alle Gäste pünktlich und brachten selbst gemachte oder gekaufte Speisen mit. Das Mitmachbüfett verlieh der Veranstaltung eine familiäre Note und eröffnete Carola die Möglichkeit, in den Tagen danach unverfänglich mit einigen Gästen Kontakt aufzunehmen. Entweder, um nach einem Rezept zu fragen, oder weil eine Schüssel vergessen worden war. Ihr Unvermögen in der Küche war die einzige Schwäche, die sie zugab, da sie damit anderen das Gefühl gab, ihr etwas voraus zu haben. Und wer nichts mitbrachte, legte sich auf andere Weise ins Zeug, um sich für die Einladung zu bedanken. Patrick wurde neugierig aufgenommen und augenblicklich von Monique und Dorothea belagert. Ein Anblick, der Carola nicht gefiel. Einerseits hoffte sie, er wäre einer der Frauen zugetan, weil das ein Ausschlusskriterium für sie wäre, andererseits hoffte sie, dass er genau das nicht tat.

Jens kam in einer seltsamen Stimmung an. Er begrüßte sie nur mit einer kurzen Umarmung und holte sich gleich einen Whiskey. So passiv kannte sie den Sonnyboy nicht. Ihr blieb das unbestimmte Gefühl, ihn unbewusst beleidigt zu haben.

Die schrecklichen Ereignisse hingen wie ein feines Gas in der Luft, das jeden Moment von einem Brandstifter zur Explosion gebracht werden konnte.

Die Beerdigungen von Felix und Bernd hatten unter Ausschluss der Öffentlichkeit stattgefunden, um die Angehörigen in ihrer Trauer nicht zusätzlich unter der Distanzlosigkeit der Presse leiden zu lassen. Carola war dort gewesen, hatte beiden Männern die letzte Ehre erwiesen und ihr Beileid bekundet. Beim Leichenschmaus hatte sie neben den Geschäftspartnern der Verstorbenen gesessen und neue Kontakte geknüpft. Zwei dieser neuen Bekanntschaften waren an diesem Abend ihrer Einladung gefolgt. Sie saßen auf dem Sofa, wo sonst Bianca ihren festen Platz hatte, redeten mit anderen Gästen und schienen sich gut zu amüsieren. Carola würde ihnen an diesem Abend keine Aufmerksamkeit schenken. Wenn die Herren wieder gingen, nähmen sie das Bild von ihr mit, dass sie wichtig sei, beliebt und gefürchtet, verhasst von der Konkurrenz und bewundert von jenen, die es niemals so weit bringen würden.

Sie sah auf die Uhr und wunderte sich, dass Bianca noch nicht da war. Ihre Freundin war der pünktlichste Mensch, den sie kannte. Schon weil sie es hasste, beim Ankommen angestarrt zu werden, wenn alle anderen bereits anwesend waren. *Sicher hat sie kalte Füße bekommen.*

Vorsichtig sah sie zu Kommissar Bosch, der ausgelassen über Dorotheas Worte lachte und es nicht unterband, dass sie ihn ständig am Arm berührte. So locker kannte sie ihn nicht, und es ärgerte sie, dass sie sich darüber ärgerte.

Bianca würde jetzt sagen, dass das Schicksal Patrick vorbeigeschickt hat, damit ich mal am eigenen Leib erfahre, wie sich Zurückweisung anfühlt.

In Carolas Welt gab es kein Schicksal. Da gab es feste Regeln und Vorbereitungen, damit man ernten konnte, was man gesät hatte. Glück war der Lohn für harte Arbeit, und nichts, was einem unverdient mal eben in den Schoß fiel. Und Glück war auch an keine abstrakten Emotionen wie Liebe oder Lust gekoppelt. Wenn sie Endorphine brauchte, dann aß sie Schokolade oder kaufte sich etwas Schönes. Zwischenmenschlichkeiten verkomplizierten das Leben, weil sie immer mit den Egos der Beteiligten in Einklang gebracht werden mussten – dazu war Carola schlichtweg nicht bereit. Sich auf einen anderen Menschen einzulassen war anstrengend und einengend. Sie brauchte jemanden, der ebenso freiheitsliebend war; niemanden, der sich von Dorothea angrapschen ließ. Sie nahm diese kleine Gefühlswallung ihrerseits als einen hormonellen Vorfall hin und unterband weitere Gedanken an Patrick Bosch. Es wäre sowieso eine vollkommen bescheuerte Entscheidung, weil der Mann, der bei ihr landen würde, mehr zu bieten haben müsste. Dieser Kommissar war mehr Schein als Sein – eine Katastrophe für ihre Reputation.

Komm schon, das passiert dir nur, weil du Bianca in nichts nach-

stehen willst. Ihre Freundin verliebt gesehen zu haben, weckte offensichtlich das Bedürfnis, sie zu übertrumpfen. In der Schule war es nicht anders gewesen. Carolas Welt war in Ordnung, wenn ihre Noten, sportlichen Leistungen und wichtigen Entscheidungen besser waren als Biancas. Dieses Gefälle brachte beide genau in die Position, mit der sie umgehen konnten.

Carola schüttelte den Kopf und mischte sich unter die Gäste. *Du weißt, woran es liegt. Er springt nicht auf dich an, und das wurmt dich, also Schluss jetzt!*

»Hey, Jens, alles gut bei dir?« Anders als sonst nickte er nur und machte keine Anstalten, Carola ein weiteres Mal zu umarmen. Er hielt seinen Drink mit beiden Händen umfasst und erweckte den Eindruck, in der kurzen Zeit einiges getrunken zu haben. »Was ist passiert?«

»Nichts.« Jens sah wenig überzeugend aus.

»Komm mal mit.« Carola zog ihn ins Schlafzimmer und schloss die Tür hinter sich. Das Gerede, das damit kurz aufbranden würde, war zu vernachlässigen. »Na los, raus mit der Sprache.«

Er leerte sein Glas in einem Zug und stellte es auf den Nachtschrank. »Hätte ich jemals eine Chance bei dir?«

Gelassen lehnte sie sich an die Tür, um weder Ablehnung noch Zuneigung zu suggerieren. So, wie er wirkte, hätte er jede Art von Nähe sofort wie ein Rettungsseil umklammert.

»Nein«, sagte sie ehrlich. »Weil keiner eine Chance bei mir hat. Du weißt, dass ich für meine Arbeit lebe, da ist kein Platz für eine Beziehung.«

»Aber wenn da Platz wäre?«

Wenn ich jetzt lüge, werde ich ihn nie wieder los.

»Müßig. Da ist kein Platz, folglich kann ich dir das nicht mal theoretisch sagen. Ich denke und fühle nicht so, ich dachte, das wüsstest du?«

Tränen sammelten sich in seinen Augen. Etwas wühlte ihn mehr auf als die Zurückweisung.

»Was ist los? Es geht doch nicht um mich. Was beschäftigt dich wirklich?«

»Es geht immer um dich.« Er wurde lauter. »Die ganze Welt dreht sich um dich!« Sein Blick fiel auf die Präsentkörbe, die auf dem Fußboden standen.

»Nimm dir davon, was du willst«, sagte sie und überbrückte die Unterbrechung mit einem Blick aus dem Fenster.

Am besten betrank er sich binnen kürzester Zeit vollends und schlief ein, dann müsste sie nicht befürchten, dass er einen szenenreifen Abgang hinlegte. Sie hörte Folie hinter sich rascheln und das Aufschrauben einer Flasche.

Rotwein. Nicht die beste Wahl, wenn man vorher schon bei Whiskey gewesen war.

Jetzt, wo er sich an den Geschenken bediente, fiel ihr ein, dass sie ihn nach ihrer Rede in der Fischauktionshalle gar nicht mehr gesehen hatte. »Warum warst du bei meiner Veranstaltung so schnell verschwunden?«

»Das kann dir doch egal sein.«

So kannte sie ihn nicht. Er war der Sonnyboy, der mit Humor und Treue zu trumpfen versuchte, nicht der Trinker, der wütend eine Szene machte. »Entweder sagst du jetzt, welche Laus dir über die Leber gelaufen ist, oder …«

»Oder was? Lädst du mich nicht mehr ein?« Er kippte Rotwein in das Whiskeyglas und trank es in einem Zug aus. »Aber wen bezirzt du dann, wenn du mal wieder ein scheiß Auto kaufen willst?« Er schenkte sich nach. Durch die ungenauen Bewegungen lief etwas am Rand vorbei und tropfte auf den weißen Bettvorleger.

Kollateralschaden.

»Ich hatte ein spannendes Gespräch mit Alwin Nolte«, sagte

Jens. »Er glaubt, dass deine Ära bald vorbei sein wird. Er sagt, Scheiße schwimmt oben, und bei dir stinkt es ganz gewaltig!«

Alwin Nolte – jetzt wurde Carola einiges klar. Wenn man mit vielen Menschen Umgang pflegte, geriet man rein statistisch mindestens einmal im Jahr an Personen, die man hinterher am liebsten für immer aus seiner Erinnerung löschen mochte. Alwin Nolte war so eine Person. Carola würde ihm ohne zu zögern eine bipolare Störung mit Tendenz zu schizophrenen Episoden attestieren. Seine Schwärmerei für sie hatte in Handgreiflichkeiten und einer einstweiligen Verfügung geendet. Alwin war heute nur auf der Party, damit der Kommissar ihn unter die Lupe nahm, aber wären sich Alwin und Jens heute nicht begegnet, müsste Carola jetzt nicht die Zeit mit einem Betrunkenen in ihrem Schlafzimmer verbringen.

»Und warum genau spielst du gerade Sprachrohr für ihn?«

»Mir ist etwas bewusst geworden«, sagte er mit schwerer Zunge und lockerte ungeschickt die Krawatte. »Deine Freunde wurden ermordet … Franzi …« Er schluckte hart, wahrscheinlich kam ihm der Wein wieder hoch. »Felix und Bernd … du kannst es nicht, oder?«

Carola wollte nicht wissen, was er meinte. Am liebsten hätte sie ihn rausgeworfen, aber dafür hätte sie ihn durch die Partygesellschaft schleusen müssen.

»Als ich eben so dastand und zusah, wie du den Neuen angeschaut hast, dachte ich für einen Moment, du könntest doch so was wie Zuneigung empfinden. Aber das ist alles nur Show, oder? Wofür ist der Kerl gut? Machst du ihm schöne Augen, weil er dir einen Job verschafft, oder kannst du wieder was abgreifen?«

Diese ganze Situation war absurd und dauerte schon viel zu lange. Sie müsste jetzt im Nebenraum sein und Tomke Doyer in ein Gespräch über seine Tattookunst verwickeln. So, wie

Jens sich aufführte, konnte sie ihn nicht gebrauchen, und allenfalls würde sie ihm Mitleid entgegenbringen, wenn er im nüchternen Zustand eine Entschuldigung zustande brächte.

Wo bleibt Bianca? Carola hätte ihre Freundin jetzt zu ihm ans Bett setzen können, damit jemand auf ihn aufpasste. Er hätte eine tröstende Umarmung bekommen und wäre irgendwann nach noch mehr Gejammer fertig gewesen – aber »hätte« und »wäre« nützten Carola nichts, Bianca war nicht da, und Jens sah aus wie der einzige Überlebende eines Flugzeugabsturzes. Normalerweise ließ Alkohol ihn nur anhänglich und lustig werden. Gut möglich, dass die Todesfälle den sensiblen Mann mehr trafen als gedacht. Jeder ging anders mit derartigen Ereignissen um.

Leider respektierte niemand ihre Art des Umgangs. Wenn es um Gefühle ging, gab es ein gesellschaftliches Mindestmaß, das man zur Schau tragen musste. Virtuell waren Anteilnahme und Bestürzung einfacher, weil man seine Worte so oft korrigieren konnte, bis sie passten, bevor man sie an die Öffentlichkeit übergab. Im realen Leben musste jeder Ausdruck sofort perfekt sitzen, um glaubwürdig zu sein.

Die Todesfälle waren schockierend, ebenso der Wegfall von unwiderstehlichen Möglichkeiten, und Carolas schauspielerischen Fähigkeiten stießen erstmals an ihre Grenzen. Es wäre ein gesellschaftliches No-Go, die Anteilnahme nach einem Mord als »lästig« zu bezeichnen, vor allem, da alles mit ihr in Verbindung gebracht wurde. Aber das, was Jens dazu brachte, sich binnen kürzester Zeit zu besaufen und Beleidigungen zu lallen, fühlte sie nun mal nicht.

Biancas Beinahetod war die einzige Schreckensnachricht gewesen, die mehr in ihr berührt hatte als das Planungszentrum, das sich mit den Konsequenzen beschäftigte. Ihr Verlust hätte auch emotional eine Lücke hinterlassen.

Schweigend sah sie Jens dabei zu, wie er einen Schluck nach dem anderen trank. Wenn er sich übergab, würde sie dafür sorgen, dass er daneben aufwachte.

Noch war es ihr zu heikel, ihn allein zu lassen. Die Tatsache, dass er mit Alwin gesprochen hatte, reichte aus, dass sie weder Monique noch Dorothea neben ihn setzen wollte.

Es klopfte an der Tür, und im selben Moment wurde sie geöffnet. Zu ihrer Erleichterung war es Patrick. Schnell zog sie ihn rein, damit keine neugierigen Gäste einen Blick auf Jens erhaschten.

»Was ist denn hier los?«

Zufrieden nahm sie den leichten Ausdruck von Sorge wahr. »Jens ist betrunken und ziemlich aufgewühlt, aber ich denke, er schläft gleich ein.«

Patrick sah zu ihm und nickte. »Passiert das öfter?«

»Das ist das erste Mal. Ich denke, jeder darf mal neben der Spur sein.«

»Du solltest wieder reingehen, die Gäste reden schon.«

Carola strich sich die Haare hinter die Schultern und drückte das Kreuz durch. »Gib mir noch fünf Minuten.«

Bianca hielt die Schüssel Kartoffelsalat mit beiden Händen vor ihren Bauch und wartete darauf, dass sich die Fahrstuhltür schloss. Schon das Haus zu betreten, erzeugte ein so starkes Unbehagen, dass sie an ihrem Verstand zweifelte.

Flucht nach vorn.

Die Entscheidung für diese Party war eine Entscheidung gegen die Angst gewesen. Niemand wusste, dass Rune sie besucht hatte. Sie hatte die Visitenkarte von Kommissar Bosch lange in den Händen gehalten, aber ihr Bauchgefühl hatte über die Vernunft gesiegt. Rune war bei ihr gewesen, und sie lebte noch. Was auch immer der größere Plan dahinter sein mochte – sie war bereit, ihn auf sich zukommen zu lassen. Wenn der Mörder auf Carolas Party war, musste sie die Augen offen halten – nicht nur für Rune, sondern auch für sich selbst.

Als sich die Tür endlich schloss, schaute sie in den Spiegel. So sah Entzauberung aus. Der letzte Rest Unschuld war verbraucht und ließ eine nüchterne Frau zurück, die keinerlei Träume mehr hatte. *Lieb* und *nett* waren die zersplitterten Facetten ihrer Persönlichkeit, und es fühlte sich auf gewisse Weise befreiend an. Sie wollte nicht so werden wie die anderen, aber fortan würde sie zu niemandem mehr freundlich sein, der sie nicht respektierte. Diese Party war die perfekte Gelegenheit, ihre neue Einstellung auf die Probe zu stellen.

Mit Dorothea fing es an. Ihre Anfrage, ob sie wieder Taxi spielte, mit Nein zu beantworten, war ein gutes Gefühl gewesen. Das war ihre Antwort gewesen, nichts, was Rune in ihrem Namen getippt hatte. Sie, Bianca Dreier, hatte endlich Nein gesagt.

Wenn sie zu Hause war, verfolgte sie mit, was Rune in ihrem Namen schrieb, um sofort einzugreifen, wenn etwas nicht in Ordnung war. Aber er machte das wirklich gut. Sie hoffte inständig, dass ihm dieser Zugang den nötigen Vorteil verschaffte, den er zur Ergreifung des Mörders brauchte.

Rune hatte es vorgezogen, sie über vieles im Unklaren zu lassen, und war genauso schnell verschwunden, wie er gekommen war. Aber bevor er ging, hatte er sie geküsst. Innig, begehrend, so intensiv, dass sie es immer noch fühlen konnte, und seine feste Umarmung hatte die Welt zum Stillstand gebracht.

Trotzdem blieb sie wachsam. Sie glaubte ihm, aber eine gesunde Skepsis blieb. Was er und alle anderen verkannten, war, dass sie absolut nichts zu verlieren hatte.

Sie sah auf die Anzeige. Noch zwei Stockwerke.

Ihren Berechnungen nach waren inzwischen alle Gäste

eingetroffen. *Sie sollen alle auf einmal gaffen und dann ihre Tratschmäuler halten.*

Ihre Rippen taten noch immer weh, besonders, wenn sie etwas hob oder sich die Schuhe zuband. Dennoch war sie mit ihrem Zustand weitestgehend zufrieden. Sie verzichtete auf den Psychiater und wollte schnellstmöglich wieder arbeiten, um in ihre Routine zurückzukehren, auch wenn die Verlängerung der Krankschreibung durchaus gutgetan hätte.

Die Kabine öffnete sich, und Bianca hörte durch die geschlossene Wohnungstür das Stimmengewirr und die Musik. Unwillkürlich verharrte sie davor. *Sie alle haben Sex, auch wenn sie hinterher nicht umgebracht werden. Es gibt nichts, wofür du dich schämen müsstest!*

»Ich lebe noch!«, sagte sie laut und betätigte die Klingel.

Zu ihrer Überraschung öffnete nicht Carola, sondern Kommissar Bosch.

Er trat aus der Wohnung und zog die Tür hinter sich ran, ohne sie zu schließen.

»Um ehrlich zu sein, wollte ich es nicht glauben, als Carola sagte, Sie würden heute herkommen«, sagte er ohne Begrüßung. »Warum tun Sie das?«

»Um ebenfalls ehrlich zu sein, geht Sie das nichts an«, sagte sie abweisend und hielt den Kartoffelsalat wie einen Abstandhalter vor sich.

Er trat auf sie zu.

Bianca wich zurück. Es missfiel ihr, dass er ihr ständig zu nahe kam, als wäre er ein alter Freund. Das war er nicht, er war ein Fremder – ein Polizist, der diesen Fall lösen sollte, mehr nicht.

»Hat er sich bei Ihnen gemeldet?«

»Wer?«

»Ihr Kavalier, der Sie versuchte umzubringen.«

Sie blickte auf den Kartoffelsalat, um sich nicht zu verraten. »Meinen Sie, dass ich dann hier wäre?«

Der Kommissar schwieg und sah sie an. Sie stellte sich vor, wie seine blauen Augen versuchten, sich in ihre Gedanken zu bohren.

»Und Sie sind beruflich oder privat hier?«, fragte sie ablenkend.

Er ließ die Schultern einmal kreisen und verstellte weiterhin die Tür. »Beruflich. Und es wäre gut, wenn Sie niemandem auf die Nase binden, dass ich in diesem Fall der ermittelnde Kommissar bin.«

Nun sah sie ihn doch an. »Glauben Sie, der Mörder würde noch einmal auf eine von Carolas Partys spazieren, wo jeder ihn erkennt?«

»Natürlich nicht. Aber sein nächstes Opfer wird unter den Gästen sein.«

Bianca hatte den Eindruck, dass er sich dichter an sie heranbeugte, was sie noch zwei Schritte zurückweichen ließ.

»Ich habe heute erfahren, dass Franziska Wolff sich an Carola wegen der Sache mit ihrer Schwester rächen wollte. Wir haben das aus einer sicheren Quelle erfahren. Dabei ist sie wohl an den Falschen geraten.« Er zog ein Foto aus seiner Tasche. »Kennen Sie diesen Mann?«

»Felix«, sagte sie und sah von dem Foto zum Kommissar. »Es hat mich sehr getroffen, von seinem Tod zu hören.«

»Die Fingerabdrücke an seinem Tatort stimmen mit denen in Ihrem Hotelzimmer überein. Die Beweise reichen aus, es fehlt nur noch der Mörder. Aber die Zeit läuft uns davon. Sie dürfen nicht schweigen, wenn Sie etwas wissen! War dieser Rune bei Ihnen? Es würde in sein Profil passen.« Er wurde so unvermittelt laut, dass ihr vor Schreck die Schüssel aus den Händen glitt und auf dem Boden zerschellte. Ohne Bianca zu berühren, drängte er sie an die Wand. »Wollen Sie die Schuld an weiteren Morden tragen? Ich weiß, dass Sie mir etwas verheimlichen.«

»Ich weiß nichts!«, schrie sie ihn an und stieß ihn mit aller Kraft von sich.

Die Tür öffnete sich und Carola kam in den Flur. »Mein Gott, Bianca!«

Carola legte einen Arm um ihre Freundin, während einige Gäste ihre Köpfe durch die Tür steckten. »Was ist denn hier los?«

Bianca sah zu dem Kommissar, der Haltung annahm.

»Mir ist die Schüssel runtergefallen, und da sind mir irgendwie die Nerven durchgegangen«, sagte Bianca.

Sie würde den Kommissar nicht verpetzen, aber etwas an ihm war seltsam. Woher kam die Vermutung, dass sie etwas verschwieg? Es erschien ihr eher so, als ob *er* etwas verheimlichte, Informationen, die alles noch schlimmer machten. Sie taxierte ihn, aber Kommissar Bosch steckte die Hände in die Hosentaschen und sah auf den Kartoffelsalat hinab.

»Ich rufe Estha an, die soll sich darum kümmern«, sagte Carola, und Bianca ließ sich von ihr in die Wohnung führen. »Sehr schade drum, du machst den besten.«

Biancas Gedanken waren ganz bei Rune. *Was, wenn es deine Fingerabdrücke sind? Hast du dazu dann auch eine passende Geschichte?*

Ausnahmslos jeder starrte sie an. Sie sah die üblichen Verdächtigen tuscheln, Monique und Dorothea setzten sich augenblicklich in Bewegung, um sie in den Arm zu nehmen. Bianca ließ diese falschen Gesten über sich ergehen und blieb so distanziert wie möglich. Während sie Richtung Büfett ging, beantwortete sie knapp neugierige Fragen und schaffte es, abweisend genug zu sein, dass das Interesse an ihr bald erstarb.

Schließlich saß sie mit einem gefüllten Teller und dem obligatorischen Sektglas auf dem Sofa. Es dauerte keine zehn Minuten, und die anderen Gäste standen auf und ließen sie allein zurück. Vereinzelt wurde sie noch angeschaut, aber im Grunde war sie nicht mal ein bemerkenswertes Opfer. Eine Tatsache, die ihr ganz recht war. Auf diese Weise konnte sie sich in Ruhe unter den Gästen umsehen.

Diesmal befanden sich weniger Leute in der geräumigen Wohnung. Gerade mal fünfzig, von denen sie eine Handvoll nicht kannte. Zu ihrer Überraschung entdeckte sie Martina, Alwin und Burkhard unter den Gästen. Eigentlich standen sie auf der schwarzen Liste. Dafür fehlte Jens, der bislang keine Party ausgelassen hatte.

»Kommst du zurecht?« Carola setzte sich kurz auf die Sofakante – ein sicheres Zeichen, dass sie nicht lange bleiben würde.

»Alles wie immer«, sagte Bianca leichthin und prostete Carola mit dem Glas zu. »Aber wo ist denn Jens?«

»Der schläft in meinem Bett. Kam an, schüttete sich zu und hat mir nebenan eine kleine Szene gemacht. Ich glaube, ihm gehen die Todesnachrichten sehr nahe.«

Bianca sah zur Schlafzimmertür. »Soll ich mal nach ihm schauen?«

»Schon gut«, sagte Carola ablehnend. »Komm erst mal richtig an, bevor du dich wieder um andere kümmerst.« Carola legte eine Hand auf ihren Arm, und Bianca sah auf die Finger hinab. »Es ist schön, dass du hier bist.«

Sie meinte es so, dessen war sich Bianca sicher. Das schlechte Gewissen regte sich, weil sie ihr das Treffen mit Rune verschwieg, aber der Zeitpunkt wäre eh nicht der richtige.

»Ich mische mich noch etwas unter die Gäste und bin dann später wieder bei dir, okay?«

Nickend entließ Bianca die Gastgeberin in ihre geliebte Pflicht.

Während sie ihr nachsah, musste sie lächeln. Dies war ihr Zuhause. Ein Quadratmeter Sofafläche in der Wohnung ihrer Freundin, von wo aus sie die Gesellschaft beobachtete. Im Hintergrund lief *Best of Bossa Lounge* – bekannte Songs im chillig einschmeichelnden Stil neu interpretiert. Bianca erkannte *Every Breath You Take.*

Mit Rumbabeat, auch eine schöne Variante. Die Komposition aus Licht, Musik und Raumtemperatur funktionierte. Die Gäste machten einen entspannten, gut gelaunten Eindruck. Sogar Martina, die jeden von Carolas Schritten beobachtete und alles kommentierte, was wiederum Burkhard zum Schmunzeln brachte. Alwin war der Dritte in der Runde, aber er verzog keine Miene. Ab und an winkte Martina Bekannte zu sich und redete betont fröhlich mit ihnen. Irgendwann wurde es Alwin wohl zu viel und er widmete seine Aufmerksamkeit dem Bücherregal, zog manche Titel heraus und las die Texte auf den Buchrücken. Wahrscheinlich bereute er, überhaupt gekommen zu sein.

Carola war wie immer das Zentrum der Party. Wo sie war und wirkte, erhellte sich der Raum. Der Kommissar schien ihr zu gefallen. Sie redete ausschließlich mit Gästen in seiner Nähe und sah immer wieder zu ihm rüber. Bianca schaute ihr gern dabei zu, wenn sie anfing, die Aufmerksamkeit von ihren körperlichen Reizen zu ihrer Intelligenz zu lenken.

Die Männer, die sie sich für die Gespräche aussuchte, waren allesamt große Tiere in bedeutenden Firmen. Bianca schnappte Vokabeln wie *Social Productplacement*, *Gender Content* und *Success Bilancing* auf. Sie war sich nicht sicher, ob es jeden dieser Begriffe bereits gab, aber spätestens nach dieser Party würde es sie geben.

Ihr fiel auch auf, dass der Polizist sich mehr für die Einrichtung als für die Gäste oder Carola interessierte. Wenn er sich unbeobachtet wähnte, zog er Schubladen auf oder sah hinter Schranktüren.

Was auch immer er zu finden hoffte, er würde es hier nicht entdecken.

Carolas Wohnung war vollkommen auf diese Veranstaltungen zugeschnitten. Weiße Möbel, angesagte Bücher und Meilensteine der Literatur in den Regalen, seriöse Zeitschriften unter der Glasplatte des Couchtisches, gut positionierte Produkte und eine Küche, die eher an eine Möbelausstellung erinnerte. Sogar wenn man sich ins Schlafzimmer verirrte, fand man keinerlei persönliche Sachen. Auch kein Sexspielzeug, es sei denn, eines der Lustprodukte hätte den gesellschaftlichen Aufstieg zu einem trendigen Beischlafaccessoire geschafft. Und falls jemand derlei bei ihr fände, nähme er an, es sei unbenutzt. Carola erschuf die Fantasie bei den Männern, dass derjenige, der sie eroberte, der erste Mann für sie sei, obwohl sie niemals etwas Derartiges behauptet hatte. Jeder hielt sie für zu intelligent, um mit irgendwem zu schlafen – dieses Image musste man sich erst mal erschaffen.

Bianca war auch Carolas Geheimnisträgerin, weil sie die Zweizimmerwohnung mit eingerichtet hatte, in der Carola Erinnerungsstücke, Fotoalben, alles Persönliche und wichtige Papiere aufbewahrte. Diese andere Wohnung lief nicht mal auf Carolas richtigen Namen, weil sie sich zu sehr davor fürchtete, jemand könnte entdecken, dass auch sie nur eine ganz normale Frau war. Das war der Tribut für ihr perfektes Leben – die Makel wurden weggesperrt.

Irgendwann gab der Kommissar die Suche auf und setzte sich zu Bianca. Die ersten Gäste gingen bereits – jene freien Teufel, die keine Angst haben mussten, etwas zu verpassen, wenn sie zu früh die Party verließen.

»Was suchen Sie eigentlich?«

Ertappt zuckte er mit den Schultern. »Ich hatte gehofft, einen Blick auf die Gästeliste werfen zu können.«

»Ihr Heiligtum? Ernsthaft?« Bianca verdrehte die Augen und widmete ihre Aufmerksamkeit wieder dem Geschehen.

Aus dem Augenwinkel sah sie, dass er sich dichter an sie heransetzte.

»Mein Ausbruch vorhin tut mir sehr leid«, sagte er leise. »Ich hätte schwören können, dass er sich bei Ihnen meldet. Das hätte so vieles leichter gemacht. Sie wären nicht die erste Frau, die sich von ihrem Peiniger um den kleinen Finger wickeln lässt.«

Es war ein erneuter Versuch, sie zu prüfen, aber sie hatte eine Entscheidung getroffen, er konnte sie nicht verunsichern. Sie lehnte sich zurück und nippte am Sekt.

»Für eine Frau, die dem Tod gerade so von der Schippe gesprungen ist, machen Sie einen ziemlich gelassenen Eindruck.«

»Das liegt an den Medikamenten«, log sie und erlaubte sich einen Blick in seine seltsam blauen Augen. »Die Ärzte sagen, der Zusammenbruch wird noch kommen und dass ich mich in Therapie begeben soll.«

»Sie sehen das nicht so?«

»Nein«, antwortete sie abwesend. »Ängste überwindet man, indem man sich ihnen stellt. Was glauben Sie, warum ich hier bin?«

Der Kommissar lachte freudlos auf. »Nun, ich dachte, Sie würden unter Todessehnsucht leiden.«

Bianca stellte ihr Glas weg und verschränkte die Arme vor der Brust. »Warum sind Sie hier? Nur um die Einrichtung zu inspizieren?«

Er nahm eine ähnliche Haltung ein. »Ich weiß nicht, wie er es macht, aber ich bin mir sicher, dass er sein nächstes Opfer danach aussucht, wer heute Abend bei Carola in Ungnade fällt.

Ich bin das gedanklich so oft durchgegangen, und diese Option erscheint mir am wahrscheinlichsten.«

»Dann sollten Sie sich um jeden hier Sorgen machen.«

Es amüsierte sie, wie er die Brauen zusammenzog und wortlos um eine Erklärung bat.

»Carola ist all diesen Menschen ein Dorn im Auge. Ich würde behaupten, dass neunzig Prozent dieser Gäste nur herkommen, um an dem Tag dabei zu sein, wenn ihr mal etwas Peinliches oder Erniedrigendes passiert. Wenn jemand perfekt wirkt, macht er sich damit ebenso zum Aussätzigen, wie ich es bin. Sie wird gehasst, weil ihr alles zuzufliegen scheint. Andere schmücken sich mit ihrer Bekanntschaft, als wäre sie das Diadem der Oberschicht.« Mit einem Fingerzeig lenkte sie seine Aufmerksamkeit auf Dorothea und Monique. »Diese dort können Sie vernachlässigen. Auch wenn sie Carola mit ziemlicher Sicherheit Haarausfall und Muttermale ins Gesicht wünschen, ist Carola sehr zufrieden mit deren Anwesenheit. Sie erfüllen genau das, wofür sie eingeladen wurden.«

»Was wäre das?«

Bianca verzog den Mund zu einem abfälligen Grinsen. »Sie halten die Männer bei Laune. Schauen Sie die Frauen an, sie sind hübsch und ungebunden. Falls Sie so was anmacht, empfehle ich Doro, die macht alles mit.« Erschrocken legte sie eine Hand über den Mund. Das war ein Tick zu viel gewesen, aber der Kommissar nickte nachdenklich.

Unauffällig deutete sie auf einen Mann, der im Hintergrund stand und Carola über sein Glas hinweg fixierte. »Das ist Hannes. Er ist zum dritten Mal dabei und hat noch nicht geschnallt, dass Carola nur seine Verbindung zu Konzertveranstalter Jallek interessant findet.«

Das Mienenspiel des Kommissars sagte deutlich, dass er diese Seite von Carola nicht mochte. Bianca hatte das Gefühl, das wieder ausgleichen zu müssen. »Carola ist bewundernswert zielstrebig. Wenn Sie ihr etwas vorwerfen wollen, dann nur, dass sie verstanden hat, wie das Spiel läuft. Alle, die hier sind, netzwerken und versuchen, sich Vorteile zu verschaffen. Carola hat dieses System perfektioniert.«

Der Kommissar rückte noch dichter an sie heran. Bianca saß direkt an der Armlehne, sodass sie keinen neuen Abstand zwischen ihn und sich bringen konnte.

»Wussten Sie etwas über Felix' spezielle …« Er sprach die Frage nicht zu Ende aus.

»Seine was?«

Er lehnte sich so weit zu ihr, dass sie seinen Atem auf ihrem Gesicht spürte. Schlimmer als das war der Geruch, der von ihm ausging und schwer einzuordnen war. Wie ein verbrannter Moschusochse, ohne beißend oder aufdringlich zu sein – für ihren Geschmack nur einfach widerlich. Sie hielt sich die Finger unter die Nase, als würde sie sich nachdenklich über die Lippe reiben.

»Er hatte gewisse Vorlieben«, sagte er.

Bianca rutschte vom Sofa und stellte sich vor den Kommissar. Der Mann als Gesamtpaket verursachte ein seltsames Unbehagen bei ihr.

»In den letzten Tagen wurde ja ausgiebig darüber berichtet. Ehrlich gesagt ist es mir egal, was die beiden miteinander hatten.« Sie sprach so leise, dass es den Anschein erwecken konnte, sie würde nur ihren Satz zu Ende sprechen, bevor sie zur Toilette oder zum Büfett ging.

Kommissar Bosch nickte schuldbewusst. »Tut mir leid. Sie scheinen nur die einzige Frau in diesem Raum zu sein, mit der ich über derartige Dinge reden kann. Dieser Fall wirft so viele Fragen auf, und ich habe das Gefühl, wichtige Indizien zu übersehen.«

Bianca nickte verstehend.

Der Kommissar klopfte neben sich auf das Polster, damit sie sich wieder setzte. Widerwillig kam sie seiner Bitte nach, ließ sich allerdings auf die andere Seite von ihm sinken, wo sie mehr Platz hatte.

»So wie der andere Mann zugerichtet war, schien diese Verbindung nicht gesellschaftstauglich gewesen zu sein. Sein Körper war mit blauen Flecken übersät. Den Verletzungen am After nach zu urteilen war der Sex überaus rücksichtslos und brutal gewesen, aber da Herr Thomsen keinerlei Abwehrspuren hatte, ist davon auszugehen, dass es einvernehmlich passierte. Immerhin gab es keine Hinweise auf Fesseln oder andere Fixierungen.«

Angewidert schüttelte sie den Kopf. »Ich glaube nicht, dass Sie mir das erzählen dürfen.«

»Der Mörder benutzt diese Schwächen. Deswegen wurde Herr Thomsen auch mit einer Ledermaske stranguliert und daran erhängt.«

Bianca ballte die Hände zu Fäusten. »Hören Sie auf, ich will das nicht hören.«

»Es tut mir leid, aber als Überlebende sind sie die Einzige, die zur Ergreifung mehr beitragen kann, für Samthandschuhe habe ich keine Geduld.«

Ihr Hals schnürte sich zu. Jeder der Anwesenden müsste ihr die Wut ansehen, aber niemand kam und stand ihr bei. Als befände sich das Sofa mit dem Kommissar und ihr in einer Paralleldimension.

»Ich kann Ihnen rein gar nichts sagen«, hielt sie mit gesenkter Stimme dagegen. »Und wenn es dem Mörder tatsächlich um das Aufdecken dunkler Geheimnisse geht, dann lag er bei mir eh falsch.«

»Wie meinen Sie das?«

»Meine einzige Verfehlung ist, dass ich mich mit Rune einließ, und das tat ich vor aller Augen auf Carolas Party, also ist es nicht mal ein Geheimnis. Mehr gibt es da nicht.«

»Dann hat es wohl gereicht, dass sich Carola über Sie geärgert hat.«

Bianca sah zu ihr hinüber. Carola lachte und erzählte einem tätowierten Mann gerade irgendeine gestenreiche Anekdote. Das musste Tomke sein. *Über mich geärgert?*

»Mag sein«, sagte sie ausweichend. »Aber man muss sie schon gut kennen, um zu wissen, wann sie sich richtig über jemanden ärgert.« *Warum hat sie mir das nicht gesagt?*

»Es gibt andere solcher Fälle.« Er lehnte sich vor, flüsterte. »Ich will Carola keine Angst machen, deswegen habe ich ihr das nicht gesagt, aber für die zentralen Opfer ging es jedes Mal grausam aus. Meine Kollegen und ich tun bereits, was in unserer Macht steht, aber ohne Hinweise von Vertrauten wird das nicht reichen.«

In ihrem Kopf arbeitete es. Passierten solche Dinge wirklich? Gab es Menschen, die sich so massiv in fremde Leben drängten und dort alles in Schutt und Asche legten?

»Das letzte Opfer ist jetzt ein Pflegefall. Sie stand im öffentlichen Leben wie Carola, jetzt muss sie gefüttert werden. Offiziell hatte sie einen Schlaganfall, weil ihre Familie einflussreich genug ist, sich Verschwiegenheit zu erkaufen.«

Bianca versuchte, dieses Bild mit Rune in Einklang zu bringen. Es gelang ihr nicht.

»Wer auch immer das macht, er ist kein gewöhnlicher Krimineller. Die erstellten Profile sprechen dafür, dass er aus Obsession handelt – besonders in dem Moment, wenn er ihnen Gewalt antut.«

Ein eisiger Schauer lief ihr über den Rücken. »Ich denke, ich fahre jetzt nach Hause.«

»Ich mache keine Scherze, Frau Dreier«, sagte der Kommissar eindringlich. »Sie wissen gar nichts über diesen Mörder, aber ich habe gesehen, wozu er fähig ist.«

Bianca sah über ihre Schulter. »Wenn Sie wissen, wer der Mörder ist, warum finden Sie ihn dann nicht?«, antwortete sie leise.

Dorothea sah zu ihnen herüber, ohne sich in Bewegung zu setzen. Bianca konnte sich lebhaft vorstellen, wie dringend sie Anspielungen machen wollte; immerhin saß Bianca schon wieder auf Carolas Party mit einem Fremden dicht zusammen.

»Wir suchen überall nach ihm, aber er wäre nicht dermaßen erfolgreich, wenn er nicht intelligent und planvoll handeln würde.« Er sah in die Runde. »Ich bin überzeugt, dass jemand ihm hilft. Natürlich wird es dieser Person nicht bewusst sein, aber anders kann ich mir das einfach nicht vorstellen. Wissen Sie, ob diese Frauen alle sein Gesicht kennen?«

Bianca ließ betroffen den Kopf hängen. »Ja, bei Facebook wurde lange genug über die Fotos von Carolas Event gelästert. Der Casanova, der die graue Maus geküsst hat.«

»Dann hilft eine von denen ihm bewusst oder hat sich mit einer Lügengeschichte einlullen lassen. Sie haben ihn erlebt, und ich gehe mal davon aus, dass Sie normalerweise nicht zu den Frauen gehören, die sich auf spontane Abenteuer einlassen.«

Die Röte ließ sich nicht aufhalten, sie stieg in Biancas Wangen und zeigte deutlich, dass er ihren Nerv getroffen hatte.

»Das muss Ihnen nicht peinlich sein. Hoffen Sie nur, dass sich die Komplizin zeigt, bevor der nächste Mord geschieht.«

Bianca wagte einen kurzen Blick in seine Augen.

Was, wenn Rune recht hat? Nur dass es sich nicht um einen Gast, sondern um den Kommissar handelt? Er ist neu, er durchstöbert die Schränke und versucht, alles über die Gäste herauszufinden. Dieser Gedanke war plötzlich da und breitete sich klar und nachdrücklich in ihrem Kopf aus. Wenn das stimmte, dann erklärte es, warum Carola, die Unnahbare, Interesse an ihm zeigte. Bosch war eigenartig und benahm sich so gar nicht, wie sie es von einem Polizisten erwartete. *Carola würde mir nicht glauben. Warum sollte sie auch? Alles spricht gegen Rune. Sie mag den Kommissar, das sähe eher nach Retourkutsche als nach einer plausiblen Verdächtigung aus.*

»Frau Dreier?«

Sie schüttelte den Kopf und ließ sich gegen das Polster sinken. »Ich werde nie vergessen, wie er mich umgebracht hat«, sagte sie leise. »So brutal und unnachgiebig. Als er aus dem Bad kam, dachte ich, zum ersten Mal in meinem Leben wäre das Glück auf meiner Seite. Dabei wusste ich doch, dass sich so ein Mann niemals in mich verlieben würde.«

Der Kommissar wollte ihre Hand tätscheln, hielt jedoch in der Bewegung inne. »Sie können nichts dafür.«

Richtig. Ich muss immer nur alles aushalten. »Ich werde jetzt gehen, hoffentlich finden Sie den Kerl.«

Mit einem kritischen Blick entließ er sie. »Passen Sie auf sich auf. Es wäre schade um Sie.«

Bei diesen Worten bekam sie eine Gänsehaut.

Ohne eine Erwiderung ging sie auf den Ausgang zu.

Seine Beschreibungen von Bernds Leichnam wollten ihr nicht aus dem Kopf gehen. Sie wusste nicht, was sie davon halten sollte. Sie konnte den Kommissar nicht leiden. Er war unheimlich und grenzüberschreitend. Allerdings vergaß sie auch nicht, was er über Rune gesagt hatte. In ihrem Kopf ging es hin und her, es waren zu viele Informationen und Eindrücke auf einmal. Carola war die Taktikerin, aber das musste Bianca allein hinkriegen. *Wenn Rune undercover arbeitet, darf ich ihn nicht verraten, aber wenn er mir einen Bären aufgebunden hat, decke ich einen Mörder.*

Sie sah zu Carola, die anscheinend alle Gedanken an den Mörder verdrängt hatte. Bezaubernd und fröhlich, die perfekte Gastgeberin.

Nein, ich werde dir nicht die Türen zu ihrer Welt aufstoßen, sagte sie in Gedanken zum Kommissar. *Dafür musst du Carola überzeugen, nicht mich.*

Für Außenstehende waren die Zusammenhänge zwischen Carola und den Anwesenden nicht immer zu verstehen. Sie machte eine Wissenschaft aus der Auswahl ihrer Gäste, und sie war wie eine Puppenspielerin damit beschäftigt, die Fäden zu ziehen, sodass die Illusion entstand, jede Handlung käme wie von selbst.

Der Kommissar blieb allein auf dem Sofa zurück und wirkte unzufrieden. Bianca fand sein Verhalten unprofessionell, provokant und einengend. Schon dass er halbwegs privat zur Party kam, war unkonventionell. Carola hatte ihn den anderen Gästen als einen neuen Freund vorgestellt. Dem Anschein nach wollte er den Mörder so sehr schnappen, dass ihm jedes Mittel recht war, doch wenn er geglaubt hatte, den Komplizen des Mörders hier zu entdecken, dann verkannte er, auf was für einer Veranstaltung er sich befand. Geier, Neider und Egoisten – jeder hier beherrschte die Kunst, eine glaubwürdige Maske aufzusetzen. *Und überhaupt kommt mir das mit dem Komplizen sehr an den Haaren herbeigezogen vor.*

»Warte«, hörte sie Carola rufen.

Bianca wäre lieber ohne Verabschiedung gegangen.

Carolas Wangen waren vom Alkoholgenuss gerötet, was ungewöhnlich war, da Carola sonst eher den Eindruck erweckte, mit jedem zu trinken, dabei aber stocknüchtern blieb.

»Es ist doch erst Mitternacht, bitte bleib noch.«

»Nett von dir, aber mir reicht's für heute. Dein neuer Freund hat mich genug ausgefragt, ich habe wirklich keine Lust mehr.«

Mit einem Funkeln in den Augen spähte Carola zu ihrem letzten Gesprächspartner, dessen Arme und Hals komplett bebildert waren. »Kommst du mit, wenn ich mich tätowieren lasse?«

Bianca hätte beinahe die Augen verdreht, beherrschte sich jedoch. »Sicher, wenn du mir einen nachvollziehbaren Grund gibst, warum du dir das antun willst.« Sie spürte Carolas Hand auf der Schulter, eine Geste, die seit der Schulzeit mit dem Zuflüstern kleiner Geheimnisse verbunden war.

»Tomke sticht nicht einfach nur Tätowierungen, er ist ein Künstler, der demnächst eine eigene Dokusoap im Fernsehen bekommt. Das habe ich auf Felix' Beerdigung aufgeschnappt. Sucht man dann im Netz nach ihm, findet man auch mich, weil ich alles im Blog dokumentieren werde.« Mit einem Zwinkern nahm sie die Hand fort und grinste. »Ich wollte schon immer eines haben, mir fehlte nur der richtige Tätowierer dafür. Nun kann ich gleich mehrere Fliegen mit einer Klappe schlagen. Was meinst du, wie viele Promis zu ihm gehen werden?«

Manchmal fragte sich Bianca, ob Carola überhaupt mitbekam, wie herzlos sie erschien. *Sie hat die Infos auf der Beerdigung aufgeschnappt.*

»Bitte bleib«, drängte Carola, die sich anscheinend Biancas Zustimmung sicher war. Warum auch nicht? Bianca begleitete ihre Freundin immer überallhin, wenn sie es wünschte. »Ich hatte gehofft, wir könnten uns später noch unterhalten.«

»Ist gut«, sagte sie widerwillig. »Aber du hältst mir den Kommissar vom Hals.«

Carola machte eine wegwischende Handbewegung. »Ich weiß, er ist sehr engagiert«, sagte sie und sah auf ihr Glas hinab. »Ich bin trotzdem froh, dass er sich so ins Zeug legt.«

»Hat er dir das von Felix erzählt?« Bianca räusperte sich und sprach noch leiser. »Ich meine, mehr als das, was in der Presse stand?« Unwillkürlich zogen Bilder durch Biancas Kopf, die das Hotelzimmer und die offene Badezimmertür zeigten. Sie schüttelte sich. Das Bewusstsein, dass sie ebenso tot sein sollte, floss eisig durch ihre Körpermitte.

Carola nickte und wurde ganz ruhig.

»Schau deine Gäste mal an«, setzte Bianca nach. »Wenn der Irre weitermacht, dann kann es sein, dass du jemanden von uns heute zum letzten Mal siehst.« Es war ihr ein Bedürfnis, Carolas guter Laune einen Dämpfer zu verpassen. Dass sie wieder eine Party veranstalte, war okay, aber dass Carola mehr trank als sonst und beste Laune hatte, beleidigte Bianca. Es kam ihr vor, als würde ihre Freundin die Anschläge nicht ernst nehmen. Natürlich wusste sie, dass Carola anders tickte, dass sie Strategien verfolgte und das Wesentliche niemals aus dem Blick verlor, aber ihr gegenüber müsste sie doch Betroffenheit empfinden.

Ich hätte nicht herkommen sollen.

Dass Carola nichts erwiderte, machte die Situation nicht besser. Die anderen Gäste lachten und unterhielten sich. Bianca bemerkte den Blick von Kommissar Bosch, das Tuscheln von Martina und Alwin und die Oberflächlichkeit dieser Veranstaltung. Wenn sie benennen sollte, was ihr genau in diesem Augenblick fehlte, wäre *Rune* die einzig ehrliche Antwort gewesen. Durch seine Art, sie anzusehen, war sie existent. Kein Abziehbild, kein wandelndes Klischee, kein durchsichtiger Geist zwischen sichtbaren Menschen.

Müde rieb sie sich übers Gesicht und nickte Richtung Ausgang. »Entschuldige, ich wollte dir deine Laune nicht verderben, ich denke, ich geh jetzt besser.«

»Das hast du nicht. Es ist für uns beide nicht leicht, wir gehen nur unterschiedlich damit um. Wie geht es dir denn? Hast du den Abend so weit gut überstanden?«

Bianca zuckte gleichgültig mit einer Schulter. »Es war nicht schlimmer als sonst. Wenn ich es recht bedenke, war es sogar exakt wie immer.«

Carola presste die Lippen aufeinander und schien über ihre Worte nachzudenken. Bianca tat ihr leid, das war deutlich zu sehen. Nicht weil sie eine graue Maus war, sondern weil Carola sich noch immer schuldig fühlte.

»Du hast doch niemandem verraten, dass er Kommissar ist, oder?«, fragte Carola.

Das brachte Bianca zum Lachen. »Jeder weiß, warum er hier ist! Du magst ihn.«

Ein unerwartetes Mienenspiel aus Ablehnung und Verlegenheit zeigte sich auf Carolas Gesicht. »Ich werde aus ihm nicht schlau«, gestand sie. »Keine Ahnung, ob ich ihn mag, aber ich finde ihn … interessant.«

Er schien mit seiner Masche Erfolg bei der uneroberbaren Gastgeberin zu haben. Er verfiel ihr nicht, also reizte er sie. Bianca hielt es für gut möglich, dass er tatsächlich nur aus beruflichem Interesse hier war. *Oder schlimmeren Beweggründen …*

»Interessant ist eine anderes Wort für reizvoll«, stellte Bianca fest.

Carola reckte mit einem ertappten Lächeln das Kinn und wirkte dabei glücklich und trotz allem überlegen.

»Schau mal, wer wieder unter den Lebenden ist«, sagte Dorothea im Vorbeigehen, deutete zum Schlafzimmer und schenkte sich dann hinterm Tresen einen neuen Martini ein.

Jens sah mitgenommen und betrunken aus. Er stand im Rahmen und stützte sich daran ab.

»Oh Mann, was hat er alles getrunken?«, fragte Bianca, denn so hatte sie ihn noch nie gesehen.

Dorothea ließ eine Olive in ihren Drink fallen und nippte

am Glas. »Die Frage ist wohl eher, was er nicht getrunken hat.« Bevor Carola zu ihm gehen konnte, deutete Dorothea in die andere Richtung. »Und dein Tätowierer will gehen.«

»Verdammt, jetzt schon?« Carola stellte ihr Sektglas ab und eilte zu ihm.

»Sag bloß, der berühmte Prinzessinnencharme hat mal versagt?« Diese rhetorische Frage plauderte sie mehr in den Raum als zu Bianca. Schnell ging sie zu Monique zurück, die für Lästereien geeigneter war.

Als Bianca ihr nachsah, bemerkte sie den Kommissar, der sich erhob und auf sie zusteuerte. *Na super, das sollte Carola doch verhindern.*

Als er sich neben sie stellte, drehte sie ihm leicht die Schulter zu.

»Sie bleiben noch?«, fragte er.

»Nicht mehr lange.« Auch wenn sie sich unhöflich vorkam, verschränkte sie die Arme vor der Brust, damit er ihr nicht wieder zu nahe kam.

Der Kommissar überging ihre Ablehnung. »Und was ist da los?«

Carola sah gerade auf Tomkes Handy. Der Tätowierer hielt es ihr mit einem Grinsen hin, das nichts Gutes verhieß. Die meisten bemerkten nicht, was in Carola gerade vorging, aber Bianca sah deutliches Missfallen in ihrem Gesicht. Er sagte etwas zu ihr, was Umstehende belustigt die Hände vor die Münder nehmen ließ.

»Ich würde mal sagen, da läuft gerade etwas ganz und gar nicht, wie es soll.«

Tomke drehte sich um und wollte weitergehen, als Dorothea quer durch den Raum rief: »Warte, ich komme mit.« Sie stürzte in einem Zug den restlichen Martini herunter und hielt plötzlich in der Bewegung inne.

»Doro?« Monique ergriff den Arm ihrer Freundin, die eine Hand um ihren Hals legte und erstickende Laute von sich gab. Das Glas fiel aus ihrer Hand und zerschellte auf dem Boden. Vornübergebeugt rang Dorothea um Atem und lief puterrot an.

»Sie wurde vergiftet«, kreischte Monique und wich von ihr zurück.

Bianca fühlte sich wie gelähmt. Wenn das stimmte, war der Mörder unter ihnen. Genau jetzt.

Rune ist es nicht.

Dorothea ging in die Knie, die erstickenden Laute klangen grauenvoll, und alle standen um sie herum und glotzten.

»Tut doch was!«, schrie Bianca.

Endlich setzte sich der Kommissar in Bewegung und umfasste Doros Oberkörper von hinten. Mit ruckartigen Bewegungen presste er seine Fäuste in ihr Zwerchfell. Doros Lippen verfärbten sich. Beim dritten Ruck kam die Olive mit einem Schwall Erbrochenem aus ihr heraus und klatschte zwischen die Glasscherben auf den Boden.

Dorothea sog gequält die Luft ein. Sie sah verschwitzt und blass aus. Die Mascara hatte durch Tränen rund um ihre Augen abgefärbt. Einige applaudierten oder filmten mit ihren Smartphones, andere hielten ihre Hand auf den Mund und sahen aus, als würden sie sich ebenfalls übergeben müssen. Nicht lange, und die Aufnahmen fänden ihren Weg zu Facebook, Instagram und Twitter. Tomke sah ein letztes Mal hin und verließ dann die Wohnung.

Sogar Carola war blass und sprachlos. Vielleicht wurde ihr erst in diesem Moment bewusst, dass die Todesfälle mehr als Schlagzeilen waren. Sie waren furchteinflößend, gnadenlos und grausam.

Dorothea lief Rotz aus der Nase, sie keuchte und wich von dem Fleck zurück.

»Nun schaltet doch endlich die Handys aus«, platzte es aus Bianca heraus. Dass ausgerechnet sie etwas sagte, machte die Situation noch abstruser. »Die Show ist vorbei.«

Carola sah sie an, als holte sie Biancas Stimme aus weiter Ferne in diese Wohnung zurück. Sie kniff die Augen kurz zusammen, dann ging sie vorsichtig an dem Erbrochenem vorbei, legte Dorothea eine Hand auf den Rücken und schob sie sanft Richtung Badezimmer.

Egal, ob Carola im Bad noch etwas von Doros Make-up retten konnte, der Abend war gelaufen. Und sie würde nicht zufrieden mit dem Verlauf sein. Tomke hatte sie mit irgendwas auflaufen lassen, Dorothea hatte den Boden vollgekotzt, Jens hatte eine Szene gemacht, und der Kommissar wurde zum Helden des Abends, dem nun mehr Interesse entgegengebracht wurde, als er haben wollte. Bianca wusste, dass es nun in ihrer Freundin arbeitete.

Einige nahmen ihre Jacken und gingen. Der Polizist suchte nach einem Putzeimer und Haushaltstüchern, und Bianca fühlte sich verpflichtet zu bleiben. Sie half ihm, das Erbrochene aufzuwischen.

Monique stand daneben und hielt sich die Nase zu. »Ich dachte wirklich, sie sei vergiftet worden«, sagte sie matt. »Ehrlich, ich will nicht draufgehen, nur weil ich mit Carola befreundet bin.«

»Das wirst du nicht«, sagte der Kommissar mürrisch ohne aufzublicken. »Der Mörder scheint recht wählerisch zu sein.«

Bianca konnte ein Schmunzeln nur schwer unterdrücken. Es war ein herrlicher Anblick, wie Monique versuchte, seine Aussage einzuordnen, ihren Mund aufklappte und ihn wieder schloss, nur um dann doch was zu sagen. »Was weißt du denn schon, du bist ganz neu hier.«

Eine Karte, die Dauergäste gern gegen andere ausspielten.

Kommissar Bosch richtete sich auf, und Monique musste zu ihm aufsehen.

»Ich finde, der ausgeprägte Ausdruck von Hirnlosigkeit ist als Ermordung der Schwarmintelligenz zu verstehen. In keinem anderen Land gibt es so viele dumme Menschen, die sich ständig zu allem und jedem äußern. Ich habe mir das jetzt einen ganzen Abend lang angehört und könnte glatt selbst zum Mörder werden.«

Bianca drückte den Unterarm gegen den Mund, um nicht laut aufzulachen. Niemals hätte sie erwartet, dass in dem stocksteifen Polizisten so ein Potenzial steckte. Monique warf ihr einen wütenden Blick zu und brachte keine Erwiderung mehr zustande. Mit einer filmreifen Drehung ließ sie ihn stehen und folgte Carola und Dorothea ins Bad.

Was für ein Abend.

Die letzten Gäste verließen die Wohnung, und eine angenehme Stille kehrte ein.

»Danke«, sagte sie unvermittelt zum Kommissar. »Das war erfrischend ehrlich.«

Er warf die besudelten Tücher in den Eimer und setzte sich auf den nächstbesten Stuhl in unmittelbarer Nähe. »Manchmal gehen die Pferde mit mir durch«, gestand er und sah dabei weniger glücklich mit seiner Leistung aus. »Warum tun Sie sich das hier an? Sie sind doch ganz anders als diese Frauen?«

»Bin ich das?« Bianca setzte sich ebenfalls auf einen Stuhl und hielt die Hände locker vor sich, um nichts zu berühren, bevor sie sich die Finger gewaschen hätte. »Ich habe Carola in der Schule kennengelernt und wollte vom ersten Tag an mit ihr befreundet sein. Genau genommen habe ich sie bislang mehr ausgenutzt als sie mich, weil mir ihr Leben schon immer besser gefallen hat als mein eigenes. Hier zu sitzen und zuzuschauen ist die Anteilnahme an einem Glück, für das ich nicht einen

Moment Verantwortung tragen muss.« Sie wusste nicht, warum sie ausgerechnet ihm das erzählte. Auch wenn die letzten Minuten eine bessere Seite von ihm gezeigt hatten, wurde er ihr nicht sympathischer. Allerdings verwarf sie den Verdacht, er könne selbst der Mörder sein.

Der Kommissar nickte bedächtig, vielleicht verstand er sogar, was sie ausdrücken wollte. »Carola ist in der Tat eine bemerkenswerte Frau«, sagte er so leise, dass es wirkte, als würde er die Worte gar nicht aussprechen wollen. »Zielstrebig, begehrenswert und erfolgreich. Obsessionswürdig.«

In seinen stahlblauen Augen regte sich ein Ausdruck, der schwer einzuordnen war. Hatte sich Bianca getäuscht? Empfand er doch etwas für Carola?

Obsessionswürdig. Bianca stemmte sich hoch und nahm den Eimer mit in die Küche. Es war erleichternd, die Hände zu waschen, auch wenn sie das Gefühl hatte, der Geruch würde an ihr haften bleiben.

Seit sie Carola kannte, sah sie die unterschiedlichen Gesichter derer, die sich in sie verliebten. Hoffnungsvolle Jungen wurden zu hoffnungsvollen Männern, die sich beinahe allesamt erfolglos die Klinke in die Hand gaben. Von Stalkern über Machos bis hin zu Romantikern war alles dabei gewesen. Und dieses kurze Gespräch entschlüsselte Kommissar Patrick Bosch auf eine unspektakuläre Weise. Seufzend trocknete sich Bianca die Hände. Seine kalte Schulter war keine Masche, kein Schachzug auf dem Eroberungsfeldzug. Er konzentrierte sich auf den Fall, weil er Carola schützen wollte. Wahrscheinlich steckte eine tragische Geschichte dahinter, die ihn dazu trieb, engagierter zu agieren, als es normal gewesen wäre. Vielleicht eine ermordete Zeugin, die er nicht hatte retten können?

Der Kommissar stellte sich neben sie ans Waschbecken. Etwas versöhnlicher gestimmt, machte sie ihm Platz und schenkte ihm sogar ein Lächeln. »Ich schau mal nach den anderen. Es wird wohl das Beste sein, wenn ich Moni und Doro nach Hause bringe.«

Bosch nickte und konzentrierte sich ganz aufs Händewaschen. Sie hätte gern gewusst, was in seinem Kopf vorging.

Auf dem Weg ins Bad kamen ihr die anderen entgegen. Der Schreck saß offenbar noch tief, Dorothea war ganz blass.

»Geht's wieder?«

Dorothea nickte tapfer. »Ich dachte echt, ich geh drauf.«

Sie entdeckte den Kommissar im Hintergrund. Held des Abends und Lebensretter. Schnellen Schrittes ging Dorothea auf ihn zu und warf sich ihm an den Hals. »Ich weiß gar nicht, wie ich dir danken soll!«

Statt die Umarmung zu erwidern, wurde er stocksteif, was Dorothea nicht davon abhielt, erneut Tränen zu vergießen und ihr Gesicht gegen seine Brust zu drücken.

»Oh Mann, der sieht aus, als würde er gleich um Hilfe rufen«, raunte Monique amüsiert. »Jemand sollte ihn befreien.«

Das sah Bianca genauso, und sie bemerkte, dass Carola darüber sehr glücklich zu sein schien.

»Ich fahre euch nach Hause.« Bianca würde später mit Carola über den Abend reden.

Zusammen mit Monique erlöste sie den Kommissar von Dorothea, die ihn nur widerwillig losließ. Schweiß malte dunkle Flecken unter seine Arme. Wenn sich Bianca nicht irrte, dann war er einer dieser Freaks, die keine Berührungen ertrugen – was in einem seltsamen Widerspruch dazu stand, dass er ihr den ganzen Abend auf die Pelle gerückt war.

Na dann viel Spaß, Carola.

»Jens, soll ich dich auch mitnehmen?«, rief sie über die Schulter.

Carola und Jens schüttelten gleichzeitig die Köpfe.

»Wir müssen noch reden«, erklärte Carola, was Jens dazu brachte, verschämt den Kopf zu senken.

Trotz allem war Bianca wohler, Carola nicht mit dem Kommissar allein zu lassen. Sein Job war für diesen Abend getan, er würde sicher nicht dazwischen sitzen wollen, wenn Jens in Demut und Reue versank. Menschen, die auf andere mit Abwehr reagierten, waren ihr suspekt. Ganz gleich, ob er Dorothea gerade das Leben gerettet hatte oder eine tragische Geschichte dahintersteckte.

»Ich entsorge das hier nur noch, dann gehe ich auch«, sagte er und deutete auf den Eimer. Ein Hinweis, der Dorothea einen schluchzenden Laut entlockte.

Schon im Fahrstuhl drehte sich alles nur noch um den unbekannten Helden. »Ich muss unbedingt mehr über ihn wissen. Was macht er? Woher kennt er Carola? Ob er mit mir ausgehen würde?« Dorotheas Stimme klang heiser, was sie nicht davon abhielt, jeden Gedanken sofort und ungefiltert auszusprechen.

»Meine Güte, krieg dich wieder ein«, sagte Monique und drückte gleich mehrfach auf den Knopf fürs Erdgeschoss. »Nur, weil er dir das Leben gerettet hat, ist er noch kein Heiliger!«

»Bianca, du weißt doch sicher mehr über ihn. Was macht er beruflich?«

Wenn es dadurch schneller gegangen wäre, hätte Bianca ebenfalls auf dem Knopf rumgedrückt. Jede Sekunde zog sich quälend langsam hin. »Keine Ahnung. Wenn ich raten sollte, würde ich sagen, dass er nicht viel mit Menschen zu tun hat.« Innerlich musste sie schmunzeln. Wie würden sie wohl reagieren, wenn sie ihnen die Wahrheit sagte?

Versprochen ist versprochen.

Jedes Wort würde sofort bei Facebook landen und den Mörder warnen.

Monique und Dorothea diskutierten über Bosch, was Bianca für einen Moment in Vergessenheit geraten ließ.

Den Gerüchten nach war jeden Moment mit einem neuen Mord zu rechnen, und Carola war – dank Runes Post in Biancas Namen – der gewählte Mittelpunkt der Geschehnisse, weswegen andere sterben mussten. Wenn das stimmte, dann hatte der Mörder nach diesem Abend eine ordentliche Auswahl.

Obsessionswürdig. Gab es dieses Wort überhaupt? Konnte ein Mensch es wert sein, dass jemand von ihm besessen war? Was sollte das für eine Würde sein, die eine Strafe zur Folge hatte?

Auf dem Weg zum Auto verfiel Dorothea in Schwärmerei. »Seine Augen sind mir ja gleich aufgefallen.«

Das wird eine lange, anstrengende Fahrt. Dabei hatte ich das doch abgelehnt.

Aber so war das mit Prinzipien. Biancas neues Ich musste geduldig bei der Installation neuer Muster sein. Sie deute daher die Teilerfolge als großen Schritt in die richtige Richtung.

Raubtiere sehen erst gefährlich aus, wenn sie ihre Zähne zeigen.
Dann ist es zu spät.
Das virtuelle Raubtier beißt nicht gleich zu.
Es isoliert.
Trennt seine Opfer von den Gruppen und jagt sie genüsslich.
Erst reißt es die Reputation in Fetzen, dann Selbstwert und Stolz.
Die Herde schaut zu.
Ungerührt gaffend.
Danach zieht sie weiter.

Lydia Raymond
Sozialwissenschaftlerin
Blogeintrag

Screenshot des Facebook-Chatverlaufs zwischen Monique Müller und Freund Amié

Ich weiß gar nicht, was ich lustiger finde.
Doro beim Kotzen oder Carolas Bloßstellung.

Ich habe die Fotos auch gesehen.
Ich finde, Doro liegt weit vorne.

Was für 'ne geile Party. Bianca, das Opfer, taucht auf, Doro kotzt die Bude voll, und Carola steht dumm da. Schade, dass du nicht dort warst.

Ja, ich hatte eine Einladung, aber ich konnte nicht. Nächstes Mal.

Wer bist du eigentlich wirklich?

Wie mein Name schon sagt: ein Freund.

Was für eine beschissene, versnobte Party. Tomke bereute es, überhaupt hingegangen zu sein. Er tätowierte reichen Spinnern alles, was sie haben wollten, aber er ließ sich sicher nicht von so einer Möchtegern-Tussi vorführen. Dagmar hatte ihn gewarnt, und es war ihm ein Vergnügen gewesen, diese Carola vor ihren Gästen bloßzustellen. Er konnte It-Girls nicht leiden. Dumme Weiber, die sich alles erschlichen, was sie haben wollten. Bei ihm war sie mit ihrem Charme an der ganz falschen Adresse.

Allerdings wäre ihr Körper eine schöne Leinwand gewesen. Feminine, straffe Kurven. Wahrscheinlich machte sie Pilates, Zumba oder so 'n Unfug, der weibliche Körper in Form hielt.

Normalerweise öffnete er seinen Laden nicht vor zehn. Menschen ließen sich lieber am späten Vormittag quälen statt gleich nach dem Aufstehen, aber ein Kunde sah das anscheinend ganz anders oder hatte es besonders eilig. Er hatte seit sechs Uhr morgens so intensiv versucht, ihn zu erreichen, dass Tomke schließlich um sieben das Gespräch angenommen hatte und nun um acht den Laden aufschloss.

Es war angenehm ruhig und roch nach Desinfektionsmitteln und kaltem Kaffee. Den Laden nutzten neben ihm noch zwei weitere Künstler. Von denen verlangte Tomke eine Stuhlmiete, was ihm einen laufenden Betrieb und gute Mundpropaganda sicherte.

Eine spanische Wand versperrte die Sicht auf den Sitz, wo die Kunden an jedem gewünschten Körperteil die absonderlichsten Tätowierungen gestochen bekamen. Allerdings tätowierte Tomke keine Schwänze. Wer sein *Dingdong* verzieren lassen wollte, musste sich an seine Kollegen wenden.

Routinemäßig reinigte er noch mal den Stuhl und die Arbeitsflächen. Auch wenn er alles mit Frischhaltefolie und Haushaltstüchern verkleidete, war Grundhygiene das A und O seines Geschäfts. Er konnte es sich nicht leisten, dass sich hier jemand irgendetwas einfing, und man wusste nie, ob man jemandem Löcher in die Haut stanzte, der an Hepatitis, HIV oder anderen Krankheiten litt.

Die Türglocke ertönte, und jemand betrat den Laden.

»Ich bin gleich bei dir«, rief Tomke.

Als er den Blick schweifen ließ, war alles, wie es sein sollte. Die Einwegtöpfchen für die Farben standen bereit, die neue Nadel steckte noch in der Folie, und das Gerät war mit dem Strom verbunden.

»Kann losgehen.«

Er drehte sich um und erhielt einen harten Schlag ins Gesicht. Das Brechen des Nasenrückens lärmte durch seinen Schädel und trieb ihm die Tränen in die Augen. Er fiel rücklings gegen die Liege und rutschte daran hinab.

Bevor er auch nur eine Hand zur Faust ballen konnte, wurde er gepackt und auf die Liege gewuchtet. Der Angreifer war schnell. Schneller als sich Tomkes Sicht klärte. Blut lief in seinen Mund, und die Schmerzen ließen ihn kaum zur Besinnung kommen.

Wieder ein Schlag, der Tomkes Versuche vereitelte, sich aufzurichten.

Mit Klarsichtfolie wurde erst sein Hals umwickelt und dann fest mit dem Stuhl verbunden, Gleiches geschah mit Oberkörper und Armen. Zuletzt wurden seine Beine fest an die Liege gezurrt.

Die finale Lage Folie legte der Angreifer über den Mund

seines Opfers. Drei dünne Schichten, die ausreichten, um ihn zum Schweigen zu bringen.

Tomke versuchte, die Tränen wegzublinzeln und seinen Peiniger zu erkennen. Aber er sah nur einen Schemen, der sich hinter dem Stuhl bewegte.

»Ich denke, dein Kopf ist noch zu wackelig«, sagte dieser mit leiser, tiefer Stimme. Weitere Folie wurde auf seine Stirn gedrückt und festgezogen.

Tomke glaubte, ein Gesicht auszumachen, wusste aber nicht, ob er es schon mal gesehen hatte. Bevor er Genaueres erkannte, zog der Angreifer die Arbeitslampe tiefer und blendete ihn. Egal, wohin er sah, die Lichtquelle hinterließ gleißende Punkte auf seiner Netzhaut, durch die alles andere unkenntlich wurde. Mit jedem Atemzug bildeten sich Blutblasen an den Nasenlöchern, durch die immer weniger Luft drang.

»Ich wollte das schon immer mal ausprobieren«, erklang die Stimme wieder.

Folie wurde gerissen, Farbfläschchen geschüttelt und aufgedreht, dann ertönte das typische Summen der Tätowiernadel.

Der Fremde setzte die Spitze auf Tomkes Wange auf und aktivierte die Elektronik. Das feine Edelstahl stach durch die Haut und brachte die Farbe in die Schichten darunter.

»Woher weiß man, ob man zu tief sticht? Oder kann das gar nicht passieren?«, sinnierte der Peiniger.

Tomke wollte schreien, aber kein Laut kam durch die Folie, und er bekam kaum noch Luft. Immer wieder stieß er kraftvoll den Atem durch die Nase, was Blut und Schleim über sein Gesicht verteilte, aber die Schwellungen drückten alles zu.

»Das war nicht nett«, sagte der Fremde. »Sie war freundlich zu dir, es gab keinen Grund, sie bloßzustellen.«

Tomke versuchte verzweifelt, das Gesicht hinter dem blendenden Licht zu erkennen.

»Hast du eigentlich schon mal Augen tätowiert?«, fragte der Mann und rutschte mit dem Gerät höher. »Ich kann mir vorstellen, dass es wahnsinnig wehtut.«

Carola wachte auf dem Sofa auf. Desolat, verkatert und nach der Erinnerung an den Verlauf der restlichen Nacht suchend. Patrick hatte die letzten Handgriffe erledigt, die Flaschen mit den Resten zusammengestellt und sich dann rücksichtsvoll verabschiedet. Sie hatte es bedauert, mit Jens auf dem Sofa zu sitzen und nicht mit ihm. Anfänglich hatte nur sie geredet, um Jens eine Basis für Ehrlichkeit zu suggerieren, aber dann war sie mittendrin aufgestanden und hatte sich einen Martini geholt. Es gehörte zum Ritual nach den Partys, dass sie etwas trank, nachdem alle gegangen waren, aber in diesem Fall war sie nicht allein gewesen. Aus einem Drink wurden zwei – *oder mehr?* –, und nun konnte sie sich nicht mal mehr daran erinnern, ob er sich überhaupt entschuldigt hatte. *Fuck, ich bin vor seinen Augen eingeschlafen,* dachte sie. *Scheiß Alkohol.*

Jens hatte sie mit einer Wolldecke zugedeckt, bevor er ging. Ihre Überlegenheit hatte sie damit verspielt. Nun musste sie alles unter den Tisch fallen lassen, weil sie nicht zugeben konnte, sich an nichts zu erinnern. Sie setzte sich auf und fasste sich an den Kopf. Es fühlte sich an, als hätte die ganze Nacht ein Elefant darauf gesessen. Ihr Körper kam ihr zäh und träge vor. Sie trug zwar ihr Kleid noch, aber keine Strumpfhose mehr.

Habe ich die …? Mit bedachten Bewegungen stand sie auf und sah sich um. Neben dem Sofa lag sie nicht. Erst im Bad wurde sie fündig. Beruhigt hob sie das dünne Kleidungsstück auf und legte es in den Wäschekorb. Für einen kurzen Moment hatte sie befürchtet, Jens habe ihren Zustand ausgenutzt.

Ihr Handy klingelte. Schnell ging sie ins Wohnzimmer und sah die Nummer von Patrick auf dem Display.

»Jetzt nicht«, sagte sie benommen. Sie fühlte sich nicht in der Lage, ein vernünftiges Gespräch zu führen. Damit Patrick und andere Anrufer sofort verstanden, dass sie nicht erreichbar war, schaltete sie das Smartphone aus.

»Siehst du, deswegen trinkst du normalerweise nicht!« Carola war wütend auf sich selbst, aber sie musste nicht befürchten, dass Jens anderen von dem Ausgang des Abends erzählte. In gewisser Weise waren sie nun quitt.

Für einen Augenblick spielte sie mit dem Gedanken, Jens anzurufen und abzuklopfen, wie er auf sie reagierte. Sie war sich sicher, dass sie auch im betrunkenen Zustand niemals etwas sagte, das sie hinterher bereute – aber er hatte etwas erzählt. Auch wenn sie sich nicht mehr an seine Worte erinnerte, wusste sie, dass es wichtig gewesen war. Ein Geständnis, eine Erklärung oder Entschuldigung – ihr Kopf war wie eine zugestellte Rumpelkammer, es würde dauern, dort wieder Ordnung reinzubekommen.

Carola ging ins Bad und ließ Wasser in die Wanne laufen. Es ergab keinen Sinn, so angeschlagen arbeiten zu wollen. Weder konnte sie auf Nachrichten und Mails angemessen reagieren noch die ausstehenden Produktpräsentationen ausformulieren.

Sie stellte sich vor den Spiegel und sah sich lange in die Augen. »Es muss auch mal solche Tage geben«, versuchte sie, sich selbst zu besänftigen. »Fein, du hast es übertrieben, und jetzt bekommst du die Quittung dafür, aber das ist alles nicht so schlimm, wie du denkst.« Aber sie konnte sich selbst nichts vormachen. Es war schlimm, weil jeglicher Kontrollverlust das Drahtseil erzittern ließ, auf dem sie balancierte. Sie tänzelte über die groben Maschen eines sozialen Netzes, das sie nicht auffangen würde, fiele sie auch nur ein einziges Mal hinunter. Den Aufschlag in dreckiger Mittelmäßigkeit würde sie nicht ertragen, genau deshalb musste sie hart zu sich selbst sein.

Als sie das Wasser abdrehte, klingelte jemand an der Haustür. Für einen Augenblick überlegte sie, so zu tun, als sei sie nicht da. Ihr Anblick passte nicht zu ihrem Image, und das Denken fiel ihr schwer. Aber dann klopfte es an der Wohnungstür, während gleichzeitig die Klingel betätigt wurde.

Carola zog sich einen Bademantel über das Kleid und ging zur Tür.

»Wer ist da?«, fragte sie laut.

»Patrick Bosch, es ist dringend.«

Er klang wütend, aber nicht bedrohlich.

Mit gerader Körperhaltung öffnete sie den Durchgang und ließ ihn eintreten.

»Was ist denn los?« Schnell drückte sie hinter ihm die Tür wieder ins Schloss.

»Entschuldigen Sie mein Eindringen, aber Sie sind nicht ans Handy gegangen, da dachte ich …« Verlegen zupfte er sich an der Lippe und sah an ihr vorbei.

Ach, jetzt sind wir wieder per Sie?

»Ich bin eben nicht immer erreichbar.«

Er sah hinüber zum Tisch, wo ihr Handy lag. »Das sollten Sie aber gerade jetzt unbedingt sein.«

Sie schluckte die Worte herunter, die zum Ausdruck bringen wollten, dass ein irrer Killer ihr nicht diktieren könne, wie erreichbar sie zu sein habe. Sie wusste selbst, dass das dem Stolz geschuldeter Quatsch war.

Er wischte sich übers Gesicht, wobei etwas Schwarzes von seiner Hand abfärbte.

»Was ist das?«

Er sah auf seine Finger und wischte über die Farbe an seinem Daumen. »Tätowierfarbe.«

Er ging in die Küche und säuberte die Hände mit Spülmittel.

Carola nahm ein Tuch, machte es etwas nass und rieb damit über den Strich auf seinem Gesicht. Bosch zuckte unter ihrer Berührung zusammen. Vorsichtig machte sie weiter, und ein Lächeln stahl sich dabei auf ihre Züge. Einem Mann wie ihm war sie noch nie begegnet. Er würde ihr nicht unerlaubt über den Po streicheln oder alles dafür tun, um sie schnellstmöglich ins Bett zu ziehen.

»Warum hast du Tätowierfarbe auf deinen Fingern?«, fragte sie.

Betroffen ließ er den Kopf sinken. »Tomke Doyer wurde heute Morgen ermordet.«

Das Tuch fiel aus ihrer Hand.

Alle wussten, dass Tomke sie bloßgestellt hatte. Wenn sie jetzt erfuhren, dass er getötet worden war, würden sich endgültig alle Blicke auf sie richten.

»Das ist eine Katastrophe«, wisperte sie und stützte sich an der Arbeitsfläche ab. »Wer tut mir das an?« Hinter ihren Schläfen pochte ein dumpfer Schmerz. »Das übersteigt alles, was ich Dagmar zutrauen würde. Als würde jemand in meinem Namen Rache üben. Ist das so eine kranke Stalkerscheiße?«

»Wollen Sie sich setzen?«

Kopfschüttelnd lehnte sie ab. Im Grunde wollte sie nur, dass er schnell wieder ging, sie das Bad nehmen konnte, um sich genug zu entspannen, damit ihr eine Lösung für diese Misere einfiel. Er stellte sich neben sie, was sie instinktiv dazu brachte, sich ihm zuzuwenden und tief einzuatmen. Sie hätte ihren Kopf gegen seine Brust legen können, aber so war sie nicht, und der Kommissar wäre mit Sicherheit vor ihr zurückgewichen. Sie hob den Kopf und sah ihm in die stahlblauen Augen. Ein Ausdruck lag darin, der Zuneigung vermuten ließ, aber die Anspannung versteckte jeden weiteren Hinweis hinter einer harten Maske.

»Wie wurde er …?« Sie hatte Angst vor den Bildern, die sein Bericht hervorrufen würde, aber sie musste es wissen.

Räuspernd lockerte er seine Stimme. »Er hat ihn auf dem Liegestuhl fixiert und dann Ihren Namen in die Augen und einen Vers auf den Torso tätowiert. Getötet hat er ihn mit langen Nadeln, indem er sie ihm ins Herz getrieben hat.«

Carola erschauderte bei der schonungslosen Beschreibung.

»Wir müssen ihn finden, sonst tötet er jeden, der dir in irgendeiner Weise negativ auffällt.«

Ihre Gedanken blieben an der Tatsache hängen, dass er offensichtlich unsicher war, wie er sie anreden sollte. Sie versuchte, bei der Sache zu bleiben. »Ich verstehe das nicht. Ihr wisst, wie er aussieht, und er bewegt sich in meinem Umfeld. Warum könnt ihr ihn nicht aufhalten?«

Patrick schüttelte den Kopf. In seiner Uniform sah er stark und beschützend aus, er sollte nicht hier bei ihr sein, sondern den Kerl jagen. »Wir tun, was in unserer Macht steht. Das ist nicht so einfach, wie du dir das vorstellst.«

Carola spürte ein leichtes Prickeln auf den Wangen. Sie mochte, dass er die Förmlichkeit vergaß, wenn er aus sich herauskam.

»Vielleicht sollte ich dafür sorgen, dass er denkt, ich sei bei dir in Ungnade gefallen?« Seine spontane Idee gefiel ihm gut. »Und wenn der Killer zu mir kommt, werde ich ihn bereits erwarten. Das würde alles beschleunigen.«

Carola hob abwehrend die Hände. »Da mache ich nicht mit.«

Schlimm genug, dass ihre Reaktionen vermeintlich über Leben und Tod entschieden, aber Kommissar Bosch als Lockvogel zu missbrauchen, kam nicht infrage.

»Ich weiß, was ich tu, und ich bin ja nicht alleine, aber das muss penibel geplant werden. Wenn wir es nicht geschickt anstellen, durchschaut er den Plan und dann …« Er brach ab und drehte sich von ihr weg.

Ihr stand nicht der Sinn danach, sein Verhalten oder seine Motivation zu hinterfragen. Wenn er sich Sorgen um sie machte, sollte er es für sich behalten. Für Zuneigung wäre sie empfänglich gewesen, aber Sorge war beschneidend und lästig.

Entschlossen ließ sie ihn stehen und ging zum Sofa.

Bevor sie ihren Gegner nicht verstand, würde sie keine einzige Aktion durchführen. Bauern und Läufer fielen. *Er will mich rauslocken – mich, die Königin, die er eigentlich begehrt.*

Ihr Verstand drückte alle Emotionen weg und verlangte mehr Fakten, um das Rätsel zu entschlüsseln. Sie sah sich um. »Könnte er Kameras hier versteckt haben?« Diesen Gedanken verwarf sie sofort wieder. In diesem Fall wäre nicht Tomke fällig gewesen, sondern Jens. Tomke hatte sie lediglich auflaufen lassen und ihr nicht wie Jens eine peinliche Szene gemacht. Ja, die Abfuhr hatte ihr nicht gefallen, aber zu jenem Zeitpunkt war sie sich noch sicher gewesen, dass er seine Meinung ändern würde.

Als Patrick sich umschauen wollte, rief sie ihn zurück. »Vergiss es.« Sie sah auf den Notizblock in seinen Händen. »Was für einen Vers hat er ihm eintätowiert?«

»Es ist mehr ein lyrischer Gedanke als ein Vers.« Er blätterte in dem Block. »Der Killer schrieb: *Trunkene Überheblichkeit gefeierter Garanten lässt Glocken über den Geiern erklingen, die taub das Aas runterwürgen, welches sie im selben Augenblick ersticken lässt.*«

»Das kommt mir bekannt vor …« Carola stand auf und ging zum Bücherregal. »Das habe ich schon mal gelesen.« Mit einem Finger strich sie über die Buchrücken und dachte angestrengt nach. »Wenn ich mich recht entsinne, gehört das zu den letzten Aufzeichnungen einer brillanten Frau, die an dem

Mord an ihrer Tochter zerbrochen ist.« Im dritten Regal wurde sie fündig. »Das ist es: Lydia Raymond.« Sie zog es heraus und überflog die Seiten. »Diese Passage muss ziemlich weit vorne stehen, weil ich das Buch nicht zu Ende gelesen habe. Ihre Sätze sind schwer zu verstehen und von einem gewissen Irrsinn geprägt. Hier.«

Patrick nahm ihr das Buch ab und las die Zeilen. »Ihre Tochter wurde ermordet?«

»Ja, Manuela Raymond stand in der Öffentlichkeit, weil sie als Designerin sehr erfolgreich war. Ich habe ihren sozialen Abstieg in den Netzwerken damals mitverfolgt. Es war ihrer Karriere nicht gerade förderlich, dass ihre Mutter ständig kritische Texte über die Abstumpfung durch die Anonymität des Internets verfasste.« Carola zog noch zwei Bücher aus dem Regal. »Die ersten habe ich noch gelesen und fand viele Ansätze sehr interessant und durchaus nachvollziehbar. Allerdings hat sie irgendwann vergessen, dass die nächsten Generationen ganz anders in diese Welt hineinwachsen und zu jedem Extrem auch eine Gegenbewegung entsteht.«

Sie strich über den roten Einband des ersten Werkes *Philosophie der virtuellen Macht* und erinnerte sich genau an die Zeit, in der sie es gelesen hatte. *Das war im Sommer, als ich den Drakith-Deal an Land zog.*

»Denkst du das wirklich?« Patrick setzte sich aufs Sofa und blätterte weiter.

»Ja, das glaube ich. Eine Gesellschaft, die an Entfremdung und Egoismus erkrankt, wird daran nicht sterben, sondern sie regeneriert sich.« Sie legte die Bücher auf den Tisch und setzte sich auf das andere Sofa. »Lydia Raymond hätte ihre Tochter beschützen müssen, statt sie als Fallstudie zu betrachten. Soweit ich weiß, hatte sie kein gutes Verhältnis zu ihr, und ständig sollen sie über ihr öffentliches Leben gestritten haben. Lydia hat im ersten Buch den Fokus besonders auf die Konservierung der Gedanken gelegt.« Diese Erkenntnisse gehörten zu den Grundfesten von Carolas Erfolg, weil sie sie gelehrt hatten, was sie vermeiden musste. »Sie sagt, dass Lästern zu den wichtigen Tools der Gesellschaft gehört. Es stärkt das Wirgefühl und sorgt dafür, dass Ärgernisse an Gewicht verlieren, weil man sie nicht mehr alleine mit sich rumträgt. Solange es Gesellschaftsformen gibt, solange wird schon gelästert.« Über greifbare Themen zu referieren, fühlte sich gut an, weswegen Carola sich zurücklehnte und entspannt die Hände in den Schoß legte. »Das heutige Problem ist, dass diese Lästereien zunehmend schriftlich passieren. Und das wiederum macht aus schnell dahergesagten Gemeinheiten wiederverwendbare Pfeilspitzen, die man nicht mehr zurücknehmen kann. Ihrer Meinung nach resultieren Paranoia und Schuldbewusstsein aus der Verschriftlichung der Menschlichkeit.«

Da Patrick nicht den Eindruck erweckte, ihr folgen zu können, überdachte Carola ihre Worte. Sie betrachtete die Bücher, erinnerte sich an das Gefühl der Offenbarung, das sie beim ersten Lesen verspürt hatte. »Ich würde noch einen Schritt weitergehen und sagen, dass das Sender- und Empfängerproblem um ein Vielfaches ausgeprägter ist, wenn man schriftlich Ärger, Häme oder Enttäuschung auszudrücken versucht. Immerhin kann der Empfänger nicht anhand des Tonfalls oder der Mimik auf das schließen, was im Sender tatsächlich vorgeht. Die Worte werden je nach Formulierung und eigener Einstellung interpretiert. Egal, ob man eine Mail, eine Chatnachricht oder ein öffentliches Posting liest. Schade ist nur, dass Raymonds Brillanz ihrem Irrsinn zum Opfer fiel. Aus klugen Rückschlüssen wurden irgendwann verklausulierte Sätze, die kaum noch zu verstehen waren.«

Patrick sah von den Seiten auf und nickte zustimmend. »Ich persönlich habe keine Zeit für solche Dinge, und mir fehlt auch das Verständnis, warum die Menschen mehr Zeit im Internet als im realen Leben verbringen. Aber wie es aussieht, interessiert sich der Mörder genau dafür.« Er hielt das Buch hoch. »Was ist mit Raymonds Tochter passiert?«

»Ein Fan hat sie gestalkt und eines Tages erstochen. Ich glaube, es passierte in ihrer Wohnung.«

»Darum hinterlässt der Mörder diesen Vers?«

Das fragte sich Carola auch. Wollte ihr jemand damit sagen, dass er sie ebenso bis in den Tod stalken würde? »Meinst du, die Morde sind Warnungen, dass ich ihn nicht abweisen soll, wenn er zu mir kommt?«

»Die Wahl des Verses, die Art zu morden und die Tatsache, dass er dich in den Mittelpunkt stellt, unterstreicht, wie perfide er vorgeht«, sagte Patrick. »Er nimmt das Buch einer Medienkritikerin als bestärkende Motivation, sich in deinen Kreisen auszutoben.«

Einen Moment trat Schweigen ein. Patrick sah wieder auf die Buchseite und las stumm die nächsten Sätze, während Carola über alles nachdachte.

»Oje, hör dir das an«, sagte er. »*Wer dennoch wieder zu Atem kommt, wähnt sich in Sicherheit vor dem Tod, aber es gibt kein Entkommen.*«

Verständnislos wartete sie ab.

»Ich kann mir nicht helfen«, sagte Patrick zögernd. »Aber ich muss dabei an Dorothea denken.«

Gewisse Parallelen waren nicht von der Hand zu weisen, aber hatte sich Dorothea nicht einfach nur an einer Olive verschluckt?

Zur Sicherheit wählte sie auf ihrem Handy Dorotheas Nummer. Es klingelte viele Male, bis die Ansage kam, dass der

Empfänger gerade nicht erreichbar sei und sie es später nochmals versuchen solle. »Sie geht nicht ran.«

Auch Monique antwortete nicht. Bei Bianca war besetzt, also schrieb sie ihr eine Chatnachricht bei Facebook. Hast du gestern Doro und Moni zu Hause abgesetzt?

Es dauerte einige Minuten, bis eine Antwort kam. Ja, beide sind wohlbehalten in ihre Häuser getorkelt. Warum?

Ich erreiche sie nicht. Sie war froh, dass sie nicht mit Bianca telefonieren musste. Ihr Hals fühlte sich eng und trocken an.

Ein Blick und ein Kopfschütteln zu Patrick reichte, und er zückte sein Telefon. »Ich schicke jemanden hin.«

Carolas Verstand schien endlich die verkaterte Lähmung abzuschütteln. Noch während sie ihn reden hörte, verknüpften sich Vermutungen mit den Ereignissen, ließen ein Netz aus Möglichkeiten entstehen, das sich über ihre Partygäste spannte und die einzelnen Leute mit den möglichen Motiven abglich. Sie musste größer denken, weg von rein triebgesteuerten Handlungsweisen, um jeder Variante Raum zu geben.

Rache, Konkurrenz, Neid, Liebe, Habgier – was wäre so stark, dass jegliche Skrupel durch Kaltblütigkeit ersetzt werden konnten? Wer würde einem Killer helfen?

Der Vers von Lydia Raymond war ein Hinweis. *Oder eine Ablenkung?*

»Ist dir was eingefallen?« Patrick steckte das Telefon weg und sah sie abwartend an.

»Nicht wirklich, ich frage mich nur, ob er diesen Vers benutzt, weil er etwas mitteilen will oder um vom eigentlichen Motiv abzulenken. Was meinst du?«

»Ein Psychopath zitiert die Texte einer Irren. Vielleicht nimmt er ihre Verbitterung als Rechtfertigung für die Todesstrafen, die er erteilt?« Er zuckte mit den Schultern und führte seine Hand zum Gesicht, jedoch statt an der Unterlippe zu zupfen, legte er nur einen Finger darüber. »Was wurde aus der Autorin?«

»Sie wurde eingewiesen, soweit ich weiß. Ich glaube sogar hier in Hamburg.« Zufrieden verschränkte sie die Arme vor der Brust. »Ich bin mir ziemlich sicher, dass sie sich noch in Ochsenzoll befindet.«

Ungeduldig sah sie ihm beim Schreiben zu. Da war er wieder, der langsame Polizist, der eher abstoßend als anziehend auf sie wirkte. Wie passte das mit den Anflügen von Herzklopfen und Tagträumen zusammen? Carola achtete darauf, dass keiner ihrer Gedanken auf ihrem Gesicht zum Ausdruck kam.

»Schön, du gehst dem nach, und ich versuche, meinen Ruf zu retten, okay?«

»Wie geht es dir?«, fragte er unvermittelt.

Carola strich sich die Haare aus dem Gesicht und atmete tief durch. »Mich haut so schnell nichts aus der Bahn«, sagte sie unverbindlich. Wäre sie ehrlich gewesen, dann hätte sie ihm gestanden, dass sie wahnsinnig wütend war, und diesem Geständnis wäre dann eine lange Rede gefolgt über ihren Ruf und alles, was sie sich mühsam aufgebaut hatte. Sie wollte nicht herzlos auf ihn wirken, aber weder war sie die Mörderin noch fühlte sie sich für die Taten eines Geisteskranken verantwortlich. Sie war leidtragend, geschädigt und auf ihre Weise schockiert, was nicht bedeutete, dass man ihr das auch ansehen musste. Emotionen brachten keine klugen Entscheidungen hervor, und unter dem Adjektiv *schwach* fand man nur Opfer und Verlierer.

Sein Blick fiel auf den Saum ihres Kleides, der unter dem Bademantel hervorlugte. Gern hätte sie seine Gedanken dazu gehört, weil das, was sie auf seinem Gesicht sah, nicht einzuordnen war.

Er legte das Buch auf den Tisch und stand auf. »Sie sollten

vorerst niemanden in Ihre Wohnung lassen«, sagte er förmlich. »Ich hoffe, dass es Ihren Freundinnen gut geht.«

Ohne auf eine Erwiderung zu warten oder sich zu verabschieden, ging er aus der Wohnung und ließ sie allein auf dem Sofa zurück.

»Das hoffe ich auch«, flüsterte sie in die Stille hinein.

Freiflüglige Scharfzüngigkeit in einem Meer aus Egoisten führt schneidend scharfe Strafen aus. Ihr sitzt da, verkriecht euch hinter euren Laptops, Smartphones und Tablets. Und niemand hört auf. Wie Junkies tippt ihr Verachtung, Häme und Schadenfreude in die virtuelle Welt aus ungreifbaren Zusammenhängen. Vergesst, dass das Internet nichts vergisst – und ich auch nicht. Erpressbare Seelen, die man nur genug ausquetschen muss, um Reue zu ernten. Irgendwer wird es tun. Irgendwer tut es immer.

Lydia Raymond
Sozialwissenschaftlerin
Blogeintrag

Screenshot der geschlossenen Facebook-Gruppe *Partytime*

Bernadette Ladweg Dieses Foto ist mein Lieblingsbild. Man kann sogar die Olive sehen.
Gefällt mir · Antworten · 👍 34· 10 Min.

Bianca Dreier Muss das sein? Löscht das bitte wieder.
Gefällt mir · Antworten · 👍 1 · 10 Min.

Martina Sasse Ist doch lustig. Sie hat's ja überlebt. Wir sollten sie DorOLIVthea nennen ;-)
Gefällt mir · Antworten · 👍 11 · 9 Min.

Silvia Fichtening Kotzivia oder Olkotzia würde auch passen.
Gefällt mir · Antworten · 👍 17 · 9 Min.

Martina Sasse Cool, so entstehen Spitznamen.
Gefällt mir · Antworten · 👍 7 · 9 Min.

Bianca Dreier Das ist eher Mobbing. Lass das bitte. Erst macht ihr sie fertig, und dann tut es euch leid.
Gefällt mir · Antworten · 👍 2 · 9 Min.

Silvia Fichtening Warum sollte es? Wer austeilt, muss auch einstecken können.
Gefällt mir · Antworten · 👍 15 · 8 Min.

Dagmar Herrmann Wo wir gerade dabei sind: Wie erfolgreich war Carola gestern beim Tätowierer?

Gefällt mir · Antworten · 7 Min.

Bianca Dreier Wenn sie das Foto entfernt, sollte sie dich auch gleich aus der Gruppe werfen.

Gefällt mir · Antworten · 7 Min.

Freund Amié Hast du keine Angst, dass du die Nächste bist, Dagmar?

Gefällt mir · Antworten · 👍 3 · 7 Min.

Dagmar Herrmann Ich habe keine Angst!

Gefällt mir · Antworten · 6 Min.

Freund Amié Lass das den Killer nicht hören.

Gefällt mir · Antworten · 6 Min.

Bernadette Ladweg Ich bin sicher. Carola und ich sind super befreundet.

Gefällt mir · Antworten · 5 Min.

Silvia Fichtening Ich auch.

Gefällt mir · Antworten · 4 Min.

Bianca Dreier Niemand ist sicher, solange er frei rumläuft.

Gefällt mir · Antworten · 👍 1 · 1 Min.

Auch wenn Bianca inzwischen in alles eingeweiht war, kam es ihr befremdlich vor, all die Kommentare zu lesen, die in ihrem Namen veröffentlicht wurden. Rune sagte, er könne auf diese Weise mit anderen in Kontakt treten, ohne dass sie befangen oder misstrauisch wären. Da er nur noch im Hintergrund agieren konnte, ergab das Sinn, aber Bianca blieb vorsichtig.

Am Tag nach der Party hatte sie sich ernüchtert gefühlt.

Es war nicht schlimm gewesen, in die Schlangengrube zurückzukehren, im Gegenteil, es hinterließ eine seltsame Enttäuschung. Auch wenn sie keine langen Gespräche über jene grauenvolle Nacht führen wollte, hatte sie erwartet, mehr im Mittelpunkt zu stehen. Aber selbst ein Mordanschlag reichte dafür nicht aus. Diese Gedanken und die damit verbundenen Gefühle wurden gleich nach dem Aufstehen von einem Anruf ihrer Mutter um ein Vielfaches verstärkt. Die erste Therapiewelle hatte aus dieser Frau kein auf Drogen gesetztes ruhiges Wesen gemacht. Ihre Worte waren so hart und abwertend wie immer. Und auch wenn Biancas Verstand eine laute Gegendemo zu all den Vorwürfen mobilisierte, blieb dieses Gefühl, das ihre Mutter immer in ihr hervorrief: Unzulänglichkeit.

Zehn Minuten Energieverlust, verpackt in ein nicht enden wollendes Telefonat.

»Nochmals, ich konnte dir die Tabletten nicht bringen.«

»Aber du hast mir nicht gesagt, warum nicht. Hast du dich mit einem Mann rumgetrieben?« Schon die Vermutung ließ die alte Stimme noch kälter werden.

»Ich war im Krankenhaus«, gab Bianca wütend zurück. »Jemand hat versucht, mich umzubringen!« *Oh nein, jetzt habe ich's gesagt.*

»Was ist das jetzt wieder für eine Lügengeschichte?«

»Es ist die Wahrheit! Sie haben mich rechtzeitig gefunden und wiederbelebt.« Bianca konnte kaum atmen aus Angst vor dem, was ihre Mutter dazu sagen würde. Ein leises Stimmchen bat um plötzliche Anteilnahme und eine Art spätes Begreifen, dass sie doch liebenswert sei.

Aber schon an der Atmung ihrer Mutter war zu hören, dass in dieser Frau kein Funken Zuneigung zu finden war. »Vielleicht wäre es besser für alle, der Kerl wäre nicht so schlampig gewesen.«

Genau wegen so einer Antwort hatte Bianca die Wahrheit für sich behalten wollen.

»Dann hättest du deine Show gehabt, nicht wahr?« Sie wischte sich über die Augen, die nur noch brannten, als weigerte sich ihr Körper, weitere Tränen zu vergießen.

»Deinetwegen bin ich in dieser Anstalt!«

»Nein«, wagte es Bianca gegenzuhalten. »Dorthin hast du es ganz alleine geschafft. Aber weißt du was? Ich erfülle dir deinen Wunsch: Du hast keine Tochter mehr!«

Bevor ihre Mutter ein weiteres Wort sagen konnte, legte sie auf. Zum allerersten Mal in ihrem Leben beendete sie ein Gespräch mitten im Streit. Ihre Hände zitterten. Das erneute Klingeln ließ sie zusammenfahren. Carola hatte ihr so oft gesagt, dass sie sich die Beleidigungen nicht mehr gefallen lassen sollte, dass Auflegen die einzig richtige Option sei, wenn ihre Mutter sie am Telefon terrorisierte, aber erst jetzt begriff sie, dass sie dafür auch die Kraft besaß.

Sie ließ das Telefon klingeln und setzte sich an den Tisch vor ihren Laptop.

Ich kann mich ändern, dachte sie. *Ich habe keine Angst mehr.*

Diese ungewohnte Freiheit fühlte sich unsicher und haltlos an. Bis zu diesem Telefonat war sie eher eine nackte Theorie gewesen.

Mit einem Finger strich sie über die Tastatur.

»Ich bin stolz auf mich«, sagte sie erst leise, dann lauter, dem Klingeln zugewandt: »Hörst du, Mutter? Ich bin stolz auf mich!«

Über die Schulter sah sie zur Wand, wo all die scheinheiligen Fotos hingen. Der Eindruck einer netten Familie, die für den Bruchteil einer Sekunde vor der Kamera wie eine Einheit aussah. Die Momentaufnahmen von Augenblicken, die es niemals gegeben hatte. Wie eine Mogelpackung für interessierte Augen.

Entschlossen stand sie auf, holte einen Wäschekorb und nahm alle Bilder von den Wänden. Ihre Zukunft sollte von ihrer Vergangenheit abgeschnitten werden. Angeblich gab es Anträge, die man ausfüllen konnte, um sich wegen seelischer Grausamkeit der Eltern aus der Pflicht nehmen zu lassen. Bianca würde es versuchen. Sollte der Staat alles erben, von dieser Frau wollte sie absolut nichts mehr haben.

Sie wollte gerade die Google-Suche starten, als eine Nachricht im Chat erschien. Freund Amié – schon wieder. Bianca hatte noch nicht herausgefunden, wer dahintersteckte. Er meldete sich immer nur dann, wenn in Carolas Umfeld etwas Bemerkenswertes passierte. Dabei wirkte er eher sensationshungrig als verdächtig.

Bist du da?

Bevor Rune ihr zuvorkommen konnte, antwortete Bianca selbst auf die Frage.

Jepp.

Wie geht es dir nach der Party?

Super.

Das freut mich, du hast auch super ausgesehen.

Das Lob tat gut, auch wenn sie nicht wusste, von wem es kam. Sie setzte sich entspannter hin und wartete, ob er noch mehr schreiben würde. Vielleicht war es Jens, der sich seit Jahren weigerte, ein Teil dieser virtuellen Community zu werden. Offiziell lehnte er ausspionierende Organisationen wie Facebook und Google ab. Bianca machte sich über solche Gerüchte und deren Wahrheitsgehalt keine Gedanken.

Ist es nicht ekelhaft, wie über Dorothea hergezogen wird?

So sind sie eben. Sonst ist Doro die Erste bei so was, jetzt bekommt sie es selbst ab. Nicht schön, aber unvermeidbar. Ich würde gerne mal sehen, wie die sich das alles persönlich ins Gesicht sagen, aber dazu sind sie zu feige.

Und auf den Partys ist dann wieder Friede, Freude, Eierkuchen angesagt.

Exakt.

Du bist nicht so. Das ist sehr angenehm.

Du anscheinend auch nicht.

Oberflächlichkeit liegt mir nicht.

Und wen kannst du nicht leiden?

Schwierige Frage …

Tatsächlich? Ich finde sie ganz einfach.

Wen kannst du denn nicht leiden?

Ich habe zuerst gefragt.

Ich muss jetzt gehen, wir sollten das Gespräch später weiterführen.

CU

CU2

»Feigling«, sagte sie mit einem Lächeln. Zu Jens würde ein solcher Auftritt passen, zumal er bis über beide Ohren in Carola verknallt war und mit Sicherheit jedes Mittel nutzte, um unauffällig in ihrer Nähe zu sein. Wie er es in die geschlossene Gruppe geschafft hatte, war ihr allerdings ein Rätsel, und im Hinblick auf die Morde musste sie Carola und Kommissar Bosch darauf aufmerksam machen.

Wieder klingelte ihr Telefon. In ihrer Körpermitte zog sich alles zusammen. Dieses Klingeln war, als würde die Stimme ihrer Mutter nach ihr rufen. Da Bianca kein Handy mehr besaß, riefen die wenigen Personen, die ein Anliegen hatten, auf ihrem Festanschluss an, den sonst nur ihre Mutter benutzte.

Die Nummer war unterdrückt, genau wie die von der Anstalt.

Sie nahm das Gespräch entgegen, darauf gefasst, sofort wieder aufzulegen, sollte sie die Stimme ihrer Mutter hören.

»Hier ist Rune«, vernahm sie die angenehme Stimme am anderen Ende.

Erleichtert ging sie zum Sofa, ließ sich ins Polster fallen und legte die Füße auf den Tisch. »Danke, dass du klare Worte bei Facebook in meinem Namen geschrieben hast.«

»Unfassbar, wie unsensibel die Leute sind. Wie geht es dir?«

Schon der Zweite, der das fragte. »Gut, ich hatte zwar ein unerfreuliches Gespräch mit meiner Mutter, aber ansonsten ist alles gut.«

»Das heißt, du hast die Party heil überstanden?«

»Ja, das war recht harmlos.« Sie spielte die kurze Zeit herab, die ihr trotz allem einiges abverlangt hatte. Dann fielen ihr die Fingerabdrücke wieder ein, von denen Bosch gesprochen hatte. Sie richtete sich auf, um ganz bei der Sache zu sein. »Sag mal, als Felix ermordet wurde, wo warst du da?«

»Du fragst mich nach einem Alibi?« Rune klang belustigt.

»Warst du in seinem Haus?«

Sie hörte ihn atmen, Leder knirschte. »Das war ich nicht.«

»Also gehören die dort gefundenen Fingerabdrücke nicht zu deinen Fingern?«, fragte Bianca geradeheraus.

Sein Schweigen verunsicherte sie.

»Rune, sag was dazu!«

»Das ist gar nicht gut«, sagte er schließlich und klang gedankenfern. Den Geräuschen nach bewegte er sich, wahrscheinlich ging er im Raum auf und ab. »Was weißt du noch?«

Bianca dachte nach, damit sie das Gehörte nicht falsch wiedergab. »Du sollst verdammt gut darin sein, andere um den kleinen Finger zu wickeln.« Das hatte Bosch zwar so nicht gesagt, aber sie wollte hören, wie er darauf reagierte.

»Glaubst du das?«

Ihr Bauchgefühl sagte Nein, was im Widerspruch zu ihrem Verhalten stand. »Ich weiß nicht, was ich glauben soll.«

»Ich war nicht am Tatort, aber ich habe das Gefühl, dass mir der Kerl auf die Schliche gekommen ist. Bei mir wurde eingebrochen, aber es sind nur wertlose Sachen verschwunden. Er spielt mit mir, mit Carola und all seinen Opfern. Gut möglich, dass er meine Fingerabdrücke bei Felix Thomsen platziert hat.«

Es war ungemein anstrengend, den Faden in diesem Verwirrspiel nicht zu verlieren. Das Für und Wider debattierte in ihrem Kopf, zog ihre Wünsche zurate und ernannte die Vernunft zum Richter. Die Vernunft war zwar nicht auf Runes Seite, ließ sich jedoch vom Plädoyer der Wünsche beeinflussen.

»Was ist mit dem Foto von dir?«, fragte sie. »Das, das Carola an die Polizei weitergegeben hat.«

»Meine Kollegen kümmern sich darum. Offiziell bin ich zur Fahndung ausgeschrieben, mehr passiert nicht.« Nun klang er zuversichtlich und zielstrebig. »Wir kriegen das Schwein, versprochen.«

Seufzend sah sich Bianca im Raum um. Wenn ihre Wohnung ein Spiegel ihres Lebens war, dann musste sie dringend aufräumen und renovieren.

»Hast du der Polizei verraten, dass ich bei dir war?«

Wieder wurde der Wunsch laut, Rune zu sehen, ihm in die Augen zu schauen und dort nach der Wahrheit zu suchen. »Nein. Ich habe kurz drüber nachgedacht, aber mein Vertrauen in dich ist stärker.«

Sein Atem strich über den Hörer und klang als Lärm durch die Leitung. Sie stellte sich vor, wie er die Augen schloss und erleichtert eine Sorge abhakte.

»Ich verspreche dir, dass ich den Schuldigen finde.«

Bitte beeile dich.

»Hast du denn so gar keine Ahnung, wer dahintersteckt?« Nachdenklich drehte sie eine Strähne ihrer braunen Haare um einen Finger. »Der Kommissar scheint einige Spuren zu verfolgen.«

»Wie kommst du darauf?«

Bianca hätte zu gern gewusst, wie verdeckte Ermittlungen in der Realität funktionierten. Sicherlich war es ganz anders als in Hollywoodfilmen, aber Rune kam ihr wie ein Einzelkämpfer vor, der vollkommen auf sich allein gestellt war.

»Der Kommissar war bei der Party.«

»Friebeck?«

Bianca lehnte sich wieder an. »Nein, Bosch. Er war in Zivil da, um sich unter den Gästen und vor allem in Carolas Wohnung umzuschauen.«

»Hat er die Gästeliste gesucht?«

»Ja, er hat überall reingeschaut.«

»Und hat er sie gefunden?«

Nun lachte sie. »Niemand würde sie dort finden, weil sie sich nicht in ihrer Wohnung befindet.«

Rune atmete auf. »Ich werde versuchen, über meinen Kontaktmann im Dezernat mehr über Bosch herauszufinden. Vielleicht ist er ja unser Mann?«

»Das habe ich auch ganz kurz gedacht. Er war auf der Party der Einzige, der sich verdächtig benommen hat, aber ich glaube eher, er ist einer dieser armen Typen, die im Leben etwas wiedergutzumachen haben.« Etwas entspannter legte sie die Füße auf den Tisch und betrachtete die leeren Wände. »Ich muss ehrlich sagen, dass ich ihn absolut nicht leiden kann, aber das macht ihn noch nicht zum Mörder, oder?«

»Wahrscheinlich nicht, aber wir sollten vorerst jeden für verdächtig halten.«

Dich auch?

»Bist du gerade alleine? Ich würde dir gerne etwas zuschicken, damit du begreifst, mit was für einem kranken Wichser wir es zu tun haben.«

Es war überflüssig, das zu fragen. Wer sollte schon bei ihr sein? Vor allem, wenn sie mit ihm offen über die Ermittlungen sprach.

»Versprich mir, dass du die Fotos sofort wieder löschst.«

Fotos? Sie stand auf und ging zum Laptop. Beim Aufklappen erwachte das Gerät aus dem Stand-by-Modus.

Stoff rieb über den Hörer. Sie hörte verzerrte, undeutliche Stimmen, dann endete das Gespräch abrupt.

»Er ruft wieder an«, sagte sie beruhigend zu sich selbst.

Die neuen Mails wurden geladen, und zwischen Werbung und Spam entdeckte sie ihre eigene Mail-Adresse. Das bedeutete, dass er die Bilder von ihrem Handy weitergeleitet hatte. *Großartig, nun speichert er auch noch Tatortfotos auf meinem Gerät.*

Sie öffnete die angehängten Bilder und musste augenblicklich würgen.

Tomke Doyer lag gefesselt auf einem Stuhl, und lange Nadeln ragten dort aus seinem Brustkorb, wo sich das Herz befand. Sein freier Oberkörper zeigte frische Tätowierungen, bei denen die überschüssige Farbe akribisch weggewischt worden war. Sogar bei den Augen, in denen deutlich Carolas Name in die Lederhaut gestochen stand.

Bianca wandte sich ab und atmete gegen die Übelkeit an. *Oh mein Gott, gestern habe ich ihn noch gesehen …*

Als es ihr besser ging, klickte sie mit zitternden Fingern das nächste Foto an. Sie stand auf und stolperte einige Schritte zurück. Es war Dorothea, der offensichtlich etwas in den Mund gestopft worden war, woran sie elendig erstickt sein musste. Ihr Gesicht war geschwollen und verfärbt.

Im selben Moment wurde eine Chatnachricht über eine kleine Mitteilung am Bildschirmrand angekündigt. Carola fragte, ob Bianca Monique und Dorothea sicher nach Hause gebracht habe. Und Rune antwortete in ihrem Namen. Sie sah es im hinteren Fenster, das unter den kleineren Fotos aktiv war.

Ein Schauer durchlief ihren Körper. Was sollte sie glauben? Wer war zu so etwas fähig? Müsste ihre Menschenkenntnis nicht Alarm schlagen, wenn sie einem Mörder gegenüberstand?

Ängstlich ließ sie sich das dritte Foto anzeigen.

»Moni.«

Sie lag verschwitzt in einer Lache aus schaumigem Speichel. Weißes Pulver klebte an Mund und Nase, und um ihren Kopf lagen Tütchen und Fläschchen verstreut. Bianca wusste, dass sie gern Partydrogen nahm, aber …

»Oh mein Gott«, wisperte sie. »Ich habe zum Kommissar gesagt, die beiden seien sicher.«

Sie legte eine Hand über die Augen und entfernte sich hastig vom Computer. Ob nun Freundinnen oder nicht, Bianca hatte mit Dorothea und Monique Zeit verbracht, manchmal war es sogar ganz nett gewesen. Noch nie musste sie Leichen betrachten, und jetzt gleich drei Menschen, die sie gekannt hatte.

Sie überlegte angestrengt, ob sie über die anderen Opfer zuvor auch etwas gesagt hatte. *Nicht zum Kommissar, aber zu Jens.* Es war nicht oft gewesen, aber manchmal setzte er sich zu ihr aufs Sofa, und sie machten sich über die anderen lustig.

Sie sah auf die Chatnachrichten am Bildschirmrand.

Freund Amié? Nein, ich habe nie etwas Negatives über irgendwen geschrieben.

Bianca ging im Kreis und versuchte, die schrecklichen Bilder zu verdrängen. Am liebsten hätte sie das Öffnen der Mail rückgängig gemacht, das waren Bilder, die nicht für ihre Augen bestimmt waren und die sie nie vergessen könnte. *Was hat er sich dabei gedacht?*

Dorothea und Monique waren egoistisch und nervig gewesen, trotzdem traf sie ihr Tod mit einer Wucht, die Bianca von den Füßen zu holen drohte.

Ich muss sie löschen, drang der erste klare Gedanke zu ihr durch.

Sie ging zum Laptop und versuchte, die geöffneten Bilder nicht anzuschauen, während sie die Fenster schloss. Danach verschob sie die Mail und Downloads in den Papierkorb. Mit einem finalen Klick sorgte sie dafür, dass die Dateien auch aus diesem Ordner verschwanden.

Mit einem unguten Gefühl gab sie die URL von Carolas Website im Browser ein. Im Gästebuch und in den Kommentaren unter ihrem letzten Blogeintrag mit der Überschrift *Wir verzaubern die Fischauktionshalle* tobte ein Shitstorm sondergleichen. Fast alles kam von Tomkes Fans, die Carola als Todesengel bezeichneten, weil die Gerüchte offenbar die Facebook-Grenzen überschritten hatten. Über Monique und Dorothea stand bislang noch nichts in den Hasstexten, dafür jede Menge Flüche und Todesdrohungen. *Wie machst du das zu Gold, Carola?*

Runes Plan ging auf. Sie verstand nun, mit was für einem Psychopathen sie es zu tun hatten, aber außer Angst bewirkten diese Bilder nichts in ihr.

Unschlüssig sah sie zum Telefon. Wie würde Carola klingen, wenn sie jetzt bei ihr anriefe? Bianca erinnerte sich nicht daran, ihre Freundin jemals verzweifelt erlebt zu haben. Liebeskummer, Rückschläge und familiäre Todesfälle wurden ruhig und bedacht abgewickelt. Lange Zeit dachte Bianca, dass auch für eine Carola Martins irgendwann mal der Tag käme, an dem sie aus der Bahn geworfen werden würde. Später hoffte sie, dass genau das niemals passierte, weil sie sich nicht sicher war, ob ihre Freundin damit überhaupt umgehen konnte. Schließlich hatte sie keinerlei Übung mit Episoden emotionaler Überforderung. Doch das jetzige Geschehen musste selbst für sie eine Nummer zu groß sein.

Das Klingeln ihres Telefons durchbrach diese Gedanken. Auf dem Display sah sie Carolas Nummer. Nun würde sich also zeigen, wie krisenfest sie tatsächlich war.

»Hallo?«

»Sag mir, dass du es schon gelesen hast«, forderte Carola mit fester Stimme.

Bianca liefen Tränen übers Gesicht. »Es ist eine Katastrophe. Das tut mir so leid für dich.«

»Lass uns lieber bei der Sache bleiben. Ich habe die Page gerade offline genommen, das Gerede bei Facebook kann ich leider nicht eindämmen. Wir müssen herausfinden, welcher Penner mein Leben zerstört – und zwar schnell!«

Dich bringt rein gar nichts aus dem Konzept.

»Ich habe so viele Neider, die mir die Pest an den Hals wünschen, ich weiß gar nicht, bei wem ich anfangen soll.«

Das stimmte, aber nur die wenigsten davon besaßen das Potenzial, Leute zu foltern.

»Was ist mit Jens? Stark genug wäre er mit seinem trainierten Körper, und er hat alles mitbekommen.« Sie dachte an die Chatnachrichten von Freund Amié. »Und vielleicht ist er unter einem Pseudonym bei Facebook unterwegs?«

Ein freudloses Lachen tönte durch den Hörer. »Dafür ist er zu paranoid. Er klebt ja sogar seine Webcam dauerhaft ab, aus Angst, eine ominöse böse Organisation könnte sie heimlich aktivieren und ihn beobachten.«

Das überzeugte Bianca nicht sonderlich. »Und der Kommissar?«

»Nun sei nicht albern.« Carola lehnte diesen Gedanken kategorisch ab. »Er tut alles, um diesen Fall zu lösen. Mag sein, dass er sich mehr ins Zeug legt, als es normal wäre, aber viele Männer tun das für mich.«

Das stimmte, trotzdem würde Bianca weiterhin wachsam bei ihm sein.

»Ich kann verstehen, wenn du dir wünschst, dass Rune nicht der kranke Mörder ist, der er ist, aber es gibt keinen Zweifel.«

Doch.

Sogar viele.

»Ich bin mir nicht mehr so sicher.« Am liebsten hätte sie alles offen ausgesprochen, aber Rune hatte recht. Carola würde ihr nicht glauben. Im schlimmsten Fall hetzte sie Kommissar Bosch auf sie.

»Patrick hat gesagt, dass das passieren würde«, sagte Carola in diesem freudlosen Tonfall, der Bianca das Gefühl gab, eine komplette Idiotin zu sein. »Du solltest das Therapieangebot annehmen.«

Das musste ja kommen. An manchen Tagen wünschte sie sich einen Zaubertrank, der bei Carola für Mitgefühl oder Einfühlungsvermögen sorgte, damit ihre unermüdlichen Kombinationsfähigkeiten nicht ständig kleine verbale Fausthiebe verursachten. In ihrer logischen und streng kontrollierten Welt schien alles so klar und einfach zu sein. Vielleicht war es das auch, wenn man keine hinderlichen Gefühle zur Seite schieben musste, aber Bianca war ein fühlender Mensch, der manchmal nur schwer herzlose Kommentare übergehen konnte.

»Wenn du meine Überlegungen dumm findest, dann frag mich nicht.«

»Du darfst gerne sagen, was du denkst, aber erwarte nicht, dass ich deine haltlosen Hoffnungen noch bestärke.«

Es war sinnlos, mit ihr zu diskutieren. In Carolas Welt gehörten harte Urteile zum guten Ton. Deswegen war sie die Meisterin darin, das Leben nach ihren Wünschen zu gestalten, und Bianca der Sandsack für das Abreagieren fremder Eitelkeiten.

»Deine Menschenkenntnis lässt dich ständig im Stich, soll ich anfangen, deine Fehlentscheidungen aufzuzählen?«, setzte sie nach.

»Wir wollen mal festhalten, dass du Rune zu mir geschickt hast.«

Carola gab einen Laut von sich, der irgendwo zwischen *Ich weiß* und *Na und?* rangierte. »Er hätte dich auch ohne mein Zutun gefunden, das willst du doch nicht bestreiten?«

Doch, genau das wollte sie, weil Carola die Komponente in diesem Albtraum sein konnte, die aus Minus und Minus Plus machte. Dennoch besann sich Bianca darauf, dass dies nicht der richtige Zeitpunkt zum Streiten war.

»Okay, wie gehen wir jetzt vor?« Ein Themenwechsel war dringend nötig.

Was Carola anscheinend nicht so sah. »Du hast ihn doch nicht etwa getroffen, oder?«

»Na klar«, kam die sarkastische Antwort schneller aus Biancas Mund, als sie darüber nachdenken konnte. »Wir haben Kaffee getrunken, dann eine kleine Nummer geschoben und über die lächerlichen Missverständnisse von Mordversuchen gelacht.«

Die verpackte Halbwahrheit lenkte zwar ab, aber das schlechte Gewissen wuchs. Dies war nicht der richtige Zeitpunkt für Geheimnisse, aber sie alle standen auf verdammt dünnem Eis. Bianca wollte nicht die Verantwortung dafür tragen, dass es brach. So lange sie schwieg, passierte auch nichts.

Und was ist mit den drei neuen Toten? Dorothea, Monique und Tomke?

Bei diesem Gedanken wurde ihr bewusst, dass Carola die Nachrichten über die anderen beiden Morde noch nicht bekommen hatte.

Ich sagte, sie seien in Sicherheit … wer von uns wohl der Unglücksbringer ist?

»Heute Vormittag habe ich bei Facebook knapp hundert Freunde verloren und fast zweihundert dazugewonnen«, sagte Carola schließlich. »Die einen rennen um ihr Leben, und die anderen wollen die Show nicht verpassen.«

Bianca schloss die Augen, um sich besser zu konzentrieren. »Das ist dein Haifischbecken. Wenn jemand mit so einer Situation umgehen kann, dann du. Also, was willst du tun?«

Carola stieß den Atem scharf aus. Bianca stellte sich vor, wie ihre Freundin im Wohnzimmer saß und kurz vor dem Neustart ihres Perfektionismus stand.

»Ich werde wohl in die Offensive gehen müssen.« Die Feststellung klang wie eine Frage. Anscheinend war sie doch unsicherer, als sie durchblicken ließ. »Am besten sage ich vorerst alle Partys und Veranstaltungen ab und bekunde öffentlich, dass ich den Mörder für einen feigen Geistesgestörten halte, der es einzig darauf abgesehen hat, mein Leben zu zerstören.«

»Genau, und dann nennen dich die Leute egoistisch und herzlos, weil du dich als Opfer siehst, und jeder, der was Gemeines schreibt, könnte als Nächster sterben. Willst du das?«

Wieder schnaufte sie verächtlich. »Tja, die Gefahr hält niemanden davon ab, gemein und beleidigend zu sein. Man hat mir ja schon vieles an den Kopf geworfen, aber so viel Schadenfreude, Hass und Fäkaljargon wie heute habe ich in all den Jahren nicht lesen müssen. Manchen wünsche ich sogar Besuch vom Mörder, und sei's nur, um sie zu erschrecken.«

»Carola!« Bianca schaute grimmig das Telefon an. »Weißt du, wie das klingt?«

Natürlich wusste sie das, schließlich kam Carola äußerst selten etwas Unbedachtes über die Lippen. Allein die Entwicklung während der letzten Stunden war erschreckend gewesen. Erst lachten die Leute nur über die Abfuhr, die Carola von Tomke bekommen hatte, oder über Doros Erstickungsanfall, jetzt sorgte Tomkes Tod für Wut und Anteilnahme. Ein Flächenbrand, der alles andere vernichtete und nur noch ein Thema zurückließ: Carola, der Todesengel.

»Lass uns jetzt Schluss machen«, sagte Carola und klang äußerst unzufrieden. »Patrick will sich melden, wenn er Genaueres über Moni und Doro weiß.« Ihre Stimme drückte wieder die Selbstsicherheit aus, die Carola stark wirken ließ. »Um ehrlich zu sein, habe ich ein ganz mieses Gefühl bei der Sache.«

Bianca sah die Fotos vor ihrem geistigen Auge und musste hart schlucken. »Ich auch, aber ich bin bei dir.«

»Danke, kannst du …« Sie brach mitten im Satz ab.

»Was?«

Sie hörte, wie Schranktüren klappten und etwas verschoben wurde. »Dieser Mistkerl.«

»Was ist passiert?«

»Ich bin gestern auf dem Sofa eingeschlafen, als Jens noch hier war. Ich glaube, er hat das ausgenutzt, um ganz in Ruhe in meinen Sachen zu wühlen. Der darf sich gleich was anhören, das schwöre ich dir!«

»Bist du sicher, dass er es war?«

Die Schranktür knallte zu. »Wer soll es sonst gewesen sein?«

»Der Kommissar war gestern sehr an deinen Schränken und Schubladen interessiert.«

Die Ablehnung stand deutlich im Hörer, aber diesmal schien Carola diesen Einwurf neu zu überdenken.

»Er war aber nicht im Schlafzimmer«, sagte sie entschlossen.

Deswegen funktioniert sein Charme bei ihr. Der Kommissar

machte mit Carola das, was sie sonst mit anderen tat. Er setzte ihr Ideen in den Kopf und ließ sie damit allein, damit sie reifen konnten. Etwas, das Carola normalerweise sofort durchschaute und so weit umbaute, dass es für sie arbeitete, aber bei ihm schienen ihr tatsächlich so was wie Gefühle reinzupfuschen. Wenn die Situation nicht so erschreckend gewesen wäre, hätte Bianca innerlich ein kleines Freudenfest gefeiert. Miss Perfect war auch nur ein Mensch, der aus einer Zuneigung heraus jemanden in Schutz nahm.

»Ich komme gleich zu dir, okay?«, sagte Bianca.

»Komm lieber in die Wohnung, wir müssen einen Schlachtplan ausarbeiten.«

Die Wohnung. Bianca war schon lange nicht mehr dort gewesen. Sie liebte die geheime Wohnung ihrer Freundin, weil sie darin die Carola wiederfand, die mit ihr in Kindertagen auf Bäume geklettert war. Die kopfüber von einem Ast baumelte, ohne Angst vor einem Sturz zu haben.

Als Bianca sich verabschiedete, gingen ihr jedoch ganz andere Dinge durch den Kopf. Dies war ihr Moment, mit einem kühlen Kopf kluge Entscheidungen zu treffen.

Rune konnte ihr komplett einen Bären aufbinden und sich darüber amüsieren, wie sie unter der Last in die Knie ging – oder er sagte die Wahrheit, was ihn zum Joker in diesem Katz-und-Maus-Spiel machte. Wenn er sie ansah, dann mit so viel Liebe. Jede seiner Berührungen war elektrisierend – die Chemie stimmte, das konnte er nicht vortäuschen.

Wie weit würde Jens gehen? Er ist doch nur ein Immobilienmakler. Seit er begriffen hatte, dass er Carola nur zu einem neuen Auto verholfen und sie kein ernstes Interesse an ihm hatte, kam er tapfer zu ihren Partys und gab sich betont locker. Aber Bianca sah die Blicke, die er ihr zuwarf, wenn er sich unbeobachtet wähnte. Sie war nett zu ihm, niemals ließ sie jemanden fallen, wenn sie bekommen hatte, was sie wollte, aber sie nahm die Aussicht auf mehr aus dem Miteinander. *Will er ihr tatsächlich nur seine Liebe beweisen? Auf eine verdrehte, kranke Weise?*

Sie rieb sich mit beiden Händen übers Gesicht.

Das ist doch alles Irrsinn.

Dunkel tickende Gehirnakrobaten, Freizeitrichter und Nebensatzterroristen treiben die Lemminge in die virtuellen Konzentrationslager, auf dass sie einander selbst ein Ende setzen. Opfer und Täter, dicht nebeneinander, wandelnd auf der Grenze zwischen like und hate. Falsche Freunde, ehrliche Sehnsucht nach Anerkennung, die die Realität nicht aufbringen kann. Vernichtung mit Ansage. Shitstorm als Wirgefühl-Ersatz. Zeit für den Henker.

Lydia Raymond
Sozialwissenschaftlerin
Blogeintrag

Screenshot des Facebook-Chatverlaufs zwischen Freund Amié und Carola Martins

Es tut mir leid, dass du so diffamiert wirst.

Das ist lieb. Aber bei diesen Ereignissen kann ich es niemandem verdenken. Was passiert ist, ist erschreckend, ich weiß selbst nicht, wohin mit meiner Trauer.

Wenn ich irgendwas für dich tun kann …

Wie wäre es, wenn du mir sagst, wer du bist?

Rate.

Nein, sag es mir einfach. Du bist jemand, den ich kenne. Sonst hätte ich dich nicht in die Gruppe aufgenommen. Wie lautete dein Name, bevor du ihn geändert hast?

Hast du was mit dem Kommissar?

Carola setzte sich aufrecht hin und starrte auf die Buchstaben. Anscheinend hatte sie diesen seltsamen *Freund* vollkommen falsch eingeschätzt

Woher weiß er, dass Patrick Kommissar ist? Niemand außer Bianca und ihr wusste das. Unsicher tippte sie eine Antwort, die sie sofort wieder löschte.

Ist die Antwort so schwer?

Welcher Kommissar?

Patrick Bosch. Der Kerl, dem du vielsagende Blicke
zugeworfen hast.

Du beobachtest mich?

Alle tun das.

Nicht so. Bist du der Mörder?

Was, wenn ich es wäre?

Was willst du von mir?

Sag mir, was du dem Mörder sagen würdest.

Bist du von der Presse?

Ach, komm schon, mach es nicht kaputt.
Was willst du mir sagen?

Hör auf, meine Freunde umzubringen.
Ich will das nicht. Du zerstörst mein Leben.

Und diese Leute waren nicht im Begriff, dein Leben
zu zerstören?

Das würden sie nicht schaffen, aber du!

Dann hast du wohl noch nicht den neuesten
Blogeintrag von Dagmar gelesen, oder?

Carola wurde heiß und kalt. Wie sollte sie sich um alles kümmern, wenn im Sekundentakt neue Baustellen eröffnet wurden? Auf das Schlimmste gefasst, tippte sie die URL von Dagmars Blog in den Browser, und schon, als sich die Site aufbaute, ballte Carola vor Wut die Hände zu Fäusten. *Carola beleidigen und sterben* lautete die Überschrift in Anlehnung an den Filmtitel *Brügge sehen und sterben*. Darunter zog sich ein langer Artikel mit Fotos von Franziska, Bianca, Felix, Bernd und Tomke. Geschickt vermied sie deutliche Anklagen, spielte mit den Spekulationen, die eh schon getuschelt wurden, und ergänzte sie mit neuen Aspekten, die Carola allesamt in eine Ecke stellten, aus der sie so schnell nicht wieder rauskäme.

Die Kommentare unter dem Artikel waren zahlreich und führten das fort, was Dagmar begonnen hatte, formten ihre Thesen in eine Wahrheit, die nun wie eine Walze durch das Netz rollen und ihren Ruf zerstören würde. Mit Formulierungen wie *Steht ihr jetzt bei, ich weiß, sie macht nicht den Eindruck, die Morde würden ihr sehr nahegehen, aber ich weiß, dass ihr Gewissen darunter leidet* und *Wer kann ihr einen Vorwurf machen, sie bittet den Killer ja nicht, das zu tun* lenkte sie den Fokus auf Carola, wobei jedes ihrer Wort neu bewertet werden würde. Der ganze Text war fast schon zu gut formuliert für Dagmar. Sie stellte sogar Mutmaßungen an, wie Carola auf Tomkes Tod reagieren würde, was leider so klang wie das, was Carola hatte schreiben wollen, nun aber nicht mehr konnte.

»Dieses Miststück!«

Sie bringt dich da in eine ziemlich verzwickte
Lage.

Manchmal frage ich mich, ob sie etwas damit zu
tun hat. Vielleicht war der Tod ihrer Schwester
ja tatsächlich ein Raubüberfall?

Du meinst, ich bin jetzt nicht mehr dein
Verdächtiger Nummer eins?

Ich denke, du erlaubst dir nur einen Scherz mit mir.

Teste mich. ;-)
Soll ich Dagmar zum Schweigen bringen?

Das ist nicht mal ansatzweise lustig.

Ich meine es todernst.

Ein paar Herzschläge lang rang sie um Fassung. Es gab nichts, was sie darauf antworten konnte. Keine Worte, die das ausdrückten, was ein Zittern durch ihren Körper jagte und ihr den Atem stoßweise aus den Lungen presste. Wenn das ein übler Scherz war, dann unterbot er alles, was sie absolut geschmacklos nannte. Doch wenn er es ernst meinte, chattete sie gerade mit einem Mörder.

Mit bedachten Bewegungen erstellte sie einen Screenshot von dieser Unterhaltung und nahm das Smartphone zur Hand. Patrick musste herausfinden, wer hinter *Freund Amié* stand. Sie hatte sich schon viel zu lange mit dem Fremden unterhalten. Sie wählte die Nummer und sah auf das Laptopdisplay. *Mir wird was einfallen. Das ist nur ein Rückschlag, aber ich lasse mir nicht alles kaputt machen.*

Ein schnelles Tuten erklang, der Anschluss war besetzt. Carola drückte die Wahlwiederholung und würde erst damit aufhören, wenn sie ihn erreicht hatte.

Rufst du jetzt deinen Lover an? Er hat deine Kamera mitgenommen und private Fotos von dir an seine Kollegen geschickt.

Ein Foto von ihr auf Doros Geburtstagsfeier erschien im Chatverlauf. Schnell ging Carola zum Schrank, und tatsächlich fehlte die Kamera. Die Fotos darauf waren kein Grund zur Sorge, aber dass sie entwendet und die Fotos weitergeschickt worden waren, war ein Eingriff in ihre Privatsphäre.

Du bist ein Kollege von ihm?

Gute Frage, aber nein, ich bin nur jemand, der gern fremde Handys durchstöbert. Du bist jetzt das Hintergrundbild auf seinem Gerät, gratuliere.

Ich habe ihm die Kamera freiwillig gegeben. Gut möglich, dass du auf einem Bild zu sehen bist.

Du hattest professionelle Fotografen diese Arbeit machen lassen. Ich bezweifle, dass ich da drauf bin.

Ich glaube, ich weiß, wer du bist. Und du wirst niemals Dagmar oder jemand anderem etwas antun, weil du nur ein jämmerlicher Spinner bist.

Noch immer war Patricks Anschluss besetzt. Carola legte auf und stellte das Smartphone so gegen ein paar Bücher, dass sie sofort sah, wenn etwas auf dem Display erschien. *Ich lasse ihn hier antanzen, dann zwinge ich ihn, mir sein Hintergrundbild zu zeigen. Wehe ihm, die Behauptung von Freund Amié stimmt, dann kann er sich schon mal ganz warm anziehen!*

Das liebe ich so an dir.
Du weißt immer die richtigen Worte in jeder
Situation. So lange, bis du dich irrst.

Carola lief es kalt den Rücken runter. *Was habe ich getan?* Ihr wurde bewusst, dass sie sich hatte aus der Reserve locken lassen. Sie wollte sich schnell entschuldigen, ihn bitten, nichts von dem Angedeuteten zu tun –

Auftrag wird ausgeführt.

Der grüne Punkt verschwand, er war nicht mehr online.

»Nein, verdammt!«, brüllte Carola gegen das Display.

Ihr blieb keine Wahl, sie musste selbst zu Dagmar fahren. Hektisch wählte sie Dagmars Nummer. *Ich bringe sie eigenhändig irgendwohin, wo sie sicher ist.*

Der Anschluss war nicht erreichbar.

»Scheiße, verflucht!«

Im Gehen wählte sie Patricks Nummer. Das mit dem Foto konnten sie später klären, jetzt sollte er bitte erreichbar sein, um sich ebenfalls auf den Weg zu machen.

Wie kann bei ihm immer noch besetzt sein? Kein Mann telefoniert so lange.

Sie nahm ihre Jacke und Tasche aus der Garderobe und verließ kopflos die Wohnung. Alle Gedanken überschlugen sich, verwischten das Gesamtbild, das Carola mühsam zusammenzupuzzeln versuchte, was ihr nur die Option ließ, einen Schritt nach dem anderen zu gehen. Erst Dagmar in Sicherheit bringen, dann Patrick auf Freund Amié ansetzen.

Sie schrieb Patrick eine Nachricht mit Dagmars Adresse.

Bianca musste in der anderen Wohnung warten; sie besaß einen Zweitschlüssel und käme zurecht. *Das versteht sie schon.* Bei ihrer Freundin machte sich Carola keine Sorgen, dass sie in den Sachen schnüffeln würde. Und wenn doch, fände sie nur Informationen, die sie bereits kannte oder nicht zuordnen konnte.

Den Gedanken, mit dem Auto zu fahren, verwarf Carola sofort. Mit der Bahn war sie wahrscheinlich schneller und konnte nebenbei Nachrichten schreiben und empfangen. Sie stieg gerade in die Bahn, als endlich eine Antwort von Patrick kam.

Bin in 20 Minuten da.

Die Aussicht, ihn als Unterstützung dabei zu haben, war sehr beruhigend. Und während sie durch die zerkratzten Fenster in die Schwärze des Tunnels schaute, fragte sie sich, ob sie gerade genau das tat, was der Mörder von ihr erwartete. Wieso brachte sie sich so bewusst in Gefahr? Um Dagmar zu retten? *Oder steckt sie mit dem Kerl gar unter einer Decke?*

Carola brauchte nur zehn Minuten bis zu den Wohnblöcken am Osterbekkanal. Trostlose mehrstöckige Häuser, die als einziges positives Merkmal eine gute Lage im Herzen dieser Stadt hatten. Der Kanal bereitete ihr eine Gänsehaut, weil ein Mitschüler darin ertrunken war, als sie in der ersten Klasse gewesen war. Sie Name war Ruven Timm. Ein schmuddeliger Junge, der gern Strohhalme aus dem Mülleimer sammelte, um damit Sand in unterschiedliche Muster zu pusten. Er bekam von seiner Mutter im Schulkiosk immer *Die-Milch-macht's-*Aufkleber und Gratiskakao, den er dann an Carola weiterverschenkte.

Das war ihr erster Kontakt mit dem Tod gewesen. Damals gab es keine Sondergespräche in der Klasse, keine Betreuung der Mitschüler. Sein Platz blieb einfach leer, und niemand verlor ein Wort darüber. Damals war ihr klar geworden, dass der Tod nur das große schwarze Nichts war, in dem man weder denken noch fühlen konnte. Das war auch der Moment gewesen, in dem sie beschloss, sich niemals mit halben Sachen zufriedenzugeben. Sie war erst sieben Jahre alt gewesen und formte sich ein Bild vom Leben, das sie beim Heranwachsen ausbaute und untermauerte, bis sie es als Erwachsene endlich leben konnte. Es gab keine Schicksalsschläge, nur Ereignisse, um die man sich kümmern musste.

Dass Dagmar ausgerechnet hier wohnte, empfand Carola als eine Art Galgenhumor. Sie ging an der Stelle vorbei, wo zeitweise Kerzen gebrannt und Blumen gelegen hatten. Damals wurden tragische Unfälle noch nicht vor aller Welt ausgelebt, die Öffentlichkeit wurde aus dem Privatleben herausgehalten. In den Achtzigern lehnten sich die Leute gegen die Volkszählung auf, nun wurden sogar Selfies auf der Toilette geschossen. Ruven hätte es vielleicht gefallen, am Ort seines Todes ein Stofftier-Kerzen-Blumenmeer zu sehen, aber damals war Trauer und Anteilnahme den Angehörigen und Freunden vorbehalten. Die Menschen im Jahr 2015 lechzten nach Dramen und Katastrophen, die auch in der realen Welt ein Wirgefühl stärkten. Wie Junkies, denen Presseartikel eingeflößt wurden für Gesellschaftstrips in einer stressigen Zeit.

Carola schüttelte den Kopf. *Bald höre ich mich wie Lydia Raymond an.*

Insgeheim musste sie sich eingestehen, dass sie sich genau das zunutze machte. Ihre Partys und Events spielten mit diesem Verlangen und erschufen eine andere Art des Wirgefühls. Sie brachte die virtuellen Likes und Vernetzungen in die reale

Welt – machte sie zu erfahrbaren Erlebnissen, die alle fest mit ihr verknüpft waren. Eine Rechnung, die aufging.

»Und du machst mir alles kaputt«, flüsterte sie mürrisch, während sie auf Dagmars Wohnhaus zueilte.

Hochparterre – erbärmlicher ging es fast gar nicht. Die Wohnung, an der alle vorbei mussten, vor deren Tür es immer schmutzig war und der sogar Passanten in die Fenster schauen konnten.

Carola klingelte gleich zweimal. Es war dringend, sollte Dagmar ihren Arsch ruhig schneller von ihrem beschissenen Schreibtischstuhl hochbekommen, auf dem sie sich wahrscheinlich gerade Kommentare lesend als Siegerin fühlte.

Trotz dieser Gedanken war sie froh, Dagmars Stimme durch die Gegensprechanlage zu hören.

»Hier ist Carola, mach auf.«

Wenn auch mit Verzögerung, summte es, und Carola ging die wenigen Stufen zum ersten Stock hinauf.

Dagmar wirkte blass und ängstlich. Sie stand hinter der Tür und ließ Carola ohne ein Wort eintreten, um den Durchgang schnell wieder zu schließen.

»Ich war das nicht«, platzte es augenblicklich aus ihr heraus. »Bitte sei nicht sauer auf mich, ich habe das nicht geschrieben, keine Ahnung, wer es war, aber ich will nicht sterben!« Tränen stiegen in ihre Augen. »Sag ihm, er soll mir nichts antun!«

»Scht, ganz ruhig.« Carola wollte sie obligatorisch in den Arm nehmen, aber Dagmar wich vor ihr zurück.

»Es ist wahr. Du kommst als Todesengel zu den Opfern.« Sie sah erbärmlich aus. Strähnige Haare, Jogginganzug und ungeschminkt. Ein Bild des Jammers und der deutlichen Selbstvernachlässigung. In welcher Welt könnte diese Person Carola jemals besiegen?

»Ich möchte, dass du ein paar Sachen packst und dann

mit mir kommst. Ich habe mit dem Verrückten nichts zu tun. Denkst du wirklich, ich würde wollen, dass meine Freunde sterben?«

Dagmar wischte sich mit dem Ärmel Tränen vom Gesicht. Etwas, das sie auch zuvor schon unzählige Male gemacht hatte, denn der Stoff sah an der Stelle durch Tränen und Rotz verunreinigt aus. Wahrscheinich trug sie diesen Anzug bereits seit Tagen. Entsprechend roch es in der Wohnung.

Carola war zuvor schon mal hier gewesen und hatte sich über die Offenbarungen gefreut, die Dagmar unbewusst zur Schau stellte. Ihre DVD-Sammlung sprach Bände über ihre romantischen Vorlieben, von einem reichen Mann aus der Mittelmäßigkeit befreit zu werden. Cinderella-Filme, Jennifer-Lopez-Komödien, *Natürlich Blond* und *Pretty Woman* reihten sich nebeneinander. Die wenigen Bücher machten das Bild nicht besser. *Das Uschi-Prinzip* sah sogar mehrfach gelesen aus.

Neben der Couch hatten Maniküre-Utensilien gelegen, und Carola hatte sich vorgestellt, wie sich Dagmar abends die Nägel machte, während im Fernsehen *Frauentausch* oder ein ähnliches Format lief. Doch im Netz hatte sie sich gar nicht so blöd angestellt. Sie hatte es geschafft, ihrem Erscheinungsbild etwas Erwachsenes, Hochwertiges zu verleihen. Als wäre diese Wohnung nur der Kokon, dem Dagmar entschlüpft war. Nun hockte sie wieder darin fest, und wenn Carola nicht aufpasste, würde es ihr bald ähnlich ergehen.

Dagmar stand im Raum und kaute auf einem ihrer künstlichen Fingernägel. Offensichtlich war Carolas Aufforderung bei ihr angekommen, aber sie traute sich nicht zu agieren.

»Denkst du, ich hole dich hier raus, damit ich dich direkt an den Gestörten übergeben kann?«

Dagmar schüttelte den Kopf. »Ich verstehe das alles nicht.«

Sie setzte sich dort, wo sie stand, einfach auf den Boden. »Mein Leben lief super. Was hat du getan?«

Mit gerümpfter Nase drehte sich Carola von ihr weg. Zusammenbrechende Menschen waren für sie ein Buch mit sieben Siegeln. Bianca hätte gewusst, wie man damit umgeht, Carola wollte nur, dass sie endlich tat, was sie sollte.

»Ich habe nichts getan«, sagte sie, ohne den Versuch, freundlich zu klingen. »Du hast nie richtig verstanden, wie diese Sache läuft, und an diesem Unwissen bist du gescheitert.«

Dagmar schluchzte.

Ungeduldig kniete sich Carola vor sie. »Nun hör mir mal gut zu.« Ihr Tonfall zwang Dagmar, zu ihr aufzusehen. »Jemand ist da draußen, der mein Leben systematisch zerstört. Ob du den Blogartikel nun selbst geschrieben hast oder jemand anders, ich werde den Ruf als Todesengel wahrscheinlich nie wieder los. Gute Freunde wurden ermordet, und dieser kranke Wichser glaubt womöglich noch, er täte mir einen Gefallen damit. Ich könnte mich jetzt neben dich setzen und ebenfalls in Selbstmitleid zerfließen, aber weißt du was?« Sie sah ihr in die verheulten Augen. »Ich kann einfach kein Loser sein. Wenn du willst, dass sich etwas ändert, dann steh auf und ändere es!«

Langsam richtete sie sich wieder auf und deutete auf das Schlafzimmer. »Jetzt schwing deinen Arsch da rein, pack deine sieben Sachen, und dann lass uns verschwinden, bevor das Arschloch hier auf der Matte steht. Auf dem Weg kannst du mir verraten, wer Zugriff auf deinen Blog hat.«

Dagmar sah zu Carola auf und fühlte sich grauenhaft. Dass die verhasste Konkurrentin sie so sah, musste ein unfassbarer Triumph für sie sein. Aber Dagmar hatte bereits alles verloren, es gab nichts mehr, wofür es sich gelohnt hätte, Haltung zu bewahren. Sie wollte nur nicht sterben. Der Artikel sorgte für

Klicks auf ihrer Page wie noch nie zuvor. So wie er geschrieben war, gefiel er ihr auch außerordentlich gut, aber sie wusste, dass damit Jemand ihr Todesurteil veröffentlicht hatte. Und dieser Jemand hatte ihr Passwort geändert, sodass sie den Artikel nicht entfernen konnte.

Und Franziska war nicht mehr da.

Getötet durch einen Räuber oder diesen kranken Wichser, die Polizei behauptete, sie würde in alle Richtungen ermitteln. Aber was änderte es, wenn er hinter Gitter käme? Nichts und niemand konnte ihr Franzi zurückbringen. Sie war ihr einziger Halt gewesen. Franzi regelte Sachen, Franzi setzte sich mit Providern in Verbindung und wusste, wen man wegen unbefugter Zugriffe anschreiben musste. Dagmar war enttäuscht. Sie hatte Kommissar Bosch kontaktiert und gehofft, dass er vor der Tür stünde, als es klingelte. Als er sie damals angerufen hatte, um sie zu den Vorfällen zu befragen, hatte er wie jemand geklungen, der sich tatsächlich kümmerte. Aber er war jetzt nicht hier.

Dafür Carola.

Mühsam stemmte sich Dagmar hoch. Wenn Carola nicht als Todesengel herkam, dann als PR-Maßnahme. Sie steuerte ihrem schlechten Ruf entgegen, indem sie das schwarze Schaf vor dem bösen Wolf rettete. *Sobald sie mich in die Isolation gesteckt hat, spielt sie das wohlwollende Sprachrohr des geretteten Opfers. Selbstlos und scheinheilig.*

»Ich geh packen«, sagte sie, wobei sie es vermied, Carola anzusehen. Sollte sie ruhig den Moment auskosten, Dagmar wusste, wann sie verloren hatte. Und ihr Überlebenswille war größer als ihr Stolz – etwas, das sie Carola nicht bescheinigt hätte.

Sie schloss die Schlafzimmertür hinter sich ab, um sich in Ruhe umzuziehen. Ihr Zustand war ihr peinlich, aber seit Franziskas Tod war alles so mühsam und sinnlos. Sie hatte in den letzten Wochen viel getrunken, vor dem Computer in ihrem Schlafzimmer gesessen und besessen die Kommentare der anderen gelesen sowie wütend beantwortet. Online hatte sie Carola so viele Male angegriffen und sich nicht vor dem Mörder gefürchtet, aber seit dieser Artikel das zusammenfasste, was sie über Carola dachte, wurde ihr bewusst, dass sie in etwas hineingeraten war, das ihr längst über den Kopf gewachsen war und über ihr einzustürzen drohte.

Nebenan hörte sie Geschirr klappern. Carola räumte tatsächlich das Wohnzimmer auf. Der Gedanke, dass sie mit dem Kram in die Küche gehen würde, gefiel Dagmar gar nicht. Das Geschirr von einer Woche stand dort und setzte langsam Schimmel an.

»Scheiße«, murmelte Dagmar und öffnete den Kleiderschrank.

Ein Luftzug ließ sie herumfahren. Sie erinnerte sich nicht daran, die Balkontür geöffnet zu haben, aber jetzt war sie angelehnt. Sie wollte sie schließen, aber nach zwei Schritten legte sich von hinten eine kräftige Hand auf ihren Mund, und etwas schnitt so schnell durch ihre Kehle, dass weder Schreie noch eine Bewegung möglich waren. Ihre Knie sackten weg, aber der Angreifer hielt sie auf den Beinen, wuchtete sie zum Schreibtisch und platzierte sie auf dem Stuhl.

Der Drang zu atmen war überwältigend, aber kein Luftzug gelang. Schwindel und Übelkeit herrschten über jeden Gedanken. Der Täter tippte etwas auf der Tastatur, verschwommen sah sie etwas bei Facebook auftauchen. Dann drückte er das Messer in ihre kraftlose Hand und ließ ihren Körper mit dem Kopf vornüber auf die Tastatur fallen.

Bevor alles schwarz wurde, sah sie den Angreifer in ihr Sichtfeld treten, und das Entsetzen presste den letzten Schwall Blut aus ihrer Kehle.

Carolas Smartphone kündigte eine neue Nachricht an. Dagmars neuestes Posting erschien auf dem Sperrbildschirm, da Carola ganz im Sinne des Don Corleoneschen Prinzips *Keep your friends close, but your enemies closer* ihre wichtigsten Konkurrenten abonniert hatte.

In leuchtender Schrift stand dort bei Facebook: Ich hasse Carola.

Sie konnte es nicht fassen. Da tat sie alles dafür, dass Dagmar in Sicherheit kam, und dieses Miststück ging in den Nebenraum, um »zu packen« und schrieb stattdessen Hassbotschaften bei Facebook! Sie war echt sauer, so sauer, dass sie glatt die Beherrschung verlieren konnte. *Es ist niemand sonst hier, warum also nicht? Ich könnte sie so richtig anbrüllen, wer würde ihr schon glauben?*.

Im Gehen warf sie das Geschirrtuch auf den Tellerstapel. Die Tür zum Schlafzimmer war verschlossen, also hämmerte sie dagegen. »Mach auf Dagmar und sag mir ins Gesicht, was du zu sagen hast. Ich fasse es nicht, wie primitiv du dich aufführst!«

Von innen war nichts zu hören.

Carola hämmerte wieder gegen die Tür, aber nichts passierte.

»Na schön, dann warten wir eben, bis Kommissar Bosch hier ist!«

In dieser Wohnung würde sie keinen Finger mehr krumm machen. Sie setzte sich auf die hellrosafarbene Kunstledercouch und sah sich um. Neben den unterschiedlichen Feilen und Lacken lag ein dickes Notizbuch.

»Oh, ist das dein Tagebuch?«, fragte sie provokant laut.

Schon als sie die erste Seite aufschlug, sah sie, dass sie recht hatte. »Wie süß, man sollte sich immer den inneren Teenager bewahren, nicht wahr?«

Stille.

»Heute war so ein beschissener Abend, dass ich es irgendwo loswerden muss. Wenn ich es Franzi erzähle, flippt die sofort aus und wird sich an Carola rächen wollen«, las sie vor und wurde prompt leiser.

Sie vergaß, dass sie eigentlich Dagmar reizen wollte, damit diese endlich aufhörte zu schmollen und fertig wurde, und las weiter.

»Ich bin so eine Idiotin. Dämlich wie eine Anfängerin. Lass dich nie auf Partys abschleppen, das ist die goldene Regel, wenn man Erfolg haben will. Alles war so sicher, Felix wollte mich für die Kolumne, und schon allein, weil ich ihm mehr in Aussicht stellte, hatte er nur Augen für mich. Und was mache ich dumme Kuh? Ich lasse mich von ihm in der Garderobe vögeln. Scheiße, ich weiß nicht mal, warum.«

Es klingelte, und Carola ließ erschrocken das Buch fallen. Die intimen Einblicke waren ganz anders als das Gekeife und die Beschuldigungen, die Carola sonst von Dagmar mitbekommen hatte. Sie hob das Buch auf und steckte es in ihre Tasche. In ihrer Gefühlswelt gab es kein schlechtes Gewissen, nur die Neugier, was das Buch noch über Dagmar verriet. Auf dem Weg zur Wohnungstür überprüfte sie den Sitz ihrer Haare, dann fragte sie durch die Gegensprechanlage, wer da sei.

»Kommissar Bosch«, erklang die vertraute Stimme.

Sie drückte auf den Summer und sah durch die offene Tür dem Kommissar entgegen. Er wirkte angespannt. Dass er sie nicht direkt ansah, bedeutete schlechte Nachrichten. Sie presste eine Hand auf ihren Magen, der sich zusammenzog, als würde er augenblicklich versteinern wollen.

»Was ist passiert?«

Mit eiligen Schritten überwand er die Distanz, schloss die Tür hinter sich. »Es tut mir so leid«, sagte er einleitend. »Die

Kollegen haben Monique Müller und Dorothea Buthe tot in ihren Wohnungen aufgefunden.«

Carola war nach Schreien zumute. Sie empfand nur noch Wut, alles andere war wie abgeschaltet.

Springer und Läufer.

Ausweichend deutete sie auf die Schlafzimmertür. »Dagmar hat sich eingeschlossen. Statt zu packen, schreibt sie lieber bei Facebook, dass sie mich hasst.« Ihr fiel auf, wie brüchig ihre Stimme klang.

Überrascht hob Patrick die Augenbrauen. »Nicht gerade das, was man dieser Tage tun sollte.«

Carola ging ins Bad. Durch den Flur hörte sie ihn Dagmars Namen rufen und wie es gegen die Tür hämmerte.

»Viel Glück«, kommentierte sie flüsternd und drehte das Wasser auf. Beim Blick in den Spiegel stiegen ihr verhasste Tränen in die Augen. *Ich sehe schrecklich aus.* Mit einer Hand fuhr sie sich über die blassen Züge. »Wenigstens authentisch, falls uns jemand sieht.«

Es krachte laut, wahrscheinlich öffnete er die Tür gewaltsam, was Carola sehr entgegenkam. Sie hatte keine Lust, ewig auf Dagmar einzureden wie auf ein krankes Pferd.

»Carola!« Patricks Stimme klang alarmierend.

Schnell drehte sie das Wasser ab und eilte zu ihm. Als sie durch die Schlafzimmertür trat, richtete er die Tote gerade auf. Seine Ärmel wurden vollkommen von ihrem Blut besudelt. Carola schaffte gerade noch die Schritte zurück ins Bad, wo sie sich keuchend ins Waschbecken übergab.

Patrick kam zu ihr, mit Blut an den Händen, die er nach ihr ausstreckte.

»Lebte sie noch, als du hierherkamst?«

»Natürlich«, sagte sie viel zu laut. »Wir haben uns unterhalten, dann sollte sie Sachen packen und schloss sich ein.«

»Das bedeutet, ihr Mörder kam durch die Balkontür«, sagte er und fuhr sich gedankenverloren mit einer blutigen Hand durch die Haare. »Während du hier warst.«

Carola würgte. Er bemerkte ihren Blick und sah verschämt auf seine Finger. »Tut mir leid. Ich dachte, ich könnte ihr noch helfen, aber da war leider nichts mehr zu machen.«

Sie ließ den Wasserhahn laufen und stolperte in den Flur. Durch die offene Schlafzimmertür sah sie das Blut, das von der Tastatur tropfte. Auf dem Monitor leuchtete ihr Foto. Das Letzte, was Dagmar demnach gesehen hatte, war Carolas Facebook-Profil. Ein Zittern ging durch ihren Körper.

»Das muss aufhören«, sagte sie entsetzt. »Das muss sofort aufhören, das ist zu viel!« Beschwichtigend hob er die Hände, aber Carola sah nur das Blut und wich vor ihm zurück. »Warum bringt er nicht einfach mich um? Was soll dieses kranke Spiel?«

»Scht!«, machte Patrick. »Bist du verrückt? So etwas darfst du nicht laut aussprechen.«

»Denkst du, das Schwein hört uns noch?« Sie richtete sich auf und drehte sich im Kreis. »Hör zu, du Arschloch, ich habe keine Angst vor dir, komm …«

Patrick packte sie und legte ihr eine Hand über den Mund. Carola roch das Blut, schmeckte es auf ihren Lippen und rammte ihm reflexhaft einen Ellenbogen in die Rippen.

Der Kommissar ließ sie ächzend los und fasste sich an die Seite, womit er nun auch dort Blutspuren hinterließ.

»Du siehst aus, als hättest du sie umgebracht«, sagte sie wütend und rieb sich unablässig mit dem Ärmel über den Mund. »Dieser Kerl zerstört gerade mein ganzes Leben, er kann mich auch ebenso gut umbringen, weil nichts mehr von dem übrig bleiben wird, was ich mir aufgebaut habe. Verstehst du das nicht?«

»Ernsthaft?«, sagte er beinahe belustigt. »Du meinst, ohne deinen trendigen Blog und deine dämlichen Facebook-Freunde wäre dein Leben nichts wert?«

Das verletzte sie mehr, als sie zugeben wollte. Der Mann, der es schaffte, in ihr Gefühle zu wecken, fand das, was sie wohlhabend und bekannt machte, albern und *trendig*.

Sie richtete sich zu voller Größe auf und vergaß für einen Moment, dass nebenan eine frische Leiche ihr noch warmes Blut vergoss.

»Ich bin keine Frau, die ein bisschen Tüdelkram im Netz macht. Ich bin eine erfolgreiche Geschäftsfrau, die sich ein eigenes Unternehmen aufgebaut hat. Die Dinge funktionieren nach meinen Regeln. Egal, was ich haben will, ich bekomme es, weil ich verdammt gut bin in dem, was ich mache. Aber all das lebt von Sympathien und dem Spiel mit Eitelkeiten. Ausnahmslos niemand mit Verstand findet einen Todesengel sympathisch. Meinen Ruf zu zerstören ist … Mord in Raten! Hast du das jetzt kapiert?«

Statt eingeschüchtert zu sein sah er sie fasziniert an.

Dann zog er aus seiner Tasche einen Notizblock und einen Stift. »Sag mir, was du gehört hast.«

»Kannst du dir nicht erst mal die Hände waschen?«

Kopfschüttelnd tippte er mit dem Kuli auf den Block. »Wenn die Kollegen kommen, sieht es so viel eher danach aus, als hätte ich sie sofort angerufen und bis dahin noch versucht, ihr Leben zu retten. Wir sollten uns also beeilen, bevor ich den Mord melden muss. So wie du kann ich mir ebenfalls keine Fehler erlauben.«

Mit seinen Kollegen würde die Presse kommen, dieser Fall würde Wellen schlagen und Dagmars Tod unweigerlich mit ihr in Verbindung bringen. Carola sah bereits ihr Foto in den Zeitungen mit reißerischen Überschriften. »Nichts habe ich gehört. Ich war in der Küche und habe versucht, Ordnung in das Chaos zu bringen. Als ihr Posting auf meinem Handy erschien, wollte ich sie zur Rede stellen, und dann kamst du.«

Patrick schrieb geschäftig. »Gut. Ich habe dich als Zeugin aufgeschrieben und werde sagen, dass ich dich nach Hause geschickt habe, damit du erst mal den Schock überwindest. Wir reden dann später weiter.«

»Habe ich noch Blut am Mund?«

Patrick schüttelte den Kopf.

In seinen Augen sah sie, wie nahe ihm ihr Leid ging. Sie wandte sich ab und ging ins Bad, um den Blutgeschmack aus ihrem Mund zu spülen. Danach machte sie Anstalten, das Waschbecken zu reinigen.

»Ich werde den Kollegen sagen, was passiert ist. Lass es so, wie es ist.«

Peinlich berührt nahm sie ihre Tasche und ging. Es kam ihr vor, als würde sie sich wegstehlen. Wie eine feige Ratte, die das sinkende Schiff verließ, und Patrick war der Kapitän, der damit unterging.

Auf dem Weg zum Bahnhof und im Zug fühlte sie sich unwohl, weil sie entweder glaubte, dass jemand sie verfolgte, obwohl sie niemand Verdächtigen entdeckte, oder dachte, jeder würde sehen, dass sie Blut am Ärmel hatte. Ihr Make-up war ruiniert, ihr Innenleben ein einziges Chaos. Kein Zustand, der sie sicher und souverän agieren ließ. Um sich abzulenken, holte sie das Tagebuch aus ihrer Tasche und las während der Fahrt.

Und alle wussten es. Sie standen bereit mit ihren Fotoapparaten und ihrem Hohn. Carola mit einem dämlichen Grinsen im Hintergrund. Für sie gab es ja auch nichts mehr zu tun, das hatte ich alles schön selbst erledigt.

Wie konnte ich nur so bescheuert sein?

Ich bin erledigt.

Sie überblätterte das seitenlange Rumgeheule bis zu einer Stelle, die ihr Interesse weckte.

Franzis Freund war heute Morgen bei mir. Er war auch auf Carolas Party gewesen, ich glaube, niemand weiß, dass er mit Franzi zusammen ist. Deshalb verließ er auch nicht mit mir die Party. Er blieb da und hörte sich an, was die anderen über mich redeten.

Und heute Morgen hat er mich getröstet. Mehr als gut gewesen wäre, es passierte einfach, aber es ging mir so viel besser danach. Ich habe ihm versprochen, dass ich niemandem etwas verrate, am besten schreibe ich meiner Schwester heute nur kurze Nachrichten, damit ich mich nicht verplappere. Kann das Leben noch beschissener laufen? Das Schlimmste ist, dass ich ihn wiedersehen will. Ohne Franzi.

Franzis Freund war auf ihrer Party gewesen? Carola blätterte weiter, ob sie irgendwo einen Namen fand, aber wenn Dagmar von ihm schrieb, dann immer nur als Franziskas Freund. Im Geiste ging sie die Gäste durch und überlegte, ob Rune vielleicht doch vor dem Event in der Fischauktionshalle schon mal auf einer ihrer Partys gewesen war – besser gesagt, auf jener Party, die für Dagmar so äußerst schlecht verlaufen war.

»Verdammt, ich weiß es nicht«, sagte sie flüsternd, was ihr nun doch ein paar Blicke einbrachte.

Ich glaube, Franzi plant einen Rachefeldzug. Sie war so wütend, dass ich hoffe, sie macht nichts Dummes. Bei Facebook hat mich so 'n Typ angechattet, sagt, er sei ein Freund. Schön zu sehen, dass es auch andere gibt, die Carola abgrundtief hassen. Das hat sie sich hart verdient.

Carola überflog die kleine Hassrede und suchte nach Hinweisen, nach irgendwelchen Namen, mit denen sie arbeiten konnte, aber außer Dagmars Schwester blieben alle Personen unbenannt.

Offensichtlich tröstete der Kerl sie gut über den Verlust ihrer Schwester – und seiner Freundin – hinweg.

Ich mag seine starken Arme, schwärmte sie an einer Stelle. *Er ist so sensibel und hilfsbereit. Wir brauchen einander. Mit ihm kann ich mir etwas Neues aufbauen, aber nicht jetzt. Wir haben gesagt, dass wir uns erst nach der Beerdigung und einem angemessenen Zeitraum wiedersehen wollen. Ich habe ein schlechtes Gewissen, weil ich mit ihm geschlafen habe, aber er tut mir gut, und ich mag es, wenn er vor dem Einschlafen diese kleinen Laute von sich gibt, dann weiß ich immer, dass er total entspannt ist.*

Carola musste das Buch wegstecken, weil sie an der Station Emilienstraße ankam.

Von der U-Bahn-Haltestelle waren es nur ein paar Meter bis zu ihrer geheimen Wohnung in einem alten Mietshaus. Die wenigen Modernisierungen waren erst vor einigen Jahren vorgenommen worden, bis dahin waren die Küche und das Bad wie Museumsexponate des alten Hamburgs gewesen. Carola hatten die Umbaumaßnahmen nicht gepasst. Ihr war es egal, ob ein Gas- oder ein Elektroherd den Platz in der Küche verschwendete. Sie legte auch keinen Wert auf modernere Fliesen im Bad. Einzig die Erneuerung der Toilette war ein Gewinn gewesen.

Im ganzen Haus, vom Keller bis in den vierten Stock, roch es nach Konditorei.

Sie ging an den Brötchenkisten vorbei, die sich neben dem Durchgang zum Ladengeschäft stapelten, und machte sich an den Aufstieg in den vierten Stock. Einen Fahrstuhl gab es nicht, aber die alten Leute, die hier vornehmlich wohnten, waren die vielen Stufen gewohnt – Carola nicht. Jeder Schritt hallte, aber niemand öffnete die Tür, um zu sehen, wer mit seinen Absätzen so viel Lärm verursachte. Das war ein Vorteil der Großstadt, die Menschen waren einander angenehm gleichgültig.

Auf der Tür zu ihrer geheimen Zuflucht stand der Name *Gutha DuBliques*.

Der Name war eine Abwandlung von *guter Durchblick* und amüsierte Carola jedes Mal, wenn sie ihn sah. Nur heute nicht. Sie hoffte, dass Bianca schon da war und sie sich alles sofort von der Seele reden könnte. Und sie hatte Glück. Sobald sie den Schlüssel ins Schloss steckte, wurde die Tür geöffnet, und Bianca ließ sie rein.

»Ich bin so froh, dass du hier bist«, sagte Carola und schloss die Tür schnell hinter sich. »Moni, Doro und Dagmar sind tot.«

Diese Worte mussten einfach raus.

»Dagmar auch?« Bianca legte eine Hand über den Mund und setzte sich auf das kleine Telefonschränkchen.

»Du machst dir Gedanken über Dagmar?« Carola behielt sie genau im Blick. *Irgendwas stimmt hier nicht.*

»Als du sagtest, du könntest Moni und Doro nicht erreichen, habe ich schon mit dem Schlimmsten gerechnet. Aber Dagmar … weißt du, was das bedeutet?«

Carola fuchtelte ungeduldig mit den Händen und ging an ihr vorbei. »Alle wissen, was das bedeutet. Ich bin ein scheiß Todesengel!«

Sie ging ins Schlafzimmer und warf Jacke und Tasche auf das Bett. Eine blau-weiß gemusterte Tagesdecke schützte das Bettzeug vor Staub. Nur selten blieb sie hier über Nacht. In einem Anflug von wütender Ungeduld trat sie gegen den kleinen Nachtschrank.

»Ich bin kurz davor, diesem Arschloch einen offenen Brief zu schreiben. Mein Ruf kann ja kaum noch mehr beschädigt werden.«

Bianca überging diesen Ausspruch. »Wow, als ich das letzte Mal hier war, waren die neuen Regale noch nicht so voll«

Carola zuckte resigniert mit den Schultern. »Du warst lange nicht hier.«

Außer dem Bett standen ein Kleiderschrank und mehrere Regale in dem etwa fünfzehn Quadratmeter großen Raum. Gefüllt mit Erinnerungsstücken ihrer Vergangenheit und kleinen Genussartikeln, die in ihrer offiziellen Wohnung nichts zu suchen hatten. Carola hatte eine Vorliebe für Erotikromane, weil es die Art leichter Unterhaltung war, bei der ihr innerer Kritiker kein Mitspracherecht verlangte. Sie konnte sich von dem Gebilde aus Macht, Drama und Sex unterhalten lassen, weil es so rein gar nichts mit ihrer Realität zu tun hatte. Dagmar wollte wie eine Figur aus einem dieser Romane sein. Viele Bücher fingen mit Erniedrigungen an, bis schließlich der starke Retter die Protagonistin ins Paradies vögelte.

»Poppys Geheimnis?«, las Bianca einen Titel laut vor. »Klingt nach einem Katzenkrimi.«

»Ist auch fast einer. Der Hauptcharakter ist entweder mit einem Kater oder Muschis beschäftigt.« Der Small Talk tat gut, aber nichts ließ sich dadurch verdrängen.

»Ich weiß nicht mehr weiter«, gestand Carola unvermittelt. »Zum ersten Mal in meinem Leben weiß ich nicht weiter.«

Bianca stellte sich ihr gegenüber. »Deswegen sind wir ja hier, wir finden eine Lösung.«

Carola hätte alles dafür gegeben, um diesen Albtraum sofort zu beenden.

»Ich wollte Dagmar aus ihrer Wohnung holen und in Sicherheit bringen. Das hätte allen gezeigt, dass ich mich kümmere, dass all diese Übergriffe gegen meinen Willen passieren und das Ganze mich verzweifelt zur Tat schreiten lässt.« Ihr Blick fiel auf die besudelte Jacke auf dem Bett. »Verdammt! Sie war da und lebte. Alles, was sie tun musste, war, ein paar Sachen packen. Mehr nicht.«

»Du meinst, sie wurde umgebracht, während du dabei warst?«, begriff Bianca.

Carolas Gesicht schmerzte vor Anstrengung. »Ich war in der Küche und sie im Schlafzimmer, als es passierte.«

»Scheiße! Was, wenn du für sie gepackt hättest? Hätte er dann dich angegriffen?«

Kälte legte sich von ihrem Nacken aus über Carolas Rücken und ließ sie erschaudern. »Ich weiß es nicht.«

Sehen und gesehen werden, schoss es ihr durch den Kopf.

»Oh mein Gott. Er wollte, dass ich dabei bin!«

»Was?«

Carola ging auf und ab, um besser denken zu können. »Ist doch logisch. Ich sollte dabei sein, wenn er sie umbringt, aber ich sollte ihn nicht sehen. Er will, dass ich von alleine draufkomme, wer er ist.«

Rate.

Bianca verschränkte die Arme vor der Brust. »Ich dachte, du weißt, wer es ist.«

Abrupt blieb Carola stehen. »Wie lange triffst du Rune schon heimlich?«

Biancas Gesichtsmuskeln zuckten verräterisch.

»Ich wurde stutzig, als du anfingst, Patrick zu verdächtigen. Ich dachte erst, es wäre deinem Wunsch geschuldet, dass nicht nur dir so schräge Sachen passieren, aber so, wie du reagierst, bist du von Runes Unschuld überzeugt. Also, wie lange schon?«

»Du hast recht.« Bianca senkte den Blick auf ihre Finger. »Ich habe mir gewünscht, jemand anders wäre der Mörder. Und wenn ich an die Nacht zurückdenke, dann bin ich sogar überzeugt, dass mein Mörder und mein Retter nicht ein- und dieselbe Person waren. Rune hat mich gerettet, und der Mörder befindet sich immer noch in deinem Umfeld, ohne dass du es weißt.«

»Wie lange schon, Bianca?«

»Ich treffe ihn nur in meinen Träumen«, sagte ihre Freundin fest. »Denkst du wirklich, ich würde nicht sofort die Polizei rufen, wenn er bei mir auftaucht?«

»Nicht, wenn du Patrick für den Täter hältst«, hielt sie dagegen.

Bianca sah sie unschlüssig an. Es war deutlich zu erkennen, dass sie mehr sagen wollte, aber sie tat es nicht.

Du wirst heute noch reden.

»Gehen wir die Gästeliste durch, vielleicht kommt uns dabei eine Idee«, schlug Carola vor und ging ins Wohnzimmer. Ihre Freundin mauerte, also musste sie in ihr das Bedürfnis wecken, von selbst mit der Sprache rauszurücken. Bei einer empfindsamen Frau wie Bianca war das äußerst leicht.

Die Stube sah kaum anders als das Schlafzimmer aus, nur dass kein Bett in der Mitte stand, sondern zwei Sessel und ein großer, niedriger Tisch. Wenn Carola von ihrer Gästeliste sprach, dann auch von den Ordnerreihen, die zu dem Büchlein mit den Namen gehörten.

Zu jedem Gast, der interessant genug war, öfter ihre Partys zu besuchen, gab es einen Ordner. Schmale Ordner für die B-Kategorie, weil der Nutzen dieser Leute nur gering war, breite Ordner für die wichtigen Leute der A-Kategorie. Wer nicht wichtig oder interessant genug war, bekam nur ein Datenblatt, das im dicksten Odner alphabetisch zwischen allen möglichen Gästen einsortiert wurde. Der einzige Ordner, in dem sie Namen, Adressen und Telefonnummern mit einem Foto versah. Alle anderen Ordnerrücken waren namenlos, und es klebte jeweils ein anderes Symbol ganz unten auf dem weißen Label. Sie verband assoziativ mit jeder Person ein Piktogramm, das nur ihr verriet, von wem der jeweilige Ordner handelte. Nicht mal Bianca kannte alle Verknüpfungen. Bei einigen Ordnern konnte man vom Inhalt her auf den Betreffenden schließen, aber es dauerte lang und war mühsam. Alles über Bianca lagerte bei den Erinnerungsstücken ihrer gemeinsamen Schulzeit – sie sollte nicht durch Zufall darüber stolpern und glauben, von Carola auf gleiche Weise analysiert zu werden wie jeder andere Mensch.

Durch die rundum gefüllten Regale war dies wahrscheinlich der leiseste Ort in ganz Eimsbüttel. Selbst der Straßenlärm der sechsspurigen Fruchtallee drang kaum zu ihnen durch. Als sie die Wohnung ganz neu hatte, waren die Geräusche von draußen immer präsent gewesen. Nun schaffte es maximal eine Sirene, sich gegen den Schallschutz aus Vorhang, Teppich und Papier zu behaupten.

Bianca folgte ihr schweigsam und setzte sich in Gedanken versunken auf den Sessel. Genau das wollte Carola. Es sollte in ihr arbeiten, das Gewissen würde genügend in die Waagschale legen, dass sie binnen der nächsten Stunde selbst mit der Wahrheit herausrückte. Ihr Trumpf im Ärmel war das Datenblatt, das sie über Rune angefertigt hatte. Wenn sie es Bianca später ohne einen Kommentar vorlegte und sich dann um was ganz anderes kümmerte, würde sich ihre Zunge schon lockern. Carola wusste, dass Bianca nicht böswillig handelte. Wenn sie an ihrer Stelle gewesen wäre, und ein attraktiver Mann hätte ihr die große Liebe versprochen, wäre sie sicher auch weich geworden – Bianca verzeichnete ja sonst keine aufregenden Lebensereignisse. Niemand brauchte es so sehr, geliebt zu werden, wie Bianca, die in ihrem Leben nie Nähe und Geborgenheit erfahren hatte. Es musste sich unfassbar unzulänglich anfühlen, auf so etwas angewiesen zu sein. Deswegen suchte sich Bianca auch ständig diese Macho-Nieten aus und verwechselte deren egozentrisches Verhalten mit Stärke, was sich am Ende immer in Dominanz und Ignoranz wandelte. Das hatte Bianca nicht verdient, aber sie hörte auch nicht auf, sich selbst solche Beziehungen anzutun. Carola nahm das Buch mit allen Namen zur Hand und blieb gedanklich bei Bianca.

Bei dir läuft es immer in drei Phasen. Du schwörst der Suche nach einem Partner ein für alle Mal ab, dann läuft dir einer über den Weg, der alle Hoffnungen aus deinem inneren Grab auferstehen lässt, du stürzt dich Hals über Kopf in die Beziehung, ohne den Mann vorher richtig kennenzulernen, und dann beginnt das schier endlose Jammertal, bis die Beziehung endlich zu Ende ist. Zurück bleibt eine kleine, dickliche Frau, die nur bestätigt sieht, dass sie wertlos ist.

Auch wenn sie Biancas Vorgeschichte kannte und verstand, warum sie keinen Selbstwert aus anderen Dingen schöpfen konnte, war es ihr unbegreiflich, warum sie an diesem Zustand nichts änderte. Carolas eigenes Leben bekam gerade tiefe Risse und drohte, zu einem Scherbenhaufen zusammenzufallen, aber sie würde nichts unversucht lassen, die komplette Zerstörung zu verhindern. Warum begriffen so wenige Menschen, dass man ohne Eigenverantwortung nur ein Spielball der Gesellschaft war? Wer nicht wusste, was er wollte, würde nie bekommen, was ihn glücklich machte. Und wer sich selbst für wertlos hielt, traf auch nur auf Menschen, die andere wie Dreck behandelten.

Diese Gedanken gehörten zu einer Rede, die sie Bianca schon unzählige Male gehalten hatte. Ihre Freundin nahm es jedes Mal hin, in ihren Augen die Hoffnungslosigkeit wie eine Füllstandanzeige ihrer Wertlosigkeit. Das Ganze funktionierte besser, wenn sie über andere Themen sprachen, allerdings hatte Carola das dringende Bedürfnis, ihrer Freundin zu sagen, dass ein Mörder wohl der Tiefpunkt ihrer Statistik an miesen Männern sei.

»Ich konnte Patrick gar nicht auf die Kamera ansprechen«,

sagte sie nach einer Weile. »Ich bin sehr auf seine Erklärung gespannt.« Sie würde das Gedankenspiel mitmachen. Wenn sie den Kommissar ebenfalls verdächtigte, wähnte sich Bianca im Recht.

»Was für 'ne Kamera?«

Mit einer wedelnden Handbewegung wollte Carola der Begebenheit etwas Beiläufiges verleihen. »Da ist dieser Typ bei Facebook, der mich ständig anchattet. Er hat behauptet, Patrick hätte meine Kamera gestohlen und würde meine Privatfotos an Kollegen weiterschicken.«

»Freund Amié?«

Du kennst ihn also auch.

»Ich glaube, Jens steckt dahinter«, ergänzte Bianca ohne Umschweife.

Jens … Carola stand auf und zog einen schmalen Ordner mit einem Käfer-Icon aus dem Regal. »Das würde einiges erklären. Gestern habe ich noch lange mit ihm geredet und bin dann irgendwann auf dem Sofa eingeschlafen.«

»Du?«, fragte Bianca verwundert. »Wie konnte denn das passieren?«

»Keine Ahnung, ich habe wohl einen Martini zu viel getrunken.«

Nun lachte Bianca ungläubig. »Ich weiß, wie du bist, wenn du zu viel getrunken hast. Bevor du irgendwo einschläfst, sorgst du freundlich dafür, dass jeder dich alleine lässt. Erinnere dich an Dianas Hochzeit. So betrunken habe ich dich noch nie gesehen, und trotzdem hast du noch alle notwendigen Entscheidungen für das Brautpaar getroffen, Taxen gerufen und dafür gesorgt, dass jeder gut nach Hause kam.«

Das stimmte, aber sie hatte die Hochzeit geplant, also musste sie auch für den perfekten Abschluss sorgen. »Ich verstehe, was du meinst. Vielleicht war in letzter Zeit alles einfach zu stressig für mich. Die ganze Aufregung mit Jens, Tomke und Doro, ich glaube, ich war einfach zu erschöpft.«

Es war müßig, weiter darüber nachzudenken. »Nun gut, wenn dieser Freund Amié Jens ist, dann hat er die Kamera gestohlen und hängt es Patrick an«, nahm sie den Faden wieder auf. »Das ergibt auch viel mehr Sinn, weil Jens die bessere Gelegenheit dafür hatte.«

»Aber warum sollte er das tun? Ich meine, wir kennen ihn ja jetzt schon eine Weile, und bislang machte er eher einen verliebten als einen gestörten Eindruck.«

Carola ging im Geiste Jens' Verhalten durch. »Hattest du ihn nach Franzis Tod und vor meiner Party noch mal irgendwo gesehen?«

Mit einem Kopfschütteln bekam Carola ihre Erwartung bestätigt. Sie stand auf und holte aus ihrer Tasche im Nebenraum das Tagebuch.

»Was ist das?«

»Franziska hatte einen Freund, der nebenbei eine Affäre mit ihrer Schwester anfing. Hier in Dagmars Tagebuch steht alles drin – nur der Name nicht. Ich glaube, wenn wir herausfinden, wer es ist, dann wissen wir auch, nach wem die Polizei suchen muss. Sie schreibt, dass er auf meinen Partys war, aber warum weiß ich von den Beziehungen nichts?«

Biancas Blick ruhte auf dem Tagebuch, wertend und mit deutlichem Missfallen, aber sie fragte nicht, warum sich die Aufzeichnungen in Carolas Besitz befanden. Genau genommen fragte sie auch sehr wenig zu den Morden, das passte gar nicht zu ihr, aber Carola beschloss, darüber froh zu sein. Sie wollte nach vorn denken, dem Ganzen ein Ende setzen und sich nicht an den Grausamkeiten aufhalten.

Ungeduldig blätterte Carola in dem Büchlein und überflog die Zeilen. Dagmars Handschrift veränderte sich je nach

Stimmung. Mal hatte sie ganz klar und klein geschrieben, dann wieder hektisch und undeutlich. Teils waren die Wörter kaum mehr als kurze Linien mit i-Punkten und kleinen Ausschlägen nach oben oder unten.

»Hier, hör dir das an: *Heute stand er plötzlich vor meiner Tür. Obwohl wir uns vorerst nicht wiedersehen wollten, kam er zu mir und war so stürmisch, dass ich gerade noch die Tür hinter ihm schließen konnte, bevor wir uns liebten. Es war anders als zuvor. Es fühlte sich wie ein Abschied an. Er hat mir versprochen, dass alles gut werden wird, aber ich glaube ihm nicht. Anschließend drehte sich wieder alles nur um Carola. Ich bin es so leid. Ich hasse sie so sehr. Immer fällt ihr alles in den Schoß. So fixiert, wie er auf sie ist, wird er sie sicher auch vögeln wollen. Viel Spaß mit der Eiskönigin, die lässt keinen ran.*« Carola brach kopfschüttelnd ab. »Das klingt gar nicht nach Jens. Kannst du ihn dir als stürmischen Liebhaber vorstellen?«

»Wer weiß?«, antwortete Bianca ausweichend. »Stille Wasser sind tief.«

Klingt eher nach Rune.

Bianca dachte wohl dasselbe, und vielleicht gingen ihr gerade die Bilder von ihrer eigenen Zügellosigkeit durch den Kopf. Carola ließ es unkommentiert.

»Gut«, sagte sie entschlossen. »Patrick soll Jens überprüfen.«

Auf den nächsten Seiten stand erneut sich wiederholendes Gejammer über diverse Ungerechtigkeiten, Franzis Tod und kurze Hassepisoden, die allesamt Carola galten. Alles aufgeblähte Schuldzuweisungen und realitätsverlustiges Greinen. Gut möglich, dass es Menschen gab, denen eher schlechte Dinge passierten als anderen – Bianca war das beste Beispiel dafür –, aber statt den Widrigkeiten die Zähne zu zeigen, akzeptierten sie lieber ihr Schicksal. Es war leicht, immer nur das Schlechte aufzuzählen und dadurch mitleidiges Kopfschütteln zu erzwingen, aber wer etwas erreichen wollte, stand auf, ging darauf zu und nahm es sich.

Zum Todesengel gemacht zu werden war das Schlimmste, was Carola bislang widerfahren war. Ein Grund mehr, harte Bandagen anzulegen und in den Angriff überzugehen. Sie ließ sich ihre Erfolge nicht mal eben wegnehmen – von niemandem.

»Hier«, sie tippte auf die beschriebenen Seiten. »Das kommt mir sehr bekannt vor: *Ich fühle mich nicht mehr sicher. Jemand war in meiner Wohnung und hat meine Sachen durchwühlt. Ich habe panische Angst, dass Carolas Auftragskiller mich heimsuchen wird. Es ist ein offenes Geheimnis, dass wir einander nicht leiden können. Ein FB-Freund sagt auch, ich sei hier nicht mehr sicher, aber wo soll ich denn hin? Ich habe doch niemanden mehr. Alle sind weg, mein Leben wurde ruiniert. Wer kann mich jetzt noch beschützen?*«

Sie ließ das Buch sinken.

Das hättest du selbst tun sollen.

Nachdenklich betrachtete sie die Ordnerrücken. Normalerweise bewirkte dieser Anblick in ihrem Kopf ein Klick, und alles fügte sich zu einem klaren Bild zusammen, das sich in neunundneunzig Prozent der Fälle als richtig erwies, aber dieses *Klick* blieb diesmal aus. Es kam nicht bei Jens, Rune oder Patrick, weil ihr das Motiv fehlte. Geschah es aus Liebe? Was definitiv kranker wäre als ein perfider Racheakt.

Carola stützte beide Ellenbogen auf der Sessellehne ab und legte die Hände über Mund und Nase.

Biancas Schweigen konnte bedeuten, dass sie über Carolas Worte nachdachte und nichts Unbedachtes sagen wollte.

Für den Anfang könntest du einfach mit der Wahrheit rausrücken. Sie hoffte nur, dass es passierte, bevor sie die Geduld verlor. Es täte ihr leid, Biancas wunde Punkte freilegen zu müssen, um so lange darin rumzubohren, bis diese die Fassung verlor.

»Was sagst du dazu?«

Anscheinend dachte Bianca über etwas anderes nach. Ihr Blick fiel auf das Tagebuch, aber sie zuckte nur mit den Schultern.

»Dann schauen wir mal weiter.« Carola holte den Sammelordner aus dem Regal und schlug ihn so auf, dass Bianca eine gute Sicht auf die Seiten hatte. Die Einträge waren alphabetisch geordnet, also schlug sie zuerst unter B Patricks Datenblatt auf.

Neben seinem Namen klebte ein Foto, das sie heimlich mit dem Handy von ihm gemacht hatte. Darunter standen seine Adresse und ein paar Notizen zu seinem Auftreten.

Nichts Verfängliches, wofür ein eigener Ordner notwendig gewesen wäre. Es war nicht ganz so akkurat wie die anderen Blätter angelegt, weil sie es erst vor zwei Tagen zwischen Tür und Angel angefertigt, ausgedruckt und bei einem Zwischenstopp hier weggeheftet hatte.

»Ambivalent, interessiert und sehr besorgt«, las Bianca die erste Zeile vor. *»Mag Luxus und fühlt sich in der Oberschicht zu Hause. Machtmensch und Retter.«* Bianca zog die Brauen zusammen, was bereits eine Wertung in sich trug und ihre Worte überflüssig machte. »Machtmensch und Retter? Hast du dich mal gefragt, wie er sich seinen Luxus leisten kann?«

Carola nickte. »Das habe ich.« Sie tippte weiter unten auf das Blatt. »Er wohnt mit seiner Frau recht bescheiden. Sogar ein bisschen altbacken, was ich von außen so sehen konnte.«

»Du solltest ergänzen, dass er etwas wiedergutzumachen hat. Ich kann dir nicht sagen, was, aber er trägt eine Schuld mit sich herum, ich bin mir ganz sicher.«

Das war lächerlich. Carola hätte derlei gesehen, Bianca interpretierte etwas falsch. Carola stand auf, um Getränke zu holen. Gern hätte sie nach dem Schreck was Stärkeres getrunken, aber sie musste einen klaren Kopf bewahren. Also holte sie nur zwei Gläser und eine Mineralwasserflasche. Diese kleine Pause war notwendig, um nichts Unbedachtes zu sagen. Es war wichtig, dass sie Patrick nicht verteidigte.

»Denkst du, er könnte durch seine miese Ehe einen Hass auf Frauen entwickelt haben, die mehr als er verdienen?«, fragte Bianca.

Einen Moment zu lange verweilte diese Idee in Carolas Aufmerksamkeit und fing an, völlig unkontrolliert Wurzeln zu schlagen. War sie tatsächlich so naiv? Verachtete er sie? Wenn sie es genau bedachte, änderte er ständig sein Verhalten, als würde er versuchen, sich ihrem Interesse anzupassen.

Nein, das ist Blödsinn! Ein Blick in seine Augen genügte. So gut konnte kein Mann schauspielern. Er mochte sie, aber noch mehr wollte er diesen Fall zum Abschluss bringen. Schon die kleinste Berührung ließ ihn zurückzucken. Entweder weil er seine Frau respektierte und seine Ehe über spontane Gefühlsausbrüche stellte, oder weil er Nähe nicht ertrug. Ein kleines, sehr dünnes Stimmchen in ihr plädierte für die zweite Option, weil eine Liebschaft dann doch interessant für sie wäre. Ein Mann, der ihr nicht ständig auf die Pelle rückte, der in der Öffentlichkeit keine Besitzrechte demonstrieren würde und schwer zu verführen wäre, klang interessant.

»Ein Vermögen für deine Gedanken«, brach Bianca in ihre Überlegungen ein. »Es sieht nicht so aus, als würdest du über den Mörder nachdenken.«

Ertappt blätterte sie um und grinste als Antwort.

»Ist schon spannend, dass du ihn attraktiv findest«, plauderte Bianca weiter.

»Warum?«

»Weil ich ihn nicht leiden kann. Wir wissen ja nach jahrelanger Studie, dass es selten ein gutes Zeichen ist, wenn ich jemanden mag, also solltest du sicher sein.«

Carola begnügte sich mit einem Nicken, auch wenn ihr passende Worte zum Thema Rune bereits auf der Zunge lagen. »Lass uns alle nebeneinanderlegen, die wir für verdächtig halten«, schlug sie vor. Bei der Gelegenheit könnte sie Ausschau nach Franzis Freund halten, falls es nicht Jens war. Es wurmte sie, dass ihr so ein Zusammenhang verborgen geblieben war. Ihr entging normalerweise nie etwas.

Sie nahm das Blatt von Patrick aus dem Ordner und legte es auf den Tisch. Anschließend schlug sie den Ordner zu und wieder auf, um bei A anzufangen. Kurz vor R würde sie dann zur Toilette gehen, damit Bianca einen Moment mit dem Foto von Rune allein war.

Nicht viele kamen infrage. Selbst als sie beschlossen, pauschal alle männlichen Neuzugänge der letzten drei Monate rauszupicken, nahmen sie bis zum Buchstaben R nur fünf weitere Blätter heraus. Das dauerte keine halbe Stunde.

»Mach ruhig schon weiter, ich muss mal eben ins Bad«, sagte Carola mit einem Gähnen, was die Belanglosigkeit dieser Handlung unterstreichen sollte. Wobei sie das Gähnen nicht vortäuschen musste. So müde wie an diesem Morgen war sie schon lange nicht mehr aufgewacht. Die Ereignisse hinterließen ihre Spuren, und was seitdem passiert war, tat den Rest.

Im Bad blieb sie vor dem Spiegel stehen und betrachtete sich. *Immer noch grauenhaft.*

Sie ließ etwas Wasser ins Becken laufen und wusch sich das Gesicht. Die Kälte tat gut. Am liebsten hätte sie ihren Kopf aufgeklappt, um etwas von der Klarheit und Frische hineinzugießen.

»Du hast die Kontrolle, und du wirst sie nicht aus der Hand geben«, sagte sie zu sich selbst. »Jeder Schaden ist reparabel. Ich könnte Severin anheuern, um ein Buch aus meiner Geschichte zu machen. Am besten einen Thriller, der auf einer wahren

Begebenheit beruht, damit die Leute selbst die Brücke zu mir schlagen und mich als Opfer darin wiedererkennen. Ein starkes, nicht an den Umständen zerbrechendes Opfer, das geschädigt, aber würdevoll aus der Nummer rausgeht.«

Sie nahm ihr Handy aus der Hosentasche und tippte sich eine Erinnerung. *Wenn ich es selber erzähle, werden alle denken, ich würde mich aufspielen oder besser darstellen, aber wenn er es in eine Geschichte verpackt – brillant*, bestätigte sie sich die Idee. Zuvor musste nur noch Patrick seinen Job erledigen und den Mörder fassen und hinter Gitter bringen.

Sie trocknete ihr Gesicht ab und ging zurück. Wie erwartet hielt Bianca Runes Blatt in den Händen und kaute auf ihrer Unterlippe.

»Bei welchem Buchstaben bist du jetzt?«, fragte Carola. »Viele können es ja nicht mehr sein.«

»Als Nächstes kommt S«, antwortete Bianca und schien eisern zu bleiben. Kommentarlos legte sie das Blatt zu den anderen Verdächtigen.

Verdammt, ich bin zu früh zurückgekommen.

Manchmal vergaß sie, dass Bianca ihre Strategien besser durchschaute als irgendwer sonst. Aus ihr wäre eine gute Geschäftspartnerin geworden, wenn sie auch nur ansatzweise Interesse für sich selbst und ihre Möglichkeiten aufgebracht hätte, aber sie war mit dem Platz zufrieden, der ihr von der Gesellschaft zugewiesen wurde.

»Hast du das von Paris gehört?« Bianca lehnte sich auf dem Sessel zurück und rieb sich übers Gesicht. »Ich meine, das ist doch alles Wahnsinn. In Paris bringen Terroristen zig Leute um, und hier killt jemand deine Freunde – in was für einer kranken Welt leben wir?«

Die Schlagzeilen waren Carola nicht entgangen, aber damit hatte sie sich nicht auch noch auseinandersetzen können.

Und es ärgerte sie, dass Bianca das Thema benutzte, um sich für den Moment nicht mit ihrem Gewissen auseinandersetzen zu müssen.

»Es ist grauenhaft«, sagte sie und zog das Datenblatt von Jens zu sich ran. »Man fühlt sich machtlos, weil diese Attentate so willkürlich Opfer fordern, aber sei mir nicht böse, wenn ich lieber bei dem Terror bleibe, der gerade in meinem Leben passiert.«

Schuldbewusst nickte Bianca und lehnte sich wieder vor. »Tut mir leid. Das ist gerade nur alles etwas viel für mich.«

Nachdenklich tippte Carola mit einem Finger auf Jens' Gesicht.

Jens sah aus wie ein großer Junge. Durchtrainierter Körper, aber ein weiches Gesicht, das zu einem unfertigen Mann gehörte. »Ich habe ihm nie gesagt, dass ich interessiert wäre.« Mit einem Finger schob sie das Blatt zu den anderen zurück. »Was erwartet er? Dass ich mich irgendwann umdrehe und mich plötzlich Amors Pfeil trifft? Als er auf meiner Party besoffen war, hat er mich gefragt, ob er je eine Chance bei mir haben würde. Kannst du dir das vorstellen?«

»Was hast du gesagt?« Bianca zog das Blatt wieder ein paar Zentimeter vor, um das Bild nochmals anzuschauen. »Dass du ihn sehr nett findest, aber du grundsätzlich kein Interesse an einer Partnerschaft hast?«

»Ja, genau das. Ist doch die Wahrheit.« Lächelnd nahm Carola das nächste Blatt zur Hand.

Sascha Ludwig, Banker.

»Ich versuche mir gerade vorzustellen, wie Sascha jemanden umbringt und dabei bemüht ist, keinen Fleck auf seinen geliebten Anzug zu bekommen.« Bei dem Gedanken musste sie grinsen, aber Bianca stieg nicht in ihre Heiterkeit mit ein.

»Manchmal kannst du echt geschmacklos sein.«

»Ich sag's ja«, konterte Carola. »Du hättest zu dem Lach-Seminar mitkommen sollen. Dann wüsstest du jetzt, dass Humor – wenn er auch vom Galgen kommt – ein wichtiges Hilfsmittel ist, um mit Problemen fertigzuwerden.«

Na komm schon, gib nicht jetzt schon auf!

Doch Bianca sagte nichts mehr. Allmählich hoffte Carola selbst, Rune wäre nicht der Mörder; es täte Bianca gut, wenn sie einmal recht behielt und vielleicht sogar geliebt würde. Er war bislang das einzige Ereignis in ihrem Leben, das Bianca für eine kurze Zeit zu einem vollkommen anderen Menschen machte.

Ohne weitere Gespräche sahen sie sich ein Datenblatt nach dem anderen immer wieder an, ohne dass jemand die Stille mit einer Erkenntnis durchbrach. Nach einer Weile ließ sich Carola in ihren Sessel zurückfallen und sah zu ihrer Freundin. »Nichts?«

Bianca vollführte eine hilflose Geste mit den Händen. »Vielleicht sollten wir bei den älteren Kontakten mal gucken?«

Ein Blick auf die vielen Ordner vertrieb Carola die Lust auf ein solches Unterfangen. »Wenn es in einem von denen gebrodelt hätte, dann wäre mir das aufgefallen.« Mit geschlossenen Augen ließ sie die Eindrücke einen Moment auf sich wirken. »Vielleicht sollten wir einen rauchen? Dabei kommen uns doch sonst auch die besten Ideen.«

»Uh, das geheime Laster der Carola M. Willst du das ernsthaft jetzt riskieren?«

Ihr war bewusst, was Bianca meinte. Sie hatte mit der Polizei zu tun, und ein Irrer konnte jeden Moment vor ihrer Tür stehen. Es musste nur durch irgendeinen dummen Zufall rauskommen, dann würden die Geier verbreiten, sie hätte ein Drogenproblem.

Aber die Versuchung war groß. Ein Joint setzte in Carola

pure Kreativität frei. Probleme weichten sich dadurch auf und ließen Carola alle Aspekte neu arrangieren und einen anderen Blick darauf werfen. Das war einer der Gründe, warum nebenan ein Doppelbett stand. Im Zweifelsfall musste keine von beiden wieder raus.

»Ich glaube, ich nähme lieber den Gras-Skandal als den Todesengel-Scheiß.« Damit war die Entscheidung gefallen. Sie ging zum Regal direkt neben der Tür und zog eine flache Schatulle unter einem Stapel Bücher hervor. Der Tabak und das Gras waren schon etwas älter, für Carola war dies ein Notfallmittel. Ideen ließen sich nur in die Tat umsetzen, wenn man ganz klar war.

Die Schatulle machte diese seltsamen Geräusche, wenn Glas auf Glas traf, als sie das Kästchen vor Bianca absetzte. Die kleinen gläsernen Halbkugeln, die als Füße der Schachtel dienten, erwiesen sich als äußerst stoßunempfindlich. Bianca musste lachen, als sie das Kästchen vor sich sah. »Meine Güte, du benutzt sie immer noch? Wann habe ich die für dich gebastelt? Vor zwanzig Jahren?« Sie strich mit einer Hand über den bemalten Deckel. Die Farbe hatte über die Jahre gelitten und war ausgeblichen, aber Carolas Name und die vielen Blumen waren noch gut zu erkennen.

»Kommt hin. Da waren wir in der Vierten.«

»Früher Liebesbriefe, jetzt Drogen«, scherzte Bianca.

Zufrieden legte Carola die Finger aneinander. Sie war sich sicher, dass das Lach-Seminar derartig dramatische Probleme nicht im Fokus gehabt hatte, aber die Heiterkeit tat gut.

Sie sah ihrer Freundin dabei zu, wie sie das Blättchen zurechtlegte und dann das Gras daraufbröselte. Das war Bianca, wie sie sie kannte. Folgsam, kompetent und zu jeder Schandtat bereit.

An diesem Tag würde Carola die sozialen Netzwerke meiden und nur ans Telefon gehen, wenn Patrick sich meldete.

Wenn sie glaubwürdig erscheinen wollte, musste sie ein paar Tage lang demonstrieren, dass sie weder Zeit noch Kraft fürs Netz hätte. Und erst wenn die Stimmung umschlug und aus dem Gewäsch Sorge um sie wurde, gäbe sie Bianca den Auftrag, ein kurzes Statement abzugeben.

»Hier«, Bianca reichte Carola den fertigen Joint und das Feuerzeug. »Ich mache ein Fenster auf.« Anschließend holte sie den Aschenbecker.

Immer zuvorkommend.

Schon beim ersten Zug wurde Carola klar, wie alt dieser Tabak tatsächlich war. Er kratzte schrecklich im Hals. Aber da sich die Wirkung des THC ankündigte, rauchte sie weiter und gab den Joint dann Bianca.

So fühlte es sich an, wenn man sich auf dem Wasser treiben ließ und eine sanfte, aber mächtige Welle einen emporhob. Sie atmete durch und legte den Kopf in den Nacken.

Bianca tippte sie an und gab den Joint zurück.

Bloß nicht zu lange an etwas aufhalten.

Mit einem Augenrollen zog sie am Joint und behielt den Rauch diesmal länger in der Lunge.

»Jens«, sagte sie beim Ausatmen. Der restliche Atem verteilte den Rauch im Raum. »Er war Franziskas Freund.«

»Was macht dich jetzt so sicher?« Etwas Asche rieselte auf den Tisch, als Bianca den Joint wieder annahm. Sie kicherte. Bei ihr wirkte Gras immer anders. Entweder verstärkte sich ihre Grundstimmung, was durchaus unschön werden konnte, oder sie wurde albern, oder sie schlief ein. Carola war froh, das Kichern zu hören.

»Erinnerst du dich an die Party, auf der Marie dieses durchsichtige Kleid anhatte?«

Erst kichernd, dann hustend nickte Bianca und reichte den Joint wieder zurück. Sie nahm einen Schluck Wasser und wartete einen Moment, bis sie wieder sprechen konnte. »Niemand wird dieses Kleid je wieder vergessen.«

»Ganz genau. Und auf dieser Party haben sie sich unterhalten.«

Vorsichtig wedelte Bianca etwas Rauch von ihrem Gesicht weg. »Jens und Franzi?«

»Nein, Dagmar und Jens«, korrigierte Carola. Das Bild wurde plötzlich klar wie beim Poker, wenn Karte für Karte auf den Tisch gelegt wurde. »Franzi hatte ich gerade von meiner Liste gekickt. Ich wette, Dagmar und Franzi hatten sich einen schönen Plan zurechtgelegt, Jens zu beeinflussen, um Informationen über mich zu bekommen.«

Das Lachen ließ sich offensichtlich nicht zurückhalten. Es platzte aus Bianca heraus wie eine Sprungfeder aus einem Polster. Freudentränen sammelten sich in ihren Augen. »Oh ja, klingt nach *Mission Impoppable.*« Nach Luft japsend, wiederholte Bianca die zwei Worte und musste noch mehr lachen.

Carola fand das nicht lustig. Dagmar und Franziska waren in allem, was sie taten, immer viel zu persönlich. Wenn Franziska für einen Plan die Freundin eines Kerls werden musste, dann tat sie das, ohne mit der Wimper zu zucken.

Hatte es getan. Franziska ist tot.

Sie nahm noch zwei Züge und wartete, bis Bianca endlich mit Lachen fertig war, dann gab Carola den Joint ab und zog Jens' Blatt zu sich. »Ich rufe ihn an und frage ihn. Jens wird mich nicht anlügen.«

»Ach, und wenn er der Killer ist, kommt er auf ein Kiffchen vorbei?« Diesmal wiederholte sie das Wort Kiffchen und giggelte weiter.

Stimmt, ich sollte nicht gerade stoned sein, wenn ich eine Lüge raushören will. Aber du wirst mir Rede und Antwort stehen, mein Lieber.

Für einen Mörder hielt sie ihn nicht. Rückwirkend betrachtet, schien er sogar einen Gewissenskonflikt wegen dieser Sache gehabt zu haben. Er war auffallend hilfsbereit und zuvorkommend gewesen – also noch mehr als zuvor. Wie schrecklich es wohl für ihn gewesen sein musste, um Franziska zu trauern, ohne jemandem zu sagen, dass sie ein Paar gewesen waren. Deswegen auch die Szene auf ihrer Party.

Sie nahm ihr Handy hervor und schrieb sich eine Erinnerung, dass sie Jens genau mit diesen Worten trösten würde. *Das müsste seine Zunge lockern.*

Bianca legte den Joint in den Aschenbecher und lehnte sich mit geschlossenen Augen zurück.

Wie sich ihr Leben wohl gerade anfühlt? Dem Tod von der Schippe gesprungen, mit der herzlosen Mutter gebrochen und frisch verliebt.

Sie nahm Runes Blatt zur Hand und betrachtete ihn eingehend. Was verriet sein Äußeres über ihn? *Gepflegt, guter Anzug, leicht verwegen mit dem Bart, wache Augen. An ihm sieht alles echt aus. Die Körperhaltung ist selbstbewusst, ein präsenter Mann, ohne dass er raumeinnehmend ist. Welchen Nutzen hast du, Rune? Warum würdest du mir das antun?*

Sie legte das Blatt auf den Tisch und legte die Seite über Patrick daneben. Zwei gut aussehende Männer, beide Anfang dreißig, und von der Erscheinung her so unterschiedlich wie Tag und Nacht.

Am liebsten hätte sie Patrick angerufen, um mit ihm über die Verdächtigen und möglichen Motive zu sprechen. Vielleicht war die Zeit gekommen, um eine Ausnahme zu machen und diese Datenblätter zu kopieren? Wenn sie Informationen zurückhielt, ginge der nächste Mord vielleicht auf ihr Konto, aber sie hatte nichts außer Verdachtsmomente.

Ich sollte ihm zumindest sagen, dass Rune Kontakt zu Bianca aufgenommen hat. Im selben Moment machte ihr genau dieser Gedanke Angst. Es kam ihr wie Verrat an ihrer Freundin vor. Aber Bianca schien in dieser Sache nicht objektiv zu sein. *Sie hat es nicht zugegeben, wie kann es dann Verrat sein?*

Kopfschüttelnd ließ sie alle Gedanken fallen.

Entgegen ihren Vorsätzen rief sie auf ihrem Handy die Facebook-App auf. Die Terroranschläge in Paris waren das Topthema. Noch schien niemand von den weiteren Morden in Carolas Freundeskreis Wind bekommen zu haben.

Die User demonstrierten Solidarität mit den Opfern und Angehörigen, indem sie Peace-Zeichen mit dem Eifelturm in der Mitte als Profilbilder einsetzten. Diverse Berichte wurden verlinkt, Fotos geteilt, und nicht wenige warfen Terroristen mit Flüchtlingen und Ausländern in einen Topf. Auch auf den Nachrichtenseiten wurde nahezu ausschließlich über die Anschläge berichtet. Newsticker produzierten im Minutentakt neue Nachrichten, die Fakten verbreiteten wie: *Bei einem Terroristen wurde ein Syrischer Pass gefunden.* Es waren also weniger fundierte Nachrichten als aktive Meinungsmache. Man brauchte nur einen plakativen Satz in den brodelnden Hexenkessel der Fremdenfeindlichkeit und Angst zu werfen, schon gab es Bewegung in allen Ländern, die mit dem Flüchtlingsstrom, besonders dem aus Syrien, umgehen mussten.

Egal, welche Katastrophe passierte, die Medien handelten immer sofort, und die Zuschauer auch – ohne nachzudenken dem ersten Impuls folgend. Sie las bei Facebook einige Postings und wagte dann einen Blick in ihre eigenen Nachrichten. Sie wollte vorerst nichts veröffentlichen, obwohl es sie in den Fingern juckte. Es wäre wichtig, zumindest ein Statement zu den Anschlägen abzugeben, doch die Anschläge in ihrer eigenen kleinen Welt müssten dann auch Erwähnung finden.

Noch wusste niemand von Dagmars, Monis und Doros Tod,

doch es war nur eine Frage der Zeit, bis sie Carola deswegen in der Luft zerrissen. Dagmars Blogeintrag polarisierte. Auf der einen Seite wurde sie massiv verteidigt, auf der anderen ließen einige ihrer Abneigung freien Lauf und überzogen sie mit Vorwürfen und Spott.

Und wenn ich es tu? Nachdenklich tippte sie mit dem Zeigefinger gegen ihre Lippen. *Und dann meinen Rückzug ankündige, bis der Mörder geschnappt ist?*

Dann müsste sie eine Weile mit ihrem Fake-Account online gehen und die Dinge anders lenken, aber das könnte durchaus funktionieren.

Als die kleine Tastatur auf dem Display erschien, zögerte sie. Jede Entscheidung musste konsequent durchgezogen werden, weil wankelmütige Menschen keine Führungspersönlichkeiten waren. *Wenn ich das jetzt schreibe, dann bin ich raus.*

Liebe Freunde,
ich kann kaum schreiben vor tiefer Trauer. Erst die erschreckenden Ereignisse in Paris, dann die Terroranschläge in meinem eigenen Leben. Mir wurden heute vier Freunde von einem grausamen Psychopathen genommen. Vier Menschen, die ich sehr geschätzt habe. Gute Freunde, die mir Tag für Tag fehlen werden. Ich kann kaum ausdrücken, wie beängstigend das für mich ist. Ich mag mit niemandem mehr reden, aus Angst, der Geisteskranke könnte das als Aufforderung werten. Und genau deshalb werde ich mich zurückziehen. So lange, bis ihr alle in Sicherheit seid! Bitte kommentiert diesen Beitrag nicht. Gebt meinem Peiniger keinen Grund, auf euch aufmerksam zu werden. Ich werde euch alle schmerzlich vermissen!

Sie las ihren Text mehrmals durch. So unsicher war sie selten, wenn sie der Öffentlichkeit etwas mitteilen wollte. *Wenn ich jetzt auf Posten klicke, habe ich vorerst online keine Handlungsgewalt mehr.*

Mit geschlossenen Augen überprüfte sie die Richtigkeit dieser Aktion und ob sie diese auch ohne Joint noch gutheißen würde. Dann las sie den Text noch dreimal durch, bevor sie ihren Finger senkte und den Senden-Button antippte. Sie wusste, dass anschließend Fragen per PN kommen würden. Die Neugier, wer mit den vier Freunden gemeint war, wäre stärker als pietätvoller Abstand. Carola hätte schreiben können, dass sie gerade im Sterben läge, und es kämen trotzdem dämliche Privatnachrichten mit pietätlosen Fragen. Eine Eigenschaft der neugierigen Community, mit der sie normalerweise gern spielte, aber nicht mit dem Bild von Dagmar in ihrem Kopf. Der Anblick, wie ihr Gesicht Abdrücke von der Tastatur zeigte, während ihr Blut auf den Boden tropfte, hatte sich fest eingebrannt. Dass sie kurz vor der Ermordung mit ihr gesprochen hatte und nur wenige Meter weit weg gewesen war, als es passierte, belastete Carola mehr, als sie wahrhaben wollte.

Eine emotionale Bindung hatte es zu ihrer Konkurrentin nicht gegeben, aber Schuld legte auf solche Details keinen Wert. Und das war genau das, was sie empfand: Schuld.

»Der Mörder will gesehen werden.« Dessen war sie sich sicher. »Wenn er es aus Liebe tut, will er bald sein Lob bekommen. Wenn er mich nur als Vorwand für seine Taten nimmt, wird er Überlegenheit demonstrieren. Es muss jemand sein, der es genießen kann, mich am Boden zu sehen.«

Bianca antwortete nicht auf ihre Überlegungen. Sie war eingeschlafen.

Auf dem Foto lächelte Patrick. Selbst auf dem Papier wirkten seine seltsam blauen Augen faszinierend. »Du willst mich nur beeindrucken, das ist alles. Schwankst zwischen treuer Ehemann und Beschützer, und innen drin bist du ein guter Kerl.«

Der verwegene Rune sah auf dem Foto auch nicht wie ein Mörder aus. Der Blick, den er zur Seite warf, galt Bianca, auch wenn sie auf dem Bild nicht zu sehen war. In seinem Blick lagen Begeisterung und Zuneigung. Zögerlich zog sie Jens' Bild daneben. Der muskelbepackte Sonnyboy mit dem Gesicht eines Jungen.

Die Fahrt mit ihm nach Wolfsburg war lustig gewesen. Hinter dem jungenhaften Gesicht steckte ein interessierter Geist, der Allgemeinwissen mit Humor verband und zu jedem Thema etwas sagen konnte. *Er sollte eher als Kabarettist auftreten, statt Immobilien zu verkaufen,* hatte sie gedacht und erst während der Fahrt begriffen, warum er so erfolgreich war. Auf den Partys hielt er sich damit zurück. Carola vermutete, dass es daran lag, dass er sich meist eher mit Personen wie Monique und Dorothea unterhielt, bei denen das Pulver unnütz verschossen gewesen wäre. Monique und Dorothea – Carola rieb sich über die Stirn.

Bleib bei der Sache.

Ein Signal ertönte, das eingehende Mails ankündigte. Gleichzeitig trafen die ersten Chatnachrichten ein.

»Das war ja klar«, kommentierte sie die drei wichtigsten Mails, die sich in ihrem Postfach befanden. *Boulgatonie, Kassiesse* und *SoulSize* stornierten ihre Aufträge und bezogen sich auf das Sonderkündigungsrecht. Mit diesen Absagen hatte sie gerechnet, dennoch machte es sie wütend. Sie wusste, dass diese Unternehmen fantastische PR-Abteilungen hatten, die aktuelle Nachrichten und die sozialen Netzwerke im Blick behielten. Andere Unternehmen würden nun versuchen, die Preise runterzuhandeln, und in den kommenden Monaten wäre jedes Jobangebot wie ein gnädiger Akt, den sie dankbar zum halben Honorar annehmen müsste. Wütend sah sie zu den drei Männern. »Ist es einer von euch?«

»Was? Ich bin nicht im Keller gewesen.«

Irritiert sah Carola zu ihrer Freundin, die nach diesem Ausspruch die Füße hochzog und in neuer Position weiterschlief.

Nun denk schon nach. Wer wäre abgebrüht genug, derartige Maßnahmen zu ergreifen, um dich persönlich und beruflich zu ruinieren?

Sie drehte sich zu den breiten Ordnern um und ließ die Symbole auf sich wirken.

Leon Stetting?

Sie stand auf und nahm einen Ordner zur Hand, in dem sich die Drohungen, Screenshots und Hass-Mails von 2014 befanden. Unter ST fand sie die Mail, die Leon ihr vergangenes Jahr im September geschrieben hatte.

… ich kann nicht fassen, dass du das getan hast. Du wusstest, dass wir nächste Woche die Creme auf den Markt bringen, und du stellst heute im Vergleich das Konkurrenzprodukt mit den Worten »Auf diese Creme haben wir alle gewartet« vor und unsere mit »Und hier haben wir auch ein schönes Produkt«? Ich bin so unsagbar enttäuscht von dir, das wird ein Nachspiel haben.

Seufzend nahm sie den Zettel aus dem Ordner und legte ihn zu den Fotos. Das Gespräch nach jener Mail war nicht leicht gewesen, aber am Ende hatte er verstanden, dass sie bei Produkttests immer ehrlich sein musste, um ihre Glaubwürdigkeit nicht zu verlieren. Seine Creme war nun mal nicht so effektiv wie die andere gewesen. Sie hatte ihm vorher angeboten, nur sein Produkt vorzustellen, aber das war ihm zu teuer gewesen. Als sie damals aufgelegt hatte, war das Thema für sie erledigt gewesen. Seine Firma arbeitete anschließend mit Dagmar zusammen, bei der sie zumindest nicht denselben Fehler machten. Ärgerlich war, dass er seither nicht mehr zu ihren Partys kam, was ihn im Grunde als Verdächtigen ausschloss, dennoch wollte sie ihn nicht ganz außer Acht lassen.

Leon war ein kleiner Mann, eher schmächtig, aber er musste die Morde ja nicht selbst begehen.

Es wird nicht schaden, für Patrick den Ausdruck und sein Datenblatt zu kopieren.

Das Gleiche tat sie mit Jens' Seite. Dafür stand auf einem Tisch in der ansonsten ungenutzten Küche ein kleiner Tischkopierer.

Langsam wurde sie ungeduldig mit sich selbst, weil sie einfach nicht dahinterkam, wer ihr das antat. Jeder Verdächtige wollte nicht so recht ins Bild passen, obwohl Rune wegen der Hotelsache mit Bianca der Hauptverdächtige blieb. Irgendwas entging ihr, und dieses Detail war genau vor ihrer Nase, das spürte sie deutlich.

»Bislang habe ich nur herausgefunden, wo du wohnst, dass du verheiratet bist und keine Kinder hast«, sagte sie zu Patricks Foto. »Vielleicht sollte ich mal nicht auf deinem Handy, sondern im Revier anrufen? Wird man dich dort kennen?« Um klarer denken zu können, unterdrückte sie alle Wünsche und Hoffnungen bezüglich seiner. Denn was wäre, wenn niemand bei der Polizei einen Kommissar Bosch kannte?

Dann beende ich alles schneller, als er sich eine kranke Erklärung einfallen lassen kann!

Im Internet suchte sie die Telefonnummer des entsprechenden Reviers heraus und rief an.

Eine junge Frau meldete sich am anderen Ende.

»Ja, hallo, mein Name ist Carola Martins, und ich würde gerne mit Kommissar Bosch sprechen.«

»Es tut mir leid, er ist gerade nicht im Hause, kann Ihnen Kommissar Friebeck weiterhelfen?«

Erleichtert atmete Carola aus. »Nein, vielen Dank, ich versuche es später noch mal.«

Sie beendete das Gespräch und ging mit den Zetteln ins Zimmer zurück. Es sah sehr unbequem aus, wie Bianca sich auf die Sitzfläche gerollt hatte und im Halbschlaf versuchte, alle Gliedmaßen vor dem Abrutschen zu bewahren.

»Warum gehst du nicht ins Bett?«

Bianca öffnete die Augen und blinzelte verschlafen. Das Licht der Deckenlampe schien sie zu blenden, jede Bewegung sah angestrengt und ungelenk aus.

»Ich brauche dich gerade nicht«, setzte Carola schnell nach, bevor Bianca sich gänzlich hochkämpfte und ihre loyale Tapferkeit auspacken würde. »Schlaf dich erst mal aus.«

Ergeben faltete sie sich aus dem Sessel und ging müde in das andere Zimmer.

Deine Anwesenheit hat geholfen, schickte Carola ihrer Freundin in Gedanken hinterher. Dank ihr hatte sie wenigstens Patrick überprüft und konnte ihn gleich wieder als Verdächtigen ausschließen.

Trotz der schrecklichen Umstände musste sie lächeln. Sie wählte seine Handynummer und schloss die Augen, als sie ihn hörte.

»Ist irgendwas passiert?«, fragte er alarmiert.

»Nein, ich wollte nur hören, ob es was Neues gibt.«

Er zog anscheinend eine Tür hinter sich zu und ging einen Flur entlang, in dem es stark hallte. »Der Angreifer ist über den Balkon gekommen, allerdings muss die Balkontür offen gewesen sein. Ein gewaltsames Eindringen ist nicht zu erkennen.«

Carola verkniff sich die Anmerkung, dass er dazu neigte, einen Satz zu viel zu sagen. Als hätte sie nicht begriffen, dass man eine offene Tür nicht beschädigen musste. Die Erleichterung und der Joint hoben ihre Stimmung.

»Ich kann mir nicht vorstellen, dass Dagmar sie offen gelassen hat. Als ich zu ihr kam, war sie total verängstigt.« Dann ergänzte sie: »Vielleicht war jemand vorher bei ihr, der heimlich die Tür entriegelt hat? Sie sagte was von Franziskas Freund, der auch auf meiner Party war, aber ich konnte nicht fragen, wen sie meinte.« Sie verschwieg, dass sie diese Information dem Tagebuch entnommen hatte. Sie wollte es noch zu Ende lesen und nicht an ihn abgeben müssen. Auch wenn Dagmar nicht mehr lebte, konnte das Wissen aus ihren Aufzeichnungen nützlich sein.

»Hast du eine Idee, wer dieser Freund von Franziska sein könnte?«

Trotz erheblicher Zweifel nannte sie Jens' vollen Namen und seine Anschrift. Er konnte ihr nicht böse sein, wenn die Polizei ihrer Arbeit nachging, und im Moment war so gut wie jeder verdächtig. »Ich bin mir nicht sicher, aber es würde passen.« Sie schob die Kopien zusammen. »Ich habe noch einen weiteren Verdächtigen, wann kann ich dir die Kopien geben?«

Anscheinend ging er erneut durch eine Tür, dann stieg er in sein Auto, und alle Geräusche wurden gedämpft. »Ich könnte sofort zu dir fahren, wo bist du?«

Sie sah sich in ihrem kleinen, geheimen Reich um. »Wir treffen uns in einer Stunde in meiner Wohnung, okay?«

»Dann lieber gegen zwanzig Uhr, dann kann ich vorher noch etwas erledigen.«

Immer das letzte Wort, Herr Kommissar.

Nachdem sie aufgelegt hatte, strich sie über sein Foto. »Was ist das nur mit dir?«

Keine Liebe, nur Chemie.

Aber eine wohlriechende.

Wolkengleich ziehen sich die Gerüchte zusammen,
vereinen sich zum Unwetter, das über jene hereinbrechen wird,
die der Sonne näher sind als dem Boden.

Lydia Raymond
Sozialwissenschaftlerin
Lyrik der Selbstsucht

Screenshot des Facebook-Chatverlaufs zwischen Martina Sasse und Bernadette Ladweg

Hast du Carolas Posting gesehen?

Ach Martina, sie hat doch jetzt einen neuen Namen: der gefallene Todesengel. Ich hätte nie gedacht, dass der irgendwas etwas anhaben könnte. Man sollte dem Irren einen Geschenkkorb schicken.

Was glaubst du, wer der Nächste ist?

Armin wird es nicht sein, der wohnt in Köln. Deswegen konnte er auch so großkotzig rumtönen, dass er sich nicht von so einem Arschloch einschüchtern lässt.

Um den wär's nicht schade.

Mir würden einige einfallen, um die es nicht schade wäre. Und mal ehrlich, ohne Carola ginge es uns auch besser.

Ich habe heute mit SoulSize einen Vertrag geschlossen. Carola ist weg vom Fenster.

Sei dir da nicht so sicher.

Hast du was gehört?

Nichts Konkretes, aber die hat immer ein
unerträgliches Glück.

Wie wäre es, wenn wir ihr öffentlich beistehen
und den Leuten suggerieren, wir würden alle Fragen
für sie beantworten, so lange sie offline ist?

Das ist brillant.

Bianca hatte so fest geschlafen, dass Carola ihr nur eine Nachricht an den Türrahmen geklebt und sie in der Wohnung gelassen hatte. Wieder in ihrem Apartment fühlte sich Carola allein nicht mehr wohl. Per Fernbedienung ließ sie ein wärmeres Licht entstehen und die Gardinen vor die Fenster fahren. Die Unterlagen für Patrick lagen auf dem Couchtisch bereit. Sie war nervös, weil sie seit dem Telefonat nichts mehr von ihm gehört hatte. In ihren Gedanken spielten sich die unterschiedlichen Szenarien ab. Patrick, der Jens in Handschellen abführte. Wie die Männer kämpften und stritten. Wie sie dem unschuldigen Jens das Leben ruinierte.

Das Tagebuch hatte sie mitgenommen und in der Bahn weitergelesen.

Dagmar jammerte in einer Tour. Hauptsächlich über Carola, aber auch über Franzis Freund, der sie nicht mehr anrief. Zwischen dem Gejammer standen etliche Rachestrategien, von denen manche richtig unangenehm geworden wären, aber Dagmar hatte nicht eine davon in die Tat umgesetzt.

Carola versuchte abermals, sich Dagmar und Jens zusammen vorzustellen, aber das Bild passte nicht. *Wie eine halbwegs reife Frau mit einem Kind.*

Carola musste sich eingestehen, dass Dagmars Tod absolut keine Emotion in ihr freisetzte. Auch die Todesnachrichten von Dorothea und Monique rührten sie nicht sehr. Ihr Verstand schrie vor Wut, weil jeder Mord mit ihr in Verbindung gebracht wurde, weil ihre jahrelange Arbeit vernichtet wurde. Aber außer einem tief sitzenden Schrecken blieb kein Gefühl.

Unentwegt dachte sie darüber nach, wie sie die Rufschädigung zu ihrem Vorteil nutzen könnte. *Wenn Severin einen Thriller aus meiner Geschichte macht, bitte ich Gerald, ihn in seinem Verlag ins Programm zu nehmen. Er schuldet mir noch was, deshalb bekäme das Buch die Aufmerksamkeit, die ich brauche.* Diese Vorstellung gefiel ihr außerordentlich gut. Ein Buch würde für sie arbeiten, ohne eine PR-heischende Biografie zu sein. Die Leute würden tuscheln und anerkennen, wie stark sie in dieser Zeit habe sein müssen und dass man ihr nicht angesehen habe, wie sehr sie darunter gelitten hatte. Ihretwegen durfte Severin sie ruhig etwas emotionaler darstellen, aber eine Liebesgeschichte war nicht drin. Für so was konnte er Biancas Rolle ausschmücken.

Sie wagte einen erneuten Blick auf die Facebook-Seite. Tatsächlich kommentierten die Leute zurückhaltender, beschränkten sich auf Anteilnahme und gute Wünsche, statt sich in Spekulationen oder Beschimpfungen zu ergehen.

Selbst die Großmäuler haben Angst.

Ansonsten waren die Anschläge in Paris das vorherrschende Thema. Wer sich mit den Opfern solidarisierte, färbte sein Profilbild in den Farben der französischen Landesflagge ein, andere posteten Links zu hetzerischen Berichten, Hassreden und Angstgeschreibsel; gespickt mit Videos, die unsachlich diverse Schandtaten fremder Kulturen zeigten. Mädchenbeschneidungen, religiöse Tieropferungen und Kinderleichen, die in Bäumen hingen. Am schlimmsten fand Carola die Hausfrauen, die wütend kleine Filmchen online stellten, in denen sie ihre Angst zum Ausdruck brachten, in ihren kleinen Kuhdörfern nicht mehr auf die Straße gehen zu können, weil die bösen Flüchtlinge überall lauern würden.

Die offiziellen Berichterstattungen lieferten auch jetzt, Stunden nach den Anschlägen, keine brauchbareren Informationen, doch der Anschlag wurde bereits politisch ausgeschlachtet. Sich betroffen zeigende Vereine und Politiker, die allesamt demonstrativen Aktionismus im wenig aufwendigen Maße betrieben. Carola konnte voraussagen, wie sich die Politiker in den nächsten Tagen äußern und was für Einzelschicksale in die Öffentlichkeit gezerrt werden würden.

Ein Katastrophen-Automatismus.

Manchmal verfluchte Carola das, was Internet und Fernsehen mit der Gesellschaft machten. Selbst wenn sie gut davon lebte, diese Mechanismen für sich zu nutzen, sorgte es dafür, dass sie den Respekt vor Menschen verlor.

Die Leute wurden mit einem Belohnungssystem zu Fehlverhalten angeleitet. Viele Likes und positive Kommentare für neue Frisuren, Katzenfotos und Aufnahmen von angerichtetem Essen, eine das Wirgefühl stärkende Schlammschlacht, wenn jemand ins Fadenkreuz geraten war. Depressionen waren genauso facebooktauglich wie Kinderfotos.

Manchmal wünschte sich Carola, die Leute würden einfach mal die Augen aufmachen und ihren Verstand einschalten. Selbst wenn es ihren eigenen Erfolg schmälerte. Ihre Facebook-Kontakte benahmen sich wie Realitätsflüchtlinge, die sich alle in ein viel zu kleines Boot quetschten in der Illusion, sie kämen irgendwann bei Selbstwert und Akzeptanz an.

Carola legte das Smartphone zur Seite und sah zum Fenster. Sie war wütend auf alles und jeden. *Wenn ich jetzt eine Flagge hätte …*

Es hätte sich gut gemacht, die Flagge zwischen Fenster und Rahmen einzuklemmen und dann von draußen ein Foto zu machen. Bei *Instagram* wäre dieses Bild ein Zeichen für reale Solidarität geworden. Und zusammen mit dem Hashtag *#Iam-*

RealyWithYouParis hätte sie etwas in Bewegung gesetzt. Aber sie durfte nichts posten.

Ich habe mich vorschnell verabschiedet. Genau jetzt müsste sie online und am Puls der Berichterstattungen sein. Aus allem, was verbreitet wurde, würde sie sich die polarisierenden Nischenberichte picken, daraus ein kleines Zitat aus dem Text als Teaser posten und darunter den Beitrag setzen. Ohne eine eigene Meinung dazuzuschreiben würde sie dann die Leute diskutieren lassen. So bliebe sie im Gespräch, ohne sich selbst zu positionieren.

Sie schüttelte den Kopf und stand auf. »Deine *Freunde* sterben, mach dir mal darüber Gedanken!«

Und doch blieben ihre Gedanken bei Facebook. Die schlauen Köpfe dieses Netzwerks hatten ein Tool entwickelt, bei dem sich Personen, die dank Ortungssystem in Paris aufgespürt wurden, sich als *in Sicherheit* markieren konnten.

Wie lange die wohl darauf gewartet haben, damit sie es endlich einsetzen können?

Sie ging in die Küche, schaltete den Kaffeevollautomaten an und nahm einen großen Becher aus dem Schrank.

Sie könnte es wie die Regierungen angehen und dafür sorgen, dass sich ihre Facebook-Freunde gegenseitig verdächtigten und so das Wirgefühl schwächen. Schwache Gruppen brauchten entschlossene Führungspersönlichkeiten. So wie ein mit Flüchtlingen, Schläfern und Rechtsradikalen gespicktes Volk Politiker brauchte, die Entscheidungen trafen.

Und obwohl Carola diese Mechanismen an Tagen wie heute zum Kotzen fand, würde sie niemals etwas daran ändern. Sie war der Poser an der Angelschnur ihres Netzwerks. Sie zeigte an, wann ein dicker Fisch an Land gezogen und ausgenommen werden konnte. Eine Trendsetterin. Ihre Leute waren es so sehr gewohnt, auf sie zu schauen, dass ein einziger Fall nicht ausreichte, um sie verschwinden zu lassen. Dann wurde sie mal eben unter Wasser gezogen, aber Poser tauchten immer wieder auf.

Sie sah auf die Uhr hinterm Tresen. An den Wänden oder in den Regalen gab es keine. Ihre Gäste sollten nicht ständig die Zeit im Blick haben.

Wenn Patrick nicht gleich kommt, platzt mir der Kopf. Es fiel ihr schwer, die Gedanken unter Kontrolle zu behalten.

Wie aufs Stichwort klingelte es. Carola versicherte sich, dass es tatsächlich Patrick war, und ließ ihn ins Haus. Bis der Fahrstuhl oben war, hatte sie sich gesammelt und war wieder ganz bei den Morden und ihrem persönlichen Dilemma.

Als er eintrat, war sein Gesicht wie versteinert. Von ihm ließ sich nicht ablesen, ob er Neuigkeiten hatte.

»Möchtest du auch einen Kaffee?«

Patrick nickte und ging weiter ins Wohnzimmer. In seinem Gesicht stand ein Dreitagebart, der ihr am Morgen nicht aufgefallen war. Er schien die letzten Tage dauerhaft im Einsatz gewesen zu sein, aber jetzt trug er wieder einen Anzug statt der Uniform.

In der offenen Küche holte sie noch einen Becher aus dem Schrank, und der Vollautomat setzte auf Knopfdruck die Prozedur in Gang, bei der ein angenehmer Duft dem Caffè Crema vorauseilte. Patrick durchschritt die Wohnung und ging zum Fenster.

Ihr Blick fiel auf das Tagebuch, das noch auf dem Couchtisch lag. *Verdammt!*

»Würde es dir etwas ausmachen, nebenan in den Präsentkörben zu schauen, ob Kekse dabei sind?« Die Körbe standen noch immer auf dem Fußboden an der Wand zum Badezimmer. Sie hatte sich schon bei jedem Absender bedankt, aber zum Wegräumen war sie nicht gekommen.

Sie wollte Patrick nicht erklären müssen, warum sie Beweismaterial entwendet hatte. Zudem stand nichts Hilfreiches drin, außer dass Dagmars Schwester einen Freund gehabt hatte, der Carolas Gast gewesen war, und das hatte sie ihm bereits gesagt.

Schnell ging sie mit den Kaffeebechern zum Couchtisch und verstaute das Notizbuch in ihrer Tasche. Als Patrick mit einer Packung Pralinen wiederkam, saß sie entspannt auf dem Sofa und belohnte ihn mit einem Lächeln.

»Wie geht es dir?« Er setzte sich auf die andere Couch.

Jetzt wieder respektvoller Abstand. Langsam durchschaue ich dich – was schade ist.

Seufzend machte sie sich daran, die Packung zu öffnen, und zuckte beiläufig mit einer Schulter. »Ich will ganz ehrlich sein: Bis auf Bianca ist mir keines der Opfer sehr nahe gewesen. Es macht mich wütend und fassungslos, dass der Irre in meinem Namen mordet, aber ich kann nicht so reagieren, wie es vielleicht angemessen wäre.«

Mit einem Grinsen lehnte sich Patrick vor, stützte die Ellenbogen auf die Knie und nahm sich eine Praline. »Das mag ich so an dir. Du regelst Dinge und lässt dich nicht von ihnen unterkriegen.«

Carola ließ seine Worte unkommentiert, auch wenn es ihr sehr schmeichelte, dass er ihre Worte nicht als herzlos oder kalt auslegte.

»Was ist das?« Er deutete auf die Papiere, die Carola mit der Schrift nach unten auf den Tisch gelegt hatte.

»Das sind die Datenblätter von Jens, Alwin und Leon. Mehr fallen mir als mögliche Komplizen von diesem Rune nicht ein. Die Frauen, die sich auf ihn eingelassen haben könnten, sind alle tot.«

Patrick sah sich die Kopien genau an und zupfte dabei mit

zwei Fingern an seiner Unterlippe. »Du führst Datenblätter über deine Gäste?«

Carola zuckte mit einer Schulter. »Meine Partys sind keine freundschaftlichen Feten, sie sind berufliche Zusammenkünfte. Natürlich halte ich zu den Personen sinnvolle Informationen fest, damit ich die jeweilige Gästeliste möglichst effektiv zusammenstellen kann.«

Ohne ihre Worte zu kommentieren, sah er sich Blatt für Blatt an. »Ist dieser Jens nicht dein Verehrer?«

Es war schwer abzuschätzen, wie viel er über sie und ihre Gäste in Erfahrung gebracht hatte.

»So halb. Ich musste ihm sagen, dass ich keine Beziehung führen will. Weder mit ihm noch sonst jemandem. Er hat es gut aufgenommen.« Ihr war bewusst, dass sie Patrick damit ebenfalls präventiv einen Korb erteilte. Sie konnte nicht benennen, warum sie zwischenzeitlich immer wieder schwach wurde, also war es besser, ihn so gut es ging auf Abstand zu halten. Entweder lag es an den Umständen, oder es war schnöde Chemie, die ihren Verstand übertölpelte. Sie nahm ihren Kaffee in die Hand und schlug die Beine übereinander. Die Distanz wurde größer.

Die Art, wie er sie ansah, irritierte sie. Er schien nicht verletzt oder enttäuscht zu sein. Nicht mal peinlich berührt, weil sie etwas aussprach, das sonst zwischen den Zeilen stand.

»Das ist gut«, sagte er schließlich. »Manchmal fängt man etwas an, ohne zu wissen, wie man es wieder stoppen soll. Schön, dass wir das weitestgehend ausschließen können.«

Carola mühte sich ein erleichtertes Nicken ab. Aber erleichtert war sie nicht. *Hat er gerade den Spieß umgedreht? Ich bin der Hauptgewinn für einen Mann wie dich!*

Sie wechselte schnell auf die geschäftliche Ebene. »Wirst du den Hinweisen nachgehen?«

Patrick faltete die Blätter und steckte sie in die Innentasche seines Jacketts. »Selbstverständlich, aber wir sollten alle deine Aufzeichnungen durchgehen. Es sieht immer mehr nach einem Racheplan aus.«

Carola ließ diese Informationen einen Moment auf sich wirken.

Obsession oder Rache? Sie wartete, dass ihr Bauchgefühl eine dieser Optionen präferierte.

»Wenn wir das Motiv nicht eindeutig definieren können«, sagte sie langsam, »dann bleibt der mögliche Täterkreis schwammig. Mal ehrlich, wofür sollte man sich an mir rächen? Ich habe niemandem was getan.«

Mit einer stockenden Bewegung legte er die Praline zurück auf den Tisch. »Hattest du mal eine Affäre mit einem hohen Tier? Eine, die für eine wütende Ehefrau sorgt oder so geheim ist, dass der Liebhaber sie lieber ungeschehen machen würde?«

Carola schüttelte den Kopf und dachte dabei an Peter Kampe, den Polizeipräsidenten. Ja, seine Frau war eifersüchtig, aber die Treffen waren so selten und gut geplant, dass es unmöglich war, dass sie dahintergekommen war. Vielleicht war es nicht klug gewesen, ihn in die Fischauktionshalle einzuladen. Doch der kurze Wortwechsel war schön und unverfänglich gewesen, hatte Lust auf ein geheimes Treffen gemacht. Es gab nichts Sichereres als die Affäre mit einem verheirateten Mann, der viel zu verlieren hatte. Auf diese Weise konnte sie gewisse Vorzüge genießen, ohne dass irgendwas Einfluss auf ihre Welt ausübte.

»Oder hast du eine Information gesammelt, die du besser nicht kennen solltest?«

Eine? Hunderte, aber das wissen die Betroffenen nicht.

Patrick schien mehr über ihre Aufzeichnungen zu wissen, als er vorgab. Sie erinnerte sich, dass er Dagmar per Telefon befragt hatte – lange vor ihrem Tod –, und Dagmar hatte ja kaum ein anderes Thema gehabt als *die ominösen Aufzeichnungen der Carola M.* Wenn jemand etwas ungeschehen machen wollte, dann Carola die Tatsache, dass Dagmar zu viel gesehen hatte.

Das passiert, wenn man sich seiner Sache zu sicher ist, dann schludert man und wird erwischt.

»Woran denkst du gerade? Ist dir dazu was eingefallen?«

Ertappt schüttelte sie den Kopf. »Nein, nichts davon trifft zu.«

»Carola, ich weiß nicht, wie ich dich beschützen soll, wenn wir so gar nichts haben, womit wir arbeiten können.«

»Was ist mit diesem Freund Amié?«, wich sie aus. »Er kennt viele Details und macht ständig unheimliche Andeutungen. Hast du ihn schon überprüft?«

»Die Kollegen sind dabei.« Unzufrieden lehnte er sich zurück und verstärkte das Zupfen an der Unterlippe. »Aber wir können nicht untätig warten. Du hast nicht gesehen, was ich gesehen habe. Schon die Vorstellung, er könnte mit dir …« Er brach ab und verschränkte die Finger wie zum Gebet ineinander. »Bitte, lass uns deine Gästeliste durchgehen, ich bin mir sicher, dass wir unter den Namen einen Hinweis finden werden.«

»Die Liste ist nur ein Buch voll mit Namen und Telefonnummern. Das würde uns kein bisschen weiterbringen«, sagte sie und kreuzte die Arme vor der Brust.

»Und die Notizen, die du zu jedem machst?«

»Das ist ein Mythos«, log sie. »Dagmar hat das irgendwann mal verbreitet, aber da ist nichts dran. Alles, was ich über andere wissen muss, habe ich hier.« Mit einem Finger tippte sie sich an die Schläfe, und ihr Blick fiel auf die Kopien, die sie ihm überlassen hatte.

»Mehr als das ist es nicht«, sagte sie schnell, bevor Patrick eigene Rückschlüsse zog. »Namen und Adressen, ein paar Stichpunkte, manche mit Foto, und wie du siehst, habe ich eine Drohmail aufgehoben. Alles, was du sonst noch an Informationen über die Personen hier liest, habe ich heute zusammengestellt, damit du weißt, warum du diese Männer unter die Lupe nehmen solltest. Ich habe Besseres zu tun, als ein ominöses Archiv anzulegen.«

Er schien ihr nicht zu glauben, ließ es jedoch darauf beruhen.

»Wie geht es jetzt weiter?«, fragte sie unzufrieden.

Ergeben lehnte er sich zurück. »Die Spuren werden analysiert, die Fahndung läuft auf Hochtouren, mehr können wir im Augenblick nicht tun.«

»Ist dein Dienst schon zu Ende?«

Er barg sein Gesicht in beiden Händen und nickte. Ihr war nicht aufgefallen, wie erschöpft er wirkte. *Er reibt sich für mich auf, und ich bin spröde zu ihm …*

»Lieber Bier oder Wein?« Sie konnte definitiv einen Schluck gebrauchen.

»Ich schließe mich dir an.« Seinem Tonfall nach wollte er an diesem Tag keine Entscheidungen mehr treffen. Müde nahm er die Zettel aus der Tasche und ging ans Fenster, um den Kollegen die Personendaten zu diktieren.

Mit ihm hier allein zu sein fühlte sich ungewohnt vertraut an. Neben Bianca war er derzeit der einzige Mensch, mit dem sie offen reden konnte, der von den grausamen Morden wusste und ihr keinen Strick draus drehte. Genau das brauchte sie jetzt.

Sie holte eine Flasche Rotwein und zwei Gläser. Wäre es nach ihr gegangen, würde es nicht bei einer Flasche bleiben.

»Du solltest vorerst den Kontakt zu allen abbrechen, um niemanden in Gefahr zu bringen.«

Sie stellte die Flasche auf den Tisch und legte den Öffner als klare Aufforderung daneben. »Das habe ich bereits. Würde ich sonst hier sitzen und Wein trinken?« Unterm Tisch fischte sie zwei Untersetzer hervor und stellte die Gläser darauf, während Patrick die Flasche entkorkte. »Ich gehe nicht an mein Handy und beantworte keine Mails, die nicht geschäftlich sind, bei Facebook und Twitter lese ich nur, was die anderen schreiben, und meine Homepage ist offline.«

Es ploppte, als er den Korken rauszog, dann roch er an der Flasche. Mit einem anerkennenden Nicken schenkte er erst sich eine kleine Pfütze ein, dann füllte er Carolas Glas voll und anschließend seines. Sein Bemühen, seinen beruflichen und sozialen Stand mit Manieren und Statussymbolen zu kaschieren, machte ihn galanter als so manchen wohlhabenden Kerl. Diese Mischung mochte Carola, aber dass er dilettantisch an der Flasche roch, zerstörte das Bild.

Da sie den Kontakt zur Außenwelt vorerst abgebrochen hatte und keinen Einfluss auf das Gerede ausüben konnte, fehlten ihr die kleinen Bestätigungen, dass sie alles unter Kontrolle hatte. Es wurde sekündlich zwanghafter, wenigstens aus diesem Mann eine Reaktion herauszukitzeln, die ihr sagte, dass sie noch immer spielführend war.

Sie nahm das Weinglas, hielt es wie einen Pokal zwischen den gespreizten Fingern und schwenkte es leicht. »Auf dich«, sagte sie mit einem Lächeln. »Ich fühle mich viel sicherer, weil du dich so einsetzt.«

Ihre Taktik schien aufzugehen. Verlegen griff er zum Glas und nickte ihr prostend zu.

Die Stimmung wurde im Laufe des Abends besser, und der Alkohol machte den Kommissar zugänglicher. Sie redeten nicht nur über Morde und Terroranschläge, sondern auch über seine Frau, seine Arbeit und seine Vorliebe für Luxus.

Er war ein interessanter Mann, kultiviert und unerwartet weltoffen. Carola ertappte sich dabei, all die kleinen, subtilen

Tricks anzuwenden, um von ihm die Bestätigung zu bekommen, die er eigentlich bei ihr suchen sollte.

Nach dem dritten Glas glühten ihre Wangen, nach dem vierten fühlte sie sich müde und ausgelaugt. Dann war der Punkt erreicht, an dem ihre Haltung aufweichte und die schrecklichen Bilder zurückkamen. Patrick öffnete die zweite Flasche, und Carola drehte nachdenklich das Glas zwischen ihren Fingern.

»Denkst du, ich bin herzlos?«, fragte sie niedergeschlagen.

Mit einem leichten Kopfschütteln schenkte er nach. »Es muss schwer sein, so ein Leben zu führen.« Mit einer Hand deutete er auf ihr Apartment. »Alles ist durchorganisiert. Jeder erwartet Perfektion von dir. Du musst diesen Morden mit Stärke und Geschick begegnen, weil alle Augen auf dich gerichtet sind. Im Guten wie im Schlechten.« Sein Glas war noch halb voll, er schwenkte es mit einer Hand und sah versonnen in das kreiselnde Rot. »Das ist der Preis, wenn man sich zur Marke macht. Wenn alle Zuwendungen und Erfolge mit gefühlsfernem Kalkül errungen werden.«

Die Art, wie er es sagte, klang wie ein einfühlsames Lob, aber die Aussage war eher kritisierend.

Keine Diskussionen mit Weinkopf!

Sie wechselte das Thema. »Warum bist du Polizist geworden?« Es wurmte sie, dass sie diesen Mann nicht einzuordnen wusste.

»Sicherlich nicht aus reiner Nächstenliebe«, sagte er salopp und lachte über seine eigenen Worte. »Es ist ungemein befriedigend, Leute hinter Gitter zu sperren. Je mehr sie es verdient haben, umso befriedigender ist es. Ich will dabei sein, wenn dieser kranke Typ geschnappt wird, und ich will es sein, der ihm die Handschellen anlegt.«

Das passte. Er wich vor menschlicher Nähe zurück und

kompensierte es mit legaler Gewalt. Wahrscheinlich hatte er keine Probleme damit, einen Flüchtigen zu überwältigen und einen Verbrecher niederzuschlagen, aber wenn sie ihm jetzt eine Hand aufs Knie gelegt hätte, wäre er wahrscheinlich panisch aufgesprungen.

Er flirtet nicht, weil er Angst vor mir hat.

Das war fast schon wieder niedlich.

Ihren Gedanken nachhängend, trank Carola noch einen Schluck. Sie wusste, dass es keine gute Idee war. Die Müdigkeit wurde stärker. Der Stress, das Gras, der wenige Schlaf. Ihr Denken wurde langsam, und sie rutschte in eine bequemere Position.

»Ich sollte gehen.« Patrick leerte sein Glas. »Ich sage dir Bescheid, wenn es etwas Neues gibt. Bis dahin solltest du dich ruhig verhalten und am besten mit niemandem reden. Es ist sicher schwer, nicht auf die Kommentare zu antworten, aber viele Leben hängen davon ab.« Er stellte sich vor sie. »Jemand, der an einem Tag vier Personen an unterschiedlichen Orten auf heimtückische Weise umbringt und dabei nicht mal gesehen wird, ist wesentlich gefährlicher, als du dir vorstellen kannst.«

Als wenn ich das nicht wüsste.

Ihre Zunge fühlte sich schwer an. Damit er nicht hörte, wie sehr der Wein bei ihr anschlug, nickte sie nur.

»Ich finde schon raus. Gute Nacht.«

Sie sah noch lange zur Tür, nachdem er bereits gegangen war.

Was ist hier gerade passiert? So fühlte es sich also an, wenn man von jemandem sitzen gelassen wurde, den man ausnahmsweise nicht beleidigt hatte. *Oder bin ich ihm irgendwie auf die Füße getreten?*

Den restlichen Wein ließ sie stehen. Bianca würde ihren Zustand mit emotionalem Stress erklären, während sie selbst nicht glaubte, dass bei ihr so etwas überhaupt möglich war. Sie empfand Überforderung, Frust wegen der offensichtlichen Zurückweisung und Angst. Ihr Herz schlug schneller, doch ihre Augen fielen immer wieder zu.

Kein passender Moment, um diese menschliche Seite an sich zu entdecken. Auf dem Weg ins Schlafzimmer ließ sie die Lampen einfach an, dann fiel sie wie erschlagen aufs Bett.

Gefallene Engel sind zu schockiert, um ihre Flügel zu benutzen.
Stillschreckige Zweifelhaftigkeit, die spielmannszuggleich
einen lautlosen Reigen auf die Liebe spielt.
Und wenn sie am sichersten sind, erwachen die Wölfe,
um Lämmerseelchen in die Finsternis zu treiben.

Notizen zu den Texten von Lydia Raymond

Screenshot des Facebook-Postings von Alwin Nolte

Wenn keiner es offen aussprechen will, dann tu ich es eben: Franziska Wolff, Felix Thomsen, Bernd Gerhardt, Tomke Doyer, Monique Müller, Dorothea Buthe und Dagmar Herrmann mussten wegen Carola Martins sterben. Sieben Menschen, die alle noch leben könnten, wenn sie sich mit dieser Frau nicht eingelassen hätten. Und sie selbst stellt sich als armes Opfer dar, das mit den Morden nur gequält werden soll. Carola ist selbstsüchtig und jetzt auch noch gefährlich. Wenn ihr euch vor ihr schützen wollt, solltet ihr sofort alle Brücken zu ihr abbrechen.

Gefällt mir · Kommentieren · Teilen

Ludwig Bremer, Anna Clausen und 15 weitere Personen

Martina Sasse OMG, Doro, Moni und Dagmar auch, wirklich?

Gefällt mir · Antworten · 1 · 23 Min.

Alwin Nolte Ja, ich habe das aus sicherer Quelle erfahren. Carola ist ein beschissener Todesengel. Dagmars Blogeintrag wird ihr nicht gefallen haben.

Gefällt mir · Antworten · 2 · 23 Min.

Bernadette Ladweg Ich habe solche Angst. Ich habe sie gekickt und blockiert, warum tut die Polizei nichts dagegen?

Gefällt mir · Antworten · 1 · 22 Min.

Martina Sasse Ich kann vor Tränen kaum schreiben. Das ist so schrecklich. Habt ihr Carolas letztes Posting gesehen? Das klang nicht, als würde ihr irgendwas ehrlich leidtun. Wie kann man nur so kaltherzig sein, obwohl der Killer das nur ihretwegen macht?

Gefällt mir · Antworten · 👍 5 · 21 Min.

Burkhard Rehwaldt Hat jetzt nicht gerade die Falschen getroffen. Ich weine keinem von denen auch nur eine Träne nach. Egoistische Selbstdarsteller.

Gefällt mir · Antworten · 👍 3 · 21 Min.

Willy Sasel Der kranke Spinner tötet doch nicht in ihrem Auftrag. Wie soll sie sonst damit umgehen? Seid ihr nicht dieselben, die feministisch aufschreien, wenn man sagt, vergewaltigte Frauen seien selber schuld, wenn sie im Minirock rumlaufen? Und jetzt wollt ihr diese kranke Scheiße Carola anhängen?

Gefällt mir · Antworten · 👍 9 · 21 Min.

Martina Sasse Wer kann denn beweisen, dass sie die Morde nicht in Auftrag gegeben hat und sich nur als Leidtragende darstellt?

Gefällt mir · Antworten · 👍 12 · 19 Min.

Alwin Nolte Ich kenne Carola. Für ihren Erfolg geht sie über Leichen.

Gefällt mir · Antworten · 👍 10 · 19 Min.

Martina Sasse In diesem Fall über sieben Leichen!

Gefällt mir · Antworten · 👍 3 · 18 Min.

Bianca Dreier Na, fragt ihr euch schon, was der Mörder mit euch macht, wenn er das hier liest? Denkt ihr, nur weil ihr Carola blockiert habt, könnte er das hier nicht mehr lesen? Soll ich euch erzählen, wie es ist, wenn er einen überfällt und umbringt? Lest euch mal durch, was ihr hier so von euch gebt. Ihr seid wie Ratten, die am Aas nagen. Im Netz fühlt ihr euch sicher, aber wenn er zu euch kommt, seid ihr ganz allein!
Gefällt mir · Antworten · 1 · 17 Min.

So gut hatte Bianca schon lange nicht mehr geschlafen. Doch nachdem sie in Carolas Wohnung aufgewacht war, brach das Begreifen über sie herein. Die Morde und der Terror passierten wirklich, und sie selbst sollte genauso tot wie die anderen sein.

Carola hatte sie allein gelassen, sie war vollkommen mit sich selbst beschäftigt, und Bianca sollte gefälligst tapfer sein. Aber für Tapferkeit fehlte ihr die Kraft. Deshalb hatte sie Rune angerufen. Es ging nicht anders, sie musste ihn sehen und in all dem verwirrenden Chaos in seinen Armen Ruhe und Lebendigkeit finden.

Sie trafen sich in der Stadt, gingen essen und flirteten, als wäre er kein dringend gesuchter Mann. Was beim Inder nahe der Reeperbahn anfing, nahm ein leidenschaftliches Ende in ihrem Bett.

Als sie die Augen wieder aufschlug, lag Rune neben ihr. Er kam nicht aus dem Bad, um sie umzubringen, oder verschwand bei Nacht und Nebel. Nein, er lag neben ihr und schlief.

Liebevoll streichelte sie ihm über die Brust und legte ihr Ohr auf seinen Oberkörper. Sein Herz schlug schnell. Vielleicht träumte er, aber er war vollkommen ruhig. Nach dem Sex roch er anders. Es war weniger der Schweiß als eine gewisse Note, die sich verlor. Wahrscheinlich sein Eau de Toilette.

Sie dachte an die feste Umarmung, die sie als Letztes vor dem Einschlafen gespürt hatte, und fühlte sich vollkommen regeneriert, weil er noch bei ihr war und sie offensichtlich mochte. Die Gewalt, die ihr angetan worden war, spielte keine Rolle mehr.

Sein Herzschlag beschleunigte sich, dann bewegte er sich, schlang seine Arme um Bianca und zog sie an sich.

»Warum schläfst du nicht?«, flüsterte er.

»Weil ich glücklich bin.«

Diese Worte beantwortete er mit einem Kuss. Alles hätte sofort von vorn losgehen können, aber Bianca drehte sich in seinem Arm um und schmiegte sich mit dem Rücken an ihn. »Wie soll das weitergehen?«

Anscheinend wollte er noch nicht aufgeben und ließ seine Hände zu ihren Brüsten wandern. »Wir bringen den Mörder hinter Gitter, meine Identität wird aufgeklärt, und du heiratest mich!«

Bianca wollte gerade den Liebkosungen nachgeben, als die letzten Worte bei ihr hängen blieben. »Heiraten?«

Statt darauf einzugehen, vergrub er sein Gesicht an ihrem Hals in den langen Haaren und drückte sich von hinten gegen sie.

Davon angesprochen, ließ sie ihre Hüften kreisen und drehte ihm ein wenig das Gesicht zu. »Sag nichts, was du später nicht so meinst, okay?«

Rune richtete sich auf und nahm eine Hand fort, um das Licht einzuschalten.

Blinzelnd sah sie ihn an und hätte es am liebsten wieder ausgeschaltet. Sie war keine Augenweide, vor allem nicht, wenn sie die halbe Nacht schweißtreibenden Sex gehabt hatte. Mit etwas Druck auf ihre Hüfte drehte er sie zu sich herum und sah ihr in die Augen, während er zwischen ihre Schenkel vordrang. Mit einer Hand packte er ihre Haare im Nacken, mit der anderen fixierte er ihre Rechte neben ihrem Kopf.

»Fühlst du das?«, fragte er atemlos.

Bianca nickte und genoss jede kleinste Bewegung.

»Ich will dich«, sagte er und verstärkte seine Bewegungen. »Du bist atemberaubend.«

Biancas alte Muster bekamen keine Gelegenheit, ihm zu widersprechen, weil sie ihm völlig ergeben war. Der Sex war gänzlich anders als das, was sie mit anderen Männern bislang erlebt hatte – immer wieder. Sie erlebte sich selbst als eine begehrende, aktive Frau, die den Akt nicht einfach über sich ergehen ließ.

Als er kam, nahm sie das kräftige Zucken wahr, hörte ihn stöhnen und schloss ihn dabei fest in die Arme. *Ich liebe dich*, lag ihr auf den Lippen, aber statt es zu sagen, küsste sie ihn. Er erwiderte die Umarmung, stark und fest, als wollte er sich gänzlich in sie hineindrücken. Bianca bekam kaum noch Luft, aber bevor es bedrohlich wurde, lockerte er seinen Griff.

Egal, ob sie seine Worte als ernsthaften Antrag werten konnte, für sie war er der Richtige.

Die verzwickte Situation war typisch, immerhin verlief in ihrem Leben alles irgendwie schwierig oder schräg. Aber der Mann, der sich gerade von ihr rollte und tatsächlich wieder einschlief, während sie wach lag, war real.

Er würde nicht anfangen, ihr Leben zu reglementieren, und sie in die Rolle einer Hausfrau drängen. Dieser Mann war die Entschädigung für alle grauenhaften Beziehungen, die sie in ihrem Leben geführt hatte, angefangen bei der zu ihren Eltern. Und er war Polizist. Undercover, okay, das war etwas hollywoodesk, aber die Narben auf seinem Körper bezeugten die kalte Realität. Rune wollte über keine einzige sprechen, machte Scherze, die davon ablenken sollten, aber irgendwann würde er sich ihr öffnen.

Sie musste an Carola denken, als der ruhige Atem ihren Nacken kitzelte und sie trotzdem keinen Schlaf fand. Carola hatte sich in den Kommissar verguckt. Ein Vorkommnis, das nicht nur außergewöhnlich selten bei ihr zu beobachten war, sondern einen eigenartigen Beigeschmack hatte. Es war das Wissen, dass wenn Carola und Bianca das Gleiche passierte, es immer Carola war, bei der es gut ausging. Es war eine Art Grundprinzip. Sie kauften sich die gleichen Kleider – Biancas ging kaputt. Liebesbriefe im Briefkasten – Biancas waren Verarschungen. Zwei Männer quatschten sie in der Bar an – sie bekam den Spinner ab.

Die Unruhe in Bianca wuchs bei diesen Überlegungen, sodass sie irgendwann aufstand und mit einem Bademantel bekleidet das Schlafzimmer verließ.

Die Kleidungsstücke des Tages lagen auf dem Fußboden. Sie hob jedes Teil auf und legte es ordentlich auf das Sofa. Dabei tastete sie über die Taschen seiner Hose, ob sich darin etwas befand.

Nichts.

Entschlossen nahm sie seine Jacke vom Boden, hängte sie an die Garderobe und fasste auch in diese Taschen. Eine kleine Eau-de-Toilette-Probe mit einem Sprühkopf, eine Hotelkarte vom *Grand Elysee*, eine Geldbörse und ihr Handy.

Bianca aktivierte das Display. Eine Nachricht von Anonym wurde darauf angezeigt, in der nur stand: Check.

Sie steckte das Handy wieder in die Jackentasche. Irgendwann gäbe er es ihr von allein zurück, noch schien er den Zugang zu Carolas Leuten zu benötigen. Leider hatte er nicht ein Opfer retten können.

Die Geldbörse war wahrscheinlich interessanter, aber außer dreihundert Euro und etwas Kleingeld befand sich nichts darin. Keine Dokumente, keine Kassenzettel. Untercover musste er wohl ständig auf alles gefasst sein. Sie sprühte sich einen Stoß von dem Eau de Toilette auf das Handgelenk und roch mit einem Lächeln daran. Ja, das war diese gewisse Note, die sie so mochte und die an ihm um einiges besser duftete.

Aber die Unruhe verging nicht. Es war dieses quälende Gefühl, irgendetwas zu tun zu haben, ohne zu wissen, was.

Ein Blick auf die Uhr reichte ihr aus, um gänzlich auf Schlaf zu verzichten. Es war bereits nach sechs, und um kurz nach sieben musste sie sich auf den Weg zur Arbeit machen. Bianca hatte keine Lust darauf. Die Zwangspause war nicht so schlimm gewesen wie befürchtet, und die Aussicht, von Kollegen ausgefragt zu werden, behagte ihr nicht.

Sie setzte Kaffee auf und ging duschen. Entweder wurde Rune davon wach, oder er würde irgendwann allein aufwachen. In ihrer Wohnung war er sicher. Niemand würde annehmen, ihr Mörder wäre ihr Gast. *Weil er es nicht gewesen ist,* dachte sie und ließ sich das warme Wasser übers Gesicht laufen. *Vielleicht ist ja der Tag gekommen, an dem wir beide Glück haben – oder Carola mal den Fehlgriff macht?*

Carola erhielt für gewöhnlich das Bild aufrecht, dass selbst bei Missgeschicken alles genau so lief, wie sie es haben wollte. Die Morde waren das Erste, was diesem Bild zuwiderlief. Wie ging jemand mit solchen Dingen um, der es gewohnt war, alles zu seinem Vorteil umzubiegen? Und was würde es mit Carola machen, wenn sie im selben Zug an den falschen Mann geriet?

Als Bianca das Wasser abdrehte, kam Rune zu ihr. Es war angenehm vertraut, einander sogar im Bad nackt zu begegnen, auch wenn sie hoffte, er würde es nicht als so vertraut empfinden, dass er die Toilette in ihrer Gegenwart benutzte.

Zuvorkommend nahm er das große Handtuch von der Wand und wickelte sie darin ein.

»Sag bloß, die Arbeit ruft?«

Sie lehnte sich einen Moment an ihn und nickte.

»Hast du zufällig noch eine Zahnbürste?«

Die hatte sie. Sie trug sogar einen Namen: Ted. Eine Kollegin hatte sie ihr eigens für einen solchen Moment geschenkt. Die Kollegin war seit zwei Jahren nicht mehr im Büro, aber Ted war geblieben wie ein Mahnmal, dass spontaner Sex in Biancas Wohnung niemals stattfinden würde. Mit einem Grinsen holte sie Ted aus der Schublade und reichte Rune die eingepackte Zahnbürste.

Tja, Saskia, wenn ich dich auf Facebook mal wiedersehe, sage ich dir, dass Ted Verwendung gefunden hat.

Sie sah Rune beim Auspacken zu. Im hellen Badlicht fielen ihr wieder die Narben auf. »Wirst du mir irgendwann erzählen, was es mit den Narben auf sich hat?«

Mit zwei Fingern strich er über ihren Nacken, sodass sie eine Gänsehaut bekam. »Ich bin für diesen Job geeignet, weil ich mein Leben lang in Gangs zu Hause war. Heute kann man mich zwar in einen Anzug stecken und einen stattlichen Mann aus mir machen, aber man wird mich niemals in einen normalen Job stecken können.«

Daran zweifelte sie keinen Moment. Doch egal, was sein Job mit sich brachte, sie würde es mittragen. Im Grunde war sie froh, ihm nicht in seinen wilden Jahren begegnet zu sein, weil er sie wahrscheinlich fertiggemacht hätte. Auch mit bösen Jungs hatte sie so ihre Erfahrungen gesammelt.

Mit einem Zwinkern nahm sie die Zahnpasta, statt hohle Phrasen zu stammeln.

Es war ungewohnt, dass ihr jemand dabei zusah, wie sie sich schminkte, Deo benutzte und die Haare frisierte, während er sich selbst frisch machte, aber wann immer sich ihre Blicke trafen, war sie glücklich. Mit einem Lächeln verließ sie das Bad, zog sich im Schlafzimmer an und ging dann in die Küche, wo Rune bereits stand.

Er trug lediglich seine Jeans. Genießerisch stellte sie sich hinter ihn, legte die Arme um seinen Leib und den Kopf an seinen Rücken. »Ich habe leider keine Zeit mehr, aber du kannst gerne noch in Ruhe frühstücken, bevor du gehst, ich habe frischen Kaffee gekocht.«

»Wir werden uns erst in ein paar Tagen wiedersehen«, sagte er ernst. »Ich habe eine Spur, der ich nachgehen muss.«

»Kenne ich die Person? Vielleicht kann ich dir helfen?«

Rune legte seine Hände auf ihre und atmete tief durch. Sie roch frisches Eau de Toilette, was ihre Gedanken in eine ganz andere Richtung wandern ließ. Wahrscheinlich hätte sie sich krankmelden können, ohne einen Nachteil zu haben, weil alle Verständnis für ihre Situation aufbrachten. Aber sie wäre sich schäbig dabei vorgekommen, die Gutmütigkeit der Kollegen damit zu strafen, dass sie statt eines Zusammenbruchs heißen Sex hatte.

»Sein Name ist Jens Bossart. Die Kollegen haben herausgefunden, dass sein Auto in der Nähe von Felix Thomsens Haus kurz nach der vermutlichen Tatzeit geblitzt wurde.«

Also doch … Dieser Gedanke war wie ein Kübel Eiswasser über ihrem Kopf.

Sie ließ Rune los. »Ich hoffe, er ist es nicht. Ich meine, auch wenn ich mir wünsche, dass alles endlich vorbei ist, käme ich besser damit klar, wenn ein anderer das Monster ist.«

Rune begleitete sie bis zur Tür. »Du weißt doch, jemand ist erst schuldig, wenn seine Schuld bewiesen wurde.« Er küsste die Knöchel ihrer Finger und half ihr in den Mantel. Sie wollte erst ablehnen und einen anderen Mantel wählen, aber da hatte sie ihn auch schon an. Seit dem Abend ihres kurzen Todes hatte sie ihn nicht mehr getragen, und er fühlte sich schwer und kalt auf ihren Schultern an.

»Alles in Ordnung?«

Bianca war nach Heulen zumute. »Ich schaff das schon.«

Vorsichtig küsste er erst ihre Stirn, dann ihren Mund. »Denk nicht so viel darüber nach, niemand erwartet, dass du sofort wieder volle Leistung bringst.« Dann fiel ihm noch etwas ein, und er suchte den Flur ab.

»Ich habe deine Jacke aufgehängt und …«

Neben den Schuhen fand er eine kleine schwarze Tüte, die ihr zuvor nicht aufgefallen war. »Ich habe noch ein Geschenk für dich. Hier.«

Gerührt sah sie hinein und entdeckte eine kleine, etwa handgroße Box.

»Mach auf.«

Als sie den Deckel hob, kam ein neues iPhone 6S zum Vorschein. »Es ist mir lieber, wenn du erreichbar bist. Die PIN ist dein Geburtsdatum, und ich war so frei, im Adressbuch Carolas und meine Nummer einzutragen. Du kannst es behalten und später deine eigene SIM-Karte reinstecken.«

Neben dem Handy lag ein Ladekabel in der Box.

»Die Prepaidkarte ist aufgeladen, aber leider ohne mobiles Internet. Ich hoffe, es wird …«

Bianca erstickte seine Worte mit einem Kuss. Er musste sich nicht dafür entschuldigen, dass sie das Gerät nur eingeschränkt benutzen konnte. »Es ist wundervoll, vielen Dank!«

Bevor sie es sich anders überlegte und doch zu Hause blieb, öffnete sie die Tür und ging.

Auf dem Weg zur Arbeit fror sie. Das, was ihr bevorstand, war das Unheimlichste, auf das sie je zugegangen war. Sogar Carolas Party war nicht so eine große Herausforderung gewesen. Von den Menschen dort wusste sie, wie sie sich über andere ausließen, aber ihren Kollegen gegenüberzutreten, mit denen sie niemals über Privates sprach, und die wahrscheinlich alle wussten, was ihr widerfahren war, machte ihr Angst.

Vor dem Bürogebäude angekommen, sah sie lange den

Eingang an, ohne den Mut aufzubringen, durch die Tür zu gehen. Das neue Smartphone in ihrer Hand war beruhigend. Immer wieder strich sie mit den Fingern über die glatte Oberfläche und dachte dabei an Rune.

Um neun endete die Gleitzeit. Wenn sie es in der laufenden Stunde nicht schaffte hineinzugehen, würde sie sich wohl oder übel doch krankschreiben lassen müssen.

Schließlich rief sie Carola an. Wenn ihr jemand den nötigen Schubs geben konnte, dann die Frau, die nachweislich vor nichts Angst verspürte.

Da das Klingeln ignoriert wurde, schrieb Bianca eine SMS.
Ich bin es, Bianca, geh bitte ran!

Dann versuchte sie es erneut.

Carolas Stimme klang verschlafen und rau, als sie endlich das Gespräch annahm.

»Geht es dir gut?«, fragte Bianca.

Carola schmatzte und ließ sich wohl wieder aufs Kissen fallen. »Ich habe gestern etwas viel getrunken. Fühle mich wie gerädert, als hätte ich die ganze Nacht was vollkommen anderes gemacht.« Es raschelte, dann fügte sie hinzu: »Wenn ich's nicht besser wüsste, würde ich sagen, ich wäre auf einer ziemlich zügellosen Party gewesen.«

»Könnte ich mir bei dir nicht vorstellen.« Bianca grinste, weil sie an ihre eigene Zügellosigkeit dachte.

»Tatsächlich wäre es mir lieber, mich wegen einer Party so zu fühlen, weil ich mir dann nur ein Katerfrühstück besorgen müsste.«

Das vertrieb die aufkommende gute Laune. »Die Ereignisse gehen auch an dir nicht spurlos vorbei. Du solltest die Erschöpfung ernst nehmen. Es geht mir nicht anders.«

»Du hast recht«, sagte Carola benommen und klang so gar nicht nach der überlegenen Freundin, die für jedes Problem eine Lösung parat hatte. »Aber deshalb hast du nicht angerufen, oder?«

»Richtig.« Bianca sah wieder zum Eingang. »Ich brauche einen Schubs, sonst gehe ich nicht ins Büro. Eigentlich sollte ich jetzt schon an meinem Schreibtisch sitzen.«

Carola räusperte sich, arbeitete offenbar daran, klar zu werden. »Vielleicht haben sie Blumen für dich hingestellt? Du willst doch nicht, dass sie ungesehen verwelken?«

Kopfschüttelnd sah Bianca an der Fassade bis in den fünften Stock empor. Dort war ihr Platz in diesem Bienenstock. Allerdings ohne Fenster, sondern mitten im Großraumbüro.

»Von allen möglichen Reaktionen nimmst du die, die auf mein schlechtes Gewissen abzielt?«

»Funktioniert's?«

Natürlich tat es das. »Wir telefonieren heute Abend, dann erzähle ich dir alles von den welkenden Blumen, okay?«

Im Gehen verstaute sie das Handy und ging mit Herzklopfen am Empfang vorbei. Sie wurde wie immer nur kurz gegrüßt, kein: »Schön, dass Sie wieder da sind.« Im Fahrstuhl stand sie mit vier weiteren Kollegen, die ihre Gespräche ungerührt weiterführten. Sie redeten über das Wetter, das St.-Pauli-Spiel am Wochenende und wie sehr sie sich ein Stadtderby wünschten.

An ihrem Platz stand – nichts. Keine Blumen, keine Karte, kein Hinweis, dass sie mehrere Wochen nicht hier gewesen war. Nicht mal Staub.

Sie schaltete den Computer ein und glaubte, sekündlich weniger Luft zu bekommen.

»Ah, Frau Dreier.« Holger Rach, der Teamleiter, sah nicht von seinem Tablet auf, als er kurz neben ihr stehen blieb. »Lesen Sie sich bitte die neuen Begutachtungsrichtlinien durch, damit ihre Quote nicht unter Fehlwissen leidet.«

Bianca bekam kein Wort über die Lippen, was auch nicht notwendig war, da Herr Rach schon weiterging. Sie sah auf die Eingabemaske, die ihr Passwort verlangte. Tränen schossen ihr unvermittelt in die Augen. »Ich weiß es nicht«, flüsterte Bianca. »Ich weiß mein Passwort nicht.«

Bettinas Kopf erschien neben der Stellwand.

Ohne es kontrollieren zu können, schraubte sich Verzweiflung aus Biancas Körpermitte bis in den Kopf und ließ nur einen einzigen Gedanken zu.

»Ich weiß es nicht«, wiederholte sie und wich vor ihrem Arbeitsplatz zurück, als habe sie dort eine Leiche entdeckt.

»Bianca?«

Ihr Atem ging schneller, ihr Gesicht fing an zu prickeln, während ein Rauschen in ihren Ohren die Stimme ihrer Kollegin verdrängte. Jeder Herzschlag war bis in ihren Hals spürbar. »Ich sollte nicht hier sein, nie wieder. Das ist mein Grab. Und es erstickt mich, ich bekommen keine Luft!«

Nun trat Bettina heran, andere Kollegen folgten. Blumenlose Gaffer, denen nur das Popcorn für die Show fehlte.

Das Gefühl zu ersticken wurde stärker. Bianca riss die oberen Knöpfe der Bluse auf und rieb sich mit beiden Händen über den Hals. Holger Rach kam zurück und plapperte unverständliche Sätze zwischen das Rauschen und Hämmern. Jemand näherte sich ihr. Ein verschwommener blauer und hautfarbener Fleck, der irgendwelche Anweisungen in den Raum rief und sie anstarrte.

Alle starren. Niemand sieht mich, aber alle starren. Ich kriege keine Luft!

Die innere Unruhe wuchs, dehnte sich in ihrem Körper aus, als wollte sie Bianca zerreißen. Sie, die Nummer im System, die Besetzerin des verwaisten Platzes, die nicht mal mehr ihr Passwort kannte.

»Ich kann das alles nicht«, kam es undeutlich über ihre Lippen.

»Das ist eine Panikattacke«, rief jemand durch den Raum.

Geht weg, ich kriege keine Luft! »Ich ersticke!«

Der Druck in ihrem Kopf brachte die Bilder ihres Mordes zurück. Sie fühlte, wie sie in den Schwitzkasten genommen wurde, die Hand auf ihrem Mund, die Pillen, die sich im Speichel auflösten und die gnadenlose Gewalt.

Aus weiter Ferne hörte sie ihre eigene Stimme. Sie schrie. Durch die Hand ihres Mörders hatte sie nicht schreien können, aber jetzt schrie sie und verbrauchte den letzten Atem. Sie kratzte über ihre Kehle, stieß rücklings gegen die nächste Wand und verlor sich in dem Meer aus gaffenden Silhouetten und tosendem Lärm.

Ihre Knie gaben nach, das Meer teilte sich und ließ helle Farben hindurchbrechen. Feste Handgriffe, ein kleiner Schmerz, dann ging sie unter und versank in dem friedenbringenden Rausch eines Betäubungsmittels.

Im Krankenhaus sah sie derselben Ärztin ins Gesicht, die ihr solch einen Zusammenbruch prophezeit hatte.

»In Fachkreisen nennen wir das eine handfeste Panikattacke, Frau Dreier. Ich hatte Ihnen gesagt, Sie sollen sich in Behandlung begeben.«

Die Haut an Hals und Dekolleté brannte. Zwar lag eine dünne Schicht Creme auf den kleinen Wunden, aber mehr konnten die Ärzte wohl nicht machen.

»Bis ich meinen Arbeitsplatz betreten habe, war alles gut«, sagte Bianca mit heiserer Stimme. »Es gab keine Anzeichen für so was.« Das Reden fiel ihr schwer. Sie fühlte sich benommen, als hätte ein Riese ihr einen Kinnhaken verpasst.

»Das ist genau das, was ich Ihnen gesagt habe. Erst fühlen

sie sich stark, halten alles aus und machen weiter, aber wenn Sie das Trauma nicht verarbeiten, wird es Ihnen genau dann in den Rücken fallen, wenn es Ihnen gut geht. Kommt Ihnen das bekannt vor?«

Ja, denn das waren exakt ihre Worte beim Entlassungsgespräch gewesen.

»Nun, Sie werden jetzt keine Wahl mehr haben. Für heute sind Sie krankgeschrieben, morgen sollten Sie das Erstgespräch mit Doktor Albers führen. Adresse und Uhrzeit habe ich Ihnen notiert.« Mit einer schwungvollen Geste legte sie den Zettel auf den Container neben dem Bett. »Sie wird entscheiden, wie lange Sie arbeitsunfähig geschrieben werden, und dann werden Sie die Therapie antreten.«

Auch mit einem Wattekopf fand Bianca den Ton der Ärztin unangemessen. *Mit Carola würde niemand so reden.*

Verstohlen wischte sie sich eine Träne vom Gesicht. »Und wenn nicht?«

»Dann gehen Sie entweder arbeiten, oder Sie verlieren Ihren Job.«

»Sophia!« In der Tür stand eine Schwester, die Bianca auch schon mal gesehen hatte.

»Ist doch wahr«, meckerte die Ärztin und packte ihre Sachen zusammen. »Sie haben eine zweite Chance bekommen, machen Sie was draus«, sagte sie abschließend und ging.

Durch die Tür hörte Bianca sie mit der Schwester reden.

»… immer dieselbe Scheiße. Wir bringen sie auf die Füße, sagen ihnen, welche Hilfe sie dringend brauchen, und dann werden sie wieder eingeliefert, weil sie zu stolz sind, um Hilfe anzunehmen. Ich ertrage das nicht mehr.«

Bianca sah an die Decke. Wie unterschiedlich Decken wirken konnten, je nachdem, in welcher Verfassung man sie anschaute. Am Morgen war sie noch ein flüchtiger Punkt gewesen, während sie im Glück schwelgte. Nun war es eine Fläche aus unpersönlichen Platten, die ein Gittermuster der Trostlosigkeit über ihren Kopf zogen.

»Weder das eine noch das andere«, sagte sie matt.

Nie wieder würde sie einen Fuß an ihren Arbeitsplatz setzen. Die Kündigung konnte sie per Post schicken, es gab keinen Grund mehr, zurückzukehren.

Aber was dann?

Vorsichtig stand sie auf und sah sich im Raum um. Wie beim letzten Mal befanden sich ihre Sachen in dem kleinen Schrank beim Waschbecken. Als Erstes zog sie das neue Handy heraus und war enttäuscht, dass niemand versucht hatte, sie anzurufen. Dann fiel ihr ein, dass außer Carola und Rune niemand ihre neue Nummer kannte. Und Rune hatte sich für eine Weile abgemeldet.

Es war kurz vor halb zwölf.

Bianca atmete tief durch, weil die Verzweiflung zurückzukommen drohte. Sie verstand den Zusammenbruch nicht, am Morgen war es ihr so gut wie nie gegangen.

Ich wusste mein Passwort nicht mehr. B20D01.

Als sie an die Gesichter ihrer Kollegen dachte, schämte sie sich. Besser sie verließ schnellstmöglich das Krankenhaus und kam in ihren sicheren vier Wänden zur Ruhe. Ihr war, als sei in ihrem Brustkorb ein schwarzes Loch entstanden, in dem sie komplett verschwinden würde, liefe sie nicht weg.

Sie wollte mit keiner Psychologin sprechen. Kein Mitleid, keine wohlwollende Hilfe würde die Schrecken ihrer Kindheit oder jener Hotelnacht ungeschehen machen. Das war nichts, über das man nur lange genug reden musste, damit es verging. Jeder Schmerz, jede Erniedrigung und jede Enttäuschung gehörte zu ihr – all das war ein Teil von ihr.

Vor dem Waschbecken ging sie in die Knie und weinte gegen den Schmerz an, der sich in ihrem Kopf festsetzte und Wurzeln in die schlimmsten Erinnerungen schlug.

Du musst hier raus, sagte sie zu sich selbst. *Steh auf und zieh dich an!*

Mit tauben Fingern tastete sie nach dem Schrank und zog ihre Kleidung hervor.

Sie können dich nur hierbehalten, wenn du einen verwirrten oder selbstmordgefährdeten Eindruck machst. Also reiß dich zusammen!

Diesmal hatte niemand Carola angerufen. Sie kam nicht wie aus dem Ei gepellt um die Ecke, um einen Anstandsbesuch hinter sich zu bringen. Und Rune konnte keinen Fuß über diese Schwelle setzen, ohne Gefahr zu laufen, erkannt zu werden.

Und wenn er es doch war? Glück war etwas, das anderen passierte.

Mühsam zog sie sich das Krankenhaushemd über den Kopf und legte den BH an. Sie roch an ihrem Handgelenk, wo der Hauch seines Eau de Toilette haftete. Nicht dominant, aber intensiv. Ein Geruch, der Erinnerungen weckte, die wiederum kleine, helle Sterne im schwarzen Nichts erscheinen ließen.

Das Handy klingelte.

Als hinge ihr Leben davon ab, tastete sie schnell danach und nahm das Gespräch an, ohne auf das Display zu sehen.

»Bianca?« Es war Carola.

»Ja, ich bin's«, sagte sie knapp und hoffte, Carola würde an ihrer Stimme nicht hören, wie mies es ihr ging.

»Es ist Jens.« Eine Mischung aus gefasster Angst und Verachtung schwang in ihren Worten mit. »Patrick holt mich gleich ab, weil ich hier nicht mehr sicher bin. Er war in Jens' Wohnung, die Wand hängt voll mit Fotos von mir. Notizen und Aufzeichnungen, die eindeutig zeigen, dass Jens alle Morde geplant und durchgeführt hat.«

Bianca ließ sich da, wo sie stand, auf dem Boden nieder.

Der ruhige Jens, der Sonnyboy, das stille Wasser.

»Und du hattest recht, Rune ist unschuldig.« Schon die Art, wie Carola das sagte, machte deutlich, dass Bianca ihr kleines Geheimnis nicht hatte vor ihr verbergen können.

Unschuldig.

Mit geschlossenen Augen unterdrückte sie die nächste Gefühlswelle, die über sie hinwegzurollen drohte. »Wo bringt er dich hin? Ich kann gleich da sein.«

»Vorerst zu sich nach Hause. Ich schick dir die Adresse, wenn er hier ist.«

Als sie sich stark genug fühlte, erhob sich Bianca und hob Hose und Pullover vom Fußboden auf. »Ich bin nicht weit von deiner Wohnung entfernt. Dort steht seine Adresse doch auf dem Datenblatt.«

»Stimmt, gute Idee.« Carola senkte die Stimme. »Ich mag es gar nicht glauben. Wie konnte er sich auf Franzi einlassen und sie dann kaltblütig ermorden?«

Die Frage klang seltsam und so gar nicht nach Carola, die Problemen und Schicksalsschlägen stets analytisch begegnete. Es kam vielleicht daher, weil sie sich zum ersten Mal grundlegend in einem Menschen geirrt hatte.

»Es tut mir leid.«

»Dass Jens …?« Carola dachte kurz nach und änderte dann den Tonfall. »Du meinst, dass du mir Rune verheimlicht hast.«

Ein Blick durch das Zimmer reichte, um das schlechte Gewissen größer werden zu lassen, aber sie brachte es nicht über sich, Carola zu sagen, wo sie sich befand.

»Wie hätte ich dir das sagen sollen?«, fragte sie dünn. »Ich weiß doch selbst, wie irre das klingt.« Ihre Stimme drohte zu kippen und all das zum Ausdruck zu bringen, was nicht mehr durch einen Panzer geschützt wurde. Sie kniff die Augen zusammen und presste die freie Hand gegen die Stirn.

»Jetzt wird alles gut. Bring Rune mit zu Patrick, seine Aussage wird wichtig sein. Jens wähnt sich in Sicherheit. Es sollte nicht lange dauern, bis er hinter Gittern sitzt und wir unsere Wunden lecken können.«

»Rune ist ein verdeckter Ermittler.« Biancas Stimme klang ganz fremd, als würde jemand anderes für sie sprechen. »Deswegen musste er fliehen. Bitte sag Kommissar Bosch noch nichts. Rune sollte das selbst tun, wenn er glaubt, dass es sicher für ihn ist, die Deckung fallen zu lassen.«

»Verstehe«, antwortete Carola ernst. »Du hast recht, ich hätte dir diese Geschichte niemals geglaubt.« Bei Carola klingelte es im Hintergrund. »Er kommt, ich kann dir die Adresse gleich geben.«

Vor der Krankenzimmertür wurden Stimmen laut.

»Ich kann grad nicht warten, wir sehen uns gleich.« Bianca beendete das Gespräch und blieb mit dem unguten Gefühl ungesagter Worte zurück. Was Carola über die Sache dachte, blieb vorerst ihr Geheimnis.

Sie kleidete sich an. Das Oberteil roch verschwitzt und fühlte sich klamm an. In Carolas Wohnung würde sie sich einen Pullover ausleihen und ihrer Freundin später erzählen, sie hätte sich Kaffee übergekippt. Bevor sie ihr unter die Augen trat, würde sie sich auf jeden Fall frisch machen.

Mit einer Hand wischte sie die Tränen vom Gesicht. Sie wollte ihre Entscheidung, das Krankenhaus zu verlassen, mit niemanden ausdiskutieren. So wie sie gerade aussah, hielte sie eh jeder Psychologe für unzurechnungsfähig. Doch der Schrecken stand kurz vor dem Ende. Bianca musste dabei sein, musste begreifen, dass der Mörder nie wieder vor ihrem Bett stehen würde. Diesmal tat sie etwas nur für sich. Nicht für Carola, die im Zentrum des Sturms stand, nicht für Rune, der mit Jens' Ergreifung rehabilitiert werden würde, sondern nur für sich und ihren Seelenfrieden.

Die Panikattacke war vorbei, das Gefühl, verletzlich und vollkommen freudlos zu sein, blieb. Als sie die letzten Sachen aus dem Schrank holte, stockte ihr der Atem. Der verhasste Mantel hing dort wie die pechbesudelte Drohung, dass sie nicht jedes Mal mit dem Leben davonkäme. Warum hatte sie nicht auf den anderen bestanden?

»Nimm diesen scheiß Mantel und deine Tasche und dann hau ab!«, wies sie sich selbst an. Sie nahm all ihren Mut zusammen, ergriff Mantel und Tasche und verließ das Zimmer.

Ohne zu zögern ging sie auf den Ausgang zu, um den Eindruck zu erwecken, sie sei nur eine Besucherin. Die Ärztin regte sich wahrscheinlich immer noch über die unbelehrbare Patientin auf, die Schwestern befanden sich in anderen Zimmern, und Bianca verließ die Klinik, ohne auch nur einer Person ins Gesicht zu schauen.

Sie wartete, bis sie das Gelände des Uniklinikums Eppendorf verlassen hatte, bevor sie ihr Handy hervorholte und Runes Nummer wählte.

Es dauerte eine halbe Ewigkeit, bis er das Gespräch entgegennahm. »Na, wie ist dein erster Tag?«

Ihr Magen krampfte. »Später.« Sie wechselte die Straßenseite und ging zu Fuß Richtung Fruchtallee. »Sie wissen jetzt, wer der Mörder ist.« Ihre Stimme zitterte, die Augen tränten – Bianca fühlte sich von ihrem Körper verraten. »Deine Spur ist richtig: Jens hat unsere Freunde umgebracht. Und jetzt ist er hinter Carola her.«

»Woher weißt du das?«, erwiderte Rune. Die Geräusche im Hintergrund verstummten. »Carola hat es mir gesagt.«

Immer wieder sah sie über die Schulter, ob ihr jemand folgte.

Jeden Moment würde ihr Verschwinden bemerkt werden, und würde man sie dann suchen? Rief das Personal die Polizei, um die Suche abzugeben? »Kommissar Bosch hat Carola gerade abgeholt, um sie in Sicherheit zu bringen.«

»Weißt du, wo sie hingefahren sind?« Seine Frage klang drängend.

»Ja«, antwortete sie schnell. »Ich hole jetzt die Adresse und fahre dann ebenfalls hin.«

»Nein!«

Vor Schreck blieb sie stehen.

Rune entschuldigte sich atemlos, anscheinend lief er. »So, wie der Mörder vorgeht, wird sie dort nicht sicher sein.«

Ihre Gedanken fielen auseinander. »Verfolgt er sie?«

»Möglich, ich weiß es nicht. Wo kann ich dich treffen?«

Bianca nannte die Konditorei in der Fruchtallee. Sie würde die Adresse aus Carolas Wohnung holen und dann dort auf ihn warten. Mit schnellen Schritten setzte sie ihren Weg fort. Die Sorge um Carola beschäftigte ihren Verstand und baute fragile Brücken über den Abgrund, in den sie zu stürzen drohte.

Der Weg war ihr kürzer in Erinnerung gewesen, aber die zwei Kilometer zogen sich quälend hin. Schweiß ließ die Kleidung an ihr kleben, zeitweise rannte sie, dann ging sie wieder langsamer, um Carolas Nummer zu wählen, dann rannte sie wieder. Das Handy ihrer Freundin war nicht erreichbar. Ausgeschaltet. Ein Zustand, den ihr Smartphone höchstens dreimal im Jahr erfuhr.

»Warum jetzt?«, flüsterte sie und vergrub die Finger in ihren Haaren. Manche Passanten sahen sie wertend an. »Und warum ausgerechnet Jens?«

Jens – der Sonnyboy mit dem sympathischen Lachen, der Zuverlässige.

Und ich habe ihn auch noch bedauert, weil er so verknallt war.

Durch den kleinen Park beim Hamburg-Haus gelangte Bianca zur Fruchtallee und eilte an der U-Bahn-Station vorbei.

Rune war schon an der Konditorei. Er stand nervös vor der Tür und sah ihr entgegen. An seinem Blick erkannte sie, wie schlimm sie aussah.

Ihre Stimme versagte. Sie fiel in seine Arme und weinte.

»Hast du die Adresse?«, fragte er, während er sie an sich drückte.

Kopfschüttelnd versuchte sie, sich zu beruhigen. »Der Weg war zu weit, ich bin gelaufen, aber …«

»Scht, schon gut. Mach dir keine Sorgen, ich hole Carola da raus. Sag mir nur, wo ich die Adresse finde.«

Es stand Bianca nicht zu, Carolas Geheimnis zu verraten, aber ihr Leben war mehr wert als ihr Versteck. Rune schob sie etwas von sich weg und umfasste ihr Gesicht mit beiden Händen. »Wir haben nicht viel Zeit.«

Tapfer drückte Bianca ihr Kreuz durch und zog den Schlüssel aus der Handtasche. »Du wartest hier. Ich bin gleich wieder da.«

Auch wenn es ihm nicht zu gefallen schien, nickte er und machte keine Anstalten, ihr zu folgen.

Der vertraute Geruch nach Backwerk hieß sie willkommen in diesem Gebäude. So schnell sie es noch vermochte, rannte sie die Treppen hoch. Ihr Herz schlug unerträglich schnell.

In der Wohnung war es still. Auf dem niedrigen Tisch in der Stube lagen noch einige Datenblätter, und daneben stand die kleine Schatulle mit den Murmelfüßen.

Angststörungen können durch Drogen hervorgerufen werden.

Ihr war klar, dass sie nach einem Strohhalm griff. Aber sie lehnte es mit jeder Faser ihres Körpers ab, schlicht zusammenzubrechen.

Sie nahm das Datenblatt von Patrick Bosch an sich und schloss hinter sich die Wohnung wieder ab. Dies war der Endspurt. Bianca musste nur noch wenige Stunden tapfer sein, bis Jens hinter Gittern saß und alle Beteiligten aus dem Albtraum erwachen konnten.

Dass er Mitgefühl und Wut wegen des Anschlags auf sie geheuchelt hatte, würde sie ihm nicht verzeihen.

Als sie auf die Glastür des Hauseinganges zuging und Rune dahinter warten sah, fühlte sie sich besser. Er strahlte so viel Kraft, Selbstvertrauen und Schutz aus. Schon, dass er respektvoll vor der Tür gewartet hatte, machte sie überschwänglich vor Glück.

Dieser Mann will mich heiraten …

»Hier«, sagte sie beim Rausgehen und hielt ihm den Zettel entgegen. »Das ist seine Adresse.«

Rune nahm das Blatt an sich und stockte, als er das Foto sah. »Das ist nicht Bosch.«

»Was?« Bianca sah auf das Blatt. »Doch, das ist der Kommissar, der die Ermittlungen leitet.«

Rune schob sie in den Hauseingang und sprach ganz leise. »Patrick Bosch ist ein kleiner Mann mit Halbglatze und Schnauzer. Bist du dir sicher, dass dieser Kerl Carola zu dieser Adresse bringt?«

Bianca taumelte. »Ich weiß es nicht.«

»Woher hat sie diese Adresse?«

Ihr war nach Schreien zumute. »Ich weiß es nicht!«

Rune packte sie mit beiden Händen an den Oberarmen. Das Papier zerknickte zwischen seinen Fingern. »Bitte denk nach. Uns läuft die Zeit davon.«

In ihrem Kopf funktionierte nichts mehr. Eben musste sie noch damit klarkommen, dass Jens der kranke Mörder war, nun befand sich Carola in den Händen eines falschen Kommissars. Und derjenige, den jeder für den Mörder hielt, stand hier vor ihr und versuchte alles, um Carola zu retten.

»Geh wieder in die Wohnung und warte dort auf mich«, sagte er schließlich. »Falls dir noch etwas einfällt, hast du meine Handynummer. Ich fahre jetzt zu dieser Adresse, mehr haben wir nicht. Aber ich verspreche dir, dass ich die Suche nicht aufgeben werde, sollte sie nicht dort sein.«

Ein letztes Mal hielt er sie fest, legte eine Hand über ihren Kopf, als könnte er allein durch seine Präsenz alles Übel von ihr fernhalten.

Frierend sah sie ihm nach, wie er in einen schwarzen Dacia Duster stieg. Die Erschöpfung war so stark, dass ihr jede Bewegung schwerfiel.

Langsam schloss sie die Tür auf und machte sich an den langen Aufstieg bis in den vierten Stock. Kalter Schweiß rollte in kleinen Tropfen ihren Rücken hinab, aber alles, was sie noch fühlen und denken konnte, war Angst. Angst um ihre Freundin und Angst um den ersten guten Mann in ihrem Leben.

Sie setzte sich so, wie sie war, in einen Sessel und wartete.

Die Gesellschaft fault von innen heraus,
während die konsumierende Oberfläche trügerisch glänzt.
Selbstdarstellung als Totentanz. Schlaugläubigkeit,
weil weltweibische Überlegenheitshandlungen die schafwolligen
Netze belasten, bis sie reißen und benutzerfreundlicher
Hass alles und jeden verschlingt.

Notizen zu Lydia Raymonds Texten

Das Haus von Patrick hatte sie sich anders vorgestellt. Hochwertiger. Und von innen war es noch enttäuschender als von außen. Es drückte eine schlichte Bescheidenheit aus, die nicht zu ihm passte. Der Name an der Tür stimmte, auch die ungeöffneten Briefe auf dem Esstisch trugen seinen Namen, trotzdem fühlte sich Carola zunehmend unwohl in diesem Haus.

Seine Frau war nicht da, und Patrick entschuldigte sich unentwegt für die Unordnung, die Ungastlichkeit und die Tatsache, dass sich kaum etwas zu essen in der Küche befand. Das Bild, das sie sich von ihm gemacht hatte, fiel mit jeder Minute mehr in sich zusammen, egal, wie besorgt er sich zeigte.

So sehr die Informationen auch gegen Jens sprachen, das *Klick* fehlte, das alles wahrhaftig und begreifbar werden ließ. Jens war verletzt gewesen, aber verständnisvoll. Dass er etwas mit Franzi angefangen hatte, war nicht abwegig, weil sie im Grunde gut zusammenpassten. Auch wenn er den Yuppie spielte, entsprach sein eigentliches Wesen einem Mann, der das bürgerliche Leben bevorzugte. Franziska war in ihrer gesamten robusten Art genau nach seinem Geschmack. Das Puzzlestück, dass er sie, Felix, Bernd und die anderen kaltblütig ermordet haben sollte, war störrisch und wollte nicht in das Gesamtbild passen.

»Was riecht hier so seltsam?« Der Geruch war ihr schon beim Betreten des Hauses aufgefallen. »Das scheint aus dem Keller zu kommen.«

Patrick stellte zwei Gläser und eine Flasche Mineralwasser auf den Couchtisch und setzte sich auf das Sofa. »In meinem

Keller ist ein Waschbär verendet. Keine Ahnung, wie der Kerl da reingekommen ist, aber ich habe ihn auch erst bemerkt, als dieser Gestank durch die Türritzen drang. Tut mir leid, hier riecht es sonst nicht so.«

Da war sie sich nicht so sicher. Diese ganze Augenwischerei mit der Breitling-Uhr, den teuren Klamotten und seinem gepflegten Erscheinungsbild funktionierte nicht mehr, seit sie dieses Haus betreten hatte. *Zeig mir deinen Lebensraum, und ich sage dir, wer du bist.*

Carola setzte sich in einen Sessel und verschränkte die Arme vor der Brust. »Sollten wir nicht lieber zum Revier fahren?«

Das hatte sie ihn schon im Auto gefragt, aber er war für Fragen nicht empfänglich gewesen. Die ganze Fahrt über sah er unentwegt in die Rückspiegel und bat Carola, ihr Handy ausschalten, damit Jens sie nicht orten könne. Aufgeregt war Carola dem nachgekommen, aber von dieser Anspannung war jetzt nichts mehr übrig.

Er saß wie ein Fremdkörper auf seinem eigenen, dunkelgrünen Sofa. »Es ist nicht nötig, dass wir den Kollegen im Weg rumsitzen. Jens wird dich hier nicht finden, und ich rechne jeden Moment mit dem Anruf, dass er festgenommen wurde.«

Nur mäßig überzeugt ließ sie den Blick schweifen. Keine Fotos an den Wänden, dafür jedoch Nägel, an denen nichts hing. Patrick schien alles entfernt zu haben, das persönlicher Natur war.

»Wo ist deine Frau?«

Mit einem Kopfschütteln sah er auf seine Finger hinab. »Theresa hat mich verlassen.«

Das konnte noch nicht lange her sein. Zumindest sagten das der Korb mit den Stricksachen, die aktuellen Frauenzeitschriften und die Picard-Handtasche an der Garderobe neben dem Frauenmantel. Wenn er ihr ernsthaft erzählen wollte, dass er in diesem Haus allein wohnte, dann war er ein größerer Idiot als gedacht.

»Ich werde das Gefühl nicht los, dass du enttäuscht von mir bist.« Er wertete ihr Verhalten richtig.

»Du verarschst mich, und das kann ich nicht leiden.«

Ungerührt griff er zur Flasche und füllte die Gläser. »Jeder verarscht jeden in dieser Welt«, gab er zurück. »Was glaubst du, wie oft ich tagtäglich von Kriminellen, Zeugen, Kollegen, Vorgesetzten und unserem System verarscht werde?«

In ihrem Kopf begann es zu arbeiten. »Und deswegen gibst du vor, verlassen worden zu sein?«

Patrick lachte. »Ich weiß, mein Zuhause ist nicht das, was du erwartet hast. Seit ihrem Weggang komme ich fast nur noch zum Schlafen her, deshalb hat sich nicht viel verändert.«

Carola glaubte ihm kein Wort. »Darf ich dein Bad benutzen?«

»Die Toilette ist vorne neben der Eingangstür.«

Ein Badezimmer sagte noch mehr aus, als es ein Wohnzimmer tat. »Ich würde mich gerne frisch machen, dafür dürfte das Waschbecken eines Gäste-WCs etwas klein sein.«

Ihm war anzusehen, dass ihr Verhalten ihm missfiel. Die Kiefermuskeln zeichneten sich deutlich unter der Haut ab. Seinem prüfenden Blick hielt sie locker stand. Sollte er ruhig glauben, dass sie eifersüchtig war; Carola ging es darum herauszufinden, mit wem sie sich hier vor Jens versteckte.

»Dann komm«, sagte er ungeduldig und ging voraus.

Auch beim Treppenaufgang sah sie Nägel in den Wänden, aber nicht ein einziges Bild. Das alte Holz knarzte unter seinen Füßen. Im oberen Stockwerk blieb er kurz stehen und sah sich um. Drei Türen gingen von dem kleinen Flur ab. Patrick öffnete die erste, hinter der sich ein Schlafzimmer befand, und sah hinein, als würde er das Stockwerk für sie sichern wollen.

Er kennt sich hier nicht aus, und er lügt mich an, fasste sie ihre Beobachtungen zusammen, ohne auch nur eine Miene zu verziehen. Hinter der zweiten Tür befand sich das Bad.

Flink schlüpfte sie hinein und verschloss die Tür hinter sich. Sie musste nicht mehr Zahnbürsten beim Waschbecken zählen oder nach Produkten suchen, die für Frauen gedacht waren. Patrick spielte ein falsches Spiel, und bei diesem Gedanken wurde ihr eiskalt. Sie war zuvor schon mit ihm allein gewesen, sie hatte mit ihm getrunken und dachte manchmal daran, ihn zu küssen, aber jetzt änderte sich alles. Seit dem ersten Kennenlernen war er seltsam gewesen, aber sie hatte gedacht, er wolle ihr gefallen und sei neurotisch. Jetzt, da sie in dem fremden Haus stand, in dem nichts zu ihm passte, kam ihr alles falsch vor.

Zum Schein drehte sie das Wasser auf und zog ihr Handy aus der Tasche. Es dauerte, bis es nach dem Neustart betriebsbereit war. Schnell stellte sie das Gerät auf lautlos.

Wenn ich die Polizei anrufe, wird er mich hören. Sie hatte sich die Adresse nicht gemerkt, würde es reichen, den Namen Patrick Bosch zu nennen? *So steht es an der Tür. Verwittert und in Metall graviert.*

Schnell schrieb sie Bianca eine Nachricht an die neue Nummer. Ich bin in Patricks Haus. Schick die Polizei her, schnell!

Als nicht gleich eine Antwort kam, rief Carola bei ihr an, ließ es dreimal klingeln und legte wieder auf. *Das muss sie gehört haben und draufschauen!*

Patrick klopfte gegen die Tür, was Carola vor Schreck zusammenzucken ließ.

»Alles in Ordnung?«

»Ja«, rief sie so gelassen sie konnte. »Ich brauche noch einen Moment.«

Endlich leuchtete das Handy auf, und Biancas Nachricht

erschien. Rune ist auf dem Weg zu dir. Er holt dich da raus. Der Mann bei dir ist nicht Patrick Bosch!!!

Ein Großaufgebot der Polizei wäre ihr lieber gewesen. Sie lehnte sich mit dem Rücken gegen das Waschbecken und schrieb: Woher weißt du das?

Es fühlte sich seltsam erniedrigend an, dass sie es diesmal war, die sich getäuscht hatte und offensichtlich mit ihrem Wissensstand hinterherhinkte.

Rune kennt Bosch. Als er das Foto sah, ist er sofort losgestürmt.

Wieder klopfte es gegen die Tür.

»Verdammt, Patrick, wir sind doch nicht auf der Flucht. Jetzt gib mir ein paar Minuten.« Es fiel ihr schwer, den richtigen Tonfall zu treffen, weil Biancas Bestätigung aus einem Verdacht eine grauenhafte Wahrheit machte. Der Mörder ihrer Freunde stand vor dieser Tür, und sie war ganz allein mit ihm.

»Mir ist nicht wohl, wenn wir nicht in einem Raum sind. Erinnere dich: Dagmar wurde getötet, während du im Nebenzimmer warst.«

Auf Zehenspitzen ging sie zum Fenster und sah nach draußen. Bis zum Boden waren es ungefähr drei Meter, wenn sie sich am Rahmen herabließ, könnte sie die Distanz verringern, aber ein gewisses Verletzungsrisiko blieb.

Vorsichtig öffnete sie es, wobei ein lautes Quietschen ertönte.

»Was machst du da?«

»Ich suche im Schrank nach einem Handtuch.« Das Wasser rauschte noch immer und übertönte kleinere Geräusche.

Schnell schwang sie sich über das Fensterbrett und kletterte hinaus. Dabei erwischte sie mit dem Fuß einen Glasbehälter auf dem kleinen Schränkchen neben dem Fenster.

»Was ist da drinnen los?« Ein dumpfer Aufprall brachte die Tür zum Erzittern.

Schnell ließ sich Carola an der Außenwand herab. Die Kanten vom Rahmen drückten in ihre Unterarme, dann rutschten ihre Finger über das Fensterbrett, und mit dem Aufspringen der Tür fiel sie hinab.

Auf dem Boden knickte ihr Fuß weg, und nahezu ungebremst fiel sie rücklings auf den festen Boden und schlug hart mit dem Kopf auf. Nur verschwommen sah sie Patrick aus dem Fenster zu ihr runterschauen.

Wenn sie jetzt nicht auf die Füße kam und wegrannte, gab es kein Entkommen. Benommen stemmte sie sich hoch. Der Fuß schmerzte, aber die Angst zwang sie vorwärts.

Sie hörte die Tür, wusste, dass er schneller war als sie, aber sobald sie die Straße erreichte, würde er zurückbleiben. Patrick konnte keine Zeugen gebrauchen.

In einiger Entfernung sah sie einen schwarzen Wagen nahen und nahm all ihre Kraft zusammen. Mit den Armen fuchtelnd stolperte sie drauf zu, doch Patrick packte sie am Oberteil und riss sie zurück.

»Nein!«, schrie Carola und schlug blindwütig um sich, ohne Patrick auch nur einmal zu treffen.

»Bist du wahnsinnig?«, fragte er wütend und presste ihr eine Hand auf den Mund. So, wie er sie an sich drückte, machte er sie vollkommen handlungsunfähig. Mit ruppigen Bewegungen zerrte er sie hinter den Busch, und der Wagen fuhr vorbei.

»Der Killer sucht nach dir, willst du ihm in die Arme laufen?«

Rune war ihre letzte Hoffnung. Wenn Bianca recht behielt und er ein Polizist war, dann würde er sie retten.

Patrick drehte sie zu sich um und hielt sie grob an den Oberarmen gepackt.

Was sie in seinen Augen sah, ließ sich schwer einordnen. Weder Wahnsinn noch Hass, eher eine Neugier, die ihr eine Gänsehaut verursachte.

Aber Carola war keine Frau, die in Panik geriet und ihrem Peiniger ein Bild des Elends bot. Ihre Angst war wie Brennstoff für den Verstand. Je bedrohlicher es wurde, umso ruhiger wurde sie. *Worum geht es dir? Liebe ist es nicht. Rache an Frauen wie mir? Weil sie dich verachten? Oder dass du mich jetzt anfassen kannst? Ohne Gewalt geht es nicht, oder?*

»Was ist bloß in dich gefahren?«, sagte er leise, beinahe flehend. »Warum läufst du vor mir weg?«

Innerlich ging sie ihre wenigen Möglichkeiten durch. Selbst wenn sie sich freikämpfte, würde sie ihm nicht entkommen können. Aber wenn sie mit ins Haus ging, kam es einem Todesurteil gleich. Schwindel und Übelkeit nahmen zu. Carola versuchte, sich zu konzentrieren, aber Patricks Blick brach in jeden Gedanken ein und brachte alles durcheinander. Als er sie schließlich ungeduldig mit sich zog, warf sich von hinten ein Schatten gegen ihn.

Ein Arm legte sich fest um seine Kehle, Patrick ließ Carola zwangsläufig los, die haltlos rückwärts ins Gestrüpp fiel. Hinter Patrick erkannte sie Rune, der ihren Widersacher eisern im Griff hielt und strangulierte.

»Schnell, ins Auto!«, schrie er sie an.

Patrick setzte mit einem Ellenbogenstoß seinem Gegner zu, befreite sich aus dem Würgegriff und ging zum offenen Angriff über.

Die Angst trieb Carola an aufzustehen und alle Schmerzen zu ignorieren. Auf der Straße stand ein schwarzer SUV mit eingeschaltetem Licht. Schnell setzte sie sich auf den Fahrersitz und verriegelte alle Türen, abwartend, wer als Sieger aus dem Handgemenge hervorgehen würde. Undeutlich erkannte sie die Schemen hinter den Büschen, dann ging einer zu Boden und stand nicht mehr auf.

Mit zitternden Fingern startete sie den Motor und drehte sich zu dem Sieger um, aber er war fort. Ihr Atem ging schneller.

»Bitte, Rune«, sagte sie mit bebender Stimme. »Komm schon!«

Mit Blicken suchte sie die Umgebung ab. Dort, wo die Männer gekämpft hatten, regte sich der andere.

Jemand knallte gegen die Fahrertür.

Erst sah sie nur blutige Hände, dann erkannte sie Runes Gesicht. Ein stechender Schmerz fuhr durch ihren Brustkorb, aber ihr Verstand arbeitete unbeirrt weiter. Schnell entriegelte sie die Tür und rutschte auf den Beifahrersitz.

Rune setzte sich und fuhr los, noch während er die Tür zuzog. »Bist du okay?«

Carola nickte und sah sich zum Haus um. »Warum rufst du nicht deine Kollegen? Der Kerl muss hinter Gitter.«

»Bianca«, sagte er und verzog gequält das Gesicht. »Wir müssen zu ihr.« Er zog eine kleine Phiole aus seiner Jackentasche, auf der »NPA« stand. »Die Verstärkung habe ich bereits auf dem Weg hierher informiert. Der Kerl wird ohne ärztliche Behandlung nicht überleben.« Er steckte den dünnen Glasbehälter wieder ein und fuhr schneller.

»Was bewirkt das?« Die Übelkeit wurde mit jeder Kurve schlimmer. Carolas Kopf fühlte sich an, als würde er zu doppelter Größe anschwellen.

»Es ist ein Stresshormon, das Menschen so sehr in Panik versetzen kann, dass sie entweder Herzprobleme bekommen oder im schlimmsten Fall Suizid begehen.« Er schüttelte den Kopf und klang verzweifelt. »Ich hab das nicht erkannt. Als ich Bianca vorhin sah, wirkte sie aufgelöst und ängstlich. Doch ich schrieb es den Umständen zu. Ich bin mir sicher, dass er ihr das irgendwo untergemischt hat. Er hat mir diese Phiole mit so viel Schadenfreude gegeben – dafür habe ich dafür gesorgt, dass er nicht wieder aufstehen wird.«

Carola suchte nach ihrem Smartphone, um Bianca anzurufen. »Verdammt, mein Handy ist weg. Ich muss es verloren haben.«

Rune reichte ihr seines. Doch egal, welche Knöpfe Carola drückte, die Anzeige blieb schwarz.

»Scheiße. Der Akku ist schwach. Ausgerechnet jetzt!« Mit fahrigen Bewegungen deutete er auf das Handschuhfach. »Guck mal, ob dort ein Ladekabel drin ist.«

Außer dem Scheckheft und der Bedienungsanleitung fand sie nichts darin. Mit einem Aufschrei schlug Rune gegen das Lenkrad. Dann entschuldigte er sich. Wie es aussah, war das meiste Blut auf Runes Händen und Oberkörper von Patrick. Seine Bewegungen waren sicher und kraftvoll.

Es war seltsam, neben dem Mann zu sitzen, den sie bis heute für den Mörder gehalten hatte, seltsam, ihn so besorgt zu sehen und ihm zudem ihr Leben zu verdanken. Carolas Weltordnung war aus den Fugen. Sie sah aus dem Fenster und betrachtete die Lichter der Stadt in der Dämmerung. Langsam setzten sich die Eindrücke und ließen Spielraum fürs Begreifen zu. Diesmal fühlte es sich nicht gut an, recht behalten zu haben, was Jens anging. Wie hatte sie sich so sehr in Patrick irren können? Er war in ihren Augen ein engagierter, etwas übermotivierter Polizist gewesen. Wie konnte sie dermaßen falschliegen?

»Wo fahren wir hin?«

»Ich habe Bianca vorhin in Eimsbüttel bei einem Wohnhaus zurückgelassen. Weißt du, in welcher Wohnung sie sich dort befinden könnte?«

Das würde sie nicht tun.

»Ja, aber du kannst da nicht mit rein«, sagte sie schroff. »Bianca hätte dich nie dorthin führen dürfen.«

An einer roten Ampel hielt er und sah Carola einen Augenblick lang an. »Ist das dein Ernst? Wenn sie Boschs Adresse von dort nicht geholt hätte, wärest du jetzt wahrscheinlich nicht mehr am Leben.«

Schuldbewusst wich sie seinem Blick aus und entdeckte im Fußraum das Datenblatt von Patrick. »Tut mir leid. Diese Wohnung ist mir heilig. Ich wollte nicht undankbar sein.«

Die Ampel sprang auf Grün, und Rune fuhr los. »Das interessiert mich alles nicht, ich will nur Bianca in Sicherheit bringen.«

Carola hob den Kopf und atmete gegen die Übelkeit an. Dort, wo Patrick sie an den Armen festgehalten hatte, zeichneten sich Blutergüsse ab. Ihr Fußgelenk pochte fast so sehr wie ihr Kopf – aber sie lebte.

Erst zu Bianca, dann ins Krankenhaus.

Ihre Selbstdiagnose lautete Gehirnerschütterung und Bänderriss. Das würde sie nicht lange außer Gefecht setzen.

Bald erkannte sie die U-Bahn-Station Emilienstraße. Wenige Meter dahinter fand Rune einen freien Parkplatz direkt vor dem Haus. Sie sah in den vierten Stock hoch, wo die meisten Vorhänge zugezogen waren. Der Abend war angebrochen, und die ersten Lampen brannten hinter den Fenstern der Nachbarn, aber aus ihrer Wohnung fiel kein Licht durch einen Spalt.

»Ich helfe dir«, sagte Rune und stieg aus. Wie er so das Auto umrundete und Carola beim Aussteigen half, gefiel ihr. Ein aufmerksamer, starker Mann, gut aussehend und intelligent – alles in allem das absolute Gegenteil von Biancas sonstigen Verehrern. Wie konnte das sein?

Und warum falle ich auf den falschen Bullen rein?

Seit sie sich beruhigt hatte und die Angst sie nicht mehr antrieb, war an eine Belastung des Fußes nicht mehr zu denken. Der Schuh saß viel zu eng um das geschwollene Gelenk. Schon bei dem ersten Versuch musste sie einen Aufschrei unterdrücken, aber auf keinen Fall wollte sie Rune allein in ihre Wohnung gehen lassen.

Carola zog den Schlüssel aus ihrer Tasche und hüpfte auf einem Bein zur Tür, was die Schmerzen in ihrem Schädel verstärkte. Die Übelkeit steigerte sich so plötzlich, dass sie auf halbem Weg stehen blieb und sich übergab. Magensaft klatschte auf den Boden, es war erniedrigend, sich auf offener Straße nicht unter Kontrolle zu haben.

Rune nahm ihr vorsichtig den Schlüssel ab und schloss auf. »Wie wäre es, wenn ich Bianca runterhole?«

»Nein, ich will hier nicht alleine bleiben.«

Entschlossen hob er sie auf seine Arme und ging den langen Flur entlang zur Treppe.

»Wir müssen in den vierten Stock.«

An seinem Ausatmen hörte sie, dass es ihm widerstrebte, durch Carola so viel Zeit zu verlieren, trotzdem trug er sie eisern Stufe für Stufe nach oben.

Im Haus war es ruhig. Die vornehmlich alten Leute saßen sicher in ihren Wohnzimmern, aßen zu Abend oder sahen fern. Unter allen Parteien befand sich nur eine Familie mit kleinen Kindern, und die wohnten ganz unten, wo sie niemanden störten. Carola hatte die Kinder nur ein einziges Mal gesehen, als sie im Treppenhaus warten sollten und sich einen Spaß daraus machten, sich auf der Fußmatte der Nachbarn die Schuhe zu putzen. Sie schätzte es, dass die Bewohner grundsätzlich uninteressiert aneinander waren.

Damit Rune es leichter hatte, hielt sie sich an seinem Hals fest und lehnte den Kopf an seine Schulter. Er roch nach Gras und Heldentum. Sie schloss die Augen und atmete ruhig ein und aus. Nach zwei Stockwerken öffnete sie irritiert die Augen und versuchte, wieder ins Hier und Jetzt zu finden.

Im vierten Stock deutete sie auf die rechte Wohnungstür und ließ sich absetzen, um aufzuschließen.

Die Wohnzimmertür war angelehnt, alles war still. Rune trug sie ins Schlafzimmer und legte sie auf das Bett. Kleine Sterne tanzten vor ihren Augen, die Übelkeit drückte auf ihren leeren Magen.

»Ich kümmere mich gleich um dich«, versprach er und eilte in den Flur zurück. Sie hörte, wie er die Wohnungstür schloss.

Zeit ist ein Arbeitsmittel, das man einzusetzen verstehen muss. Ein Rädchen, eine Stellschraube, dann ein Klick und ein Paukenschlag. Gute Spieler sind den Helden einen Schritt voraus, während der verausgabte Großmut in die Knie geht. Am Ende rennt man nicht übers Ziel, man schlendert, weil die Konkurrenz elendig auf der Strecke verreckt.

Notizen zu den Texten von Lydia Raymond

In Biancas Träumen überschlugen sich die Ereignisse, schickten sie durch eine Hölle, die so intensiv war, dass sich sämtliche Empfindungen mit der Realität verwoben.

Als sich eine Hand auf ihren Arm legte, zuckte sie erschrocken zusammen und fühlte die atemlose Angst auch noch, nachdem sie erkannte, dass sie sich in der sicheren Wohnung befand. Sie blinzelte gegen das Licht der Deckenlampe, bis sie mehr erkannte. Runes Anblick war ein Bild des Schreckens. Getrocknetes Blut an Händen und im Gesicht, rote Spritzer auf dem Hemd. Seine Wange zeigte deutliche Prellungen, aber sie sah keine offenen Wunden. Das Blut schien nicht von ihm zu stammen.

»Carola! Ist sie …?«

Rune strich beschwichtigend über ihre Arme. »Sie liegt nebenan. Es geht ihr gut. Sie hat sich den Fuß verletzt und ist ziemlich fertig, aber es geht ihr gut.«

Bianca wollte aufstehen und zu ihr gehen, aber Rune ließ sie nicht los. Sie trug immer noch den Mantel und musste die gesamte Zeit im Sessel verschlafen haben.

»Sie steht ziemlich unter Schock. Der falsche Bosch wollte sie vergewaltigen. Ich habe gesehen, wie er sie brutal auf den Boden gedrückt hat.« Tränen der Erleichterung stiegen in seine Augen.

In ihrem ganzen Leben hatte Bianca noch keinen Mann weinen gesehen. Gerührt legte sie eine Hand auf sein Gesicht.

»Und er behauptete, er hätte dir etwas angetan.«

Vorsichtig strich sie über die lädierte Wange und gab ihm sanft einen Kuss. »Es geht mir gut, er hat mir nichts getan.«

Erleichtert nahm er sie in den Arm und drückte sie fest an sich.

»Na los«, sagte er schließlich. »Kümmere dich um Carola, ich sage den Kollegen, wo wir sind.«

Sie fuhr ihm mit den Fingern durch die Haare und stand auf. Ihr Körper fühlte sich kraftlos an, aber die Verzweiflung blieb aus. Alle Menschen, die ihr wichtig waren, befanden sich in dieser Wohnung. Mehr brauchte sie nicht.

Carola lag auf dem Bett, die Augen geschlossen. Sie sah blass und mitgenommen aus. Ein Arm lag auf der Decke und zeigte dunkle, blaue Flecken auf der Haut. Das war das erste Mal seit sehr vielen Jahren, dass Bianca ihre Freundin als nicht erhaben erlebte. Sie mochte das Bild nicht.

Es barg etwas Aufbauendes, jemanden zu haben, der stets mit allem umzugehen wusste und sich niemals unterkriegen ließ. Aber roher Gewalt hatte selbst Carola nichts entgegenzusetzen.

Im Flur hörte sie Rune telefonieren. Er nannte die Adresse, das Stockwerk, öffnete die Wohnungstür und las den Namen vom Klingelschild vor.

»Du wirst stärker als zuvor aus allem hervorgehen«, sagte sie leise zu ihrer Freundin. »Dafür bewundere ich dich.«

Bis die Polizei und ein Krankenwagen kamen, sollte sie ruhig schlafen. Leise ging sie an Rune vorbei ins Wohnzimmer und steckte ihre Hände in die Manteltaschen. Ein Knopf, ein Einkaufswagenchip und ein Zettel befanden sich darin. Eine Weile spielte sie mit dem Zettel, knickte ihn, zog ihn durch die Finger und holte ihn dann heraus. Es war das Stück Papier, auf das Rune in der Fischauktionshalle seinen Namen und seine Nummer geschrieben hatte. Bianca grinste bei der Erinnerung. Mit einem Finger zog sie die Buchstaben nach und stockte. Das R war eigentümlich geschwungen – auf eine Art, die sie schon einmal gesehen hatte.

Rune kam ins Zimmer und legte das Handy auf den Tisch – ihr Handy. Bei dem Anblick blitzte ihr ein Gedanke durch den Kopf.

»Ich geh mir kurz das Blut abwaschen, die Kollegen werden jeden Moment hier sein«, sagte er und verließ den Raum.

Bianca nickte abwesend und folgte dem ersten Impuls. Möglichst leise nahm sie ihr Handy vom Tisch und rief die Fotos auf.

Wie erwartet, befanden sich die Aufnahmen von den Tatorten noch im Speicher. Mutlos tippte sie auf das von Tomkes Leiche.

Mit zitternden Fingern zog sie die tätowierte Stelle größer, verglich die Buchstaben mit denen auf dem Zettel.

Es lärmte wie eine Glasexplosion in ihrer Körpermitte. Das, was sie sah, vernichtete etwas in ihr. Das R war so eigentümlich geschwungen wie das auf dem Zettel. Extrovertiert, prominent, man musste es bemerken. Entsetzt presste sie eine Hand auf ihren Mund. Die Enttäuschung fuhr schmerzhaft durch ihre Eingeweide, raubte ihr die Stimme und jeden Gedanken, der vielleicht ihr oder Carolas Leben noch retten konnte.

Nicht Patrick Bosch jagte sie, Rune war es. Die ganze Zeit über, während er Bianca eine Lügengeschichte nach der nächsten erzählte, sie glauben ließ, jemand wie er würde sie aufrichtig lieben. All ihre Hoffnungen hatte er sich zu eigen gemacht und jede Einzelne davon zu dem unaussprechlichen Unheil pervertiert, das er über sie und alle anderen brachte.

Bianca glaubte zu ersticken, weil ihr kein Atemzug gelang.

Bitte nicht …

Und sie hatte diesem Mann absolut nichts entgegenzusetzen. Sie musste sich beruhigen, ihn denken lassen, sein Plan ginge auf.

Wie verbarg man tiefste Enttäuschung und panische Angst?

Ich muss die Polizei rufen!

Aber da hörte sie ihn schon aus dem Bad kommen.

Hastig legte sie das Handy zurück und betrachtete, wie das

Display schwarz wurde. Mühsam rang sie um Fassung und versuchte, ihm ein möglichst argloses Erscheinungsbild zu bieten.

Jeder Muskel tat ihr weh, als er durch die Tür kam. Beiläufig trocknete er im Gehen seine Hände ab und überprüfte, ob er Blutspuren übersehen hatte.

So unauffällig es ging, steckte Bianca ihr neues Smartphone in ihren Hosenbund, damit er es nicht gleich fand, und schob den Zettel zurück in die Manteltasche. Ein stockender Atemzug kam über ihre Lippen. Laut und gequält.

»Oh mein Gott, was hast du?«

Mit kurzen Atemstößen und Tränen in den Augen ließ sie zu, dass er sie umarmte, sie zu beruhigen versuchte und ihre Stirn küsste. »Scht, du hast vielleicht einen Panikanfall, ich habe das schon mal gesehen. Konzentriere dich nur auf mich, ich bin bei dir und ich halte dich.«

Der falsche Bosch könnte seine Handschrift einfach imitiert haben …

Nein, wem wollte sie etwas vormachen? Jeder Versuch, die Wahrheit umzubiegen, würde ihr Leiden nur verlängern. Sie vergrub ihr Gesicht an seiner Schulter und ließ den Schmerz raus. Es war wie ein Abschied von ihm, von der Hoffnung und dem versprochenen Glück. Runes Hände strichen sanft über ihren Rücken, wanderten unter den Mantel, damit der dicke Stoff nicht länger dazwischenlag.

»Alles wird gut«, versprach er. »Er wird euch nichts tun.«

Seine Hand fuhr tiefer und ertastete das Handy. Er versteifte sich, zog das Gerät hervor und betrachtete es verwundert. »Warum steckst du es in deine …«

Der Moment war vorbei, Rune drückte sie von sich, um ihr in die Augen zu schauen.

»Ach komm schon«, sagte er wütend. »Du hast Angst vor mir?«

Sie konnte es nicht verstecken. Sie fürchtete sich vor seiner Reaktion, und davor, dass er die Hand gegen sie erhob.

»Warum so plötzlich?« Mit Blicken suchte er den Raum ab und zog dann ihr Handy zu sich. Offensichtlich verstand er schnell. Er legte ihr eine Hand in den Nacken und gab mit der anderen Hand die PIN ein. Auf dem Display erschien das Bild von Tomke mit dem Fokus auf dem R.

»Sieh mal an.«

Biancas Körper war taub vor Angst.

Alles an Rune änderte sich, wurde kalt und hart, es veränderte seine komplette Ausstrahlung. Mürrisch warf er das Handy auf den Tisch zurück und zog Bianca zu sich heran. »Na los, sag es, was hat mich verraten?«

Die Augen starr auf ihn gerichtet, zog sie den Zettel hervor und hielt ihn in die Luft. »Du selbst hast dich verraten. Das wolltest du doch, oder?«

Offensichtlich versaute sie ihm das große Finale, indem sie zu früh hinter seine Maske geschaut hatte. Er schien es genossen zu haben, sich ihr Vertrauen zu erschleichen, um ganz nahe an die verwundbaren Stellen zu gelangen.

Mürrisch nahm er das kleine Stück Papier aus ihrer Hand und nickte anerkennend. »Ist das deine tiefenpsychologische Auslegung? Dass ich wollte, dass du es anhand meiner Handschrift herausfindest?« Sein Griff wurde schmerzhaft fest. »Und wie lautet die Diagnose, Frau Doktor?«

»Kranker Psychopath«, presste sie gequält hervor.

Erst sah er sie wütend an, dann lachte er aus Leibeskräften und drückte ihr einen leidenschaftlichen Kuss auf den Mund. »Deshalb liebe ich dich so sehr«, sagte er und zog sie mit einem Ruck vom Sessel. »Aber ich fürchte, ich muss es dir jetzt etwas ungemütlicher gestalten.«

Im Schlafzimmer zog er Handschellen aus seiner Jacke und

legte eine Schelle geschickt mit einer Hand um ihr Gelenk. Die Metallkanten rieben schmerzhaft über die Knöchel. Sie wollte sich wehren, sich irgendwie losreißen und aus der Wohnung stürmen, aber ihr fehlte die Kraft.

Carola regte sich auf dem Bett. Zu benommen, um ihr helfen zu können. Ausgeliefert, weil Bianca sie verraten hatte.

Rune zwang sie vor dem Bett auf den Boden und ließ das andere Ende der Handschelle um eine Strebe einrasten. Dann zog er ein zweites Paar hervor und fixierte auch Carola am Bett, bevor sie richtig zu Bewusstsein kam. Anschließend zog er auch hier die Vorhänge zu, ging zur Schlafzimmertür und ließ sich am Rahmen hinabsinken.

Und wie er so da saß, den Kopf hängen ließ und angespannt auf seine leeren Hände starrte, tat er Bianca leid. Sie fühlte Reue, als habe sie ihn und ihre Wünsche verraten. Was noch schlimmer wurde, als Tränen aus seinen Augen quollen.

Carola erwachte und zog an den Handschellen. Schnell wurde ihr die Situation bewusst. Bianca sah zu ihr auf. Sie wollte sich entschuldigen, alle Schuld auf sich nehmen, aber dann war es Rune, der das Schweigen brach. »Jetzt siehst du einen Unmenschen in mir, oder?«, fragte er Bianca.

Monster, Unmensch, Mörder.

»Dabei habe ich das alles für dich getan.«

Bianca hatte keine Worte.

»Du warst da, auf ihrer Party. So verloren und allein an dem Tisch, weil dir alle den Rücken gekehrt hatten, als seist du wertlos. Doch das bist du nicht, im Gegenteil, du bist innerlich reich, feinfühlig und beschützenswert.« Er lachte freudlos auf. »Ja, ich bin krank. Als ich mich Hals über Kopf in dich verliebte, wollte ich dich erlösen. Aber als ich dich dann leblos vor mir liegen sah, begriff ich, dass die anderen es waren, die den Tod verdienten. Nicht du.«

In ihrem Kopf begannen die Gedanken zu schreien. Nach allem, was passiert war, sollte sie der Grund für die Morde sein und nicht Carola?

»Ich belebte dich wieder und gab dir das Versprechen, die anderen dafür büßen zu lassen.«

»Ach ja?«, mischte sich Carola abfällig ein, das Reden fiel ihr offensichtlich nicht leicht, aber sie brachte so schnell nichts davon ab, Einfluss zu nehmen. »Was ist mit Franzi, die hast du vorher gekillt.«

Rune sah sie an. Klar und überlegen. »Das war ich nicht. Ich wusste nicht mal, dass sie existiert. Ist euch nie in den Sinn gekommen, dass sie tatsächlich bei einem Raubüberfall ums Leben kam?«

Als seine Aufmerksamkeit von Carola zu Bianca zurückschwenkte, veränderte sich sein Gesichtsausdruck, wurde wieder weich und verletzlich. »Du hättest lesen sollen, wie sie sich nach deiner Rettung die Mäuler zerrissen haben. Dachten, die Narrenfreiheit des Internets würde sie schützen, aber ich habe ihre heile Welt erschüttert. Für dich.«

Langsam schüttelte Bianca ihren Kopf. »Du kannst das nicht für mich getan haben, weil ich niemals wollte, dass jemand stirbt.«

»Und Patrick?« Carolas Frage klang furchterfüllt und brachte Rune zum Lachen. Mühsam stemmte er sich hoch und kratzte sich am Hinterkopf. Er wirkte wie ein Junge, der mit einem Anflug von Stolz einen Streich zugab.

»Was soll ich sagen?«, begann er amüsiert. »Du bist wahrscheinlich vor dem einzigen Menschen weggelaufen, der dich ernsthaft beschützen wollte. Er dürfte inzwischen verblutet sein.«

Er sah kurz auf Biancas Handy in seiner Hand und verließ den Raum.

Bianca sah zu ihrer Freundin, ohne eine Vorstellung davon zu haben, was gerade in ihr vorgehen mochte. »Es tut mir so leid.«

Carola winkte mit der freien Hand ab. »Er will, dass ich dir Vorwürfe mache, fall nicht darauf rein.«

Doch die Schuld, die Bianca fühlte, war echt.

Enttäuschung und Trauer lagen auf Carolas Zügen, wahrscheinlich dachte sie an Patrick Bosch, den sie zu Unrecht für einen Mörder gehalten hatte. »Er hat dafür gesorgt, das Jens verdächtigt wurde, und Patrick versuchte, mich in Sicherheit zu bringen«, fasste sie die Vorkommnisse neu zusammen. »Rune wollte, dass ich vor Patrick weglaufe. Keiner von uns hätte das erkennen können.«

»Ich hätte nicht schweigen dürfen«, sagte Bianca leise. »Du wärst sofort dahintergekommen, dass Rune ein Irrer ist. Und ich habe ihm auch noch die Adresse gegeben.«

»Denkst du, ich weiß nicht, warum du geschwiegen hast?« Carola presste sich eine Hand auf den Mund und unterdrückte ein Würgen.

»Oh Gott, du musst in ein Krankenhaus!«

»Bleib bei der Sache!«, brauste Carola auf. Erschöpfung und Ausweglosigkeit machten sie gereizt. Mit beidem konnte Bianca besser umgehen als ihre Freundin. »Was will er? Los, denk nach!«

Aber Bianca wollte nichts einfallen. Er sprach von Liebe und Hingabe, weinte als wäre es ihm peinlich, dass sie nun die Wahrheit kannte, aber gleichzeitig war sie genau wie Carola an ein Bett gekettet.

Rune kam zurück, blieb im Türrahmen stehen und legte mit einem flehenden Ausdruck die Hände vor den Mund.

»Komm mit mir, Bianca«, sagte er. »Ich habe darüber nachgedacht, und wenn wir jetzt mein Auto nehmen und über die nächste Landesgrenze fahren, können wir ganz neu anfangen. Du liebst mich, das weiß ich. Und wie sehr ich dich liebe, habe ich dir mehrfach bewiesen.«

»Ich komme mit dir«, sagte sie schneller, als sie denken konnte. »Mach mich los, und wir können sofort gehen.« Sie meinte es vollkommen ernst, und ein anderer Ausweg wollte ihr nicht einfallen.

Unschlüssig verharrte er. »Aber Carola muss sterben. Sie ist die Schlimmste von allen. Sie manipuliert jeden, legt Egoismus all ihren Taten zugrunde und quetscht ihre Mitmenschen aus, bis sie für sie nicht mehr von Nutzen sind. Auch jetzt würde sie dich sofort opfern, wenn es ihre Haut rettete.«

»Wenn du sie umbringst, werde ich nicht mit dir gehen.« Bianca richtete sich so weit wie möglich auf. »Du kennst Carola nicht, und ich lasse nicht zu, dass du über sie richtest.«

Rune ballte die Hände zu Fäusten. »Oh doch, sie und ihresgleichen. Sie ist nicht wie du. Liebe und Loyalität stehen ihr nicht zu.«

Er sah zu Carola. »Wie viele Tränen hast du über die Toten vergossen? Ich wette, keine Einzige!«

»So wie du dich anhörst, verdanken wir deinen Terror beschädigtem Männerstolz. Wer war es? Manuela Raymond? Ritzt du deshalb die Texte ihrer irren Mutter in Leichen?« Ihren Worten folgte ein Schwall Magensaft. Keuchend legte sie die freie Hand über den Mund.

Rune stand da, mit geballten Fäusten, Wut im Gesicht, von Kopf bis Fuß angespannt – aber er setzte sich nicht in Bewegung. Ließ Carola nicht für ihre Worte büßen.

Meinetwegen?

Wahrheitsstündiges Gefälle lässt die Emotionssünder feinbüßig dem Abgrund entgegenrutschen. Lächle Justitia, ich bin deine Augen, gerecht ist mein Zorn, und Blut wird aus den Waagschalen tropfen.

Notizen zu den Aufzeichnungen von Lydia Raymond

Jens kam wütend nach Hause. Vier Stunden seines Lebens hatte er an das Unvermögen eines Kunden verschwendet, der sich in Hamburg gnadenlos verfahren und Jens in der Immobilie untätig hatte warten lassen. Irgendwann hatte der Kerl dann um Hilfe gebeten – einen Service, den Jens gern angeboten hatte, weil er gedachte, diese Immobilie für nicht weniger als 850 000 Euro zu verkaufen. Aber als er quer durch die Stadt gefahren war, um ihn einzusammeln, bekam er den nächsten Anruf vom Kunden, dass er nun doch angekommen sei, aber nun nicht länger auf den Makler warten könne und sie einen neuen Termin vereinbaren müssten. Auf dem Heimweg hatte Jens ein Sixpack Bier und diverse kleine Fläschchen mit Korn gekauft. Den Rest des Tages würde er nicht nüchtern verbringen, so viel war klar.

Er schraubte den ersten Deckel ab und trank das Fläschchen leer, noch bevor er seine Schuhe ausgezogen hatte. Das Leben machte keinen Spaß mehr. Ein weiteres Highlight dieser Tage war gewesen, als Carola einfach eingeschlafen war, während er ihr sein Herz ausgeschüttet hatte. Hinterher hatte sie es nicht mal für nötig gehalten, ihn darauf anzusprechen, geschweige denn, sich zu entschuldigen.

»Eiskaltes Miststück«, sagte er mürrisch in den Raum. »Ich sage dir, dass ich Franzi vermisse und wir ein Paar waren, und dich interessiert das einen Scheiß. Du bist keine Freundin, und all deine großen Worte, du seist immer für mich da, bla, bla, bla, am Arsch!«

Mit einer überschwänglichen Geste warf er das Fläschchen in die Zimmerecke. Wie es bei ihm aussah, war ihm egal. Was nützten ihm all das Geld, die riesige Wohnung und der ganze Kram, wenn es keine Frau in seinem Leben gab? Einsamkeit war nicht bestechlich, sie blieb und quälte ihn, Tag für Tag.

Das mit Dagmar war plötzlich passiert. Es hatte zuvor noch

nie zwischen zwei Frauen gestanden, aber als Dagmar sich weinend an ihn schmiegte, verselbstständigten sich die Dinge. Für jemanden wie ihn, der sich ständig anhören musste, dass Frauen die Freundschaft zu ihm nicht durch eine Beziehung gefährden wollten oder er für sie wie ein Bruder sei, war die Situation verlockend gewesen. Er wollte auch mal ein Stück vom Kuchen abbekommen. Nun hatte er gar nichts mehr. Als er Dagmar gesagt hatte, sie könnten sich vorerst nicht mehr sehen, kam ihm diese Entscheidung noch schlau und richtig vor, aber jetzt ging sie nicht mal mehr ans Telefon.

»Dann bleibt doch alle weg.« Er stellte die Tüte mit den Fläschchen und Dosen auf den Couchtisch und öffnete sich ein Bier. Was wäre schon so schlimm daran gewesen, wenn die anderen sich das Maul zerrissen hätten? Wer oben war, tat, was er wollte und verkaufte es als Trend, aber wer nicht so beliebt war, wurde ständig beurteilt oder ins Lächerliche gezogen. Und er hatte bei Dagmars Sturz geholfen. Deswegen war er überhaupt nur bei ihr gewesen – um sich zu entschuldigen. Er war sich nicht sicher, ob Carola den Gerüchten um Dagmars Käuflichkeit ebenso auf den Leim gegangen war wie er oder ob sie jedes Einzelne davon in die Welt gesetzt hatte. Auf jeden Fall hatte sie anschließend eine Konkurrentin weniger gehabt. Deswegen hatte er sich von Carola verabschiedet, für immer – nur schade, dass sie es im Schlaf nicht hatte hören können.

Jens' Plan sah eine innerliche Metamorphose mit ein paar durchzechten Nächten vor. Neue Freunde, neue Würfel fürs Glück.

Carolas Nummer würde er als Erstes löschen, dann die von Dagmar und allen anderen, die diesem Freundeskreis angehörten. Sobald er wieder auf dem Damm war.

Mit einer Hand öffnete er den Schlips und die obersten Knöpfe vom Hemd und ging dabei ins Schlafzimmer. Auf dem

Nachtschrank stand sein geöffneter Laptop, das Display leuchtete.

»Was zur Hölle …?« Er erkannte ein Facebook-Profil. Verwundert ging er dichter heran. Er konnte sich nicht erklären, wieso der Computer eingeschaltet war, und noch weniger, warum Facebook ihm ein Profil zeigte, da er gar nicht bei sozialen Netzwerken angemeldet war.

Freund Amié.

»Amie schreibt man ohne Akzent, du Idiot.«

Er scrollte auf der Timeline runter. Zehn Videos, die laut Sicherheitseinstellungen nur von ihm gesehen werden konnten, was bedeutete, dass dieser Account auf dem Computer angemeldet worden war. Eines der Videos spielte sich tonlos von allein ab, als es in der Mitte des Bildschirms anlangte. Er erkannte Dagmars Wohnung, vielmehr den Kleiderschrank, dann schwenkte die Kamera herum, und er sah Dagmar mit dem Rücken zu ihm und mit dem Kopf auf dem Tisch liegen. Jens klickte das Video an, um den Ton zu hören, und ein Schaudern fuhr durch seinen Körper. Dagmar röchelte.

Die Kamera fuhr dichter heran, und als Letztes sah er ihre weit aufgerissenen Augen und das viele Blut auf der Tastatur. Eine Frauenstimme ertönte im Hintergrund, aufgebracht und gedämpft – und das Video endete.

Wie angeschossen ging er rückwärts und stieß gegen den Bettpfosten.

»Scheiße, Scheiße, Scheiße!«, rief er. *Ich muss die Polizei rufen!*

Sein Blick fiel auf die Kamera, die mit seinem Laptop verbunden war. Es war Carolas. Er kannte die extravagante Lackierung, die ein Künstler mal während einer Party mit speziellen Stiften angebracht hatte. Jetzt begriff er erst, was tatsächlich gerade vor sich ging. Hastig stürzte er zum Schrank und zog einen Golfschläger aus der Tasche, die dort seit seiner letzten Rückkehr vom Green stand. Raum für Raum öffnete er jede Tür, schaute in jede Nische, in der sich ein Eindringling verstecken könnte, aber niemand war dort.

»Los, komm raus!«, rief er durch die leere Wohnung.

Nichts passierte.

Er kehrte zum Computer zurück und lehnte den Schläger gegen den Schreibtisch.

Wider besseren Wissens sah er sich Video für Video an. Er konnte nicht anders. Moni, Doro, Tomke, ein unbekannter Mann mit einer Frau, Bernd und Felix. Im vorletzten Video wurde das Licht eingeschaltet, und Bianca lag leblos auf dem Bett. Das letzte war unerträglich. *Franziska.* Sie lag am Boden, und jemand setzte ein Messer zwischen ihren Rippen an. »Warum tust du das, wir sind doch Freunde?«, fragte sie weinend, bevor der andere die Klinge fest in sie hineinstieß. *Nein!*

Unruhig durchschritt Jens das Zimmer und legte die Arme über den Kopf. »Ich muss die Polizei rufen. Ich muss …«

Ein Klingeln an der Haustür und gleichzeitiges Klopfen ließen ihn herumfahren.

»Aufmachen, hier ist die Polizei!«

Sein Blick wanderte zum Display.

Nein, das ist nicht … ich habe nicht … wie …

Er spielte mit dem Gedanken, das Profil zu löschen, bevor er in Erklärungsnot käme. Da krachte es gegen die Wohnungstür. *Zu spät.*

Schnell lief er in den Flur und hob die Hände. »Schon gut, ich bin da, Sie müssen nicht …«

Die Tür sprang auf, und Polizisten stürmten mit vorgehaltenen Waffen in die Wohnung. Jens wurde gepackt, durchsucht und auf den Boden gezwungen.

»Jens Bossart?«, hörte er jemanden sagen. »Mein Name ist

Kommissar Friebeck. Sie sind vorläufig wegen mehrfachen Mordes festgenommen und werden einem Haftrichter vorgeführt …« Jens hörte nicht zu. Er spürte nur den Druck auf seinem Rücken, das Laminat an seinem Gesicht und das erschreckende Begreifen, dass Schuld und Unschuld nicht durch die Wahrheit bestimmt wurden. Sein Blick fiel auf die Schuhe in der Garderobe. Rote Flecken auf hellbraunem Leder.

»Haben Sie alles verstanden?«, wiederholte der Kommissar. Jens wurde auf die Füße gezogen, sodass er ihm in die Augen schauen konnte.

»Ja«, sagte er.

»Unfassbar«, kommentierte Friebeck. »Ich wäre nie darauf gekommen, dass so was tatsächlich passiert. Von kranken Stalkern habe ich schon viel gehört, aber dass jemand so weit gehen würde …«

Jens verzichtete auf eine Erwiderung. Alle Indizien sprachen gegen ihn, er würde jetzt nur noch mit einem Anwalt sprechen.

»Abführen.«

Rune hämmerte mit der Faust wiederholt gegen den Türrahmen. Unschlüssig, nachdenklich und zu allem bereit.

»Komm schon, lass uns gehen«, versuchte Bianca, ihn zu lenken. »Wir fangen ganz neu an, du musst mich nur losmachen.«

In seinen Augen lag so viel Liebe, als er sie ansah. »Du weißt, dass ich so nicht gehen kann.«

Hinter ihm bewegte sich etwas – ein Schatten.

Bosch? Blutverschmiert, aber am Leben. Bianca versuchte, sich nichts anmerken zu lassen, aber sie konnte nicht wegschauen. Carola musste es ähnlich ergehen, Bianca hörte einen leisen, erschrockenen Laut, kaum mehr als ein Atmen.

Der Kommissar holte mit einer Faust aus und schlug zu, aber er verfehlte den Kopf.

Bianca glaubte, ihr Herz bliebe stehen.

Dann legte Bosch lachend die andere Hand auf Runes Schulter, der gelassen dastand und grinste. »Wart ihr schon bei der rührseligen Stelle des heldenhaften, verkannten Polizisten?«

Rune beantwortete die Frage mit einem Lachen. Er kostete den Moment aus – den letzten Akt eines Possenspiels, das einfach keinen Sinn ergab.

»Schon längst, du hast aber eine wundervolle Liebesszene zerstört. Ernsthaft, Bianca wollte gerade mit mir durchbrennen.« Dieser Mann zeigte so viele Gesichter, dass Bianca nicht sagen konnte, welches sein Wahres war. Das des liebenden Verrückten war es nicht.

»Bianca?«, fragte Bosch gespielt nachdenklich. »Ist das nicht die Schnalle, die ich mit NPA in den Selbstmord treiben wollte?«

Lachend zog Rune eine kleine Phiole aus der Tasche und schwenkte sie in Carolas Richtung. »NPA ist kein Stresshormon, sondern ein Pheromon, das bei so dummen Nüssen wie dir Lustgefühle weckt. Nicht der billige Scheiß, den sich Loser auf die Hühnerbrust panschen. Aber was rede ich, du weißt ja selbst, wie es wirkt.«

»So spaßig es auch ist, wir sollten an die Arbeit gehen.« Bosch trat an ihm vorbei ins Zimmer und rieb über die Blutflecken auf seiner Kleidung. »Mit dem Schweineblut hast du übertrieben, findest du nicht?«

Mit einem verlegenen Ausdruck kratzte Rune sich am Hinterkopf. »Du weißt doch, was ich mache, das mache ich ganz oder gar nicht. Ich habe übrigens gewonnen.«

Bosch blieb vor Carola stehen und drehte sich zu seinem Komplizen um.

»Na, die Wette, wer von uns zuerst an die Gästeliste kommt.«

Mit geballten Fäusten ging Bosch ein paar Schritte auf Rune zu. »Ohne mein Zutun wäre es niemals so weit gekommen. Ich würde eher sagen, dass es unentschieden steht.«

»So war das nicht abgemacht. Ich war zuerst hier, ich habe gewonnen.« Rune hielt zwei Finger in die Luft. »Das macht dann zwei Punkte für mich. Ich habe mein Mädchen zuerst flachgelegt, ich war zuerst bei der Gästeliste, du schuldest mir zweihundert Euro.«

Bosch hob eine Faust und betrachtete die Phiole, die noch immer darin lag. »Wir klären das später.« Dann drehte er sich zu Carola. »Dir möchte ich vorher noch ein Kompliment machen. Von allen Frauen, die sich mir dank K.-o.-Tropfen hingegeben haben, war es mit dir am schönsten. Hier.« Er zog einen

Schlüssel aus der Tasche und legte ihn auf den Nachtschrank. »Den brauche ich jetzt nicht mehr.«

Die Regung auf Carolas Gesicht sprach von Begreifen und Entsetzen. Sie hatte erwähnt, dass sie trotz Besuch auf dem Sofa eingeschlafen sei und dass sie sich am Morgen seltsam gefühlt habe und ungewöhnlich erschöpft gewesen sei.

Carola kämpfte deutlich um ihre Selbstbeherrschung, sah Bosch trotzig in die Augen, aber Bianca erkannte, dass sie kurz davorstand, die Kontrolle zu verlieren. Die Vorstellung, dass er in ihre Wohnung eingedrungen war und die bewusstlose Carola für seine Gelüste benutzt hatte, sorgte auch bei Bianca für ein beklemmendes, erniedrigendes Gefühl.

»Ich bin mir sicher, dass du es ebenso genossen hast wie ich. Du warst ganz feucht, egal, was ich mit dir angestellt habe.«

Rune sah amüsiert zu. Genau das war sein wahres Gesicht. Böse, überheblich und gefühlskalt. Carolas Leid machte ihm Vergnügen, so, wie Biancas naiver Wunsch, geliebt zu werden, ihm wahrscheinlich der größte Spaß gewesen war.

»Ohne K.-o.-Tropfen würdest du niemals eine Frau wie mich ins Bett kriegen. Wie sehr kann man es schon genießen, eine Bewusstlose zu vögeln?« Carolas ätzender Tonfall klang bemerkenswert selbstsicher.

Bosch lachte. »Tatsächlich fehlt was, wenn die Frau sich nicht wehrt oder schreit, aber es hat dich so wunderbar verunsichert.«

»Spricht nicht gerade für deine Leistung«, setzte sie nach und griff mit der freien Hand nach seinem Arm. Als wären ihre Finger brennend heiß, wich Bosch zurück und stieß dabei den kleinen Nachtschrank um. »Ups, das erträgst du ja nicht.«

Er wandte sich von ihr ab und atmete tief durch. »Wie wollen wir beginnen?«

Mit einem Schulterzucken sagte Rune. »Zunächst sollten

wir die Damen darauf aufmerksam machen, dass wir das gesamte Gebäude mit Kohlenmonoxid von lebenden Menschen befreien werden, sollten sie hier oben rumlärmen.« Er verschränkte die Arme vor der Brust. »Dann sollten wir ihnen mit einfachen Worten erklären, was wir von ihnen wollen.«

»Du hast recht.« Bosch holte eine Packung Zigaretten und ein Zippo aus der Tasche und steckte sich eine Zigarette an. Nach einem tiefen Zug pustete er den Rauch in den Raum und gab einen genussvollen Laut von sich. »Das hat mir echt gefehlt. Noch einen Tag länger den vertrottelten Bullen spielen, und ich hätte Gewalt angewendet.«

Sie redeten über die Köpfe der Frauen hinweg, als wären sie gar nicht mehr da.

»Meinen Segen hättest du gehabt. Auch wenn es amüsant war, haben wir viel Zeit verloren.« Rune sah Bianca an und verzog den Mund zu einer Schmolllippe. »Dann lass uns erst mal gucken, vielleicht brauchen wir die ja nicht.«

Gemeinsam verließen sie den Raum, und Bosch löschte das Licht. Bianca hörte, wie sie nebenan Ordner aus den Regalen zogen und darin blätterten. Durch die angelehnte Tür fiel etwas Licht in den Raum.

»Darum geht es?« Unsicher spähte sie zu Carola, die wütend die Lippen aufeinanderpresste und offensichtlich angestrengt nachdachte. »Es tut mir so unendlich leid.«

»Hör auf, das immer wieder zu sagen!« Ächzend schob sich Carola höher, so gut es mit den Handschellen ging, um in eine halbwegs aufrechte Position zu kommen. »Sie werden mich zwingen wollen, die lohnenden Informationen preiszugeben oder die Symbole schneller zuzuordnen. Und sie werden dich als Druckmittel benutzen«, fasste sie ruhig zusammen. »Sie werden dir wehtun, wenn ich nicht rede, und du wirst es aushalten müssen.«

»Was genau hast du in diesen Unterlagen festgehalten, dass zwei Kerle dafür Morde begehen?« Der Faible, alle Informationen zu sammeln und akribisch zu archivieren, schien Bianca bislang nur ein seltsamer Tick gewesen zu sein. Es rankten sich viele Gerüchte um diese Aufzeichnungen, aber Carola hatte nie etwas gegen jemanden eingesetzt. Manchmal spielte sie geschickt mit den Schwächen oder Vorlieben eines Gastes, um ans Ziel zu kommen, aber nie auf eine erpresserische Weise. Die Personen wussten meist nicht mal, dass ihre Geheimnisse für Carola keine waren.

Schuldbewusst wich sie Biancas Blicken aus. »Nun, das ein oder andere Geheimnis ist durchaus brisant genug, dass es skrupellose Typen reich machen könnte.«

Biancas Tränen ließen sich nicht zurückhalten. Für jeden in dieser Wohnung war es nur ein Spiel. Für Rune und Bosch – oder wie auch immer sie heißen mochten – ging es um Geld. Carola war damit beschäftigt, deren Motive und Handlungsweisen zu analysieren, um irgendwo einen Hebel anzusetzen. Und Bianca saß als Verliererin auf dem Fußboden. Sie war nur ein Mittel zum Zweck, ein Zeitvertreib und der Spielball, mit dem die Punkte erzielt werden sollten.

»Wirst du ihnen geben, was sie wollen?«

Carola schien ernsthaft darüber nachzudenken, sich nicht kooperativ zu zeigen.

»Denkst du, sie lassen uns leben, wenn sie es bekommen?« Mit einem Nicken deutete Carola auf die Tür. »Das sind keine einfachen Taschendiebe. Keiner hätte hierfür sterben müssen, und ich bin überzeugt, dass an Patrick eine Sache echt ist.« Sie beugte sich so weit es ging vor und flüsterte: »Er versucht, seine erbärmliche Herkunft zu vertuschen. Und er ist wütend auf Frauen wie mich, die ihn für seine Avancen wahrscheinlich ausgelacht haben.«

Ängstlich drehte sich Bianca zur Tür. »Du willst ihn doch nicht reizen, oder?«

»Doch, genau das. Ich bin mir sicher, dass Rune der Killer ist und Patrick alles plant. Wenn wir Patrick aus dem Konzept bringen, wird er Fehler machen.«

Das überzeugte Bianca nicht. »Und dann? Was sollen das für Fehler sein? Die scheren sich einen Dreck um uns. Es sind Killer, alle beide. Scheiß drauf, wer es ausführt.«

»Reiß dich verdammt noch mal zusammen.« Carola verdrehte die Augen. Die Kopfverletzung machte ihr zu schaffen.

»Ich soll mich zusammenreißen? Um mich geht es hier doch nicht. Ich bin nur die dumme Kuh, die alles aushalten muss.« Die Handschelle schnitt in ihre Haut, trotzdem zog und zerrte sie daran, ohne auch nur einen Millimeter Freiraum zu gewinnen.

»Er hat recht, ich nutze dich immer nur aus«, sagte Carola unvermittelt und legte sich mit geschlossenen Augen auf das Kissen zurück. »Ich bin egoistisch und nicht gut für dich.«

Bianca sah zur Tür und fragte sich, ob das ein Trick war, aber die Männer redeten nebenan und konnten nicht hören, was sie sagte.

»So, jetzt reicht's.« Sie kroch so dicht wie möglich zu Carola heran und versuchte, ganz leise zu sprechen, was bei der Mischung aus Angst und Wut nicht leicht war. »Du wirst jetzt nicht diese Nummer mit mir abziehen. Wir wissen beide, warum ich mit dir befreundet bin. Nicht wegen deines Geldes, deines Ruhms oder weil ich mir Vorteile erhoffe. Du bist meine Freundin, und das wirst du immer sein. Danke für diese kurze menschliche Regung, aber es ist mir lieber, wenn du das lässt.«

Carola bewegte sich ihr entgegen und – lachte. »Kurze menschliche Regung?«

Bianca musste grinsen und kicherte. Es lockerte die verkrampften Gedanken auf und entspannte die Muskeln, aber es hielt nicht lange an. Sie wurde wieder ernst. »Los, sag mir, was du vorhast.«

Grauenumwittertes Internet. Virtualität mit spirituellen, geradezu homöopathischen Wirkungsweisen. Verschütteltes Nichts erschafft Wahrheiten, die Zellen aktivieren, die ganze Denkapparate bewegen. So viele Scharlatane unter den Kundigen. Kettenreaktionen intoleranter Impulse, die Tsunamis durch Synapsen jagen und denkende Wesen von ihrer Intelligenz befreien. Massensterben. Die Menschheit sollte Trauer tragen.

Lydia Raymond
Letzter Blogeintrag

Screenshot von Martina Sasses Posting in der Timeline von Carola Martins

Ich weiß nicht, ob ich mir Sorgen machen oder mich über dich ärgern soll. Hier ist die Hölle los, eine Todesnachricht jagt die nächste, und von dir hören wir absolut nichts. Eben habe ich erfahren, dass Jens verhaftet wurde. Ist es wahr? Ist er der Killer?

Gefällt mir · Kommentieren · Teilen

Marie Sander, Gunther Roth und 95 weitere Personen

Bernadette Ladweg Fuck, ich war mit ihm mal essen. Peinliche Nummer, aber jetzt wird mir erst bewusst, was für ein Glück ich hatte. Scheiße.

Gefällt mir · Antworten · 14 · 16 Min.

Martina Sasse Das dachte ich auch. Er hat mir die Wohnung besorgt, zum Dank lud ich ihn ein und musste ihm dann sagen, dass mehr nicht drin ist. Das alles hätte mir auch passieren können!

Gefällt mir · Antworten · 13 · 14 Min.

Burkhard Rehwaldt Das Milchgesicht? Da hätten sich die Opfer doch wohl eher totgelacht.

Gefällt mir · Antworten · 1 · 14 Min.

Silvia Fichtening Es sind immer die, die harmlos aussehen. Ich krieg 'ne Gänsehaut, wenn ich daran denke, ihn gekannt zu haben.

Gefällt mir · Antworten · 31 · 13 Min.

Bernadette Ladweg Nichts für ungut, aber Carola hätte es verdient, zumindest ansatzweise zu spüren zu bekommen, was ihre Freunde erleiden mussten. Ihretwegen ist er doch durchgedreht. Ich hoffe, sie sperren das kranke Arschloch für immer weg.

Gefällt mir · Antworten · 19 · 12 Min.

Burkhard Rehwaldt Für Typen wie ihn sollte die Todesstrafe wieder eingeführt werden.

Gefällt mir · Antworten · 42 · 9 Min.

Bernadette Ladweg Am besten an den Eiern aufhängen.

Gefällt mir · Antworten · 17 · 8 Min.

Martina Sasse Lasst uns jetzt zusammenhalten, Leute. Wie wäre es, wenn wir für die Opfer eine Gedenkfeier veranstalten? Ich habe eine passende Location an der Hand.

Gefällt mir · Antworten · 21 · 6 Min.

Silvia Fichtening Eine tolle Idee. Ich werde ein paar Zeitungsredakteure dazu einladen.

Gefällt mir · Antworten · 9 · 4 Min.

Bernadette Ladweg Wir könnten Fotos aus den Facebook-Galerien auf Leinwände ziehen und aufhängen.

Gefällt mir · Antworten · 15 · 1 Min.

Stunden verstrichen, ohne dass sich einer der Männer blicken ließ. Die Stille hinterließ ein Gefühl von auswegloser Einsamkeit. Bianca war trotz des Moments der *kurzen menschlichen Regung* überzeugt, dass ihre Freundin sie benutzen würde, um krude Machtkämpfe mit den Entführern auszutragen. Nun schlief Carola schon eine ganze Weile.

Ich werde nicht kampflos aufgeben.

Direkt unter ihnen wohnte Cordula Leppmann, deren Fernseher lauter brüllte als Bianca es noch vermocht hätte. Die Streitgespräche irgendeiner Talkshow plärrten durch den Boden, und sie war sich sicher, dass die Alte dennoch nur ein Flüstern vernahm.

Es machte keinen Unterschied, ob die Drohung gegen die Nachbarn haltbar war. Rune und Bosch waren Meister darin, Behauptungen aufzustellen, die völlig aus der Luft gegriffen waren. Jetzt erschien das vollkommen klar – und beschämend, wenn sie daran dachte, dass sie keine einzige Lüge hinterfragt hatte.

Undercoverbulle. Bianca, du bist so dämlich. Sie konnte sich vorstellen, wie sich die Männer über ihre und Carolas Leichtgläubigkeit amüsierten.

Wie weit wirst du gehen, Carola?

Jeder hatte Bianca gesagt, dass Carola ein berechnendes Miststück war, das für ihren persönlichen Gewinn ihre eigenen Eltern verkaufen würde. Ihr war zigmal prophezeit worden, dass sie eines Tages bitter von ihr enttäuscht werden würde, aber sie hatte selbst warten wollen, ob dieser Tag überhaupt je käme. Und jetzt, in größter Lebensgefahr, konnte es so weit sein. Carolas dämlicher Versuch, sich als schlechte Freundin hinzustellen, sollte ihr vielleicht die nötige Grundstimmung verschaffen, um es durchzuziehen. Bianca kannte ihre Freundin, sie konnte die Schmach nicht auf sich sitzen lassen.

Carola hatte einen Plan, daran bestand kein Zweifel, aber er würde nicht funktionieren. Diese Kerle konnte sie psychologisch nicht überlisten, weil sie geisteskrank waren.

Durch den schmalen Spalt zwischen den Vorhängen sah Bianca vereinzelte Lichter in der Dunkelheit draußen. Leider konnte sie keinen Lichtschalter erreichen. Die Idee, durch Signale andere Menschen auf sich aufmerksam zu machen, scheiterte an der Möglichkeit.

Also saß sie im Zwielicht, lauschte den gedämpften Klängen des Fernsehers und Carolas Atemzügen. Manchmal hörte sie Geräusche durch die angelehnte Tür, aber es dauerte zermarternd lange, bis Bosch sie öffnete und das Licht einschaltete.

»Na, mein Liebling?«

Rune kam herein und kniete sich vor Bianca. Sie wollte ihm nicht zeigen, wie verletzt sie war, trotzdem zuckten Muskeln auf ihrem Gesicht, die sie verrieten.

Liebevoll ergriff er ihre Hand und strich sanft über die Finger. »So hübsche Nägel.«

Ein eisiger Schauer lief ihr über den Rücken. Der Ausdruck in seinen Augen war der eines Raubtieres, das Witterung aufgenommen hatte und sich nun heranpirschte.

»Du wolltest mich ernsthaft umbringen, nicht wahr?«, fragte Bianca und war froh, dass ihre Stimme fest und nüchtern klang.

Ein schiefes Grinsen erstrahlte auf seinem Gesicht. »Es liegt nicht am Sex, der war toll, ehrlich.« Damit legte er verbal den

Finger in die Wunde. »Ich hatte nur einfach große Lust, dich umzubringen.«

»Warum hast du mich dann wiederbelebt? Hatte dein Bruder andere Pläne mit mir?« Solange Carola weggetreten war, musste sie ihren Part übernehmen. Und es tat gut, ihm die Stirn zu bieten.

»Aufgeschoben ist nicht aufgehoben«, sagte er säuselnd und hauchte ihr einen Kuss auf den Handrücken.

»Bring sie rüber«, befahl Bosch. »Und ich will wissen, woher sie weiß, dass wir Brüder sind.«

Genau genommen hatte sie es bis zu diesem Zeitpunkt gar nicht gewusst, die beiden sahen einander nicht mal ähnlich. Es war ein Schuss ins Blaue gewesen, eine Intuition, wegen der sie gern Carola geweckt hätte, um ihr zu sagen, dass sie zuerst darauf gekommen war. Eine kleine Genugtuung, die sie trotz der Umstände grinsen ließ.

Rune öffnete mit einem kleinen Schlüssel die Handschelle am Bett und zog Bianca daran auf die Füße. Der Ruck schmerzte am Gelenk, Bianca verlor das Gleichgewicht und stolperte gegen ihn, was er mit einem harten Schlag gegen ihren Brustkorb quittierte. Hustend blieb sie stehen. Die fast verheilten Rippen schmerzten, und die Kratzer an ihrer Kehle brannten. Aus dem Augenwinkel sah sie Bosch Carolas Handschellen öffnen und sie mit kleinen Ohrfeigen wecken. Sie sah nicht gut aus. Nach dem Schädeltrauma wäre es wichtig gewesen, ihr viel Flüssigkeit zu geben. Mit Pech würde sie gar nicht mehr in der Lage sein, ihr Wissen preiszugeben. Was vielleicht die bessere Alternative war. Keine von ihnen würde das Haus lebend verlassen.

Im Wohnzimmer kettete Rune Bianca so an ein Regal, dass sie sich gerade so auf den Boden setzen konnte. Die Regale waren beim Einzug fest an die Wände geschraubt worden, es gab keine Möglichkeiten, eines davon mit viel Kraft zum Kippen zu bringen.

»Du hast geraten, oder?«, fragte Rune und setzte sich lässig in den Sessel. Viele Ordner lagen geöffnet auf dem Tisch. Mit dem Inhalt konnten sie offenbar nicht viel anfangen.

»Es ist immer so, dass ein Bruder die Intelligenz abbekommt und der andere die Drecksarbeit macht.«

Das beeindruckte ihn nicht. Ungerührt zog er die Schatulle auf den Glasmurmelfüßen zu sich heran und drehte sich einen Joint. Als er ihn anzündete und den ersten Zug inhalierte, lehnte er sich gemütlich zurück und grinste. »Ich weiß auch nicht, warum es so vergnüglich ist, deine Illusionen zu zerstören, aber das hier wird dir gefallen.«

Geradezu freundschaftlich bot er ihr den Joint an, den sie nur zu gern annahm. Alles, was ihre Sinne in irgendeiner Weise benebelte, war willkommen, weil dieser Mann ungeduldig auf seinen Einsatz wartete. Die Angst vor den Schmerzen ließ sie fest an dem Joint ziehen und den Rauch tief einatmen.

»Mit deinem Handy habe ich von jeder Leiche Fotos gemacht, die nur der Mörder gemacht haben kann«, sagte er freudig. »Zu jedem deiner Opfer pflegtest du Kontakt. Und – oh Schreck – in letzter Zeit sind bei dir die Sicherungen etwas durchgebrannt. Gerade heute hast du deiner Busenfreundin fiese Nachrichten geschrieben, die sie sehr erschrocken beantwortet hat.«

Carolas Handy lag ebenfalls auf dem Couchtisch. Bosch war unzählige Male bei ihr gewesen. Es dürfte ihm nicht schwergefallen sein, Carola beim Eingeben der PINs zu beobachten.

»Und noch mal oh Schreck« – er nahm ihr den Joint wieder ab – »du erpresst sie und ihre Freunde!«

Bianca legte den Kopf in den Nacken und deutete ein Klatschen an, die Kette klapperte dabei am Regal. Was spielte das für eine Rolle? Er würde sie nicht am Leben lassen, und ihr war es egal, was andere über sie dachten. Immerhin gäbe es ihrer Mutter einen Grund für einen theatralischen Zusammenbruch, womit wenigstens einer Person geholfen wäre.

»Also habe ich das Opfer nur gespielt und die Tabletten selbst genommen?« Zu dieser Geschichte passten auch ihr Zusammenbruch am Morgen und ihre Flucht aus dem Krankenhaus.

»Wie es sich für eine Verrückte gehört. Aber keine Angst, Jens war dein Komplize, wie hättest du sonst den stattlichen Felix an der Tür hochziehen können? Ihr hattet einen regen Austausch via Facebook. Freund Amié und du, ihr seid ganz dicke miteinander.«

Aus dem Nebenzimmer hörte sie Carola würgen. Es tat ihr nicht gut, dass sie bewegt wurde, aber Bosch nahm keine Rücksicht darauf. Er trieb sie wie ein störrisches Kind vor sich her, stieß sie vorwärts bis zum zweiten Sessel. Sie war blass, die Pupillen ihrer Augen erschienen unterschiedlich groß.

Carola wurde grob in den Sessel gedrückt, dann verband Bosch das andere Ende der Handschellen mit einer Strebe vom Tisch. Dabei sah Carola nicht so aus, als könne sie auch nur ans Weglaufen denken.

Die Angst vor dem, was nun kommen würde, setzte sich gegen den leichten Rausch durch. Die beiden verfolgten einen Plan, zielstrebig und skrupellos. Wahrscheinlich agierten sie schon seit ihrer Kindheit auf diese Weise zusammen. Patrick, der Kopf, und Rune, der Psychopath. Um Carola zum Sprechen zu bringen, brauchten sie Bianca. Carolas Selbsterhaltungstrieb war bemerkenswert, im Zweifelsfall würde sie immer zuerst an sich denken, und wahrscheinlich wäre es vollkommen ausreichend gewesen, ihr nur genug wehzutun – aber es steckte mehr dahinter.

Bosch setzte sich auf den Tisch und sah Carola nachdenklich an. Seine Aura war wie die Ruhe vor dem Sturm, unheimlich und bedrohlich.

»Wenn ihr schon kein Mitleid besitzt, gewährt ihr mir einen letzten Wunsch?«, fragte Bianca.

In Runes Blick lag viel Zuneigung, als er nickte. Anscheinend fiel es ihm schwer, die Rolle als Liebender gänzlich abzulegen.

»Ich will verstehen, warum ich sterben muss. Es geht nicht nur um Geld. Ihr seid so richtig sauer auf Frauen wie Carola. Warum?«

Bosch stützte seine Ellenbogen auf die Knie und beugte sich ihr leicht entgegen. »So seid ihr Weiber, wollt immer alles verstehen. Was würdest du denn gerne hören? Dass hübsche Frauen gemein zu uns waren? Oder eine tragische Geschichte zweier Jungen, deren Mutter Suizid beging, nachdem sie von Tussis vorgeführt wurde? Vielleicht haben wir auch zu viel Zeit mit Ego-Shootern verbracht?«

Rune unterdrückte ein Lachen und zog am Joint. »Einer von uns war mit Manuela Raymond zusammen«, warf er amüsiert ein. »Am besten du, Bruderherz.«

Bosch klatschte sich begeistert auf den Oberschenkel und zog dabei ein Buch aus seinem Jackett. »Hast du mal *Der blutige Pfad Gottes* gesehen? Wenn du so willst, ist Lydias Denkweise unsere Glaubenslehre. Diese Frau ist brillant. Man muss ihre Worte nur richtig auszulegen wissen.«

Vor ihren Augen blätterte Bosch einmal durch das Buch, wobei Bianca Notizen an den Seitenrändern entdeckte.

»Schwachsinn«, sagte sie. »Das mag vielleicht dein Lieblingsbuch sein, aber ihr habt keine Überzeugung. Es gibt keinen tieferen Sinn, oder?«

»Ah, du meinst, wie bei *Funny Games*?«

Noch ein dämlicher Film. »Gratuliere, bald habt ihr alle Klischees durch. Und wow, kranke Menschen gucken mit Vorliebe gewaltverherrlichende Filme, jetzt bin ich echt überrascht.« *Flucht nach vorn. Bleib dabei, lass dich nicht einschüchtern.*

Bosch änderte seine Haltung und wurde ernst. »Wir sind Opportunisten, genau wie deine feine Freundin hier. Nur nicht ganz so subtil, wenn es darum geht, uns zu nehmen, was wir haben wollen. Wenn man das System der Angst erst verstanden hat, kann man es für sich arbeiten lassen.« Mit einer Hand klopfte er auf einen Aktenordner. »Menschen sind erbärmlich. Quetschen ihre Triebe in Gesellschaftsformen und Regeln statt das Gesetz des Stärkeren zu akzeptieren. Und genau deshalb ist diese Welt im Arsch. Moral und ein überdimensionales soziales Gewissen haben dafür gesorgt, dass die Schwachen alles verwässern und Schmarotzer wie unsere liebe Carola hier wie Pilze aus dem Boden schießen.«

Carola saß mit geschlossenen Augen und angelehntem Kopf im Sessel und atmete in ruhigen Zügen ein und aus. Bianca hoffte, dass es gerade in ihrem Kopf arbeitete. Dass sie versuchte, die Informationen lebensrettend zu verwerten und einen Ausweg zu finden.

»Hast du mal jemanden sterben sehen?«, mischte sich Rune ein. »Jemanden, dem du mit eigenen Händen den Todesstoß versetzt hast?« Die Begeisterung wäre in jedem anderen Kontext ansteckend gewesen, aber so zeigte sich nur der Wahnsinn auf seinen Zügen. »Das ist Macht. Geld finanziert dir deinen Lebensstil, aber Töten ist Macht.«

Diese Situation hier sprach nicht von Macht. Niedere Instinkte und Habgier erfüllten diese Wohnung. Carolas krankhaftes Horten von Informationen entsprach ebenso einer egozentrischen Neigung wie die selbstherrliche Gewalt dieser Männer, mit der sie die Frauen in die Knie gezwungen hatten.

»Das hier hat rein gar nichts mit Macht zu tun«, sagte Bianca mit einem Tonfall, der klar und wütend klang. Gerade weil es erniedrigend war, dass Rune ihr seine Liebe nur vorgeheuchelt hatte, schien die Wut stärker als die anderen Empfindungen zu sein. Sie hatte ihm am Anfang gesagt, warum sie ihm glauben wollte und warum sie es nicht bereuen würde, wenn es anders käme. Biancas Versuch, die Welt nach ihren Wünschen zu gestalten, war gescheitert. Nichts würde sich abwenden lassen. Die beiden hatten bewiesen, dass sie eiskalte Mörder waren, das ließ keinen Platz für die Illusion, auch nur einem von ihnen ins Gewissen reden zu können. Aber Bianca würde nicht als weinendes Opfer sterben. Ihre Mutter hatte sie ein Leben lang abgehärtet, sie würde jedem die Stirn bieten.

»Ihr seid kranke Egoisten, und euer *Gesetz des Stärkeren* ist nicht mehr als Dummejungenscheiß. Ich wette, Carola war anfänglich gar nicht euer Ziel, oder?«

Bosch legte das Buch neben sich und sah sie interessiert an. »Ganz ehrlich, ich hatte dich bislang für eine hohle Nuss gehalten. Weiß Carola, dass du ein schlaues Köpfchen bist?«

Es wurde ihr plötzlich alles klar, und sie hoffte, dass Carola in diesem Moment zuhörte und nicht zu weggetreten war. »Wenn ich es richtig verstanden habe, sucht ihr euch ein Opfer und nehmt dessen Leben systematisch auseinander. Als Spiel?« Sie sah zu Rune. »Du hast mir zumindest die halbe Wahrheit gesagt, als du meintest, du würdest einem Mörder folgen, der so handelt. Wer sollte euer Opfer sein, bevor Carola dazwischenkam?«

Genießerisch drückte Rune den Joint im Aschenbecher aus und stand dann auf, um sich neben sie zu knien. »Carolas Nominierung war die logische Konsequenz ihrer eigenen Überheblichkeit. Sie hat Dagmar zur Lachnummer gemacht. Wir mussten umdenken.«

»Oh, das tut mir fast leid.« Bianca sah nun Bosch an. »Hat sie euch den Spaß verdorben?«

Mit einer Hand strich er sich übers Kinn. »Sie hat ihn verdoppelt und verdreifacht.«

Der Logik nach wäre Carola das erste Opfer geworden, wenn die Sache mit Felix nicht passiert wäre. Bianca musste diesen Gedanken abschütteln, um bei ihrem fragilen Konzept zu bleiben.

»Aber warum Franzi? Ich meine, ihr Tod war doch hinfällig geworden, wenn es von da an nur noch um Carola ging.«

Bianca kam sich vor wie in einem schlechten Film, in dem der Täter am Ende sein Motiv erklärte. Es war der offensichtlichen Geltungssucht der Brüder zu verdanken, dass sie begierig darauf warteten, ob sie die Zusammenhänge selbst durchschaute. Aber an diesem Punkt kam sie nicht weiter. Dagmar besaß kein heimliches Archiv. Genau genommen hatte sie nie richtig in Carolas Liga gespielt, und Bosch hatte bewiesen, dass er sich geschickt einschleichen konnte; er brauchte Dagmar nicht.

»Weil diese dumme Kuh Rachepläne hatte, richtig?«, übernahm Carola das Gespräch. »Ich kenne Franzi doch. Nach dem, was mit Dagmar passierte, ist sie sicher total durchgedreht. Das konntet ihr nicht gebrauchen, oder?«

In den Gesichtern erstrahlte etwas, das einer perfiden Grausamkeit entsprang. Sie bekamen, was sie ursprünglich wollten: Die Welt eines ausnutzenden Miststücks fiel auseinander. Carolas Kontrollsucht und Überheblichkeit wurde durch etwas aus den Angeln gehoben, das sie nicht hatte kommen sehen, obwohl sie es selbst in Bewegung gesetzt hatte.

»Dagmar wird so richtig redselig gewesen sein. Hat euch alles erzählt, was sie über mich weiß«, sagte Carola und deutete mit einem zitternden Finger auf die Regale. »Aber vieles davon ist ein Mythos. Man sagt mir gerne Dinge nach, die dramatischer klingen, als sie sind.«

Mit einer liebevollen Geste strich Rune Bianca ein paar Haare aus dem Gesicht. Sie wich ängstlich zurück. Rune sah aus, als kämpften zwei Seelen in seinem Körper um die Vorherrschaft. Der Mörder und der Liebhaber.

»Dieser Mythos hier sieht sehr real aus, egal, wie sehr du ihn runterspielst.« Bosch nahm das Feuerzeug vom Tisch und drehte es zwischen den Fingern. Überall in der Wohnung würden ihre Fingerabdrücke zu finden sein, dennoch erweckten sie nicht den Eindruck, nachlässig zu handeln.

»Du hast es ja selbst erlebt«, sagte Bosch zu Bianca. »Der da verliebt sich in seine Opfer. Deswegen hat er dich zurückgeholt wie so ein Anfänger.« Kleine Muskeln zuckten in Runes Gesicht. Es missfiel ihm, wie sein Bruder über ihn sprach. »Deswegen bist du hier. Wenn er dich nicht umbringt, wird er dich nicht mehr los.«

»Nimm mich mit«, sagte Bianca aus einer Eingebung heraus zu Rune. »Mich hält hier nichts, aber bei dir bin ich glücklich, und das bedeutet doch was!«

In seinen Augen glomm diese besondere Wärme, die ihr zuvor noch Herzklopfen beschert hatte. Der Liebhaber bekam Oberwasser.

»Bist du irre?« Carola versuchte, sich aufzurichten, und fiel stöhnend zurück gegen die Lehne.

»Ihr nutzt mich alle immer nur aus!«, fuhr Bianca sie an. »Meine Mutter hasst mich, und du schaust auf mich herab. Vielleicht hat sich das Schicksal etwas dabei gedacht, mir Rune zu schicken?«

Doch bevor Carola oder Rune etwas dazu sagen konnten, stand Bosch auf und schlug ihr hart ins Gesicht. Biancas Kopf schnellte gegen das Regal, und der Schmerz ging ihr durch

Mark und Bein. »Wenn du noch mal meinem Bruder solche Flausen in den Kopf setzt, schneide ich dir die Zunge raus.«

Tränen verschleierten ihre Sicht. Ihre Wange brannte, und ihr Hinterkopf pochte, aber sie würde nicht aufgeben.

»An die Arbeit«, wies Bosch seinen Bruder an. »Ich habe dir gleich gesagt, dass es ein Fehler war.«

Während Bosch wütend wurde, wirkte Rune unsicher und unterwürfig. Demnach war er der Jüngere und wohl von klein auf gewohnt, rumkommandiert zu werden.

Carola sah Bianca mit einer Mischung aus Sorge und Tadel an. Anscheinend verfolgte sie einen ganz eigenen Plan, den Bianca nicht durchkreuzen sollte.

»Es war amüsant, mit euch zu plaudern, und es ist durchaus bemerkenswert, wie nahe ihr der Wahrheit gekommen seid, aber mir reicht es jetzt.« Aus einem kleinen Papierstapel auf dem Tisch zog Bosch ein Datenblatt und legte es Carola vor. »Welcher Ordner gehört zu ihm?«

Angestrengt sah sie hin, ihre Sicht schien durch die Verletzung gestört zu sein. »Das könnt ihr vergessen«, sagte sie fest.

Bosch nickte Rune knapp zu, der daraufhin Bianca an den Haaren packte und ihren Kopf nach hinten zog. Aus dem Augenwinkel sah sie ihn ein Messer aus einem Gürtelholster ziehen, dann spürte sie eine Klinge an ihrem Hals, die langsam von der Halsschlagader Richtung Kehle wanderte.

Er schob sich zwischen Bianca und das Regal, wobei die Handschelle unter dem Zug schmerzhaft in ihre Haut drückte. Sein Gesicht kam ihrem Ohr ganz nahe. Er roch an ihr, legte seine Lippen an ihre Haut – zärtlich und verlangend.

»Dante Wangoldt«, sagte Carola den Namen laut.

Dante – Bianca verschlug es einen Moment die Sprache. Was Carola über diesen Lobbyisten eines Chemieunternehmens wusste, würde ihn seinen Job und sein Vermögen kosten.

Sie hatte mit Bianca nur ein einziges Mal über ihn geredet, und Carola hatte nicht mal ihr Details verraten. Aber statt die Informationen zu vernichten, hatte sie alles fein säuberlich abgeheftet. Eine Absicherung für den unwahrscheinlichen Fall, dass ausgerechnet Dante ihr jemals in irgendeiner Weise in den Rücken fallen würde. Demnach gingen die Brüder die bekannten Namen ihrer Gästeliste durch und klopften die Wohlhabenden unter ihnen ab.

»Ich habe nichts gegen Dante in der Hand.«

Mit schnalzenden Lauten schüttelte Bosch bedächtig den Kopf und machte eine auffordernde Handbewegung in Runes Richtung.

Eine Hand legte sich über Biancas Mund, dann schälte er mit der Klinge Millimeter für Millimeter die Haut von ihrem Schlüsselbein.

Angst und Schmerz verdrängten jeden Gedanken, jedes Vorhaben, dieser Pein mit Stärke zu begegnen. Mit der freien Hand umklammerte sie seinen Arm, aber die Schneide fuhr ungehindert weiter den Knochen entlang. Bianca glaubte, vor Entsetzen nur noch schreien zu können. Doch Rune verhinderte, dass mehr als erstickte Laute durch seine Finger drangen. Auf ihrer Wange spürte sie seinen Kuss, an ihrem Rücken seinen schnellen Herzschlag. Er genoss, was er tat.

Endlich hörte er auf. Sie sackte in sich zusammen, und als sie nur noch schwer atmete, nahm er seine Hand fort und drehte das Messer mit ihrem Blut vor ihrem Gesicht.

»Das ist die schönste Farbe der Welt, findest du nicht?«

Ein Zittern ging durch ihren Körper. Sie wollte ihn von sich stoßen, keine einzige Berührung mehr ertragen, aber die Hand, die zuvor noch auf ihrem Mund gelegen hatte, wanderte bis zu ihrem Bauch und drückte sie fest an seinen Körper. Was er mit ihr tat, erregte ihn. Schenkte ihr eine Vorstellung davon, wie ihr

Tod am Ende dieser Folter aussehen würde. Lust und Gewalt schienen ihn zu entfesseln.

Carola sah an ihr vorbei. Sie wurde ganz ruhig, und ihr Gesicht versteinerte zu einer Maske. »Bitte hört auf«, sagte sie flüsternd. »Ich wünschte, ich könnte euch geben, was ihr wollt, aber Dante ist sauber!«

Es sah beinahe wie ehrliches Bedauern aus, als Bosch mit hängenden Schultern erneut ein Zeichen gab. Ehe Bianca losschreien konnte, presste Rune wieder die Hand fest auf ihren Mund. Mit der Klinge schnitt er die Knöpfe ihrer dunkelblauen Bluse auf, die durch das Blut an ihrer Brust klebte, und durchtrennte auch den BH.

»Hört auf«, rief Carola und legte gequält eine Hand an den Kopf. »Ich weiß nichts über Dante!«

Ungerührt setzte Rune die Messerspitze am obersten Ende des Brustbeins an und schnitt mit leichtem Druck bis zum Zwerchfell hinab. Gerade genug, dass er den Knochen leicht anritzte. Die Schmerzen waren unerträglich.

»Du bist wunderschön«, flüsterte Rune in Biancas Ohr und küsste die Stelle unterhalb ihres Halses. Das Messer steckte noch immer in ihrer Haut. Drang tiefer ein, als die Spitze vom Knochen rutschte, was ihn wieder konzentriert zurück zur Sache brachte.

»Aber hier, über Ingo Brückner, dort, der Golfschläger.« Carolas Fingerzeig war ungenau und schwankend.

Bosch schnaubte wütend und ging zum Regal.

Die Blicke von Carola und Bianca begegneten sich, aber Bianca konnte nicht sagen, was in ihrer Freundin vorging. Gut möglich, dass sie nur darüber nachdachte, ihre eigene Haut zu retten.

Rune lockerte die Finger und strich sanft über ihre Lippen. Sie zu foltern war ein sinnlicher Akt für ihn. Je mehr er sie verletzte, desto zudringlicher wurde er. Behutsam legte er das Messer weg und verrieb mit zärtlichen Berührungen das Blut auf ihrer Haut.

»Wir leben in einer Welt, in der Leistung einen Scheiß wert ist«, referierte Bosch und tippte die Ordnerrücken auf der Suche nach dem Golfschläger an. »Kompromittier jemanden, und er wird abgesägt. Furzegal, wie wichtig oder gut er für eine Organisation oder Partei war, was er geleistet hat oder wofür er eingestanden ist. Die Reputation regiert über den gesamten gesellschaftlichen Zirkus. Und das, Schätzchen, weißt du genau. Du bist die Königin der Intriganten.« Endlich fand er den richtigen Ordner und zog ihn heraus.

Ingo Brückner. Ein Unsympath mit Verbindungen zu einigen Schieberbanden, über die er Potenzmittelplagiate ins Ausland schaffte. Bianca begriff, dass nun Carolas Schachzug begann. Sie gab ihnen etwas, was ihre Integrität nicht beschädigte.

»Ach, ich muss es einfach sagen, weil ihr so dicht dran wart«, sagte Bosch. »Der liebe Jens erwies sich als kleines Genie. Er hat uns höhere Ziele gegeben, als er betrunken bei Dagmar saß und sich entschuldigte, dir die Schuld für alles gab und im selben Atemzug alles wieder zurücknahm. Er weiß gar nicht, wie viel er beigetragen hat und dass ich im Nebenraum auf mein Opfer wartete, das dann von ihm durchgevögelt wurde. An jedem Tatort hat die Polizei Spuren von ihm gefunden, was zu dem passt, was wir in seine Wohnung gelegt haben. Dein verrückter Stalker wird vielleicht Zimmergenosse von anderen großen Mördern. Und wisst ihr, was besonders lustig ist?« Ohne auf eine Antwort zu warten, fuhr er fort: »Während bei Facebook alle über Carola, den Todesengel, diskutieren, haben die Bullen nicht mal mitbekommen, dass es eine Verbindung zwischen den Opfern gibt. Was vielleicht an den präparierten

Tatorten und den falschen Zeugenaussagen liegen könnte? Was meinst du, Bruderherz?«

Rune fuhr mit einem Finger über Biancas Arm, und sein Atem strich über ihre Haut. »Wie hätte der gute Kommissar Friebeck auch darauf kommen sollen, nachdem er von seinem Kollegen den Beweis erhielt, dass die liebe Bianca mit ihrem Suizidversuch allen etwas vorgemacht hat?«

Niemandem war in den Sinn gekommen, bei Friebeck nach dem Stand der Ermittlungen zu fragen, weil Bosch so präsent gewesen war.

Niemand wird uns zu Hilfe kommen.

Selbst wenn Jens verhaftet wurde und die Polizei Carolas Zeugenaussage haben wollte, würde niemand an diesem Ort nach ihr suchen. Sie würden Jens in die Mangel nehmen und glauben, er hätte ihr ebenfalls etwas angetan.

Mit einem leisen Ächzen ließ Bosch sich mit dem Ordner auf dem Schoß auf der Tischkante nieder und blätterte die Seiten um. »Diese Wohnung hier kennt kein Schwein, wir können Jahre hier drin zusammenbleiben. So lange, bis wir alle Ordner durchgelesen haben, was meint ihr?«

Das kurze Flackern in Carolas Augen reichte aus, damit Bianca sämtliche Hoffnung verlor. Und das sahen auch ihre Peiniger.

»Was haben wir denn hier?« Bosch pfiff anerkennend einen Ton und nickte Carola zu. »Woher hast du diese Dokumente?«

»Er hat mich in seinem Büro warten lassen«, sagte sie. »Das lag auf seinem Tisch, und ich habe es abfotografiert.«

»Wie eine kleine Spionin.«

Carola reckte das Kinn. »Er ist ein unangenehmer Typ, dem ich alles zutraue. Es ist nur eine Versicherung.«

»Nun ist es eine Erpressung.« Erfreut überflog er die Tabellen und Schriftwechsel und schnippte dann mit einer Hand Rune zu. Widerwillig stand Rune auf und streichelte Bianca übers Gesicht.

»Ihr fragt euch sicher, ob es eine Möglichkeit gibt, hier noch lebend rauszukommen, oder?« Aus dem Stapel potenzieller Erpressungsopfer suchte er das passende Datenblatt zum Ordner über Ingo Brückner und klemmte sich beides unter den Arm. »Ich will ganz ehrlich sein. Der alten Zeiten wegen, wenn du so willst.« Vor Carola blieb er stehen. »Es fällt mir wahnsinnig schwer, das Verlangen zu unterdrücken, dich sterben zu sehen. Mir fallen ständig neue Dinge ein, die mein Bruder mit dir machen könnte. Auf diesen Ausgang unserer kurzen, intensiven gemeinsamen Zeit werde ich wohl bestehen müssen, weil ich nur ein einziges Mal eine ehrliche Regung in deinem perfekten Gesicht sehen will. Eine Emotion, die nicht deiner Gleichgültigkeit oder deinem Kalkül entspringt. Todesangst kann man nicht vortäuschen.«

Vorsichtig zog Bianca die Beine an und kauerte sich ans Regal. Sie verstand seinen Wunsch, was ihr im gleichen Moment ein schlechtes Gewissen verschaffte. Sie war die Einzige, die auch andere Gesichter von Carola kannte, aber die Hälfte der Zeit ärgerte sie sich darüber, dass ihre Freundin alles über ihren Verstand regelte und kaltherzige Entscheidungen traf.

Die Männer verließen den Raum und unterhielten sich in der Küche weiter. Mühsam unterdrückte Bianca Angst, Verzweiflung und Wut, versuchte, auf Carolas Ebene zu kommen, damit sie sich einen Plan ausdenken konnten.

Carola starrte vor sich hin.

»Sollen wir schreien?«, durchbrach Bianca die Stille.

»Und dann? Die Alte unter uns wird uns nicht hören, und sollte irgendwer lieber klingeln statt die Polizei zu rufen, ist er der Nächste. Sie werden uns auch nicht lange genug schreien lassen, damit die Dringlichkeit deutlich wird. Außer Schmerzen brächte es uns also rein gar nichts.«

Biancas Wut fiel ihrem Verstand ins Wort. »Hast du eine bessere Idee?«

Es war Carola anzusehen, dass dem nicht so war.

»Die Arschlöcher halten in unseren Namen Kontakt zu unseren Leuten bei Facebook, reagieren auf Mails oder liefern Gründe, warum wir gerade nicht telefonieren können. Bis jemand merkt, dass wir weg sind, werden wir nicht mehr leben.«

»Hör auf, Bianca«, sagte Carola scharf. Sie verwendete immer nur dann den Namen des Gegenübers, wenn sie etwas mit Nachdruck in einen dummen Schädel pressen wollte. »Mir ist das durchaus bewusst. Und es tut mir leid, was sie dir antun, aber wenn du jetzt in Panik gerätst, wird die Situation für uns nur noch schlimmer.«

»Schlimmer als das hier?« Bianca sah runter auf ihren blutenden Brustkorb. »Dantes Schutz ist dir wichtiger als deine *beste Freundin*, warum lässt du dich dann nicht aufschlitzen?«

»Ich habe nichts gegen Dante in diesen Ordnern«, brauste sie auf. »Denkst du ernsthaft, ich hätte es ihnen verschwiegen, wenn ich dich vor der Folter hätte bewahren können?«

Ohne mit der Wimper zu zucken.

»Ich weiß nicht mehr, was ich denken soll.« Tränen quollen aus Biancas Augen. »Ich halte das nicht aus. Schau dir das an!«

Die Wunden brannten entsetzlich, mit jeder Bewegung wurde es schlimmer. »Gib ihnen, was sie haben wollen. Mir ist es lieber, sie machen kurzen Prozess, statt mich zu filetieren.«

Carola sah auf Biancas Wunde – starr und nachdenklich –, betrachtete, wie frisches Blut hinablief und sich mit dem der zweiten Wunde verband. Ihre Lippen zuckten, aber sie sagte nichts.

»Was ist dein Plan? Verrate ihn mir.«

Gequält kniff Carola die Augen zusammen. Nebenan war es totenstill geworden. »Es tut mir leid«, sagte sie und wich Biancas Blick aus. »Mir will einfach keiner einfallen.«

Es dauerte zehn endlose Minuten, bis die Tür geöffnet wurde und Bosch mit einem sehr zufriedenen Gesichtsausdruck zurückkam.

»Bravo«, eröffnete er. »Es ist alles wahr. Was haben wir noch?«

Kurz danach kam auch Rune zurück. Er sah weniger glücklich aus. Müde setzte er sich in den Sessel und vermied es, Bianca anzusehen. Das verunsicherte sie mehr als das Raubtierhafte, mit dem er sie zuvor betrachtet hatte. Sollte er es beenden?

Während Bosch mit Carola sprach, sah Bianca Rune unentwegt an. Irgendwann würde er zurückschauen. Wenn er innerlich tatsächlich so zerrissen war, wie sie glaubte, dann war dieser Psychopath gerade ihr einziger Verbündeter in diesem Raum. Wenn er es genoss, mit ihr zu spielen, blieb sie länger am Leben.

»Erzähl ihnen von Ole«, brachte sich Bianca als wertvolle Mitwisserin ins Rennen. »Erzähl ihnen, was du für Beweise gegen ihn hast, die ihn als Pädophilen hinter Gitter wandern lassen.«

Carola schüttelte entsetzt den Kopf. Er war ihr Kontakt zu hochklassigen Familienressorts in Österreich. Eine Woche Luxusurlaub in einem seiner Häuser kostete fünfzehntausend Euro und mehr. Carola wurde ein paarmal im Jahr eingeladen, um die betuchten Damen exklusiv mit den neuestens Trends vertraut zu machen. Lukrativ und erholsam zugleich. Bianca hasste Ole Feldmann. Schon als Carola damals anfing, von seinen Neigungen zu berichten, war ihr ganz schlecht geworden.

»Er geht gerne mal in die Kinderbetreuung und lässt die

Kleinen auf seinem Schoss sitzen«, fuhr Bianca fort. »Liest ihnen als guter Onkel Geschichten vor und holt sich dann später einen runter, wenn er sich die Aufnahmen aus der Umkleide beim Kinderschwimmen anschaut.«

»Du hast kein Recht dazu!« Carola sah aus, als wäre sie gern aufgesprungen, um sie zu schlagen, aber die Handschellen saßen fest.

»Ach nein? Ist die Reputation des Kinderfickers mehr wert als ich?«

Amüsiert umrundete Bosch den Tisch und betrachtete die Ordnerrücken. »Welches Symbol?«

Sie bemerkte Runes Blick und sah ihm offen in die Augen. »Eine Gummiente.«

Rune schien sie berühren zu wollen. Er rutschte auf die Sesselkante und rieb sich ungeduldig die Hände. Das Lächeln auf seinem Gesicht ließ sich nur schwer unterdrücken. Also stimmte es: Sie verlängerte ihr Leben mit diesem Verrat.

»Alle guten Dinge sind drei«, sagte Bosch nachdenklich, zog den Ordner mit dem Symbol der kleinen Ente aus dem Regal und blätterte darin. »Den letzten Namen kriege ich auch allein aus Carola raus, nimm deine Kleine mit. Viel Spaß, Bruderherz.«

Rune öffnete die Handschelle am Regal und zog Bianca auf die Füße. Die frischen Krusten auf den Wunden brachen, und Blut trat hervor. Sein Blick verweilte darauf, als sei er ein Vampir.

»Lass sie noch einen Moment leben, falls Carola ihre Qualen als Motivationshilfe benötigt.«

Rune schaffte Bianca ins Schlafzimmer und drückte sie auf das Bett. Chancenlos ließ sie über sich ergehen, dass er ihre Hände über ihrem Kopf an einer Strebe miteinander verband, was sie vollkommen hilflos vor ihm liegen ließ.

Zaghaft malte er mit ihrem Blut Muster auf ihren Bauch.

»Ich würde dich gerne mitnehmen«, gestand er. »Und genauso gerne möchte ich gerade ganz viele Dinge mit dir anstellen. Aber Frauen machen nur Ärger, und alles wäre einfacher, wenn ihr nicht so sexy wärt.«

Er beugte sich vor und zog mit seiner Zunge eine feuchte Spur von ihrem Bauchnabel über die Wunde bis zu ihrem Mund. Als er sie küsste, schmeckte sie ihr eigenes Blut.

Du spielst mit meiner Hoffnung, ich interessiere dich einen Scheiß.

Sie hatten die ganze letzte Nacht Sex gehabt, sie würde es ertragen, wenn er sich auch jetzt nicht beherrschen konnte. Doch diesmal würde es tödlich für sie enden. Sie hatte seine festen Umarmungen während des Sex als Ausdruck seiner Zuneigung gewertet. Dabei hatte er sich nur zurückgehalten, um den Plan nicht zu gefährden. Die Folter hatte ihn erregt. Nun stand er kurz davor, alles rauszulassen, was sich in ihm aufgestaut hatte und ihn raubtierhaft erscheinen ließ. Also erwiderte sie seinen Kuss, ignorierte die Schmerzen und sperrte die Angst hinter die bitterkalte Akzeptanz.

Letztendlich bediente die Mischung aus ihrer Pein und seiner Lust einen Masochismus, den ihre Mutter ihr während der Kindheit eingeprügelt hatte. Sie wurde ungeliebt ins Leben gepresst und würde durch eine kranke Hassliebe sterben.

Behutsam strich er die Bluse zurück und schwang sich ohne den Kuss zu lösen auf sie. Sein Gewicht drückte ihr die Luft aus den Lungen, aber sie erwiderte die Bewegungen, wie es ihr möglich war. Seine Hände legten sich um ihren Hals, drückten zu, aber nicht zu fest. Er flüsterte etwas, das sie durch das Rauschen in ihren Ohren nicht verstand.

Als er sie losließ, um sich an ihrer Hose zu schaffen zu machen, schwang die Tür auf.

»Sorry Bruder, aber das müssen wir verschieben.«

Rune fluchte, öffnete trotzdem den Knopf, als würde er dafür plädieren, ihm wenigstens fünf Minuten noch zu geben. Er sah ihr begehrend in die Augen.

Die Pupillen waren geweitet. Blut klebte auf seinem Gesicht und war in seine Kleidung gezogen. Mit einer Hand strich er über ihren Bauch und umfasste dann ihre Brust.

»Jetzt!«, drängte Bosch und klopfte ungeduldig gegen die Tür. »Die läuft dir nicht weg.«

Ohne zu ihm zu sehen, stieg Rune von Bianca herunter und gab ihr einen Kuss auf den Bauch. »Irgendwas ist immer. Ich komme wieder, mein Schatz.« Mit einem Grinsen drehte er sich um und ging zu seinem Bruder.

Bosch legte ihm eine Hand auf die Schulter, flüsterte ihm etwas zu, was seine Stimmung augenblicklich verbesserte, und verharrte noch im Durchgang, während Rune ins Treppenhaus ging.

»Wir haben die Adressen all eurer Freunde mitgenommen. Die ganze verschissene Gästeliste. Sollten wir euch also nachher nicht genauso wieder vorfinden wie jetzt, bringen wir einen nach dem anderen um.«

Das glaubte sie ihm aufs Wort. Und es wären zu viele, um sie zu schützen.

Bosch löschte das Licht, dann folgte er seinem Bruder.

Zurück blieben die üblichen Geräusche des Mietshauses. Der laute Fernseher von Frau Leppmann, das Rauschen der Heizung und ab und an ein Auto, das in den Innenhof fuhr.

»Carola?«

Nur sehr leise drang eine Bestätigung durch die Tür.

Die Drohung lähmte ihr Denken. Sie brauchte den Austausch mit Carola, denn wenn es noch einen Ausweg gab, würde sie ihn finden.

Die Handschellen saßen zu fest, um ihre Hände gewaltsam hindurchzuziehen.

Es sei denn …

Mühsam wandte sie sich um und drehte sich so, dass sie mit den Händen vor dem Körper vor dem Bettgestell zum Sitzen kam. Die Metallstreben konnte sie unmöglich gewaltsam auseinanderbrechen, also holte sie mit dem Fuß aus und trat so fest sie konnte gegen ihre linke Hand. Es tat weh, aber es war nicht hart genug. Selbstschutz und Skrupel hielten sie zurück.

Nun mach schon!

Wiederholt trat sie gegen ihre Hand, schrie bei jedem Tritt, um den Schmerz ertragen zu können. Das Metall der Schelle schnitt in ihre Haut, ihr Plan schien nicht aufzugehen, als endlich etwas nachgab und ihre Hand hindurchrutschte. Schnell zog sie den Ring ab, bevor die Finger anschwollen, und warf ihn achtlos in den Raum. Modeschmuck, sie wusste nicht mal, warum sie ihn trug. Mit der unverletzten Hand schloss sie die Hose wieder, dann setzte sie sich in Bewegung.

Carola sah ihr entgegen, als sie die Tür öffnete. »Oh Gott, geht es dir gut?«

»Los! Sag mir, dass du die ganze Zeit einen Plan hattest, der alles rechtfertigt, was sie mir angetan haben!«

Bis auf ihre Kopfverletzung war Carola unversehrt. Einzig Rune erledigte die Drecksarbeit, während sein Bruder mit Vergnügen zusah. *Und Rune war bei mir gewesen.*

»Es tut mir so leid, ich weiß nicht, wie ich …«

Bianca nahm den obersten, offenen Ordner vom Tisch, wobei die Handschelle gegen die Kante schlug. Als sie den Namen über dem Bericht las, musste sie anerkennen, dass Carola die absolute Meisterin dieser Spielchen war.

Peter Kampe stand mitten im Weihnachtsmarktgetümmel am Hamburger Rathaus und schwenkte die große, schwere Tasche ungeduldig hin und her. Der Ort war taktisch gut gewählt. Viele Passanten, die nicht gefährdet werden durften, überall Buden und ausreichend Fluchtmöglichkeiten. Kampe biss die Zähne fest aufeinander und versuchte, seinen Zorn einzudämmen. Ein kleiner Fehler, und die Presse würde aus einem Vorfall auf dem Weihnachtsmarkt ein Adventsdrama machen.

So holte ihn also die Vergangenheit ein. Aus einem harmlosen Spaß war bitterer Ernst geworden; er hätte nie gedacht, dass er mal mit fünfhunderttausend Euro im Gepäck zwischen gebrannten Mandeln und Räuchermännchen um das Leben eines Seitensprungs bangen müsste. Biancas Anweisungen waren klar und präzise gewesen, und er hatte sich an alles gehalten. Keine Kollegen, keine Farbbomben in der Tasche, keine aufeinanderfolgenden Seriennummern. Die Übergabe würde schnell und unspektakulär über die Bühne gehen.

Er sah auf seine Armbanduhr und drehte sich einmal um die eigene Achse. Es gab nur diesen Tannenbaum, der infrage kam, die Verspätung musste Taktik sein, und wahrscheinlich wurde er bereits beobachtet.

Plötzlich stand jemand dicht hinter ihm und drückte ihm einen Gegenstand gegen den Rücken. »Geben Sie mir die Tasche, bleiben Sie hier noch weitere zehn Minuten stehen, dann wird weder Ihnen noch Ihrem Bastard etwas passieren. Bianca wird sich bei Ihnen melden, wenn sie zufrieden ist.«

Der Mann flüsterte direkt in sein Ohr, also musste er gleich groß sein. Er roch nach Schweiß und etwas Rauch. Kampe verhielt sich ruhig, ließ sich die Tasche abnehmen und nickte zur Bestätigung. »Sagen Sie Bianca, dass ich ihr die Pest an den Hals wüsche.«

»Na, na, Sie wissen doch: Zu lange im Schatten eines Miststücks zu stehen, bringt eben nicht die besten Eigenschaften hervor.«

Der Druck verschwand aus seinem Rücken, dann stand er wieder allein zwischen den Weihnachtsmarktbesuchern. Zehn Minuten blieb er dort stehen, auch wenn er nicht damit rechnete, dass er noch beobachtet wurde. Ein guter Erpresser lud in diesem Moment das Geld in eine eigene Tasche, um kleine Sender im Stoff auszuschließen. Wäre er richtig gut, fände er den winzigen Sender, der sich in einem der mittleren Geldbündel befand. Aber weder die Chatnachrichten noch diese kurze Begegnung sprachen von viel Routine in derartigen Situationen.

Kampe nahm sein Handy aus der Jackentasche und rief im Gehen Kommissar Friebeck an. Schon nach dem ersten Klingeln meldete er sich.

»Was hat die Handyortung ergeben?«

Friebeck räusperte sich, Papier knisterte. »Wie es aussieht, befindet sich das Handy derzeit in der U2 Richtung Hauptbahnhof. Die Kollegen wurden informiert und warten auf Instruktionen.«

»Und der Sender?«

»Stadthausbrücken, Zugriffsbefehl wurde erteilt.«

So weit, so gut. »Carola Martins muss gefunden werden! Sie wird sich irgendwo in Bianca Dreiers Gewalt befinden.«

Die besten Männer koordinierten diesen Einsatz, trotzdem stand der Erfolg auf Messers Schneide. Wenn Carola nicht gefunden wurde, stand wesentlich mehr auf dem Spiel als ein kleiner Fleck auf der weißen Weste des Peter Kampe.

»Auf den Überwachungsaufnahmen konnte Bianca Dreier bislang nicht identifiziert werden«, sagte Friebeck.

Das war auch nicht zu erwarten gewesen. »Die Kollegen sollen sich auf das Signal konzentrieren und gegebenenfalls nach einem Mann Ausschau halten.«

Er stieg in ein Taxi und ließ sich zum Hamburger Michel fahren.

Um das Geld machte er sich keine Sorgen. Wer so dumm war, zu glauben, Kampe könnte einfach in die Asservatenkammer spazieren und mal eben eine halbe Million entwenden, verdiente jede einzelne Minute hinter Gittern. Niemand erpresste ihn und kam damit durch. Schon gar nicht, wenn das Druckmittel Schaden an seiner Karriere verursachen sollte. Kampe wäre nicht Polizeipräsident geworden, wenn er nicht wüsste, wie man stahlharte Drähte zog.

Politiker und Kollegen standen in seiner Schuld, jeder würde ihn decken, falls jemals eine Leiche aus seinem Keller das Tageslicht erblickte. Doch das, was hier vor sich ging, war weitaus bedrohlicher, weil die einzige Frau in Lebensgefahr war, die er neben seiner Ehefrau ehrlich liebte. Rita Mischjet – diesen Namen hatte er schon fast vergessen. Carola hatte ihn erfunden, als sie ganz am Anfang ihrer Affäre noch lange wach gelegen und geredet hatten. Ein Witz, weil er sich Sorgen um sie machte.

»Sollte ich jemals ernsthaft in Gefahr geraten, lasse ich dir einfach eine Nachricht mit dem Namen Rita Mischjet zukommen«, hatte sie gesagt. Und wann immer er ihren Lebenswandel kritisierte, betonte sie scherzhaft, dass sie Rita an ihrer Seite wüsste.

Doch als er von Bianca eine Nachricht erhalten hatte, in der sie ihn wegen seiner Affäre mit Rita erpressen wollte, glaubte er erst an einen Witz.

Das mit Carola war eigentlich vorbei, der Kontakt auf ein Minimum heruntergefahren, aber die Verbindung blieb bestehen. Die Aussicht, dass es noch die eine oder andere Begegnung geben könnte, besaß ihren Reiz.

Carola war die perfekte Geliebte, weil sie Unverbindlichkeit ebenso schätzte wie er. Nur der Altersunterschied sorgte dafür, dass er sich inzwischen wie ein alter Spinner fühlte, wenn er sich um sie bemühte. Seine Frau wusste von seinen Affären und nahm sie schweigend hin, ihr Stolz fußte auf der berechtigten Annahme, dass ihr keine Einzige den Mann abspenstig machen könnte – keine bis auf Carola, aber das verriet er ihr nicht.

Wir müssen sie finden.

Schon beim Aussteigen sah er, dass bei Carola alles dunkel war. Die Entführer in dem Glauben zu lassen, sie hätten gewonnen, verschaffte ihr hoffentlich Zeit. Kampe stellte sich an den Straßenrand, hielt sein Smartphone in der Hand und wartete, dass sich entweder die Kollegen mit guten Neuigkeiten oder Carola selbst melden würde.

In all den Jahren hatte er befürchtet, jemandem könne mal die Sicherung durchbrennen, dass Carola geschlagen oder vergewaltigt werden würde, aber nun wurde an einem Tag ihr kranker Stalker gefasst, und ihre beste Freundin nutzte das Durcheinander für eine Erpressung – das war sogar für ihr Leben zu viel. Falls sie lebend aus dieser Nummer herauskäme, würde sie sich einiges anhören müssen. Schon die Tatsache, dass die Morde mit ihr in Verbindung gebracht wurden und sie ihn nicht um Hilfe gebeten hatte, war Grund genug, sie anzubrüllen. Erst im Nachhinein war erkannt worden, dass bei Facebook wild über die Zusammenhänge diskutiert wurde. Kommissar Friebeck war das neu gewesen. Angeblich hatte Kommissar Bosch mehr darüber gewusst, aber auch er und seine Frau waren dem Psychopathen zum Opfer gefallen.

Wahrscheinlich genau deshalb.

Nieselregen durchweichte Kampes Mantel, benetzte kalt und unangenehm sein Gesicht. Vor zwei Tagen war noch Schnee gefallen, nun zeigte der November seine ungemütliche Seite. Kein Wetter, bei dem ein Mann seines Alters gern auf der Straße stand und wartete.

Endlich klingelte sein Telefon, die Nummer von Kommissar Friebeck wurde angezeigt.

Ohne Begrüßung nahm er das Gespräch entgegen.

»Einen der Männer konnten wir im Bahnhof festnehmen. Er hat Frau Dreiers Handy bei sich getragen und wird gerade ins Präsidium gebracht.«

»Und der Erpresser mit der Geldtasche?«

Ein unbehagliches Räuspern erklang. »Der Flüchtige konnte entkommen. Die Geldtasche wurde gesichert, aber von dem Erpresser fehlt jede Spur.«

»Wer wird den Verdächtigen ins Verhör nehmen?«

»Das werde ich tun«, sagte Friebeck, und das unausgesprochene Versprechen, alles wiedergutzumachen, schwang in seinen Worten mit. »Da ist noch etwas.«

Kampe gab einen ungehalten Laut von sich, um dieses Gespräch zu beschleunigen.

»Der Verdächtige wurde als Benjamin Leifert identifiziert.«

»Rolf Leiferts Sohn?«

Mit einem leisen Laut wurde seine Annahme bestätigt.

»Sieh mal einer an. Sollte Sohnemann nicht die Wahlkampfleitung übernehmen, um seinem Vater ins Bürgermeisteramt zu helfen?«

Wieder nur ein Laut.

»Informieren Sie Senator Leifert noch nicht. Setzen Sie Dolling auf die Verfahrensprüfung an. Wenn er bestätigt, dass alles korrekt verlaufen ist, lassen Sie den Gefangenen seinen Anruf tätigen. Ist das klar? Verlieren Sie keine Zeit!« Wenn er bis eben gedachte hatte, es könne nicht schlimmer werden, wurde er mit der Leifert-Sippe eines Besseren belehrt. Kampe ballte die freie Hand zur Faust. *Ein feiger erpresserischer Sohn passt zu diesem korrupten Schwein.* »Was wissen wir über seine Verbindungen?«

Friebeck schien am Computer etwas nachzulesen.

Kampe machte sich auf den Weg zum Präsidium. Senatorensöhne genossen gewisse Freiheiten, und er hatte noch nicht einen dieser Bengel getroffen, der nicht wusste, welche Hebel er in Bewegung setzen musste, um sich dem Gesetz zu entziehen.

Friebeck meldete sich zu Wort. »Benjamin hat noch einen Zwillingsbruder, sie sehen allerdings sehr unterschiedlich aus. Frederick Leifert. Jugendvorstrafen, mehr nicht.« Jemand redete dazwischen, dann ergänzte Friebeck: »Sie sollen lange im Ausland studiert haben und seitdem ein gesittetes Leben führen. Wohnhaft gemeldet sind sie in einem der vielen Häuser ihrer Eltern.«

Die kommen mir nicht davon. »Ist gut, ich bin gleich da.«

Er legte auf und rieb sich über die angespannten Gesichtszüge.

Erpressung als Kavaliersdelikt – Kampe hätte kotzen können. *Nein, diesmal nicht. Ich führe dich dem Haftrichter vor, bevor dein Papi zu seinem Anwalt »Fass!« sagen kann.*

»Such irgendwas«, drängte Carola zum wiederholten Mal, aber Bianca versagten langsam die Kräfte. Ihre Linke war unbrauchbar, die geschwollenen Finger waren ein einziger Schmerz, die Wunden brannten, und das mehrfache Einschlagen mit einem schweren Mamorlampenfuß auf Carolas Handschellen zeigte am Metall keine nennenswerten Veränderungen. Bianca legte eine Hand vor die Augen. »Ich gehe los und hol Hilfe.«

»Nein, lass mich hier nicht alleine.« Carola zerrte erneut an der Handschelle, aber das Metall saß fest um das Gelenk.

Auch die Flucht war leichter gesagt als getan, weil der breite Riegel an der Tür eine feste Verankerung mit der Wand bildete und ohne Schlüssel noch schwerer zu öffnen war als die Handschelle. Und die Schlüssel besaßen Rune und Bosch.

»Ich kann vom Balkon aus um Hilfe rufen.«

Carola ließ sich zurückfallen und blinzelte Tränen fort. »Die kommen nicht zurück. Peter nimmt sie bestimmt jetzt gerade in die Mangel.«

»Und was, wenn nicht? Wenn etwas schiefgelaufen ist?«

Carolas Hoffnung in allen Ehren, aber Bianca hielt den Polizeipräsidenten nicht für Superman. Was auch immer sie miteinander hatten, für Wunder reichte es nicht.

»Das Codewort ist eindeutig, wenn sie ihm Rita Mischjet genannt haben, dann wird er alle Hebel in Bewegung setzen, um mich zu finden.«

»Und das tun sie, weil du so glaubwürdig bist?« Bianca sah durch die Balkontür nach draußen. Auf der mehrspurigen Fruchtallee fuhren viele Autos, es nieselte, was die wenigen Passanten mit eingezogenen Köpfen und dicken Jacken schneller gehen ließ.

»Nein, sie tun es, weil Patrick nur den Namen des Polizeipräsidenten las und sofort alles andere zur Seite legte.« Schwach deutete Carola auf den schmalen Ordner, den Bianca schon zuvor in der Hand gehalten hatte. »Eine halbe Million will Patrick für sein Schweigen haben.«

Bianca zog den Ordner zu sich und las ungeduldig die Stichworte. »Rita Mischjet, Informantin, Milieu, Mutter von zwei Töchtern, die Ältere von Peter Kampe. Kampe führt ein privates Doppelleben, liebt seine Tochter über alles, weil seine Frau nie Kinder bekommen konnte.« Sie betrachtete die Fotos und sah zu Carola. »Das ist –«

»Alles nur ausgedacht«, unterbrach Carola sie hastig. »Ein Witz. Es steht ja sogar sein Name dabei, sagt das nicht alles?« Sie hielt kurz inne, als müsste sie sich selbst erst die Erlaubnis geben, die Wahrheit auszusprechen. Dabei sah sie äußerst schlecht aus. Schweiß glänzte auf ihrer blassen Haut, die Lippen sahen aus, als würde sie zu lange in kaltem Wasser baden, und die blonden Haare klebten wirr an ihrem Kopf. Zwischendurch verdrehte sie immer wieder die Augen, schluckte mühsam und versuchte, sich wieder zu sammeln.

Sie wird draufgehen, wenn ich nichts unternehme.

»Du weißt, dass du recht hattest, oder?«, sagte Carola schwach.

Bianca legte den Ordner auf den Tisch zurück und blätterte die Seiten um. »Ihr habt eine Affäre.«

»Richtig, so eine Art On-off-Affäre. Mit ihm habe ich im Grunde alles, was ich an Beziehung brauche.«

Im Ordner befanden sich allerhand Notizen, E-Mails und haarsträubende Berichte.

»Als er sagte, ich müsse nur ein Wort sagen, und er würde mir immer und zu jeder Zeit zu Hilfe kommen, fing ich an, Rita *Rettemichjetzt* ins Leben zu rufen. Wenn er sich mal wieder Sorgen machte, erwähnte ich Rita, und irgendwann brachte ich Datenblätter, kleine gefakte Insiderinformationen und die Neuigkeiten über ihre Schwangerschaft mit zu den geheimen Treffen.« Versonnen sah sie zum Ordner. »Sie wurde irgendwie lebendig, weil wir über sie und die gemeinsame Tochter redeten. Peters Frau wusste von uns. Meine Güte, die wusste von all seinen Frauengeschichten, aber die mit mir missfiel ihr mehr als alle anderen. Also hörten wir auf, uns zu treffen. Zumindest, uns öfter zu treffen.«

»Weißt du eigentlich, wie krank das ist?« Bianca klappte den Deckel zu, setzte sich auf den Tisch und legte die verletzte Hand in den Schoß. »Warum hast du ihn nicht um Hilfe gebeten, als die Verrückten anfingen, deine Freunde umzubringen?«

Mit einem Schulterzucken tat sie das Gewicht dieser Frage ab. »Die Polizei tat doch bereits, was sie konnte.«

»Nur, dass es nicht die Polizei war!« Biancas Stimme überschlug sich vor Wut. »Du hast ein Ass im Ärmel und benutzt es nicht?«

»Im Schach sind Karten sinnlos«, kam es ihr matt über die Lippen.

»Gibt es auch einen Ordner über mich?« In all den Jahren war diese Frage nie von Bedeutung gewesen, doch nun sah sich Bianca die Symbole an und fragte sich, welches zu ihr gehören könnte. Die Verknüpfungen waren recht subtile, persönliche Eselsbrücken. So sagte der Golfschläger nicht etwa aus, dass Ingo ein passionierter Spieler wäre, sondern dass er als Kind mal einen Minigolfschläger an den Kopf bekommen hatte.

Auf einem entdeckte sie einen kleinen Raben. »Steht der für meine Mutter?«

»Bianca, nicht, bitte …«

Wenn man sich auf Carolas Denkweise einließ, war es gar nicht mehr so schwer.

»Bitte ruf doch erst mal um Hilfe.«

Jetzt erst recht. Entschlossen zog Bianca den Ordner heraus und öffnete ihn. Unverschlüsselte Fakten, die auch ohne Datenblatt eindeutig zugeordnet werden konnten, weil die Person nicht wichtig genug war. »Melissa Loschke?«, fragte Bianca wütend. »Wo ist meiner?« Dann schüttelte sie den Kopf. »Nein, du würdest ihn nicht hier direkt vor meiner Nase aufbewahren. Ist er nebenan?«

Während sie das sagte, ging sie ins Schlafzimmer und riss die Schranktüren auf. Und tatsächlich. Im obersten Regal entdeckte sie einen Ordner mit drei Haselnüssen drauf. Als Kinder hatten sie *Drei Haselnüsse für Aschenbrödel* einen Winter lang beinahe jeden Tag nachgespielt. Carola war Aschenbrödel gewesen und Bianca alle Nebenrollen.

»Ich gehöre zu deiner Loser-Gruppe B«, sagte sie und kam mit dem Ordner zurück.

Auf gerade mal zwanzig Seiten stand alles mehr oder weniger Wissenswerte über Bianca. Eine traurige Bilanz eines traurigen Lebens, aber die letzten Seiten weckten ihr Interesse.

»Ich bin überzeugt, dass sie Rune noch trifft, was will er?«, las sie laut vor. *»Sie lügt mich an, geht auffällig entspannt mit den Ereignissen um und legt ein gänzlich anderes Selbstbewusstsein an den Tag. Suizidgefährdet, wenn er sie fallen lässt.«* Sie sah von den Notizen zu Carola. »Weißt du eigentlich, wie erniedrigend das ist? Wann hast du das geschrieben?« Ernüchtert ließ sie den Ordner fallen und ging zur Balkontür. »Entschuldige, ich sollte endlich einen Krankenwagen rufen.«

Carola fasste sich an den Kopf. »Ich verspreche dir, dass wir über alles noch reden werden.«

Das würden sie, aber es gab nicht mehr viel zu sagen. Bianca konnte Carola nicht mal böse sein, weil alles der Wahrheit entsprach – nur dass sie sich nicht umbringen würde. Ein weiterer beziehungstechnischer Fehlgriff reichte dafür nicht. Sie wollte leben, diese Scheiße überleben, und dann irgendwie weitermachen. So wie immer.

Sie öffnete die Balkontür und trat in das ungemütliche Nieselwetter hinaus. Nur halbherzig zog sie die Bluse über ihrer Brust zusammen. Wer zu ihr hinaufsah, würde im Licht der Straßenlaternen keine Details erkennen. Ihr Blut bedeckte ihre Haut wie Farbe.

»Wir brauchen Hilfe«, rief sie auf den Gehweg hinab, aber da war niemand. »Hört mich jemand? Wir brauchen Hilfe!«

Gegenüber auf der anderen Straßenseite im Waschsalon saßen zwei Personen, die dank sechsspuriger Straße und dem Lärm der Waschmaschinen nichts hörten.

Statt einer Antwort, hörte sie Carola aufschreien. »Da kommt jemand!«

Bianca duckte sich an der Wand unter das Fenster und spähte vorsichtig in das Wohnzimmer. Carola sah gebannt zur Tür, Schlüssel schlugen aneinander, jetzt hörte Bianca es auch. Jemand schloss von innen wieder ab.

Der Lampenständer lag noch auf dem Boden, wenn sie schnell genug war, konnte sie ihn angreifen, bevor er begriff, dass sie sich befreit hatte.

Zu spät. Rune erschien im Durchgang und sah erst zu Carola, dann drehte er sich um und bemerkte Biancas Fehlen.

»Scheiße«, hallte seine wütende Stimme durch die Wohnung. »Wo ist sie?«

»Sie ist weg!«, log Carola und zog die Füße auf den Sessel. Sie kauerte sich zusammen, als könnte es sie vor dem Schlimmsten bewahren. Aber Rune ließ seine Wut nicht an ihr aus. Er sah sich um und kam dann auf den Balkon zu. Schnell drückte sich Bianca in die hinterste Ecke, hoffte, dass sie im Schutz der Bambusverkleidung nicht gleich zu sehen wäre, weil die Straßenlaterne ihn eher blendete, als hilfreiches Licht zu spenden. Die Tür öffnete sich, und Rune trat heraus. Nur kurz sah er in ihre Richtung, dann beugte er sich über die Brüstung und sah nach unten.

Bianca nahm all ihren Mut zusammen, stemmte sich hoch und warf sich mit aller Kraft gegen ihn.

Rune verlor das Gleichgewicht, packte im Reflex ihre Haare und fing sich vor einem möglichen Sturz mit der anderen Hand am Geländer ab. Entsetzt schrie Bianca aus Leibeskräften. Wenn sie jetzt niemand hörte, wären sie verloren.

Wutschnaubend zog er sie um sich herum und schlug ihren Kopf hart gegen das Geländer. Dann zerrte er sie an den Haaren hinter sich her in die Wohnung zurück. »Sei still, verdammte Scheiße!«

Bianca fiel der Länge nach hin. Blut tropfte von ihrer Stirn auf den Teppich, der ihren Sturz gedämpft hatte. Mit einer schnellen Bewegung verschloss Rune die Balkontür und setzte ihr nach. Mit groben Handgriffen wuchtete er sie auf den Rücken.

Seine Mission schien erfolglos gewesen zu sein. Ihm fehlte sein Bruder, der ihm sagte, was er nun tun sollte. Er packte Bianca an der Kehle und starrte Carola mordlüstern an. Das Schwarz seiner Augen verdrängte beinahe gänzlich die Iris. »Was hast du verfickte Hure getan?!«

Bianca bekam kaum noch Luft.

»Für Erpresser seid ihr nicht schlau genug«, reizte Carola ihn ungerührt weiter. »Ihr hättet beim Töten aus niederen Beweggründen bleiben sollen, dies ist eine Nummer zu hoch für euch.«

Mit einem animalischen Schrei sprang er auf und schlug auf Carola ein. Immer wieder, blindwütig und mit dem einzigen Ziel, sie für alles bezahlen zu lassen.

Keuchend rang Bianca nach Luft, drehte sich mühsam auf die Seite und suchte den Boden nach dem Lampenständer ab. Endlich bekam sie ihn zu fassen und holte noch im Aufstehen damit aus.

Rune bemerkte ihre Bewegung und wich aus, sodass sie nur seine Schulter traf. Der schwere Steinfuß brach einige Knochen, Rune brüllte auf und schlug Bianca mit der anderen Hand von sich weg. Beim Aufprall auf dem Couchtisch fiel ihr die Lampe aus der Hand und knallte dumpf auf den Fußboden. Aktenordner, die Schatulle und der Aschenbecher drückten sich in ihren Rücken. Rune kam über sie wie ein mächtiger Schatten.

»Wo ist mein Bruder?«

Er bemerkte ihre verletzte Hand und drückte die geschwollenen Finger fest zusammen. Bianca schrie vor Schmerzen, hoffte, dass irgendwer es hören und die Polizei rufen würde.

»Er war hier!«, versuchte sie verständlich zu rufen. »Er hat dich gesucht!«

Es half. Rune ließ kurz los und sah ihr prüfend ins Gesicht. Bianca würde ihm alles erzählen, wenn es seinen Zorn von Carola ablenkte und die Chance auf Rettung vergrößerte.

Unauffällig tastete sie den Tisch ab, hoffte, irgendetwas zu ergreifen, das sie als Waffe benutzen könnte. »Genau wie du war er ganz aufgebracht, sagte was von Planänderung und dass er uns woanders hinschaffen wollte, sobald er dich gefunden hätte.«

Sie wagte einen kurzen Blick zu Carola, die sich im Sessel nicht mehr rührte. Blut lief aus Mund und Nase.

»Planänderung?« Mit seinem eisernen Griff raffte er ihre

Bluse über den Wunden zusammen und zerrte Bianca mit sich. »Ich hätte es gleich zu Ende bringen sollen. Erst dich, dann die.« Wiederholt kniff er die Augen fest zusammen. Offensichtlich fiel es ihm schwer, sich zu konzentrieren. Ihre Finger strichen über Ordnerrücken und Zettel, nichts, was sie verwenden konnte.

Sein rechter Arm hing nutzlos am Körper hinab. Der Schlag hatte gesessen, aber dieser Mann blieb gefährlich. Vor Carola verharrte er kurz. So, wie sie aussah, war sie wertlos für ihn geworden.

»Ich werde es beenden. Scheiß drauf, was er für Pläne hat, er hätte mich vorhin nicht stoppen sollen, jetzt wird es nur halb so viel Spaß machen.«

Mit einem harten Stoß schubste er Bianca in den Flur und auf das Schlafzimmer zu. Er musste das lose Ende der Handschelle, die noch immer um ihr rechtes Gelenk lag, nur um eine Strebe schließen, und sie würde rein gar nichts mehr unternehmen können. Verzweifelt suchte sie den Nachtschrank und den Fußboden ab.

»Dann eben kurz und qualvoll«, sagte er ohne jeglichen Genuss. Im Spiegel an der Wand sah sie Rune hinter sich. Er griff erneut in ihre Haare, wobei sein Hemd etwas hochrutschte und den Blick auf das im Holster steckende Messer freigab. In ihr wurde alles ganz ruhig. Sie hörte ihren Atem, spürte jede Berührung, jeden angespannten Muskel und fühlte sich plötzlich hellwach. Mit einer kraftvollen Drehung entkam sie seinen Fingern, umrundete ihn in derselben Bewegung und schlug ihm auf die gebrochene Schulter. Bevor Rune mit dem anderen Arm nach ihr ausholen konnte, ertastete sie das Messer, zog es aus dem Holster und stach ansatzlos zu. Die Klinge ging fehl, verursachte nur einen kleinen Schnitt, der seine Raserei verstärkte.

Sie sah die Faust nicht kommen, die sie hart ins Gesicht traf. Haltlos stürzte sie auf den Boden, und Rune drückte seine Knie in ihren Rücken. »Du bist ein Opfer. Denkst du wirklich, dass du auch nur irgendwas ausrichten könntest? Mittelmäßiges Elend, das gut zu vögeln ist.« Er verlagerte sein Gewicht, griff unter sie und öffnete ihre Hose. »Diesmal stirbst du, wenn ich in dir bin.«

Sie spürte die Klinge in ihrem Nacken. »Du hast doch nicht geglaubt, dass du mich mit meinem eigenen Messer töten könntest?«

Er nahm die Klinge fort, sie hörte, wie Zähne auf Metall bissen, dann wuchtete er ihren Oberkörper mit einem kräftigen Ruck aufs Bett und machte sich einhändig an der Hose zu schaffen. Sie fühlte sein Gewicht auf sich, das er wegen seiner Bemühungen immer wieder verlagern musste.

Mit all ihrer Kraft drückte sie sich mit der schmerzenden Hand vom Bett ab, schnellte mit Oberkörper und Kopf zurück – und traf ihn im Gesicht. Ein schneidender Schmerz zog durch ihren Hinterkopf, aber sein verzerrter Schrei spornte sie weiter an. Keuchend presste sie sich gegen ihn, bis sie ihren Oberkörper drehen konnte. Das Messer steckte tief in den Wangen quer in seinem Mund. Mit der zitternden Linken tastete er danach, aber Bianca war schneller. Schnell ergriff sie das Heft und stach ihm mit Schwung die Klinge bis zum Anschlag in den Bauch.

Der Hass kochte geradezu sichtbar in jeder Faser seines Körpers, gab ihm neuen Antrieb, aber Bianca ließ nicht los. Ihm in die Augen sehend zog sie am Heft und trieb den Schnitt quer durch die Organe.

»Ich bin kein Opfer!«

Doch das, was sie sah, als seine Bewegungen erstarben, war kein Hass, es war Liebe. Vorsichtig ließ sie das Messer los und legte ihre Hand in seinen Nacken.

»Es ist vorbei«, flüsterte sie und küsste seine Stirn.

Sein Atem ging flach und stoßweise. Er öffnete den Mund, aber kein Wort kam heraus.

Ein Hämmern hallte durch den Flur. »Aufmachen, Polizei!«

Beim Schließen seiner Augen liefen Tränen über ihr Gesicht.

Einen Moment noch.

Der erste Schlag traf die Tür. Der Riegel würde eine Weile standhalten, er musste es, bis Runes letzter Atemzug ihr Frieden brachte. Behutsam lehnte sie ihn gegen das Bett, dann nahm sie seine Hand und verschränkte ihre Finger in seine.

Wieder krachte es, dann noch mal. Ein Krampf schüttelte ihn.

»Scht«, flüsterte sie ihm liebevoll zu. »Kämpfe nicht dagegen an, und wenn du schon dabei bist: Nimm meine Liebe mit in den Tod. Möge sie dir ewige Höllenqualen bereiten.« Mit einem Lächeln drückte sie ihm einen Kuss auf die blutigen Fingerknöchel. »Denn in diesem Leben hast du definitiv nicht genug gelitten.« Sie ließ ihn los, zog das Messer aus der Wunde und richtete sich auf. Langsam rutschte er am Bett hinab und blieb auf dem Rücken liegen. Von oben herab fixierte sie seine Augen, um keine Regung zu verpassen.

Schließlich sprang die Wohnungstür auf, und zwei Beamte kamen mit vorgehaltener Waffe in den Flur. Im selben Augenblick verschwand das Leben aus Runes fast schwarzen Augen.

In diesem Trakt des Krankenhauses war Bianca noch nicht gewesen. Er war moderner und ruhiger als der, den sie kannte. Das Einzelzimmer bot einen gewissen Komfort, den Privatpatienten als Standard verstanden. Dies war das erste Mal, dass Bianca neben dem Bett saß und nach der Besuchszeit wieder gehen würde. Ihre Wunden waren vor Tagen versorgt worden, ihre Hand steckte in einem festen Gips, und niemand stellte ihre Version der Geschichte infrage. Es war Oles und Ingos Glück gewesen, dass die Leifert-Brüder Peter Kampe als dicksten Fisch von allen verstanden hatten, aber keiner würde je davon erfahren.

Bianca wusste bereits seit Tagen, was sie zur Verhandlung anziehen würde, wenn sie Benjamin Leifert als Mörderin seines Bruders gegenübertrat.

Patrick und Rune.

Laut Peter Kampe war Benjamin vollkommen ausgeflippt, als er vom Tod seines Bruders erfuhr. Alles, was er in seiner Wut brüllte, wurde als Geständnis aufgezeichnet. Jeglicher Versuch des Staranwalts, ihn zum Schweigen zu bringen, scheiterte kläglich an der Raserei seines Klienten.

Kampe sorgte dafür, dass die Unterlagen als Beweismittel keine Relevanz erfuhren, weswegen die Ordner und Datenblätter nicht sichergestellt worden waren. Die Wohnungstür wurde ausgetauscht, ein Tatortreiniger beseitigte das Blut, und der neue Schlüssel befand sich in Biancas Besitz. So lange, bis Carola wieder selbst ihre Belange regeln konnte.

Es war bewundernswert, wie alles für Carola arbeitete, selbst wenn sie nicht bei Bewusstsein war.

Jeden Tag saß Bianca neben ihrem Bett und wartete darauf, dass sie endlich ihre Augen aufschlug. In den gemeinsamen Kreisen bei Facebook wurde über nichts anderes gesprochen. Genesungswünsche, Neugier und Sensationslust – in willkürlicher Reihenfolge mit einem starken Übergewicht Richtung Gaffertum.

Die übrig gebliebenen Konkurrentinnen begnügten sich mit offizieller Anteilnahme, aus Angst, Carola könnte morgen wieder fit sein und zu einem virtuellen Rundumschlag ausholen. Ohne ihr Zutun generierte sie Respekt aus den Vorfällen. Nun musste Carola nur noch aufwachen und alles perfektionieren.

Aber so, wie Carola im Moment aussah, war sie Lichtjahre von Perfektion entfernt. Schwellungen und Verfärbungen in ihrem Gesicht ließen nur hoffen, dass sie ihre vorherige Schönheit zurückerlangen würde. Die Hirnfunktionen ließen sich ungestört messen, trotzdem warteten die Ärzte auf ihre Reaktionen, sobald sie endlich erwachte. Für eine kurze Zeitspanne war ihr Hirn einem Druck ausgesetzt gewesen, der ebenso gut das Ende ihrer Karriere eingeläutet haben könnte.

Wie viele das wohl bejubeln würden?

Bianca hoffte, dass ihre Freundin aufwachte und die Welt wieder ins Lot brachte. Genau genommen war Bianca die unscheinbare Heldin dieses Dramas, aber das wussten nur die Polizisten und sie selbst. Wenn andere sie anchatteten oder ihr Mails schrieben, dann weil sie wissen wollten, wie es Carola ging. Oberflächlichkeit und die zugewiesenen Plätze sorgten für Stabilität und Kontinuität in dieser Gesellschaft. Bianca war die Fahrerin mit dem hervorragenden Kartoffelsalat, die nun ein paar Narben zurückbehalten würde und eine Weile einen Gips um die Hand trug.

Lächelnd legte sie die gesunde Hand auf Carolas.

Ich werde dabei sein, wenn der Phönix aus der Asche aufersteht. So, wie ich immer dabei gewesen bin.

Sie dachte an Jens. Bianca hatte zu seinen Gunsten ausgesagt, Carola würde alles bestätigen. Es war nur eine Frage der Zeit, bis sie ihn wieder freiließen. Aber sie war sich sicher, dass er den Ruf nie wieder loswerden würde.

In ihrer Tasche befand sich die Ausgabe von Lydia Raymonds Ausgabe *Philosophie der virtuellen Macht*, die Patrick Bosch – diesen Namen würde er bei ihr behalten – ausgiebig kommentiert hatte. Sein Versuch, den Gräueltaten eine nachvollziehbare Note zu verleihen, war nicht mehr als ein Ausdruck seiner sozialen Inkompetenz, die letztendlich in Neid und Hass endete.

Wenn man nicht dazugehören kann, muss man es zerschlagen …

Am Ende blieb eine gewaltige Restschuld, die Bianca mit ins Grab nehmen wollte: Sie war es gewesen, die aus einer einmaligen, unloyalen Laune heraus zu Jens gesagt hatte, dass Carola ein kleiner Denkzettel durchaus mal guttäte.

Wenn er mich nicht gefragt hätte, woher ich das Gerücht über Dagmar hatte, und ich deswegen nicht wütend auf Carola gewesen wäre, wäre er vielleicht niemals zu Dagmar gegangen, um sich zu entschuldigen.

Wenn sie so viel Macht besaß – war sie dann wirklich so unbedeutend? Sie strich mit dem Daumen über Carolas Hand und lächelte. »Bis du aufwachst, werde ich den anderen bei Facebook schreiben, wie es dir geht. Sie sammeln gerade für einen Geschenkkorb, den ich dir mitbringen soll.«

Sie gab diesem Zimmer keine drei Tage, bis es mit Präsenten und Blumen vollgestopft wäre. Niemand wollte bei den Genesungswünschen fehlen. Aber wenn Carola ihre Augen wieder öffnete, wäre es Bianca, die sie als Erstes sehen würde.

Manipulationen, subtil oder ganz offensichtlich, sind die Ausgangspunkte von Verkettungen, deren Enden unabsehbar sind. Ein schneller Klick, ein undurchdachter Kommentar, vermeintliche Anonymität und eine Realität, die mit Virtualität konkurriert. Das soziale Sicherungsnetz wird löchrig, wenn Verantwortungsflüchtlinge die Maschen durch Likes ersetzen. Wehe dem, der als Nächstes fällt.

Lydia Raymond
Sozialwissenschaftlerin
im Interview zu den virtuellen
Auswirkungen der Mordserie in Hamburg

Screenshot von Martina Sasses Facebook-Seite

Habt ihr schon gehört? Carolas Geschichte soll es bald als Buch geben.

Gefällt mir · Kommentieren · Teilen

Ramona Freiland, Zoe Groß und 315 weitere Personen

Bernadette Ladweg Oh ja, Severin Ost soll es schreiben.

Gefällt mir · Antworten · 95 · 55 Min.

Silvia Fichtening Ich habe gehört, dass die Geschichte sogar verfilmt werden soll.

Gefällt mir · Antworten · 89 · 51 Min.

Lutz Wunderlich Meine Fresse, die schlägt auch aus allem Kapital.

Gefällt mir · Antworten · 3 · 49 Min.

Bernadette Ladweg Scht, ich würde solche Sachen nicht so laut sagen. Mich gruselt der Gedanke immer noch, dass es jeden von uns hätte treffen können.

Gefällt mir · Antworten · 17 · 46 Min.

Alwin Nolte Oh je, hat da jemand Angst?

Gefällt mir · Antworten · 2 · 45 Min.

Bianca Dreier Schluss jetzt, Leute. Wenn ihr jenen gegenüber, die sterben mussten, nicht respektvoll die Klappe halten könnt, dann trollt euch woandershin!
Gefällt mir · Antworten · 78 · 44 Min.

Martina Sasse Finde ich auch!
Gefällt mir · Antworten · 44 Min.

Bernadette Ladweg Vielleicht erzählt Carola uns am Samstag auf ihrer Party was darüber?
Gefällt mir · Antworten · 15 · 43 Min.

Silvia Fichtening Ich kann's kaum erwarten. Seit der letzten ist so viel Zeit vergangen. Fehlt mir richtig, euch alle zu sehen.
Gefällt mir · Antworten · 21 · 42 Min.

Martina Sasse Ja, jetzt wo du wieder dabei sein kannst ;-)
Gefällt mir · Antworten · 2 · 41 Min.

Silvia Fichtening Vorher passte es bei mir nie.
Gefällt mir · Antworten · 1 · 38 Min.

Bernadette Ladweg Schon klar. Sicher, dass es nicht daran lag, dass du ihr ins Waschbecken gekotzt hattest?
Gefällt mir · Antworten · 10 · 35 Min.

Lutz Wunderlich Dann doch lieber 'ne Schranknummer ;-);-)
Gefällt mir · Antworten · 26 · 32 Min.

Bernadette Ladweg Kommt Jens auch? Bei dem bekomme ich echt eine Gänsehaut.
Gefällt mir · Antworten · 17 · 27 Min.

Monika Deutler Bewundernswert, dass Carola zu ihm steht, nach allem, was passiert ist.

Gefällt mir · Antworten · 👍 45 · 25 Min.

Bernadette Ladweg Überhaupt bewundernswert, wie Carola das alles hinbekommt. Ich glaube, ich wäre ein totales Wrack nach so 'ner Nummer.

Gefällt mir · Antworten · 👍 57 · 23 Min.

Bianca Dreier Das finde ich auch! Carola ist die stärkste Frau, die ich kenne.

Gefällt mir · Antworten · 👍 39 · 19 Min.

Martina Sasse Bianca, machst du wieder deinen köstlichen Kartoffelsalat?

Gefällt mir · Antworten · 👍 15 · 17 Min.

ENDE

Gefällt mir · Antworten · 1 Min.